Le temps des rêves

Du même auteur
aux Éditions J'ai lu

DIANA GABALDON

Le chardon et le tartan - 8

Le temps des rêves

Traduit de l'américain par Philippe Safavi

GRANDS ROMANS

Cet ouvrage constitue la première partie du livre publié en un seul volume aux Presses de la Cité sous le titre *Le Temps des rêves*.

Titre original :
THE FIERY CROSS

Je dédie ce livre à ma sœur, Theresa Gabaldon,
à qui j'ai raconté mes premières histoires.

J'ai traversé la guerre et j'y ai beaucoup perdu.

Je sais ce qui mérite qu'on se batte et ce qui ne le vaut pas.

L'honneur et le courage sont inscrits dans nos os. Les raisons pour lesquelles un homme tue sont parfois les mêmes que celles pour lesquelles il est prêt à mourir.

Voici pourquoi, Ô mon frère, la femme a des hanches larges. Son bassin osseux abrite un homme et son enfant. La vie d'un homme jaillit de ses os et c'est dans son sang que son honneur prendra un nom.

Rien que pour l'amour, je serais prêt à marcher à nouveau dans le feu.

PREMIÈRE PARTIE

Plutôt mariée que brûlée vive

1

Dans le bosquet de Cupidon

— Tu crois qu'ils coucheront dans le même lit ?

Jamie n'avait pas parlé fort, mais sans pour autant baisser le ton de sa voix. Heureusement, nous nous tenions à l'autre bout de la terrasse, trop loin pour que la maîtresse de maison puisse nous entendre. Néanmoins, plusieurs têtes s'étaient tournées vers nous.

Ninian Bell Hamilton nous dévisageait fixement. J'adressai mon plus beau sourire au vieil Écossais et le saluai brièvement avec mon éventail fermé tout en envoyant un coup de coude dans les côtes de Jamie.

— Un neveu respectueux et bien élevé ne pose pas ce genre de question sur sa tante ! sifflai-je entre mes dents.

Prudent, Jamie s'écarta hors de ma portée en arquant les sourcils, l'air surpris :

— Quel rapport avec le respect ? Ils sont sur le point d'être mariés et ont tous deux largement dépassé l'âge légal.

Ninian avait du mal à contenir son hilarité. J'ignorais l'âge exact de Duncan Innes, mais je lui donnais dans les cinquante-cinq ans. Quant à Jocasta, la tante de Jamie, elle en avait au moins dix de plus.

Je l'apercevais par-dessus les têtes des convives, à l'autre bout de la terrasse, acceptant gracieusement les vœux des amis et des voisins. Grande et drapée dans une robe rouille, elle se tenait entre deux immenses vasques en pierre d'où jaillissaient des bouquets de gerbes d'or séchées. Ulysse, son fidèle majordome noir, était posté juste derrière elle, raide et digne dans sa perruque poudrée et sa livrée verte. Véritable reine de la plantation de River Run, Jocasta était couronnée d'un élégant bonnet en dentelle blanche qui mettait en valeur ses traits fiers de MacKenzie et ses pommettes saillantes. Je me dressai sur la pointe des pieds, cherchant des yeux son prince consort.

Légèrement plus petit que Jocasta, Duncan aurait dû, malgré tout, être visible. Plus tôt dans la matinée, je l'avais aperçu vêtu de ses habits d'apparat de Highlander, resplendissant dans ces couleurs écarlates, quoique terriblement mal à l'aise. Je tordis le cou à droite et à gauche, posant une main sur l'épaule de Jamie pour conserver mon équilibre. Il me retint par le coude.

— Que cherches-tu, *Sassenach* ?

— Duncan. Ne devrait-il pas être près de ta tante ?

À voir Jocasta ainsi, personne ne pouvait deviner qu'elle était aveugle. En réalité, les grandes vasques de chaque côté lui permettaient de se repérer dans l'espace, pendant qu'Ulysse lui chuchotait à l'oreille le nom des invités qui approchaient. Je la vis lever légèrement sa main gauche, ne rencontrer que le vide et la rabaisser. Son expression ne changea pas. Elle hocha la tête avec un sourire, puis répondit au juge Henderson qui lui parlait.

Ninian haussa le menton et les sourcils, essayant de regarder avec discrétion par-dessus les têtes sans se hisser sur la pointe des pieds. Puis, l'air taquin, il suggéra :

— Le promis aurait-il pris la poudre d'escampette avant sa nuit de noces ? J'avoue qu'à sa place, je me sentirais aussi un peu nerveux. Votre tante est une belle femme, Fraser, mais, si elle le voulait, elle pourrait geler les roubignoles de l'empereur du Japon d'un seul regard.

Jamie esquissa un sourire.

— Duncan a sans doute été pris d'un besoin pressant, dit-il. Je ne sais pas ce qu'il a, mais il s'est déjà rendu aux cabinets d'aisances quatre fois ce matin.

Cela m'étonna. Duncan souffrait de constipation chronique. Je lui avais d'ailleurs apporté un sac de feuilles de séné et de racines de caféier, m'attirant les remarques acerbes de Jamie sur ma conception d'un cadeau de mariage. Le futur marié devait être encore plus nerveux que je ne l'imaginais.

Répondant à Hamilton qui venait de lui murmurer une remarque à l'oreille, Jamie déclara :

— Cela ne devrait pas surprendre ma tante, étant donné qu'elle a déjà eu trois maris avant lui. En revanche, c'est le premier mariage de Duncan. C'est toujours un choc pour un homme. Je me souviens de ma première nuit de noces comme si c'était hier !

Il m'adressa un petit sourire en coin qui me fit monter le rouge aux joues. Je m'en souvenais aussi très clairement. J'ouvris mon éventail d'un coup sec et agitai l'arc de dentelle ivoire devant mon visage.

— Vous ne trouvez pas qu'il fait un peu chaud ?

— Vraiment ? dit Jamie d'un air narquois. Je n'avais pas remarqué.

— Duncan, lui oui, observa Ninian. La dernière fois que je l'ai vu, il suait comme du boudin cuit à la vapeur.

En vérité, il faisait plutôt frisquet malgré les grandes baignoires en fonte remplies de braises et placées aux quatre coins de la terrasse. Un agréable parfum de fumée de pommier s'en dégageait. Le printemps venait de faire son apparition. Les pelouses étaient vertes, tout comme les arbres qui bordaient la rivière, mais l'air matinal conservait son mordant hivernal. Dans les montagnes, l'hiver prenait encore son temps. En chemin vers River Run, nous avions eu de la neige jusqu'à Greensboro, même si, çà et là, les jonquilles et les crocus tentaient courageusement de percer.

Néanmoins, en ce jour de mars, le soleil était de la partie. La maison, la terrasse, les pelouses et le parc grouillaient d'invités parés de leurs plus beaux atours, formant des nuées de papillons égarés dans la mauvaise saison. Pour la bonne société de Cape Fear, le mariage de Jocasta serait clairement l'événement mondain de l'année. Il devait y avoir près de deux cents personnes, certaines venues d'aussi loin qu'Halifax et Edenton.

Ninian glissa quelques paroles en gaélique à l'oreille de Jamie, tout en me regardant de biais. Jamie lui répondit avec un mot d'esprit très élégant mais singulièrement cru, me souriant comme si de rien n'était pendant que le vieil Écossais pouffait de rire.

En fait, je commençais à bien me débrouiller en gaélique, mais à certains moments, il valait mieux pour moi ne pas comprendre. Je cachai mon amusement derrière mon éventail. Certes, manier cet accessoire avec grâce nécessitait un peu d'entraînement, mais il s'avérait un outil très utile en société pour quelqu'un doté, comme moi, d'un livre ouvert à la place du visage. Cependant, même les éventails avaient leurs limites.

Je me détournai de la conversation, qui semblait bien partie pour dégénérer, et scrutai les convives à la recherche du futur marié. Duncan n'était peut-être pas uniquement mort de trac mais vraiment malade. Le cas échéant, il pouvait avoir besoin de mes services.

Voyant la cameriste de Jocasta passer devant moi au pas de course, les bras chargés de nappes, je l'appelai :

— Phaedre ! Avez-vous vu M. Innes, ce matin ?

Elle s'arrêta pile en entendant son nom, puis agita son impeccable coiffe.

— Non, m'dame Claire, pas depuis le petit déjeuner.

— Comment allait-il ? A-t-il bien mangé ?

À River Run, ce premier repas de la journée s'étalait sur plusieurs heures, les invités logés sur place se servant eux-mêmes sur la desserte selon leur bon plaisir. Fort probablement, les intestins de Duncan étaient plus perturbés par la nervosité que par un empoisonnement alimentaire, toutefois, ce matin, j'avais repéré une saucisse plutôt douteuse.

Phaedre, qui aimait bien Duncan, fronça son front tout lisse.

— Non, m'dame, il n'a rien avalé. La cuisinière a essayé de le séduire avec des œufs mollets, mais il n'en a pas voulu. Il n'avait pas l'air dans son assiette, mais il s'est quand même servi une tasse de punch au rhum.

C'était très bon signe !

— Voilà qui devrait l'avoir remis d'aplomb, observa Ninian qui avait suivi notre conversation. Ne vous inquiétez donc pas, madame Fraser. Duncan s'en sortira bien.

Phaedre nous fit une petite révérence et repartit vers les tables que l'on était en train de dresser sous les arbres, son tablier amidonné claquant au vent. Une délicieuse odeur de porc grillé flottait dans l'air et des nuages de fumée fleurant bon le noyer blanc s'élevaient des feux allumés près de la forge. Au-dessus tournaient lentement sur des broches des cuissots de chevreuil, des carcasses de moutons et des dizaines de volailles. En dépit de mon corset trop serré, mon estomac gargouilla d'impatience.

Ni Jamie ni Ninian ne semblèrent l'entendre, mais je m'écartai un peu, m'orientant vers la pelouse qui s'étendait de la terrasse jusqu'aux pontons sur la rivière. Je n'étais pas convaincue des vertus du rhum, surtout dans un estomac vide. Certes, Duncan ne serait pas le premier fiancé à se présenter devant l'autel dans un état d'ébriété avancée, mais quand même…

Éclatante dans une robe couleur ciel de printemps, Brianna se tenait près de l'une des statues en marbre du parc, Jemmy en équilibre sur une hanche, en grande conversation avec l'avocat Gérald Forbes. Elle aussi possédait un éventail, mais son rejeton l'avait accaparé et rongeait consciencieusement sa monture en ivoire d'un air concentré.

Naturellement, Brianna avait moins besoin que moi de cacher ses émotions, car elle avait hérité de Jamie la faculté de dissimuler ses pensées derrière un masque aimable et indéchiffrable. Elle le portait en ce moment même, ce qui me donna une petite idée de son opinion sur maître Forbes. Mais où était donc passé Roger ? Je l'avais aperçu près d'elle quelques instants plus tôt.

Me retournant pour demander à Jamie ce qu'il pensait de cette épidémie de maris volatilisés, je m'aperçus de sa propre disparition. Ninian Hamilton s'étant détourné pour discuter avec un autre invité, l'espace à côté de moi était désormais occupé par deux esclaves en route vers le buffet et chancelant sous le poids d'une nouvelle dame-jeanne d'eau-de-vie de vin. Je m'écartai précipitamment et partis à la recherche de Jamie.

Il s'était évanoui dans la foule, tel un coq de bruyère sur la lande. Je pivotai lentement sur place pour examiner la terrasse et le parc. Aucun signe de lui parmi les convives. Mettant ma main en visière pour me protéger du soleil brillant du matin, je scrutai la pelouse.

Jamie ne pouvait pourtant rester invisible. Highlander géant avec du sang de Viking coulant dans les veines, il dépassait d'une tête la plupart des hommes, et sa chevelure reflétait le soleil comme du bronze poli. Pour couronner le tout, en l'honneur du mariage de Jocasta, il s'était mis sur son trente et un : drapé dans un plaid en tartan rouge vif et noir retenu à la taille par une grosse ceinture de cuir, il portait sa belle veste et son gilet gris ainsi que des chaussettes hautes avec des losanges noirs et rouges, les vêtements les plus criards à avoir jamais paré des mollets d'Écossais. Il se détachait du lot comme une tache de sang sur un drap blanc.

Je ne vis pas Jamie, mais je reconnus un visage familier. Descendant de la terrasse, je me frayai un passage entre les grappes d'invités.

— Monsieur MacLennan !

En entendant son nom, il pivota, l'air surpris, puis un sourire cordial illumina son visage maigre.

— Madame Fraser !

— Comme je suis contente de vous voir ! Comment allez-vous ?

Il avait l'air en bien meilleur état que lors de notre dernière rencontre. Il était propre, vêtu d'un costume sombre bien taillé, coiffé d'un chapeau neuf. Toutefois, il avait toujours les joues creuses et cette ombre au fond du regard, même quand il souriait.

— Oh... euh... je vais plutôt bien, madame. Plutôt bien.

— Vous n'êtes pas... Où demeurez-vous, ces jours-ci ?

Dit ainsi, cela me paraissait moins brutal que de lui demander : « Comment se fait-il que vous ne soyez pas en prison ? » N'étant point sot, il me répondit comme si j'avais posé les deux questions à la fois.

— Votre mari a eu la bonté d'écrire à M. Ninian, qui est ici.

Il m'indiqua la silhouette frêle de Ninian Bell Hamilton qui, apparemment, était engagé au beau milieu d'une discussion animée.

— ... Il lui a parlé de mes ennuis. M. Ninian est un grand ami de la Régulation, voyez-vous, ainsi que, bizarrement, du juge Henderson.

Il secoua la tête d'un air perplexe, s'interrogeant encore sur la manière dont Jamie avait manœuvré.

— Je ne saurais vous expliquer comment il s'y est pris, mais M. Ninian est venu me chercher en prison et m'a amené chez lui. J'habite là, pour le moment. C'est très généreux... vraiment très généreux de sa part.

Sa sincérité était évidente, pourtant il avait l'air ailleurs. Puis il se tut soudain. Il me dévisageait toujours, mais son regard était vide. Je cherchai quelque chose à dire, espérant le ramener au temps présent, quand un appel de Ninian le sortit de sa transe, m'épargnant cet effort. Abel MacLennan s'excusa poliment et partit rejoindre son bienfaiteur pour apporter sa contribution au débat.

Je me promenai sur la pelouse, saluant des visages connus par-dessus mon éventail. J'étais ravie d'avoir retrouvé Abel et de le savoir sain et sauf, mais quelque chose en lui me pinçait le cœur. On sentait que peu lui importait où se trouvait son corps, son cœur gisait pour toujours dans la tombe de sa femme.

Pourquoi Ninian l'avait-il amené avec lui à River Run ? Cette cérémonie de mariage ne pouvait que lui rappeler la sienne. Cela produisait toujours le même effet sur tout le monde.

Le soleil était à présent assez haut pour réchauffer l'air, mais je frissonnais malgré tout. La douleur de MacLennan me rappelait la période de ma vie après Culloden, quand, de retour dans mon époque, je croyais Jamie mort. Je ne connaissais que trop ce vide dans le cœur, cette impression de traverser les jours comme une somnambule et de passer les nuits les yeux grands ouverts, sans jamais trouver le repos, immergée dans un profond néant qui n'avait rien de paisible.

La voix de Jocasta appelant Ulysse s'éleva de la terrasse. Elle avait perdu trois maris et s'apprêtait à en prendre un quatrième. Elle avait beau être aveugle, son regard était loin d'être morne. Cela voulait-il dire qu'elle n'avait profondément aimé aucun de ses précédents maris ? Ou simplement qu'elle était d'une force exceptionnelle, capable de surmonter ses deuils, encore et encore ?

J'y étais parvenue une fois, pour Brianna. Mais Jocasta n'avait pas d'enfants, du moins aujourd'hui. En avait-elle eu un autrefois et choisi de vivre pour lui, étouffant ainsi la douleur de son cœur brisé ?

Je me ressaisis, m'extirpant de ces pensées mélancoliques. Après tout, la journée était magnifique et nous étions tous ici pour nous réjouir. Les cornouillers étaient en fleur. En pleine saison des amours, les merles bleus et les cardinaux paradaient, formant des confettis de couleur vive dans la verdure des arbres et sautillant de branche en branche, ivres de luxure.

— Mais bien sûr qu'ils l'ont déjà fait ! s'exclama une femme sur un ton expert. Voyons donc ! Ils vivent sous le même toit depuis des mois !

— Oui, évidemment, répondit un de ses compagnons, d'un ton peu convaincu. Pourtant, à les voir, on ne le dirait pas. C'est tout juste s'ils s'adressent un regard ! Enfin… je veux dire… naturellement, elle ne le voit pas, mais tout de même…

Les oiseaux n'étaient donc pas les seuls à penser à ça ! Toute l'assemblée semblait soudain connaître les effets d'une brutale montée de sève. Sur la terrasse, des groupes de jeunes femmes gloussaient et caquetaient, tandis que les hommes passaient et repassaient devant elles avec une nonchalance étudiée, se pavanant comme des paons dans leurs habits d'apparat. Je ne serais pas surprise de voir cette fête déboucher sur plusieurs fiançailles, sans parler de quelques grossesses. Parmi les effluves capiteux des fleurs de printemps et les odeurs de barbecue flottait un air de concupiscence.

Mon humeur mélancolique était passée, mais j'avais plus que jamais envie de retrouver Jamie. Je descendis d'un côté de la pelouse, puis remontai de l'autre. Toujours aucun signe de lui, là pas plus qu'entre la grande demeure et l'embarcadère où les esclaves en livrée continuaient d'accueillir les retardataires arrivant par bateau. Parmi ceux que l'on attendait encore se trouvait le curé censé célébrer la messe de mariage.

Le père LeClerc était un jésuite de la Nouvelle-Orléans en route pour une mission près de Québec, mais détourné du droit chemin par une généreuse donation de Jocasta à la Société de Jésus. L'argent n'achetait peut-être pas le bonheur, mais il facilitait indubitablement la vie.

Je jetai un coup d'œil dans la direction opposée et m'arrêtai net. Ronnie Campbell passa dans mon champ de vision et me salua. Je lui fis un signe avec mon éventail, mais j'étais trop distraite pour lui parler. N'ayant pas trouvé Jamie, je venais sans nul doute d'apercevoir une des raisons de sa disparition. Farquard Campbell, le père de Ronnie, remontait de l'embarcadère en compagnie de deux hommes, l'un portant les couleurs fauve et rouge de l'armée de Sa Majesté, l'autre en uniforme de la marine royale, le lieutenant Wolff.

La vue de ce dernier me fit éprouver une impression désagréable. Je ne le portais pas vraiment dans mon cœur. À vrai dire, le lieutenant Wolff n'était guère apprécié par tous ceux qui le côtoyaient.

Son invitation avait sans doute été inévitable : la marine royale était le premier acheteur de la production de bois, de goudron et de térébenthine de River Run, et Wolff, l'officier chargé de l'approvisionnement. Il se pouvait également que Jocasta l'ait invité pour des raisons personnelles. Le lieutenant avait autrefois demandé sa main. Non pas, comme elle l'avait fait crûment observer, parce qu'il la désirait, mais plutôt pour mettre la main sur la plantation.

Oui, je devinais qu'en ce jour, elle savourait la présence du lieutenant. En revanche, Duncan, moins porté sur les vengeances et les manipulations en tout genre, l'apprécierait sûrement moins.

Farquard Campbell me repéra et mit le cap droit sur moi, entraînant les forces armées dans son sillage. Je redressai mon éventail et exécutai un rapide échauffement de mes muscles faciaux pour les préparer à une conversation courtoise. Toutefois, à mon grand soulagement, le lieutenant aperçut un serviteur traversant la terrasse avec un plateau chargé de verres et vira brusquement de bord, alléché par la vue de rafraîchissements alcoolisés.

L'autre officier le regarda s'éloigner, mais, docile, il suivit Farquard. Je l'étudiai pendant qu'il approchait. Non, je ne l'avais jamais vu auparavant. Depuis le départ du dernier régiment de Highlanders à l'automne, l'apparition d'une redingote militaire rouge était inhabituelle dans la colonie. Qui pouvait-il bien être ?

Figeant mes traits dans ce que j'espérais être un sourire aimable, j'effectuai une révérence formelle, en étalant mes jupes brodées de manière splendide.

— Monsieur Campbell.

Discrète, je regardai derrière lui, mais le lieutenant Wolff s'était fort heureusement volatilisé à la recherche de substance alcoolique.

— Madame Fraser, mes hommages, dit Farquard accomplissant une gracieuse courbette.

Âgé et d'aspect desséché, Campbell était toujours aussi sobrement vêtu d'un costume noir en drap fin. Un ajout de dentelle au col était sa seule concession en ces temps de festivités. Il regarda derrière moi et fronça les sourcils.

— J'avais vu… j'avais *cru* voir votre mari. Il n'est pas avec vous ?

— Non, il est… euh… parti.

Avec délicatesse, je pointai mon éventail dans la direction des cabinets d'aisances, séparés esthétiquement de la maison principale par une certaine distance et un écran de pins blancs.

— Ah, oui. Je vois.

Campbell s'éclaircit la gorge et s'écarta pour me présenter l'homme qui l'accompagnait.

— Madame Fraser, voici le major Donald MacDonald.

Approchant de la quarantaine, le major MacDonald était un bel homme au nez aquilin. Il avait le teint tanné et le port altier d'un militaire de carrière, et son agréable sourire contrastait avec ses yeux perçants, du même bleu pâle que la robe de Brianna. Il s'inclina élégamment.

— Votre serviteur, madame. Puis-je me permettre de vous dire que cette couleur vous va à ravir ?

Je me détendis légèrement.

— Oui, vous le pouvez.

— Le major vient d'arriver à Cross Creek. Je l'ai assuré qu'il n'aurait jamais une meilleure occasion de rencontrer ses compatriotes et de se familiariser avec son nouvel environnement.

Farquard balaya d'un geste la terrasse, sur laquelle évoluait effectivement tout le Bottin mondain de Cape Fear.

— En effet, convint le major. Je n'avais pas entendu citer autant de patronymes écossais depuis mon départ d'Édimbourg. M. Campbell m'a appris que votre époux était le neveu de Mme Cameron, ou devrais-je plutôt l'appeler Mme Innes ?

— Oui. Vous avez déjà rencontré Mme... euh... Innes ?

Je jetai un œil vers la terrasse. Toujours pas de Duncan, pas plus que de Roger ou de Jamie. Bon sang ! Où étaient-ils donc tous passés ? Tenaient-ils une conférence au sommet dans les latrines ?

— Non, mais j'ai hâte de lui présenter mes hommages. Feu M. Cameron était une relation de mon père, Robert MacDonald de Stornoway.

Il baissa respectueusement sa perruque en direction du mausolée en marbre blanc dressé d'un côté du parc et qui abritait la dépouille d'Hector Cameron, puis il reprit :

— Votre mari ne serait-il pas apparenté aux Fraser de Lovat, par hasard ?

Gémissant intérieurement, je reconnus le début du tissage d'une toile d'araignée à l'écossaise. Quand un Écossais rencontrait un compatriote, ils commençaient invariablement par démêler leurs écheveaux généalogiques jusqu'à avoir isolé suffisamment de liens de parenté et de relations pour reconstituer un réseau utile. Pour ma part, j'avais tendance à m'empêtrer dans les fils gluants des familles et des clans, finissant comme une grosse mouche juteuse prise au piège dans la trame, à la merci de mon interrogateur.

Pendant des années, Jamie avait survécu aux intrigues politiques françaises et écossaises grâce à ses connaissances, glissant en équilibre précaire sur ces toiles d'araignée secrètes, évitant les pièges poisseux de la loyauté et de la trahison qui en avaient perdu tant d'autres. Je me concentrai donc de toutes mes forces, déterminée à situer ce MacDonald-ci parmi les milliers d'autres portant le même nom.

MacDonald de Keppoch, MacDonald des Îles, Mac-Donald de Clanranald, MacDonald de Sleat. Combien de sortes de MacDonald pouvait-il bien y avoir ? Un ou deux auraient dû suffire largement pour répondre à toutes les demandes.

MacDonald des Îles, naturellement ! La famille du major venait de l'île de Harris. Pendant l'interrogatoire, je gardais l'œil ouvert sur tout ce qui se passait autour de nous, mais Jamie restait sagement planqué.

Farquard Campbell, qui s'y entendait, lui aussi, en matière de généalogie, semblait s'amuser de ce ping-pong verbal, ses yeux noirs allant et venant entre le major et moi. Toutefois, son divertissement se transforma en surprise à la fin de mon analyse plutôt brouillonne de la lignée paternelle de Jamie, analyse qui contrastait avec le catéchisme du major, expert en la matière.

— Comment ? Votre mari est le petit-fils de Simon Lovat, le vieux renard ? s'étonna-t-il.

— Euh… oui, dis-je un peu mal à l'aise. Je pensais que vous le saviez.

On aurait dit qu'il venait d'avaler une prune à l'eau-de-vie, se rendant compte, mais trop tard, qu'elle avait encore son noyau. Il savait déjà que Jamie était un ancien jacobite gracié, mais Jocasta ne lui avait apparemment jamais parlé de sa parenté avec le vieux renard, exécuté pour haute trahison après son rôle dans le Soulèvement du prétendant Stuart. Lors de

cette période plutôt chaotique, la plupart des Campbell s'étaient battus du côté de la Couronne.

Ne prêtant pas attention à la perplexité de Campbell, MacDonald plissa le front, l'air concentré.

— J'ai eu l'honneur de rencontrer l'actuel lord Lovat. Son titre lui a été restitué, je présume ?

Se tournant vers Campbell, il expliqua :

— Il s'agit de Simon le jeune, qui a levé un régiment
pour combattre les Français en... 58 ? Non, 57. Oui,
c'est cela. Un brillant soldat, excellent combattant. Il
serait donc... le neveu de votre mari ? Non, son oncle.

— Son demi-oncle, rectifiai-je.

Simon le vieux avait été marié trois fois et n'avait
jamais caché ses liaisons extraconjugales, dont le
père de Jamie avait été l'un des fruits. Toutefois, je
n'avais sans doute pas besoin d'entrer dans ce genre
de détails.

Le visage fin de MacDonald s'éclaircit, et il hocha
la tête, satisfait d'être parvenu à remettre tous les
noms à leur place. Pour sa part, Farquard sembla se
détendre en apprenant que la réputation de la famille
était en bonne voie de réhabilitation.

— Un papiste, naturellement, ajouta soudain Mac-
Donald. Mais excellent soldat quand même.

— En parlant de soldats, saviez-vous que... l'interrompit Campbell.

Mon énorme soupir de soulagement fit crisser les
lacets de mon corset, tandis que Campbell entraînait
doucement le major dans une analyse détaillée d'un
haut fait militaire passé. Au passage, j'appris que le
major n'était plus en service actif, mais, comme beaucoup de ses confrères, à la retraite forcée, avec une
solde diminuée de moitié. À moins et jusqu'à ce que
la Couronne ait de nouveau besoin de ses services, il

était libre d'errer dans les colonies à la recherche d'un emploi. La paix n'était pas tendre avec les professionnels de la guerre.

« Attends un peu », pensai-je avec un frisson prémonitoire. D'ici quatre ans – peut-être moins – le major se retrouverait pleinement occupé.

Surprenant un éclat de tartan du coin de l'œil, je fis volte-face, mais ce n'était ni Jamie ni Duncan. Un pan du mystère était néanmoins levé, car il s'agissait de Roger, superbe dans son kilt. Ses yeux s'illuminèrent en apercevant Brianna et il accéléra le pas. Elle se tourna dans sa direction, comme si elle avait senti sa présence, et son visage s'irradia en retour.

Une fois à ses côtés, sans même remarquer l'homme avec qui elle était en train de parler, il l'enlaça et l'embrassa sur la bouche. Puis il s'écarta, tendit les bras vers Jemmy et déposa un autre baiser sur la petite tête rousse.

Les délaissant, je revins à la conversation avec mes compagnons, me rendant compte un peu tard que Farquard Campbell parlait depuis un moment sans que j'aie la moindre idée du sujet. Remarquant mon air perplexe, il esquissa un sourire narquois.

— Si vous voulez bien m'excuser, madame Fraser, je dois aller parler à un ami que je viens d'apercevoir. Je laisse le major en votre excellente compagnie.

Avec courtoisie, il effleura le bord de son chapeau et s'éloigna vers la maison, peut-être dans l'intention de retrouver le lieutenant Wolff avant qu'il n'ait empoché l'argenterie.

Abandonné là avec moi, le major chercha un instant un sujet de conversation approprié, puis il se rabattit sur la question d'usage entre nouvelles connaissances.

— Votre époux et vous-même êtes dans les colonies depuis longtemps ?

— Non, environ trois ans, répondis-je prudemment. Nous vivons au sein d'une petite communauté dans l'arrière-pays.

J'agitai mon éventail en direction de l'ouest avant d'ajouter :

— Un endroit baptisé Fraser's Ridge.

— Ah oui, j'en ai déjà entendu parler.

Un muscle tressaillit à la commissure de ses lèvres et je me demandai avec un certain malaise ce qu'il avait, au juste, entendu dire. L'existence de la distillerie de Jamie était un secret de Polichinelle parmi les colons écossais de Cape Fear. D'ailleurs, plusieurs tonneaux de whisky brut étaient clairement visibles près des écuries, cadeau de mariage de Jamie à sa tante et à Duncan. J'espérais néanmoins que ce secret n'avait pas été galvaudé au point qu'un officier tout juste arrivé dans la colonie n'en ait déjà entendu parler.

— Dites-moi, madame Fraser…

Il hésita, puis il se lança :

— Rencontrez-vous beaucoup de mouvements factieux dans votre partie de la colonie ?

— Factieux ? Oh, euh… non, pas beaucoup.

Méfiante, j'observai le mausolée en marbre blanc d'Hector Cameron devant lequel le costume gris de quaker de Hermon Husband formait une tache sombre. Les « mouvements factieux » désignaient les activités d'hommes tels que Husband et James Hunter… des Régulateurs.

En décembre dernier, les milices du gouverneur avaient étouffé des manifestations violentes, mais la

Régulation continuait à mijoter sous un couvercle bien fermé.

À cause de ses pamphlets, Husband avait été arrêté et emprisonné quelque temps en février, mais l'expérience ne semblait avoir calmé ni ses intentions ni son langage. La marmite pouvait déborder d'une minute à l'autre.

— Je suis ravi de l'entendre, madame. Recevez-vous souvent des nouvelles, isolés comme vous l'êtes ?

— Pas beaucoup, à vrai dire. C'est une belle journée, ne trouvez-vous pas ? Nous avons eu tellement de chance avec le temps, cette année. Vous n'avez pas éprouvé trop de problèmes en venant de Charleston ? Si tôt dans la saison, avec la boue…

Pendant que nous discutions, il m'examinait ouvertement, notant la coupe et la qualité de ma robe, les perles autour de mon cou et à mes oreilles (empruntées à Jocasta) et les bagues à mes doigts. Je connaissais bien ce regard. Il n'avait rien de lubrique. Il évaluait simplement mon rang social, ainsi que le degré de prospérité et d'influence de mon mari.

Je ne me vexai pas outre mesure, d'autant plus que j'en faisais autant. Bien éduqué, il venait d'une famille honorable. Cela se comprenait à son grade, mais se voyait aussi à la lourde chevalière en or à son doigt. Toutefois, il n'avait pas de fortune personnelle. Son uniforme était élimé et ses bottes très usées – quoique impeccablement cirées.

Son léger accent écossais se teintait d'une faible intonation gutturale à la française, signe d'un long séjour sur le Continent, probablement dans l'armée. Fraîchement débarqué dans les colonies, ses traits étaient encore tirés par une maladie récente et le blanc de ses yeux avait cette vague nuance jaunâtre propre aux nouveaux arrivants. En effet, affaiblis par la traversée, ces derniers contractaient toutes les infections possibles, du paludisme à la dengue, dès qu'ils se retrouvaient exposés aux microbes qui régnaient en maître dans les villes portuaires.

— Dites-moi, madame Fraser... reprit le major.

— Monsieur, vous n'insultez pas seulement moi, mais tous les hommes d'honneur ici présents !

La voix plutôt haut perchée de Ninian Bell Hamilton venait de s'élever au-dessus du brouhaha des conversations. Toutes les têtes se tournèrent vers la pelouse.

Ninian faisait face à un certain Robert Barlow, personnage que l'on m'avait présenté un peu plus tôt dans la matinée. Je me souvenais vaguement que c'était un quelconque marchand. D'Edenton ? À moins qu'il ne soit de New Bern. Cet homme trapu avait l'air de quelqu'un n'ayant pas l'habitude d'être contredit. Il toisait ouvertement Hamilton avec une moue sarcastique.

— Des « Régulateurs », vous dites ? Moi, j'appelle ça des délinquants, des agitateurs ! Vous voudriez faire passer cette racaille pour des hommes d'honneur, laissez-moi rire !

— Je ne cherche nullement à les faire passer pour tels, monsieur, je l'affirme et le défendrai sur mon honneur !

Le vieux monsieur se dressa de toute sa hauteur, sa main cherchant la garde de son épée. Heureusement, il n'en portait pas, tout comme les autres gentlemen présents, compte tenu du caractère festif de la réunion.

J'ignorais si cette absence d'armes influait sur l'arrogance de Barlow, mais celui-ci éclata d'un rire méprisant, puis tourna le dos à Hamilton. Fou de rage, le vieil Écossais en profita pour lui flanquer son pied dans le derrière.

Pris par surprise et déséquilibré, Barlow bascula en avant, atterrissant à quatre pattes, les pans de sa redingote sur la tête. Indépendamment de leurs opinions politiques, tous les témoins de la scène pouffèrent de rire. Encouragé, Ninian bomba le torse comme un coq nain et contourna son adversaire à terre pour l'affronter.

J'aurais pu lui dire que c'était une erreur tactique, mais, d'un autre côté, j'avais l'avantage de voir le visage de Barlow, à savoir mortifié, les yeux exorbités et cramoisi de fureur. Il se redressa précipitamment et, en rugissant, se rua sur le petit homme en le culbutant en arrière.

Les deux hommes roulèrent dans l'herbe sous les huées d'encouragement des spectateurs. Les convives rassemblés sur la terrasse et dans le jardin accoururent pour voir ce qui se passait. Abel MacLennan joua des coudes dans la foule, fermement résolu à voler au secours de son protecteur. Richard Caswell voulut le retenir par le bras. Abel se dégagea brutalement, le projetant en avant. James Hunter profita de l'occasion pour lui faire un croche-pied et Caswell tomba à genoux dans l'herbe, abasourdi. Son fils George poussa un cri outré et envoya un coup de poing dans les reins d'Hunter. Celui-ci fit volte-face et le gifla à toute volée.

Plusieurs femmes poussèrent des cris, vociférations qui n'étaient pas que des piaillements d'effroi. Une ou deux parmi elles soutenaient de manière ouverte l'ardeur de Ninian Campbell, qui venait provisoirement de prendre le dessus sur son adversaire. À califourchon sur son torse, il tentait de l'étrangler, mais sans grand succès en raison du cou de taureau et de l'épaisse cravate de Barlow.

Désespérée, je cherchai de l'aide autour de moi. Bon sang ! Mais que faisaient Jamie, Roger et Duncan ?

George Caswell était tombé, stupéfait, tenant son nez qui saignait sur sa chemise. DeWayne Buchanan, l'un des gendres d'Hamilton, se fraya un chemin dans l'assistance d'un pas résolu, mais j'ignorais s'il comptait éloigner son beau-père de Barlow ou l'aider à se battre.

— Et merde ! soupirai-je. Tenez-moi ça !

Je fourrai mon éventail entre les mains du major MacDonald, remontai mes jupes et m'apprêtai à me lancer dans la mêlée, me demandant à qui donner un coup de pied en premier et où pour être le plus efficace possible.

— Voulez-vous que je les arrête ?

Trouvant apparemment le spectacle à son goût, le major paraissait déçu mais résigné à l'idée d'y mettre un terme. Quelque peu décontenancée, je hochai la tête. Il dégaina son pistolet, le pointa vers le ciel et tira.

La détonation fut assez puissante pour faire taire tout le monde quelques instants. Les combattants se figèrent. Profitant de cette brève accalmie, Hermon Husband fit son entrée en scène, saluant les combattants avec de cordiales courbettes.

— Ami Ninian, ami Buchanan, permettez-moi...

Il saisit le vieil Écossais sous les aisselles et le mit debout, dégageant ainsi Barlow. Puis, d'un regard autoritaire, il avertit James Hunter, qui, tout en grognant de manière audible, recula de quelques pas.

Mme Caswell junior, femme de raison, avait déjà évacué son mari hors du champ de bataille et lui appliquait un mouchoir sur le nez. DeWayne Buchanan et Abel MacLennan avaient chacun pris Ninian Hamilton par un bras et l'entraînaient vers la maison en s'efforçant, avec tact, de montrer leur difficulté à le retenir. En fait, aussi bien l'un que l'autre aurait pu facilement le soulever de terre et le porter.

Richard Caswell s'était relevé tout seul et, bien qu'ayant l'air très offensé, il ne semblait pas sur le point de frapper qui que ce soit. Scandalisé, il époussetait les brins d'herbes sur sa veste, pinçant les lèvres et grimaçant.

— Votre éventail, madame Fraser ?

M'extirpant de mes réflexions concernant le bilan des hostilités, je pris l'objet en question des mains du major MacDonald. Il avait l'air plutôt content de lui. Je le dévisageai avec un certain respect.

— Merci, major. Dites-moi, vous promenez-vous toujours avec un pistolet chargé ?

— Un oubli, madame. Quoique fortuit. Je me suis rendu à Cross Creek hier et, rentrant seul à la plantation de M. Farquard Campbell après la tombée de la nuit, j'ai jugé plus prudent d'être armé pour faire la route.

Puis, d'un geste du menton, il désigna quelqu'un derrière moi.

— Si je puis me permettre, madame Fraser, qui est cet individu mal rasé ? Il ne paye pas de mine, mais ne manque pas de cran. Pensez-vous qu'il cherche encore à se battre ?

Me retournant, j'aperçus Hermon Husband nez contre nez avec Barlow, son chapeau noir et rond en arrière sur le crâne, sa barbe de trois jours hérissée de colère, le menton pugnace. Barlow lui tenait tête, le visage pourpre, les bras croisés sur la poitrine, l'écoutant d'un air hargneux.

Sur un ton vaguement réprobateur, j'expliquai :

— C'est Hermon Husband, un quaker. Il ne recourt jamais à la violence, hormis dans ses paroles.

Pour ce qui était des paroles, il n'en était jamais à court. Barlow essayait vainement d'en placer une, mais le flot qui s'écoulait de la bouche d'Husband était ininterrompu. Il débitait ses arguments avec une telle ferveur qu'il en postillonnait.

— ... une monstrueuse erreur judiciaire ! Ces shérifs – du moins est-ce ainsi qu'ils se font appeler – n'ont été nommés par aucune autorité légale, seulement par eux-mêmes, dans le seul but de s'enrichir par la corruption au mépris des droits élémentaires...

Barlow laissa retomber ses bras et recula d'un pas en espérant endiguer ce déluge verbal. Puis, profitant d'un bref instant pendant lequel Husband reprenait son souffle, il agita un doigt menaçant en avant.

— Vous évoquez la justice, monsieur ? Quels rapports ces émeutes et ce vandalisme ont-ils avec la justice ? En justifiant la réparation des torts qui vous ont été faits par le saccage des biens d'autrui...

— Loin de moi cette idée ! Mais l'indigent doit-il toujours être sacrifié au profit de l'homme sans scrupule ? Sa détresse ne mérite-t-elle aucune considération ? Laissez-moi vous dire, monsieur : Dieu sera sans merci pour les oppresseurs des pauvres et...

— Mais quel est l'objet exact de leur dispute ? me demanda MacDonald, intrigué. La religion ?

34

Voyant qu'Husband s'en était mêlé et constatant qu'il n'y aurait pas d'autres pugilats, les convives se dispersaient, s'éloignant vers les tables du buffet et les braseros sur la terrasse. Hunter et quelques autres Régulateurs restèrent pour soutenir moralement Husband, mais la plupart des invités étaient des planteurs et des marchands. Si, en théorie, ils étaient peut-être d'accord avec Barlow, beaucoup ne voulaient pas gâcher une trop rare occasion de faire la fête en débattant avec le quaker des droits des contribuables dans le besoin.

Je n'avais pas franchement envie non plus de détailler la rhétorique de la Régulation, mais je fis cependant de mon mieux pour en dresser un bref tableau au major.

— ... et donc, conclus-je, le gouverneur Tryon s'est senti obligé de lever une milice pour mater les émeutiers, mais les Régulateurs ont fait marche arrière. Ce qui ne veut pas dire qu'ils aient abandonné leurs revendications, loin de là.

Husband n'avait pas abandonné sa dispute – il ne capitulait jamais –, mais Barlow était enfin parvenu à se retirer du débat et reprenait ses esprits sous les ormes, devant la table des rafraîchissements, entouré d'amis compatissants qui lançaient de temps en temps des regards outrés vers le quaker.

— Je vois, fit MacDonald, captivé. Farquard Campbell m'avait effectivement parlé de ce mouvement séditieux. Vous dites que le gouverneur a levé une milice contre lui et pourrait être amené à recommencer ? Savez-vous qui commande ses troupes ?

— Hmm... il me semble que le général Waddell, Hugh Waddell, est à la tête de plusieurs compagnies.

Mais c'est le gouverneur, un ancien soldat lui-même, qui commande le tout.

— Vraiment ?

MacDonald semblait de plus en plus fasciné. Il n'avait pas rengainé son pistolet, dont il caressait la crosse d'un air songeur.

— Campbell m'a dit aussi que votre mari détenait une vaste parcelle de terre dans l'arrière-pays. Est-il un intime du gouverneur ?

— « Intime » est un peu exagéré. Disons plutôt qu'ils se connaissent, en effet.

La tournure de cette conversation me mettait mal à l'aise. À strictement parler, il était illégal pour un catholique de détenir des concessions de terres royales dans les colonies. J'ignorais si le major en était conscient, mais il ne pouvait lui avoir échappé que Jamie était catholique, compte tenu du reste de sa famille.

— Pensez-vous que votre mari accepterait de me recommander ?

Une lueur intéressée brillait au fond de ses yeux bleu pâle. Je compris enfin où il voulait en venir.

Un militaire de carrière sans guerre à se mettre sous la dent était doublement désavantagé, tant du point de vue du travail que des revenus. La Régulation n'était peut-être qu'une tempête dans un verre d'eau, mais elle offrait quelques perspectives de manœuvres guerrières. Après tout, Tryon n'avait pas de troupes régulières. Il serait éventuellement prêt à accueillir – et à rémunérer – un officier expérimenté s'il fallait de nouveau mobiliser une milice.

Je jetai un coup d'œil circonspect vers la pelouse. Husband et ses amis s'étaient placés en retrait et débattaient au pied de l'une des nouvelles statues de Jocasta. S'il fallait donner un sens à la bagarre récente, c'était que la Régulation restait un sujet brûlant d'actualité.

Je ne voyais aucune raison pour laquelle Jamie refuserait d'écrire une lettre le recommandant auprès de Tryon. En outre, je pouvais bien faire un geste pour remercier le major de nous avoir évité une bagarre généralisée.

— Cela devrait pouvoir se faire, répondis-je avec prudence. Vous devriez en parler directement avec mon mari, mais je serais heureuse d'intercéder en votre faveur.

— Vous aurez alors toute ma gratitude, madame.

Il rengaina son pistolet et s'inclina avec respect au-dessus de ma main. En se redressant, il aperçut quelque chose derrière moi.

— Je crains de devoir prendre congé, madame, mais j'espère avoir très prochainement l'honneur de faire la connaissance de votre mari.

Le major partit lestement vers la terrasse. Me retournant, je vis Hermon Husband approcher à grands pas, Hunter et quelques autres hommes sur ses talons.

— Madame Fraser, auriez-vous la bonté de présenter tous mes vœux de bonheur et mes regrets à Mme Innes ? déclara-t-il sans préambule. Je dois partir.

— Oh, si tôt ?

J'hésitai. D'un côté, j'aurais voulu l'inciter à rester. De l'autre, sa présence risquait de provoquer encore du grabuge. Depuis l'échauffourée, les amis de Barlow ne le quittaient pas des yeux.

Il dut lire dans mes pensées, car il hocha la tête sobrement. Le feu du débat avait quitté ses joues et ses traits avaient retrouvé leur grisaille habituelle.

— Cela vaut mieux. Jocasta Cameron a toujours été une bonne amie pour moi et ce serait mal la remercier que de semer la discorde le jour de ses noces. Néanmoins, je ne peux, en mon âme et conscience, écouter sans réagir des opinions aussi pernicieuses que celles énoncées ici.

Il regarda le groupe de Barlow avec mépris, sentiment qui lui fut retourné au centuple. Puis, leur tournant le dos, il ajouta :

— En outre, des affaires urgentes nous appellent ailleurs.

Il hésita, se demandant visiblement s'il devait m'en dire plus, puis décida que non.

— Vous le lui direz, n'est-ce pas ? insista-t-il.

— Oui, bien sûr, monsieur Husband. Je suis navrée.

Il esquissa un faible sourire teinté de mélancolie et secoua la tête sans rien ajouter. Tandis qu'il s'éloignait avec ses compagnons, James Hunter s'approcha de moi et me glissa à l'oreille :

— Les Régulateurs se rassemblent de nouveau. Il y a un grand campement près de Salisbury. Vous devriez peut-être le signaler à votre époux.

Il effleura le bord de son chapeau en guise de salut et, sans attendre ma réponse, s'éloigna à son tour, son manteau noir se fondant dans la foule comme un moineau disparaissant dans une volière remplie de paons.

De ma place au bord de la terrasse, je pouvais voir l'ensemble des invités. Ils déferlaient sans cesse entre la maison et la rivière, formant ici et là des courants tournoyants faciles à repérer pour un œil avisé.

Jocasta constituait le cœur du principal tourbillon des mondanités, mais des remous plus petits décrivaient des volutes menaçantes autour de Ninian Bell Hamilton et de Richard Caswell. Un autre courant continu formait des méandres dans l'assistance, déposant des résidus de conversation sur son passage, un riche limon de commérages fertiles. D'après les bribes que je surprenais ici et là, la vie sexuelle putative de nos hôtes était le sujet prédominant, suivi de près par la politique.

Toujours aucun signe de Jamie ni de Duncan. En revanche, le major avait réapparu. Il s'arrêta net, un verre de cidre à la main. Il venait d'apercevoir Brianna. J'observai la scène en souriant.

Brianna coupait en général le souffle des hommes, mais pas toujours par admiration. Elle avait hérité d'un certain nombre des traits de son père : ses yeux bleus en amande, sa chevelure flamboyante, son long nez droit, sa bouche large et ferme, autant de vestiges d'ancêtres vikings. Outre ces attributs frappants, elle avait aussi hérité de sa haute taille. À une époque où une femme dépassait rarement un mètre cinquante-deux, Brianna détonnait avec son mètre quatre-vingt. De quoi interloquer souvent les gens.

C'était le cas de MacDonald, qui en avait oublié son cidre. Roger le remarqua. Il sourit au major et le salua d'un signe de tête, tout en se rapprochant instinctivement de Brianna comme pour lui signifier : « Pas touche, elle est à moi ! »

Plus tard, observant le major en pleine conversation, je remarquai à quel point il paraissait pâle et frêle à côté de Roger, qui était presque aussi grand que Jamie. Il avait les épaules larges et le teint olivâtre, avec des cheveux aussi noirs et brillants que le plumage d'un corbeau au soleil, peut-être l'héritage d'un lointain envahisseur espagnol. Je devais reconnaître qu'aucune ressemblance n'était encore notable entre lui et le petit Jemmy, aussi roux qu'un chandelier en cuivre à peine sorti de la forge. J'aperçus un éclat blanc lorsqu'il se mit à sourire. Quant au major, il souriait la bouche fermée, comme la plupart des gens dans la trentaine qui cachent ainsi leurs dents manquantes et leurs chicots noirâtres. Dans ce cas, peut-être était-ce dû au stress inhérent au métier de soldat, ou alors simplement à une mauvaise nutrition. Venir d'une bonne famille ne garantissait pas qu'un enfant mangeait correctement.

Je passai la langue sur mes propres dents, testant le tranchant de mes incisives. Elles étaient saines et bien droites et, compte tenu de l'état actuel de la dentisterie, je faisais tout mon possible pour qu'elles le restent.

— Mais… si ce n'est pas madame Fraser !

La voix aigrelette me sortit de mes pensées et je découvris Phillip Wylie à mes côtés.

— À quoi étiez-vous donc en train de penser, ma douce amie ?

Il prit ma main et, cachant sa dentition pourtant relativement présentable derrière un sourire entendu, déclara en abaissant la voix :

— Vous aviez l'air délicieusement… sauvage !

Je retirai ma main avec vivacité, en répliquant sur un ton acerbe :

— Je ne suis pas votre « douce amie ». Parlant de sauvagerie, je m'étonne que personne ne vous ait encore mordu l'arrière-train.

— Je ne désespère pas que cela arrive, m'assura-t-il avec un pétillement au fond des yeux.

Il s'inclina, parvenant par la même occasion à reprendre ma main.

— Me ferez-vous l'honneur de m'accorder une danse, madame Fraser ?

— Non. Lâchez ma main.

Il obtempéra, mais pas avant d'avoir planté un baiser sur le bout de mes doigts. Je me retins de les essuyer sur ma jupe et le repoussai d'une tape de mon éventail.

— Laissez-moi, maintenant. Allez jouer ailleurs. Ouste ! Du vent !

Phillip Wylie était un coquet et un libertin. Je l'avais déjà rencontré à deux occasions et, chaque fois, il avait été égal à lui-même, culottes en satin, bas de soie et tous les accessoires qui allaient avec : perruque et visage poudrés, petite mouche noire en forme de croissant collée sous un œil.

Cette fois, il s'était surpassé : la perruque était mauve, le gilet de satin brodé de... – je clignai des yeux pour m'assurer que j'avais bien vu – ... oui, de lions et de licornes en fils d'or et d'argent. Ses culottes étaient si moulantes qu'on avait dû les coudre sur lui. Le croissant avait cédé la place à une étoile collée à la commissure des lèvres. En somme, M. Wylie était devenu un vrai chou à la crème, avec une cerise sur le sommet.

— Oh, mais je n'ai nullement l'intention de vous abandonner, ma douce amie ! Je vous ai cherchée partout.

J'examinai sa veste en velours rose avec des boutonnières brodées de pivoines écarlates et des manchettes en soie lilas qui dégoulinaient au moins sur quinze centimètres.

— Il semblerait que vous ayez fini par me trouver. Mais je ne m'étonne pas de la difficulté de vos recherches. Vous deviez être aveuglé par l'éclat de votre propre gilet.

À ses côtés, Lloyd Stanhope, un ami aussi prospère que lui mais vêtu bien plus sobrement, éclata de rire. Wylie ne lui prêta pas attention, me faisant une nouvelle courbette.

— Que voulez-vous, ma chère amie, Dame Fortune a été généreuse avec moi cette année. Le commerce avec l'Angleterre se porte à merveille – que tous les dieux en soient loués ! – et j'y ai plus que ma part. Vous devriez m'accompagner voir…

Je fus sauvée par l'apparition soudaine d'Adlai Osborn, un autre riche marchand prospère basé quelque part le long de la côte, qui tapota l'épaule de Wylie. Profitant de cette diversion, j'ouvris mon éventail et me faufilai entre les convives.

Un instant livrée à moi-même, je descendis de la terrasse avec nonchalance et me promenai dans le jardin. Je cherchais toujours Jamie ou Duncan, mais j'en profitai aussi pour examiner les dernières acquisitions de Jocasta qui suscitaient de nombreux débats parmi les invités. Il s'agissait de deux statues en marbre blanc, chacune placée au centre des deux pelouses.

Celle située près de moi était la représentation grandeur nature d'un guerrier grec, un Spartiate sans doute, puisque le sculpteur avait fait l'économie du moindre vêtement, laissant comme seuls accessoires au monsieur un robuste casque à plumes et une épée à la main. Un grand bouclier placé stratégiquement à ses pieds palliait les insuffisances les plus élémentaires de sa garde-robe.

Sur l'autre pelouse se dressait sa contrepartie sous les traits d'une Diane chasseresse, drapée dans une tunique sommaire. Ses seins et ses fesses de marbre attiraient les regards en biais des messieurs, mais ces attributs faisaient moins sensation que ceux de son compagnon. Je cachai mon sourire derrière mon éventail en voyant M. et Mme Sherston passer devant la statue sans même lui jeter un coup d'œil. En levant le nez et en affichant des airs blasés, ils signifiaient à l'entourage que ce genre d'œuvre d'art existait partout en Europe et que seuls les ploucs des Colonies, dépourvus d'expérience et de culture, pouvaient s'émerveiller d'un tel *spectacle*[1], mon cher.

Inspectant la statue de plus près, je découvris qu'il ne s'agissait pas d'un quelconque grec anonyme mais de Persée. Ce que j'avais pris pour une pierre posée près du bouclier était en fait la tête de Méduse, la moitié de ses serpents se dressant, stupéfaits et scandalisés.

La beauté des reptiles offrait une excuse aux dames pour s'approcher davantage. Certaines audacieuses pinçaient les lèvres d'un air connaisseur et s'exclamaient, admiratives, devant le rendu de chaque écaille. De temps à autre, l'une d'elle laissait son regard remonter une fraction de seconde, avant de se ressaisir et de se replonger dans la contemplation de la Gorgone, les joues rouges, sans nul doute en raison de l'air frisquet et du vin chaud.

Mon attention fut détournée du spectacle de Persée par une coupe fumante du breuvage en question, placée sous mon nez par Lloyd Stanhope.

---

1. En français dans le texte. (*N.d.T.*)

— Buvez-en un peu, chère madame. Vous ne voudriez pas attraper froid.

Cela ne risquait pas, car la température avait monté au fil de la journée. J'acceptai malgré tout la coupe, envoûtée par le parfum de cannelle et de miel qui s'en dégageait.

De l'autre côté de la statue, un groupe de gentlemen vantait les mérites du tabac de Virginie en le comparant aux plants d'indigo, tandis qu'à l'arrière du héros, trois jeunes filles regardaient avec coquetterie et en pouffant de rire les parties charnues du guerrier.

— … unique ! disait Phillip Wylie.

Les flux et les reflux de la conversation l'avaient de nouveau fait dériver dans mon voisinage.

— … Absolument unique ! On les appelle les perles noires. Je parie que vous n'avez jamais rien vu de tel.

Il pivota sur lui-même et, m'apercevant, m'effleura le coude.

— Madame Fraser, il me semble me souvenir que vous avez passé un certain temps en France. Peut-être en avez-vous déjà vu ?

Il me fallut quelques instants pour reconstituer le fil de leur conversation.

— Des perles noires ? Euh… oui, quelques-unes. Je me souviens que l'archevêque de Rouen avait un petit page maure qui en portait une énorme dans la narine.

La mâchoire de Stanhope s'ouvrit grand. Wylie me dévisagea une fraction de seconde avec stupéfaction, puis il partit d'un éclat de rire si retentissant qu'il interrompit net les lobbyistes du tabac et les trois adolescentes gloussantes. Tous se tournèrent vers nous.

— Vraiment, madame Fraser, vous me ferez mourir de rire !

Hilare, il sortit un mouchoir en dentelle et se tamponna délicatement le coin des yeux pour éviter que ses larmes ne fassent couler sa poudre de riz. Puis, il me prit par le bras et me propulsa hors de la cohue avec une adresse inattendue.

— Comme ça, madame Fraser, vous ne savez toujours pas de quoi ont l'air mes trésors ? Je dois absolument vous les montrer.

Avec habileté, il me guida entre les groupes, puis au-delà de la maison, où un sentier dallé conduisait aux écuries. Une autre foule, principalement des hommes, était agglutinée autour du paddock, où l'un des palefreniers de Jocasta éparpillait du foin pour plusieurs chevaux.

J'en comptais cinq : deux juments, deux poulains de deux ans et un étalon. Tous noirs comme jais, avec des robes qui brillaient dans le soleil printanier en dépit des vestiges cotonneux de leurs poils d'hiver. Je n'étais pas experte en anatomie équine, mais je ne pouvais qu'admirer leurs poitrails puissants, leurs hauts garrots et les muscles sculpturaux qui leur donnaient une élégance singulière et très séduisante. Cependant, au-delà de leur silhouette et de leur robe, leur crinière était la caractéristique la plus frappante.

Constituée d'une imposante masse de longs crins soyeux comme des cheveux de femme, elle volait au moindre mouvement, en harmonie avec la chute gracieuse de leur queue généreusement fournie. En outre, leurs fanons formaient de délicates plumes noires qui retombaient sur leurs sabots à chaque pas et s'agitaient comme des graines d'asclépiades ballottées par le vent. Comparés aux chevaux utilisés en général comme montures, bêtes de somme ou de halage, ces animaux paraissaient presque magiques.

À en juger par les commentaires émerveillés des spectateurs, ils semblaient sortis tout droit du pays des fées plutôt que de la plantation de Phillip Wylie à Edenton. Incapable de détacher les yeux de ces splendides créatures, je demandai à ce dernier sans le regarder :

— Ils sont à vous ?

— Oui. Ce sont des chevaux frisons.

Son affectation habituelle était étouffée par une fierté justifiée.

— C'est une des races les plus anciennes. Leur arbre généalogique s'étend sur des siècles.

Il se pencha par-dessus la balustrade, puis tendit une main, la paume vers le ciel, et agita les doigts vers les chevaux pour les inviter à s'approcher.

— Je les élève depuis plusieurs années. Mme Cameron m'a demandé d'amener ceux-ci. Elle envisage d'acheter une de mes juments et a pensé qu'un ou deux de ses voisins pourraient également être intéressés. Quant à Lucas...

Reconnaissant son maître, l'étalon s'était approché et, avec grâce, se laissait gratter le front.

— ... il n'est pas à vendre.

Les deux juments étant pleines, Lucas, le géniteur, était ici pour fournir la preuve de sa paternité. Je soupçonnai aussi son propriétaire de vouloir faire de l'esbroufe. Ses « perles noires » suscitaient une grande curiosité et plusieurs éleveurs des environs contemplaient le pur-sang, rongés par la jalousie. Phillip Wylie se pavanait comme un coq de bruyère.

Brusquement, la voix de Jamie retentit dans mon oreille.

— Ah, te voilà, *Sassenach* ! Je te cherchais.

Je me retournai, et sa vue me réchauffa la poitrine.

— Ah oui ? Et toi, où étais-tu passé ?

Mon ton accusateur ne sembla guère l'émouvoir.

— Oh ! par-ci par-là. Quel animal magnifique, monsieur Wylie !

Il le salua d'un bref signe de tête, puis, me prenant le bras, il m'entraîna vers la maison avant que Wylie n'ait fini de répondre :

— Vous êtes trop aimable...

— Qu'est-ce que tu fabriquais ici avec ce freluquet ? me demanda-t-il, dès que nous nous fûmes éloignés.

À notre passage devant les cuisines extérieures, sortit une procession de domestiques portant des plateaux de mets fumants recouverts de serviettes blanches. Je posai une main sur mon ventre pour étouffer les borborygmes déclenchés par cette vision appétissante.

— J'admirais ses chevaux, répondis-je. Et toi ?

Il me guida autour d'une flaque d'eau.

— Je cherchais Duncan. J'ai regardé partout, dans les latrines, la forge, les écuries, les cuisines. J'ai pris un cheval et je suis allé jusqu'aux granges où ils font sécher le tabac. Aucune trace de lui.

— Le lieutenant Wolff l'a peut-être assassiné. Crime passionnel, jalousie de rival...

Il s'arrêta, l'air consterné.

— Wolff ? Ce rat est ici ?

— En chair et en os.

Je lui indiquai la pelouse de la pointe de mon éventail. Wolff avait pris place près de la table des rafraîchissements, sa silhouette courte et trapue reconnaissable entre toutes dans son uniforme bleu et blanc de la marine.

— C'est ta tante qui l'a invité ?

— Sûrement, dit-il, résigné. Elle n'a pas résisté au plaisir de lui mettre le nez dans ses propres excréments.

— C'est bien mon avis aussi. Cela dit, il n'est là que depuis une demi-heure et s'il continue à écluser à ce rythme, il sera ivre mort avant même le début de la cérémonie.

Jamie fit une grimace méprisante à l'endroit du lieutenant qui tenait une bouteille à la main.

— Bah ! Qu'il se cuite si ça lui chante. Le principal, c'est qu'il n'ouvre la bouche que pour y verser à boire. Mais où donc Duncan est-il parti se cacher ?

— Il s'est peut-être jeté à l'eau ? répliquai-je en plaisantant.

Je jetai néanmoins un coup d'œil vers la rivière. Une barque s'apprêtait à accoster. Le rameur se tenait à la proue pour lancer la corde d'amarrage à l'esclave qui attendait sur le ponton.

— Regarde ! Ce ne serait pas le prêtre, enfin ?

C'était bien lui. Le petit bonhomme grassouillet, la soutane noire retroussée au-dessus de mollets velus, essayait de grimper tant bien que mal sur l'embarcadère, poussé aux fesses par le rameur. Ulysse arrivait déjà au pas de course pour accueillir l'homme d'Église.

— Tant mieux, dit Jamie satisfait. On a le curé et la mariée. Deux sur trois, c'est déjà un progrès. Attends, *Sassenach*, tes cheveux se sont détachés.

Il suivit le tracé d'une boucle dans mon dos et je fis docilement glisser mon châle plus bas sur mes épaules. Avec une dextérité due à une longue pratique, il remit la boucle en place dans ma coiffure, puis déposa un baiser dans ma nuque, me faisant frissonner.

Lui non plus n'était pas insensible aux vibrations de l'air printanier.

— Je suppose qu'il faut que je continue à chercher Duncan, dit-il avec une pointe de regret dans la voix.

Ses doigts s'attardèrent dans mon dos, son pouce caressant avec douceur les fossettes de mes vertèbres.

— Cela dit, une fois que je l'aurais retrouvé... on pourrait peut-être dénicher un petit coin tranquille dans les parages.

Au mot « tranquille », je m'adossai contre lui en regardant lascivement vers la berge où un groupe de saules pleureurs abritait un banc en pierre. On ne pouvait espérer endroit plus calme ni plus romantique, surtout après la tombée du soir. Les branches de saules étaient couvertes de bourgeons verts, mais, derrière ce rideau de verdure, j'entrevis un éclat rouge vif.

— Le voilà ! m'exclamai-je. Oh, pardon !

En me redressant abruptement, j'avais écrasé avec force l'orteil de Jamie.

— Ce n'est pas grave, me rassura-t-il.

Suivant la direction de mon regard, il se redressa à son tour avec détermination.

— Je vais le chercher, annonça-t-il. Remonte à la maison, *Sassenach*, et surveille ma tante et le curé. Ne les laisse pas t'échapper avant que le mariage ne soit prononcé.

Jamie traversa le parc en direction des saules pleureurs, répondant d'un air distrait aux salutations des amis et des connaissances sur son passage. En vérité, son esprit était plus accaparé par sa femme que par les noces imminentes.

Il était conscient de sa chance d'avoir une épouse aussi belle. Même dans sa robe de tous les jours en grosse toile, pataugeant jusqu'aux genoux dans la boue de son jardin ou maculée du sang de ses patients, les courbes de son visage le faisaient toujours autant frémir et ses yeux couleur whisky l'enivraient d'un seul regard. Et puis sa masse de cheveux éternellement rebelles l'amusait.

Souriant tout seul à cette évocation, il se rendit compte qu'il était un peu ivre. L'alcool coulait partout à flots et, déjà, plusieurs hommes s'appuyaient contre le mausolée d'Hector, le regard vitreux et la mâchoire molle. Il y en avait même un qui pissait contre un arbre. Avant la nuit, un ivrogne ronflerait dans chaque buisson.

Seigneur ! La pensée de ces corps étendus évoqua en lui une vision totalement indécente de Claire, les quatre fers en l'air, riant aux éclats, ses seins s'échappant de sa robe, les feuilles mortes et les herbes sèches autour d'elle de la même couleur que ses jupes retroussées et que les petits poils frisés de sa... Il refoula aussitôt cette image, saluant cordialement la vieille Mme Alderdyce, la mère du juge.

— Mes hommages, madame.

— Bonjour, jeune homme. Amusez-vous bien.

La vieille dame inclina la tête avec dignité et poursuivit son chemin, s'appuyant sur le bras de sa compagne, une jeune femme stoïque qui esquissa un faible sourire en réponse au salut de Jamie.

— Monsieur Jamie ?

Une des servantes venait d'apparaître à ses côtés, avec un plateau rempli de coupes. Il en prit une, la remercia en souriant et en vida la moitié d'un trait.

Ce fut plus fort que lui. Il se retourna pour admirer Claire, mais n'entr'aperçut que le sommet de son crâne se faufilant dans la foule, sur la terrasse. Bien entendu, elle s'obstinait à ne pas porter un bonnet convenable, préférant s'épingler sur la tête une coquetterie tout en dentelles et en rubans, piquée de cynorhodons. Réprimant une envie de rire, il se laissa de nouveau captiver par les saules, un immense sourire aux lèvres.

Ce devait être sa nouvelle robe qui le mettait dans cet état. Depuis des mois, il ne l'avait pas vue habillée ainsi, en grande dame, sa taille fine prise dans la soie, ses seins blancs, ronds et doux débordant de son décolleté comme des poires d'hiver mûries à point. Elle était une autre femme, à la fois intimement familière et néanmoins d'une étrangeté excitante.

Ses doigts le démangèrent au souvenir de la longue mèche rebelle retombant en spirales dans son dos, du contact de sa nuque, de la courbe ronde et chaude de sa croupe à travers sa jupe, se pressant contre sa cuisse. Avec tout ce monde autour d'eux, il n'avait pu la posséder depuis plus d'une semaine, et ce manque se faisait cruellement sentir.

Depuis qu'elle lui avait montré ses spermatozoïdes, il avait la sensation désagréable d'un dangereux surpeuplement dans ses bourses, un fourmillement surtout perceptible dans ce genre de situation. Il savait très bien qu'il n'y avait aucun danger de rupture ou d'explosion, mais il ne pouvait s'empêcher de penser aux bousculades qui avaient lieu dans son entrejambe.

Être emprisonné dans une foule grouillante sans aucune issue de secours correspondait à sa propre vision de l'enfer. Aussi, il s'arrêta un instant derrière l'écran de saules pour rassurer ses chers petits d'une légère pression de la main, espérant ainsi calmer l'émeute pendant un bout de temps.

Il s'assurerait que Duncan soit bien marié, puis le laisserait se débrouiller tout seul. À la nuit tombée, s'il ne trouvait rien de mieux, un simple buisson ferait l'affaire. Il écarta une brassée de branches de saule et baissa la tête pour se glisser dessous.

— Duncan… commença-t-il.

Il s'interrompit, interdit. Le flot de ses pensées charnelles s'évanouit comme de l'eau aspirée dans un drain. La veste rouge vif n'était pas celle de Duncan Innes, mais celle d'un inconnu qui, aussi surpris que lui, fit volte-face. Un inconnu portant l'uniforme de l'armée de Sa Majesté.

L'air perplexe du militaire s'effaça presque aussi vite que celui de Jamie. Ce devait être MacDonald, l'officier dont lui avait parlé Farquard Campbell – celui qui percevait seulement la moitié de sa solde. Selon toute vraisemblance, Farquard l'avait aussi décrit à MacDonald, car celui-ci semblait l'avoir identifié.

MacDonald tenait une coupe de punch. Il la vida calmement, puis la déposa sur le banc de pierre, s'essuyant les lèvres sur le dos de sa main.

— Colonel Fraser, je présume ?

— Enchanté, major MacDonald.

Jamie esquissa un bref salut de la tête, à la fois poli et méfiant.

Le major s'inclina respectueusement.

— Colonel, puis-je prendre un bref moment de votre temps ? En privé ?

Il regarda par-dessus l'épaule de Jamie. Derrière eux, sur la berge, de très jeunes femmes poursuivies par de très jeunes hommes couraient en riant et en poussant des petits cris excités.

Remarquant, avec un certain cynisme, l'utilisation de son rang de milicien, Jamie acquiesça et posa à son tour sa coupe à moitié vide sur le banc. Puis, intrigué, il lui montra la maison d'un signe du menton. Le major hocha la tête et le suivit hors de leur abri de saules. Non loin d'eux, un froufroutement leur indiqua que la jeunesse avait aussitôt réinvesti la cachette de verdure et le banc. Jamie leur souhaita mentalement bonne chance, notant au passage l'emplacement pour y revenir éventuellement plus tard, à la nuit tombée.

La journée était fraîche mais ensoleillée et pas trop venteuse. Trouvant l'atmosphère civilisée de la maison trop confinée, bon nombre de convives, surtout des hommes, formaient des petits groupes sur la terrasse ou se promenaient en discutant dans les allées du jardin, où la fumée de leur pipe ne dérangeait personne. Estimant qu'à cet endroit on risquait moins de les interrompre, Jamie conduisit MacDonald sur le sentier en brique qui menait aux écuries.

Tout en contournant la maison pour qu'ils soient hors de portée des oreilles indiscrètes, le major s'efforçait d'entretenir la conversation.

— Avez-vous vu les frisons de Wylie ? demanda-t-il.

— Oui. L'étalon est une belle bête, n'est-ce pas ?

Le regard de Jamie se tourna machinalement vers le paddock. Tranquille, le pur-sang broutait l'herbe près de l'abreuvoir, pendant que les deux juments se tenaient tête-bêche devant la grange, leurs dos larges luisant dans la pâle lueur du soleil.

Le major plissa les yeux vers l'enclos.

— Oui, sans doute, convint-il. Il paraît robuste et a un bon poitrail, mais tous ces crins... on ne pourrait pas en faire une bonne monture de cavalerie, à moins de le raser ou de le coiffer...

Jamie se retint de lui demander s'il aimait aussi les femmes rasées. L'image de la boucle rebelle retombant sur la nuque blanche de Claire était toujours aussi vive dans son esprit. Peut-être que les écuries conviendraient mieux... Il mit cette idée de côté pour la réexaminer plus tard.

— Vous vouliez me parler de quelque chose qui vous préoccupe, major ? demanda-t-il plus abruptement qu'il ne l'aurait voulu.

— Ce n'est pas tant moi que cela préoccupe, répondit MacDonald avec calme. J'ai cru comprendre que vous cherchez des informations sur un certain Stephen Bonnet. Ai-je été bien informé ?

Le nom frappa Jamie en pleine poitrine. Il lui fallut quelques instants pour retrouver son souffle. Inconsciemment, sa main se referma sur la poignée de son coutelas.

— Je... euh, en effet. Vous savez où il se trouve ?

— Malheureusement pas.

Voyant sa déception, il se hâta d'ajouter :

— Mais je sais où il s'est trouvé. Si je comprends bien, ce Stephen est un vilain garçon ?

— Vous pouvez le dire. Il a commis plusieurs meurtres, m'a volé et a violé ma fille.

Le sourire jovial du major s'effaça aussitôt.

— Ah, je vois, dit-il doucement.

Il leva une main, comme pour toucher le bras de Jamie, puis la laissa retomber. Il avança de quelques pas, le front soucieux.

— Je suis navré, je ne savais pas. Maintenant, je comprends mieux...

Il se tut, ralentissant le pas tandis qu'ils approchaient de l'enclos.

— J'imagine que vous avez l'intention de me dire ce que vous savez de cet homme ? l'encouragea poliment Jamie.

MacDonald releva les yeux et se rendit compte que, quelles que soient ses intentions, son interlocuteur était déterminé à lui soutirer tout ce qu'il savait, que ce soit par la conversation ou par des méthodes plus directes.

— Je ne l'ai jamais rencontré personnellement, dit-il. Ce que je sais, je l'ai appris au cours d'une réception mondaine à New Bern, le mois dernier, lors d'un tournoi de whist organisé par Davis Howell, riche armateur et membre du Conseil royal du gouverneur.

Les convives, triés sur le volet, avaient commencé par un délicieux dîner avant de s'installer autour des tables de jeux. La soirée avait généreusement été arrosée de punch et de cognac.

À mesure que l'heure tournait et que l'air se remplissait de la fumée lourde des cigarillos, la conversation se fit plus libre. On échangea plusieurs plaisanteries concernant l'amélioration récente de la fortune d'un certain M. Butler, railleries accompagnées de spéculations à demi voilées, quant à l'origine douteuse de ses nouvelles richesses. Ne cachant pas sa jalousie, un monsieur déclara : « C'est facile de s'en mettre plein les poches quand on a un Stephen Bonnet sous la main ! » Son voisin, dont la discrétion ne s'était pas encore totalement dissoute dans le rhum, le fit aussitôt taire d'un coup de coude dans les côtes.

— Ce M. Butler faisait-il partie des convives ? demanda Jamie.

Ce nom ne lui disait rien, mais si Butler fréquentait des membres du Conseil royal… Au sein de la colonie, les cercles du pouvoir étant très restreints, il s'y trouverait bien quelqu'un connu de sa tante ou de Farquard Campbell.

— Non, il n'était pas à la soirée.

Ils avaient rejoint le paddock. MacDonald posa ses bras croisés sur la balustrade, contemplant l'étalon.

— Je crois qu'il habite à Edenton, ajouta-t-il.

Tout comme Phillip Wylie. Lucas, l'étalon, s'approcha d'eux, curieux, et agita ses naseaux. Jamie tendit machinalement la main et, le cheval se montrant aimable, il caressa sa noire mâchoire. En dépit de la grande beauté du frison, il le remarqua à peine, ses pensées se bousculant dans sa tête.

Edenton se trouvait sur le détroit d'Albemarle, facilement accessible par bateau. Bonnet avait donc dû reprendre son premier métier de marin, ainsi que ses activités annexes de piraterie et de contrebande.

— Pourquoi avez-vous qualifié Bonnet de « vilain garçon » tout à l'heure ? demanda soudain Jamie.

MacDonald se tourna vers lui.

— Vous aimez jouer au whist, colonel ? C'est un jeu que je vous recommande. Il présente certains avantages sur les échecs en ce sens qu'il permet de découvrir ce que votre adversaire a dans la tête et, avantage encore plus grand, de pouvoir se jouer contre plusieurs personnes à la fois. Enfin, on peut en vivre, ce qui est rarement le cas des échecs.

— Merci, je connais ce jeu, répondit sèchement Jamie.

MacDonald était un officier avec peu de ressources, sans mission officielle ni régiment. Pour des hommes dans sa situation, il n'était pas rare de chercher à améliorer un maigre ordinaire en vendant des bribes d'information. Pour le moment, la question d'argent n'avait pas été évoquée, mais cela ne voulait pas dire qu'il n'y aurait pas, tôt ou tard, un prix à payer. Jamie hocha brièvement la tête pour montrer qu'il avait compris et MacDonald acquiesça à son tour, satisfait. Il dirait ce qu'il avait à dire, en temps voulu.

— Comme vous pouvez vous en douter, colonel, j'ai été intrigué par ce Bonnet. S'il était vraiment cette poule aux œufs d'or dont ils parlaient, quelle sorte d'œufs pondait-il donc ?

Toutefois, les partenaires de jeu de MacDonald avaient retrouvé leur prudence. Il n'avait rien appris d'autre sur le mystérieux Bonnet, hormis l'effet produit sur les personnes qu'il rencontrait.

— Savez-vous que, parfois, on en apprend plus par les non-dits ou par la manière de le dire que par les vraies paroles ?

Sans attendre la réponse de Jamie, il poursuivit :

— Nous étions huit à jouer. Trois avançaient librement leurs hypothèses qui démontraient clairement qu'ils n'en savaient pas plus que moi sur ce Stephen Bonnet. Deux autres paraissaient soit ne rien savoir, soit s'en soucier comme d'une guigne. Mais les deux derniers sont devenus soudain très silencieux. Comme ceux qui n'osent pas prononcer le nom du diable de peur de le faire apparaître.

MacDonald s'interrompit un instant pour dévisager Jamie, puis, intrigué, lui demanda :

— Vous l'avez déjà rencontré en personne ?

— Oui. Qui étaient ces deux derniers messieurs ?

— Walter Priestly et Hosea Wright, répondit promptement le major. Tous deux des amis du gouverneur.

— Des marchands ?

— Entre autres choses. Tous deux possèdent des entrepôts, Wright à Edenton et Plymouth, Priestly à Charleston, Savannah, Wilmington et Edenton. Priestly a également des intérêts commerciaux à Boston, mais j'ignore de quelle nature. Oh !... et Wright est aussi banquier.

Jamie acquiesça, ses poings convulsivement fermés et dissimulés sous les pans de sa veste.

— Il me semble avoir déjà entendu parler de ce M. Wright, dit-il. Phillip Wylie a fait allusion à un homme de ce nom possédant une plantation près de la sienne.

MacDonald le confirma d'un hochement de tête. Le bout de son nez était devenu rouge et de petits vaisseaux sanguins éclatés striaient ses joues, souvenirs d'années de campagne.

— Oui, il doit s'agir du domaine de Four Chimneys.

Embarrassé, il regarda Jamie.

— Vous avez l'intention de le tuer ?

— Bien sûr que non, répondit Jamie avec calme. Un homme avec des relations si haut placées ?

— Hmm. En effet.

Ils marchèrent un moment côte à côte sans parler, chacun plongé dans ses propres calculs, chacun conscient de ceux de l'autre.

Cette information sur les relations de Bonnet était une arme à double tranchant. D'une part, elle faciliterait les recherches pour le retrouver. De l'autre, ces amis au bras long risquaient de créer des problèmes quand viendrait le moment de le supprimer. Ce qui, toutefois, n'arrêterait en rien Jamie, et MacDonald l'avait déjà très bien compris. Mais il lui faudrait calculer savamment son coup.

MacDonald lui-même représentait une autre complication. Les associés en affaires de Bonnet seraient intéressés d'apprendre qu'un homme s'apprêtait à détruire leur mine d'or et prendraient certainement des mesures pour l'en empêcher. Ils paieraient probablement au prix fort une information sur la menace qui planait sur leur source de profit, perspective alléchante qui n'échapperait pas au major.

Dans l'immédiat, il n'y avait aucun moyen de faire taire MacDonald. Jamie n'avait pas l'argent pour le soudoyer et quand bien même, ce n'était pas une solution : un homme acheté une fois était toujours à vendre.

Il observa le major qui soutint son regard en souriant à peine, avant de détourner la tête. Non, l'intimidation ne servirait à rien, même s'il avait eu en tête de menacer un homme qui venait de lui rendre un service. Que faire, alors ? Il pouvait difficilement l'assommer pour l'empêcher de vendre la mèche à Wright, Priestly ou Butler.

S'il ne pouvait ni acheter son silence ni recourir à la force, il lui restait encore le chantage. Mais cela présentait d'autres difficultés, la principale étant qu'il ne savait encore rien de ce MacDonald. Cependant, un homme comme lui avait forcément des faiblesses, il suffisait de les trouver... De combien de temps disposait-il au juste ?

Cette pensée en entraîna une autre.

— Comment avez-vous su que je m'intéressais à Stephen Bonnet ? demanda-t-il brusquement.

Arraché à ses réflexions, MacDonald remit son chapeau et sa perruque d'aplomb, puis haussa les épaules.

— Je l'ai appris d'une bonne demi-douzaine de sources différentes, des tavernes aux cours de magistrats. Votre intérêt pour ce monsieur est bien connu, mais pas vos motivations.

Jamie émit un grognement sourd. Décidément, tous les progrès de son enquête étaient susceptibles de lui nuire. En lançant son filet aussi loin, il avait fait bonne pêche, certes, mais il avait également provoqué des remous susceptibles de faire fuir son poisson. Si toute la côte savait qu'il recherchait Bonnet, Bonnet devait, lui aussi, le savoir.

C'était peut-être grave, ou peut-être pas. Brianna n'avait pas caché qu'elle souhaitait qu'il abandonne Bonnet à son propre destin. Elle avait tort, bien sûr, mais il avait préféré ne pas en discuter avec elle, se contentant de l'écouter en faisant mine de comprendre. Elle n'avait pas besoin de savoir quoi que ce soit tant que l'autre n'était pas encore mort. Mais si elle venait à apprendre ce que son père mijotait... Il commençait à peine à envisager différentes possibilités quand le major reprit la parole.

— Votre fille... C'est bien Mme MacKenzie, n'est-ce pas ?

— Et alors ?

Son ton froid fit tiquer MacDonald, qui poursuivit néanmoins :

— Rien, assurément. C'est juste que... j'ai eu l'occasion de discuter avec elle et je l'ai trouvée... charmante. L'idée que...

Il s'interrompit pour s'éclaircir la gorge, puis il cessa de marcher et se tourna vers Jamie en annonçant :

— J'ai une fille, moi aussi.

— Ah oui ?

Jamie n'avait pas entendu dire que le major était marié. Il ne l'était sans doute pas.

— Elle est en Écosse ?

— En Angleterre. Sa mère est Anglaise.

Les traits tannés du major se rembrunirent, mais ses yeux bleu pâle, de la couleur du ciel derrière lui, restèrent fixés sur ceux de Jamie.

Celui-ci sentit la tension dans son dos se relâcher et il étira ses épaules. MacDonald esquissa un hochement de tête à peine perceptible, puis les deux hommes tournèrent les talons et reprirent leur marche vers la maison, discutant du prix de l'indigo, des dernières nouvelles du Massachusetts et du temps d'une clémence surprenante pour la saison.

— J'ai parlé avec votre épouse tout à l'heure, observa MacDonald. Une femme charmante et fort aimable. Vous êtes un homme très chanceux, monsieur Fraser.

— J'en suis convaincu.

Le soldat toussota dans le creux de sa main avant de poursuivre :

— Mme Fraser a eu la bonté de suggérer que vous accepteriez éventuellement de m'écrire une lettre de recommandation pour Son Excellence le gouverneur. Compte tenu de la récente menace de conflit, elle a pensé que mon expérience pourrait être utile à... enfin, vous voyez ce que je veux dire ?

Jamie voyait parfaitement. S'il doutait vraiment de la suggestion de Claire, il était soulagé que le prix demandé soit si bas.

— Ce sera fait au plus tôt, assura-t-il. Venez me trouver cet après-midi après la cérémonie, elle sera prête.

MacDonald inclina la tête, reconnaissant.

Lorsqu'ils atteignirent l'allée qui menait aux fosses d'aisances, MacDonald prit congé et s'éloigna en le saluant de la main, croisant Duncan Innes qui arrivait dans l'autre sens. Il avait les traits tirés et l'air hagard d'un homme dont les viscères étaient ligaturés avec des nœuds marins.

— Tu vas bien, Duncan ? demanda Jamie, inquiet.

En dépit de la fraîcheur de l'air, un fin voile de transpiration luisait sur son front, et ses joues étaient blêmes. S'il avait attrapé une saleté quelconque, Jamie souhaita qu'elle ne soit pas contagieuse.

— Non, répondit Duncan. Non, non, je... *Mac Dubh*, il faut que je te parle.

— Oui, bien sûr, *a charaid*.

Alarmé par son aspect, il lui prit le bras pour le soutenir.

— Tu veux que j'aille chercher ma femme ? demanda-t-il. Tu as besoin d'un petit verre ?

À en juger par son haleine, il ne l'avait pas attendu. Il ne semblait pas s'en porter mieux pour autant. Peut-être que les moules du dîner de la veille...

Innes fit non de la tête. Il déglutit et grimaça comme s'il avait quelque chose de coincé dans la gorge. Il souffla par les narines, puis il redressa les épaules, prenant son courage à deux mains.

— Non, *Mac Dubh*, c'est de toi dont j'ai besoin. Il faut que tu me conseilles, si tu veux bien.

— Bien sûr.

La curiosité l'emportant sur son inquiétude, Jamie lâcha le bras de Duncan.

— Qu'est-ce qui t'arrive, mon ami ?

— C'est à propos de... de la nuit de noces. Je... c'est-à-dire... j'ai...

Il s'arrêta net en apercevant quelqu'un qui approchait dans l'allée et se dirigeait vers les cabinets.

— Par ici, dit Jamie.

Il prit la direction du jardin potager abrité derrière des murs en brique. La nuit de noces ? pensait-il, à la fois rassuré et perplexe. Duncan n'avait jamais été marié et, au cours de leurs années d'enfermement à Ardsmuir, Jamie ne l'avait jamais entendu parler des femmes, comme le faisaient la plupart des autres détenus. À l'époque, il avait pensé que son extrême pudeur l'en empêchait, mais... peut-être que... Mais non ! Duncan avait plus de cinquante ans, une occasion ou une autre s'était forcément présentée un jour.

Cela ne laissait que deux possibilités : la pédérastie ou la chaude-pisse. Or, chose certaine, Duncan n'était pas porté sur les hommes. La maladie vénérienne était plutôt gênante, mais Claire pourrait la soigner. Il fallait seulement espérer que ce n'était pas le « mal français », la syphilis étant une véritable plaie.

Il entraîna son vieil ami un peu plus loin, un carré d'oignons leur servant de cachette.

— Nous serons tranquilles ici, *a charaid*. Parle. Qu'est-ce qui te tracasse ?

2

Le secret de Duncan

Le père LeClerc ne parlait pas un mot d'anglais à l'exception d'un joyeux *Tally-ho*[1] ! qui lui servait aussi bien de salut, d'exclamation de surprise ou d'interjection approbative. Jocasta étant allée faire sa toilette, Ulysse me présenta le prêtre, que j'escortai dans le grand salon. Je lui servis un rafraîchissement et le fis asseoir auprès des Sherston. Ces derniers, protestants, étaient plutôt effarés de se trouver face à un jésuite, mais, dans leur empressement à montrer à tous qu'ils parlaient français, ils étaient prêts à fermer les yeux sur la profession honteuse du prêtre.

M'essuyant mentalement le front après cette délicate gymnastique sociale, je présentai mes excuses et ressortis sur la terrasse pour vérifier si Jamie était parvenu à mettre la main sur Duncan. Je ne vis ni l'un ni l'autre, mais croisai Brianna qui revenait du jardin avec Jemmy.

— Comment va mon petit chéri ? demandai-je.

---

1. L'équivalant de « Taïaut » en français. (*N.d.T.*)

Il était agité, battant des pieds et se léchant les lèvres comme quelqu'un assis devant un banquet après une traversée du Sahara.

— Hmm... On dirait que tu as faim !

— Gaaaah ! fit-il.

Jugeant sans doute cette explication insuffisante, il répéta plusieurs fois la syllabe, de plus en plus fort, tout en sautillant pour accentuer ses propos.

— Lui, il a faim et moi, je suis sur le point d'exploser, déclara Brianna. Je vais aller le nourrir. Jocasta m'a permis d'utiliser sa chambre.

— Parfait. Elle vient justement de monter se reposer un peu et se changer. Maintenant que le curé est arrivé, on a fixé la cérémonie à seize heures.

Je venais d'entendre le carillon du vestibule sonner midi. J'espérais que Jamie avait pu localiser Duncan. Il vaudrait peut-être mieux l'enfermer quelque part pour éviter qu'il ne s'évanouisse de nouveau dans la nature.

Brianna donna son poing à mâcher à son rejeton affamé, étouffant ses cris, puis me demanda :

— Tu connais les Sherston ?

— Oui, répondis-je, inquiète. Pourquoi, qu'est-ce qu'ils ont fait ?

Elle me regarda, surprise.

— Rien de mal, ils m'ont commandé un portrait de Mme Sherston. Apparemment, Jocasta leur a chanté mes louanges et leur a montré certaines des huiles que j'avais réalisées pendant mon séjour ici, au printemps dernier. Du coup, ils veulent un tableau.

— Vraiment ? C'est fantastique !

— Oui, enfin, surtout s'ils ont de quoi le payer. À ton avis ?

Je reconnus là l'esprit pratique de ma fille, mais c'était une bonne question : les beaux habits et les relations ne reflétaient pas toujours la fortune réelle d'une personne et je ne savais pas grand-chose sur cette famille. Ils n'étaient pas de Cross Creek mais d'Hillsborough.

— Ils sont assez vulgaires et terriblement snobs, mais je pense qu'ils sont raisonnablement riches. Je crois qu'ils possèdent une brasserie. Mais tu ferais mieux de demander à Jocasta, elle sait tout.

— « Assez vulgaires », répéta Brianna en me singeant. Je me demande qui est la plus snob !

— Je ne suis pas snob ! me défendis-je, très digne. Je suis simplement observatrice et je sais discerner les subtilités sociales. Au lieu de te moquer de moi, tu ne pourrais me dire où sont ton père et Duncan ?

— Duncan, je ne sais pas, mais papa est là-bas derrière ces arbres avec M. Campbell.

Je suivis des yeux la direction de son doigt et distinguai les cheveux clairs et le tartan cramoisi de Jamie à l'autre bout de la pelouse. En revanche, aucune trace de la veste écarlate de Duncan.

— Mais où peut-il bien être ? soupirai-je.

— Il est peut-être tombé dans la fosse d'aisances, suggéra Brianna.

Elle baissa des yeux exaspérés vers son fils qui émettait désormais des gémissements plaintifs d'inanition imminente.

Là-dessus, elle s'engouffra dans la maison. Je rajustai mon châle autour de mes épaules et descendis la pelouse pour rejoindre Jamie. En passant devant les tables où l'on dressait un buffet campagnard, je saisis au vol un biscuit et une tranche de jambon, me constituant un en-cas pour calmer ma propre faim.

Le fond de l'air était encore frais, mais le soleil haut dans le ciel me réchauffait le visage. Ce fut presque un soulagement de rejoindre les hommes dans le taillis de chênes, au fond du jardin. Les branches couvertes de feuilles pointaient comme des doigts de bébé. Que m'avait dit Nayawenne au sujet des chênes, déjà ? Ah oui ! Il fallait semer le maïs quand les feuilles de chêne atteignaient la taille d'une oreille d'écureuil.

Les esclaves de River Run pouvaient s'apprêter à commencer les semailles. En revanche, plusieurs semaines seraient nécessaires avant que les feuilles de chêne n'apparaissent à Fraser's Ridge.

Jamie venait apparemment de dire quelque chose d'hilarant, car Campbell, tout en me saluant d'un signe de tête, émit ce couinement grave qui, chez lui, passait pour un rire.

— Je vous laisse donc régler vos affaires, déclara-t-il à Jamie une fois ressaisi. Prévenez-moi si vous avez besoin de renfort.

Il mit une main en visière et scruta la terrasse :

— Tiens, le fils prodigue regagne ses pénates. Que préférez-vous, des shillings ou des bouteilles de cognac ?

Je me tournai juste à temps pour apercevoir Duncan qui traversait en effet la terrasse, souriant timidement et saluant au passage les convives qui le félicitaient. Devant mon air perplexe, M. Campbell déclara avec un sourire en coin :

— J'ai fait un pari avec votre mari.

— Cinq contre un pour Duncan, expliqua Jamie. Je veux dire, qu'il passe la nuit dans le lit de ma tante.

— Dites-moi que je rêve ! m'exclamai-je. N'y a-t-il donc aucun autre sujet de conversation ici ? Vous êtes tous des obsédés sexuels.

Campbell se mit à rire, puis, distrait par les appels pressants de l'un de ses petits-fils, se détourna.

— Ne me dis pas que tu ne te poses pas la même question, me glissa Jamie.

— Figure-toi que non. Je n'ai pas besoin de me la poser, car je connais déjà la réponse.

— Je n'en doute pas. Tes propres pensées lubriques sont aussi flagrantes que des moustaches sur le museau d'un chat.

— Qu'est-ce que tu veux dire par là ?

Juste au cas où il aurait raison, j'ouvris mon éventail et couvris le bas de mon visage. Je le dévisageai par-dessus le bord en dentelle, papillotant innocemment.

Il émit un bruit cynique, puis, après avoir jeté un bref coup d'œil à la ronde, me chuchota :

— Tu as la tête des soirs où tu meurs d'envie que je te culbute dans notre lit, je me trompe ?

Son souffle chaud caressait mon lobe. Je lançai un regard aimable à M. Campbell, qui nous examinait avec intérêt par-dessus le crâne de son petit-fils, puis me hissai sur la pointe des pieds et, toujours cachée derrière mon éventail, murmurai à mon tour dans l'oreille de Jamie. Puis, je me remis d'aplomb et souris gracieusement, m'éventant avec délicatesse.

Jamie parut un peu choqué mais clairement ravi. Il regarda M. Campbell qui, par chance, venait d'être entraîné dans une autre conversation. Il se frotta le nez et me dévisagea d'un air méditatif, ses yeux bleu nuit s'attardant sur l'échancrure dentelée de ma nouvelle robe. Avec nonchalance, j'agitai l'éventail devant mon décolleté.

— Euh... on pourrait... hésita-t-il.

Il scruta le paysage autour de lui, cherchant différents endroits où s'isoler, puis ses yeux redescendirent vers la naissance de ma gorge, attirés comme un aimant.

— N'y compte pas, le prévins-je.

Je souris, saluai d'un signe de tête les vieilles demoiselles MacNeil qui passaient d'un pas lent derrière lui, puis repris à voix basse :

— Les moindres recoins de cette maison sont remplis de monde, tout comme les granges, les écuries et les dépendances. Si tu envisageais un rendez-vous galant sous un des buissons qui bordent la rivière, laisse tomber. Cette robe a coûté une petite fortune.

Une fortune en whisky illégal, certes, mais une fortune quand même.

— Oui, oui, je sais...

Ses yeux se promenèrent sur ma personne, des boucles désordonnées de ma coiffure à la pointe de mes nouveaux souliers en cuir. Le corselet et le bas de ma robe en soie ambre étaient brodés de feuilles mordorées. Je devais moi-même reconnaître qu'elle m'allait comme un gant.

— Elle en valait la peine, murmura-t-il.

Il se pencha vers moi et m'embrassa sur le front. Une brise fraîche agita les branches de chêne au-dessus de nos têtes et je me rapprochai de lui pour profiter de sa chaleur.

Entre le long voyage depuis Fraser's Ridge et la promiscuité de la maison bondée de convives venus pour le mariage, nous n'avions pas partagé un lit depuis plus d'une semaine.

Ce n'était pas tant nos ébats amoureux qui me manquaient – même si je n'aurais certainement pas dit non si l'occasion s'était présentée –, que le contact de son corps contre le mien, de pouvoir étendre mon bras dans le noir et poser ma main sur le long renflement de sa cuisse, de rouler vers lui le matin et de sentir la courbe ferme et lisse de ses fesses contre mon ventre, de presser ma joue contre son dos et de sentir l'odeur de sa peau en m'endormant.

Je frottai brièvement mon front contre les plis de sa chemise et inhalai avec envie le mélange d'amidon et d'odeur mâle en marmonnant :

— Crotte ! Tu sais, si ta tante et Duncan n'ont pas besoin du grand lit, on pourrait peut-être...

— Ah ! ah ! J'avais donc raison. Toi aussi, cette question t'intéresse !

— Pas du tout ! me défendis-je. Et puis, en quoi ça te regarde ?

— En rien, mais on est venu quatre fois depuis ce matin pour me demander si je pense qu'ils vont le faire ou s'ils l'ont déjà fait. Ce qui, au fond, est plutôt flatteur pour ma tante, non ?

Le fait était. L'idée que Jocasta, malgré sa soixantaine bien tassée, partage sa couche avec un homme n'avait rien d'incongru. J'avais rencontré bon nombre de femmes qui, dès la ménopause, avaient abandonné avec soulagement tous rapports sexuels. Jocasta n'en faisait pas partie. Parallèlement...

— Ils ne l'ont pas encore fait, déclarai-je. Phaedre me l'a confié hier.

— Je sais. Duncan vient de me le confirmer, lui aussi.

Il fronça un peu les sourcils. Je suivis son regard vers la terrasse, où la tache rouge vif du tartan de Duncan apparaissait entre les deux grandes vasques en pierre.

— Ah oui ? dis-je surprise.

Un soupçon m'envahit soudain.

— Tu ne lui as pas demandé, n'est-ce pas ?

Il me lança un regard réprobateur.

— Bien sûr que non ! Pour qui me prends-tu, *Sassenach* ?

— Pour un Écossais. Vous ne pensez tous qu'à ça. Du moins, c'est ce qui semblerait à vous entendre aujourd'hui.

Je jetai un œil noir vers Farquard Campbell, mais il m'avait tourné le dos, pris dans une autre conversation.

Jamie me dévisagea d'un air songeur, en se grattant la mâchoire.

— On ne pense qu'à quoi ?

— Tu sais très bien ce que je veux dire.

— Pour ça, oui. Je me demandais simplement... c'est une insulte ou un compliment ?

J'ouvris la bouche, puis la refermai, lui renvoyant son regard rêveur.

— « Si la chaussure sied à ton pied, enfile-la », déclarai-je.

Il éclata de rire, faisant se retourner plusieurs personnes autour de nous. Me prenant par le bras, il m'entraîna plus loin sur la pelouse, à l'ombre d'un groupe d'ormes. Puis, s'assurant que personne ne pouvait nous entendre, il reprit :

— J'ai un service à te demander, *Sassenach*. Tu peux t'arranger pour parler à ma tante un moment seule à seule ?

— Dans cette maison de fous ?

Je regardai vers la terrasse où un essaim d'invités s'était abattu sur Duncan comme des abeilles sur un pied de lavande.

— Hmm… Je pourrais éventuellement la coincer dans sa chambre avant qu'elle ne redescende pour la cérémonie. Elle est montée se reposer.

Pour ma part, je n'aurais pas craché sur une occasion de m'allonger un moment, moi aussi. J'avais les jambes endolories d'être restée debout pendant des heures et mes nouveaux souliers me serraient un peu trop.

— Ça devrait faire l'affaire.

Aimable, il salua une connaissance qui passait par là, puis tourna le dos pour être sûr de ne pas être interrompu.

— De quoi s'agit-il ? demandai-je.

Il paraissait soudain à la fois amusé et soucieux.

— C'est à propos de Duncan. Il a un petit problème dont il n'ose lui parler.

— Laisse-moi deviner. Il a déjà été marié. Il croyait sa première femme morte, mais il vient de la voir devant le buffet en train de s'empiffrer de friands.

— Euh… pas tout à fait. Ce n'est pas aussi grave. D'ailleurs, il se fait sans doute du souci pour rien. Mais il est préoccupé et ne trouve pas le courage de s'adresser directement à Jocasta. Elle l'impressionne un peu.

Duncan était un homme timide et modeste. Ancien pêcheur entraîné malgré lui dans les combats du Soulèvement jacobite, il avait été capturé à Culloden, puis avait passé plusieurs années en prison. Là, une simple blessure infectée avait dégénéré en septicémie et lui avait coûté un bras. Cela lui avait valu d'être libéré au lieu d'être déporté comme ses camarades, son infirmité le rendant inapte au dur labeur et invendable comme ouvrier sous contrat. Je ne me demandais même pas qui avait eu l'idée de ce mariage.

Une telle ascension sociale ne lui serait jamais venue à l'esprit.

— Je m'en étais rendu compte. Mais qu'est-ce qui l'inquiète donc tant ?

— Eh bien... Tu ne t'es jamais demandé pourquoi il ne s'est jamais marié auparavant ?

— Non. J'ai simplement pensé qu'entre le Soulèvement et la prison, il... Oh zut ! Ce ne serait pas que... tu veux dire que... il préfère les hommes ?

— Mais non ! s'indigna-t-il. Tu crois que je permettrais à ma tante d'épouser un sodomite ? Seigneur !

Il regarda autour de nous pour s'assurer que personne n'avait entendu une telle calomnie, puis m'entraîna à l'abri derrière les arbres, au cas où.

— Tu ne le saurais pas forcément, dis-je, amusée.

— Oh que si ! Viens par ici.

Il souleva une branche et me laissa passer, une main dans le creux de mes reins. Le taillis était assez dense pour nous protéger des regards. Nous nous arrêtâmes dans un petit espace dégagé entre les troncs.

— Ce n'est pas ça, reprit-il. Tu as vraiment un esprit scabreux, *Sassenach* ! Non, je t'assure que ça n'a rien à voir. C'est juste que... il ne peut pas.

Il haussa les épaules, l'air profondément mal à l'aise.

— Il ne peut pas quoi ? Ah, tu veux dire qu'il est impuissant ?

— Oui. Il a été fiancé quand il était jeune, mais il a eu un terrible accident. Une carriole l'a renversé et le cheval lui a broyé les bourses.

Il fit un geste vers son entrejambe, comme s'il s'apprêtait à le palper pour se rassurer, mais il se retint de justesse.

— Il s'est rétabli, mais… n'étant plus capable d'accomplir son devoir conjugal, il a libéré sa jeune promise et elle en a épousé un autre.

— Le pauvre ! dis-je, sincèrement attristée. Décidément, ce pauvre Duncan n'a vraiment pas de veine.

— D'un autre côté, il est encore en vie, observa Jamie, philosophe. Tout le monde ne peut pas en dire autant. Et puis…

D'un geste, il montra la plantation autour de nous.

— … sa situation actuelle n'est pas vraiment malheureuse, si on fait abstraction de cette petite difficulté.

Je réfléchis, envisageant les différentes possibilités médicales. Si l'accident avait entraîné d'importantes lésions vasculaires, je ne pouvais pas faire grand-chose. Je n'étais pas du tout équipée pour pratiquer de la chirurgie reconstructive. En revanche, s'il s'agissait d'un trouble obstructif mineur, peut-être que…

— Tu dis que ça lui est arrivé quand il était tout jeune ? Ce n'est guère prometteur, après tout ce temps, mais j'y jetterai un coup d'œil pour voir si…

Il me dévisagea, interloqué.

— Un coup d'œil ? Ce malheureux blêmit quand tu t'enquiers de la santé de ses entrailles ! Il a failli mourir de honte tout à l'heure en me racontant son problème et tu veux aller tripoter son outil ? Rien qu'en y pensant, tu vas lui flanquer une apoplexie, *Sassenach* !

— Comment veux-tu que je fasse, alors ? Je ne peux tout de même pas le soigner à coups de sortilèges !

— Bien sûr que non, s'impatienta-t-il. Je ne veux pas que tu fasses quoi que ce soit à Duncan, uniquement que tu parles à ma tante.

— Quoi, tu veux dire qu'elle n'est pas au courant ? Ils sont fiancés depuis des mois ! Ils vivent ensemble depuis bien plus longtemps que ça !

— Oui, mais…

Comme chaque fois qu'il était gêné ou mal à l'aise, Jamie s'ébroua, comme si sa chemise était trop petite.

— Vois-tu… quand ils ont commencé à parler de se marier, Duncan n'imaginait pas qu'il serait question de… mmphm.

— Mmphm ? répétai-je en arquant un sourcil. Le mariage n'implique-t-il pas généralement une vague possibilité de mmphm ?

— Eh bien, il pensait que ma tante voulait l'épouser pour une question pratique et non pour sa beauté virile. Une fois maître de River Run, il pourra exécuter davantage de tâches qu'en tant que régisseur du domaine. Mais même ainsi, il n'aurait jamais accepté si elle n'avait pas insisté autant.

— En aucun cas, il n'a songé à faire allusion à ce… petit empêchement ?

— Si, mais ma tante n'a pas laissé entendre qu'elle concevait leur union autrement que comme un arrangement commercial. Elle n'a jamais parlé de lit. Il était trop timide pour aborder la question et celle-ci ne s'est de toute manière pas posée.

— Mais si je comprends bien, à présent, c'est le cas ? Que s'est-il passé ? Ta tante a-t-elle glissé une main sous son kilt en faisant une remarque grivoise sur leur nuit de noces ?

— Il ne m'a rien dit à ce sujet, rétorqua-t-il, agacé. Mais, en entendant tous les commentaires des convives ce matin, il a commencé à se demander si elle n'attendait pas de lui que… tu sais bien.

Il haussa les épaules, avant de conclure :

— Il ne savait plus quoi faire et il a paniqué à force d'écouter tout le monde.

Je me frottai les lèvres d'un doigt, songeuse.

— Je vois. Le pauvre Duncan ! Pas étonnant qu'il soit si angoissé.

Jamie se redressa avec l'air satisfait de quelqu'un qui vient de s'enlever une grosse épine du pied.

— Donc, si tu veux bien en toucher deux mots à Jocasta et lui expliquer...

— Moi ? Tu veux que ce soit moi qui le lui dise ?

— Eh bien... oui. Je ne pense pas que ça la gênera beaucoup. Après tout, à son âge, je suppose que...

Je lâchai un juron.

— Son âge ? La dernière fois que j'ai vu ton grand-père Simon, il était encore bien gaillard malgré ses soixante-dix ans passés.

— Ma tante est une femme, des fois que tu ne l'aurais pas encore remarqué.

— Parce que tu crois que ça fait une différence ?

— Oui, pas toi ?

— Oh que si, une sacrée différence !

Je m'adossai à un tronc d'arbre, croisai les bras sur ma poitrine et lui lançai un regard lascif.

— Quand j'aurai cent un ans et que tu en auras quatre-vingt-seize, je t'inviterai dans mon lit et nous verrons bien lequel des deux est encore à la hauteur de la situation. Hmmm ?

Une lueur sournoise traversa ses yeux bleus.

— J'ai bien envie de te faire une petite démonstration, ici, tout de suite, *Sassenach*. Paiement comptant. Hmmm ?

— Tu mériterais que je te prenne au mot. Néanmoins...

J'observai la maison à travers l'écran d'arbres. Les nouvelles feuilles ne suffisaient pas à nous camoufler. Alors que je tournai le dos à la grande bâtisse, les mains de Jamie glissèrent sur la courbe de mes hanches.

Les moments qui suivirent furent quelque peu confus, seules subsistent des impressions, celles d'un froissement de tissu, de l'odeur âcre de jeunes herbes écrasées et du bruissement sec de brindilles de chênes sous nos pieds.

Quelques instants plus tard, j'ouvris brusquement les yeux.

— Ne t'arrête pas ! Pas maintenant !

Il s'écarta d'un pas et remit son kilt en place. Son visage était rougi par l'effort et les volants de son jabot agités par sa respiration haletante. Il m'adressa un sourire malicieux et s'essuya le front du revers de la main.

— Tu auras la suite le jour de mon quatre-vingt-seizième anniversaire, d'accord ?

— Tu ne vivras jamais aussi vieux ! Reviens ici tout de suite !

— Ça veut dire que tu acceptes de parler à ma tante ?

— C'est du chantage !

Je fouillai frénétiquement dans les plis de son kilt, le menaçant :

— Je te jure que tu me le paieras ! Je t'aurai !

— Pour ça, tu m'auras, c'est sûr !

Il glissa un bras autour de ma taille et me souleva de terre, pivotant sur ses talons de sorte que, cette fois, c'était lui qui tournait le dos à la maison, me cachant ainsi avec son corps. Ses longs doigts retroussèrent adroitement ma jupe, mes deux jupons, puis, plus habilement encore, s'introduisirent entre mes cuisses nues.

— Chut… fit-il à mon oreille. On va t'entendre.

Avec délicatesse, il prit le lobe de mon oreille entre ses dents et se mit à l'ouvrage avec l'ardeur d'un vrai travailleur, sans plus se soucier de mes protestations intermittentes, quoique, avouons-le, plutôt faiblardes.

J'étais plus que prête pour lui. Il savait ce qu'il faisait. Il ne lui fallut pas longtemps. J'enfonçai mes doigts dans la chair de son bras, aussi dur qu'une barre de fer en travers de mon ventre. Je cambrai les reins l'espace d'un instant d'éternité vertigineuse, avant de m'affaisser contre lui, gigotant comme un ver transpercé par un hameçon. Il marmonna et lâcha mon oreille.

Une brise fraîche s'était levée et agitait les plis de mes jupes sur mes jambes. Dans l'air printanier flottait une odeur de fumée et de nourriture, portant avec elle le brouhaha des voix et des éclats de rire. J'entendais vaguement ces bruits, amortis par les battements plus sonores de mon propre cœur.

En me libérant, Jamie observa soudain :

— Maintenant que j'y pense, Duncan a encore une main valide.

Il m'aida à retrouver mon équilibre en me tenant par le coude et ajouta :

— Tu pourrais en parler à ma tante, si tu penses que ça peut les aider.

3

Les charmes de la musique

Roger MacKenzie se fraya un chemin dans la foule, saluant des visages familiers, ici et là, mais avançant cependant d'un pas résolu pour décourager toute tentative de conversation. Il n'était pas d'humeur bavarde.

Brianna était partie nourrir le petit et, si elle lui manquait déjà, il était aussi bien qu'elle soit hors de vue pour le moment. Il n'appréciait pas du tout le genre de regards qu'elle attirait. Ceux qui fixaient ouvertement son visage étaient admiratifs mais respectueux. En revanche, il avait surpris cette petite fripouille de Forbes en train de reluquer son arrière-train avec la même expression que celle des hommes lorgnant la déesse de marbre sur la pelouse.

En même temps, il était très fier d'elle. Elle était renversante dans sa nouvelle robe et il ressentait une agréable sensation de propriété chaque fois qu'il la regardait. Toutefois, son plaisir était nuancé par l'impression dérangeante qu'elle paraissait parfaitement à sa place ici, maîtresse de tout ce... de ce...

Une autre servante passa au petit trot devant lui, ses jupes remontées par-dessus un bras, une panière remplie de pains frais en équilibre sur le crâne, une autre coincée contre sa hanche. Combien d'esclaves Jocasta avait-elle donc ?

Naturellement, cela suffisait à écarter toute possibilité que Brianna hérite un jour de River Run. Elle ne pouvait admettre l'idée de posséder des êtres humains. Jamais. Pas plus que lui. Cela dit, il était réconfortant de ne pas être le seul à se mettre entre Brianna et l'héritage qui lui revenait de droit.

En percevant la douce complainte d'un violon dans la maison, ses oreilles se dressèrent. Évidemment, on avait prévu de la musique pour la fête. Avec un peu de chance, on chanterait aussi quelques chansons qu'il n'avait encore jamais entendues.

Il traversa la terrasse en direction du hall. Il n'avait pas son calepin sur lui, mais Ulysse pourrait sans doute lui fournir de quoi écrire. Il salua Mme Farquard Campbell, qui ressemblait à un abat-jour en soie rose particulièrement hideux mais cher. Il s'effaça pour la laisser entrer dans la maison, se mordant l'intérieur de la joue quand sa jupe volumineuse se coinça dans la porte qui faisait, pourtant, au moins un mètre de large. Elle dut manœuvrer de biais et entra en marchant en crabe dans le vestibule. Roger la suivit à une distance respectueuse.

Le violon s'était tu, mais il entendait un orchestre qui accordait ses instruments. Cette cacophonie venait du petit salon, dont les doubles portes resteraient grandes ouvertes plus tard afin de permettre aux danseurs d'évoluer dans le hall. Pour le moment, seule une poignée de convives occupait la pièce.

Il passa devant Ulysse, qui montait la garde près de la grande cheminée, le tison à la main, pendant que deux servantes préparaient une gigantesque cuve de punch au rhum. Le majordome balaya machinalement la porte du regard, enregistrant la présence et l'identité de Roger, puis il surveilla de nouveau le travail des jeunes femmes.

Les musiciens étaient regroupés au fond du salon, d'où ils jetaient de temps à autre des coups d'œil assoiffés vers la cuve de punch. Roger s'arrêta près du violoniste et demanda en souriant :

— Qu'allez-vous nous jouer de beau aujourd'hui ? *La Brebis à la corne tordue* peut-être, ou *Shawn Bwee* ?

— Oh là là ! Rien d'aussi sophistiqué, mon bon monsieur !

Le chef du petit ensemble, un Irlandais ressemblant à un criquet et dont le dos voûté contrastait avec la lueur alerte qui brillait dans ses yeux, fit un geste gentiment moqueur vers son assortiment bigarré de musiciens.

— Ils ne savent jouer que des gigues et des quadrilles écossais. Vous savez, les gens d'ici sont là pour danser et n'en demandent pas plus. On n'est pas dans les salons chics de Dublin, ni même à Edenton. Un bon violoniste suffit pour leur donner le rythme.

— C'est-à-dire vous, je présume ?

Roger montra du menton l'étui à violon craquelé prudemment posé sur une étagère, là où personne ne risquait de marcher ou de s'asseoir dessus.

— C'est-à-dire moi, en effet. Seamus Hanlon, votre obligé, monsieur.

Roger inclina la tête.

— Roger MacKenzie de Fraser's Ridge, pour vous servir.

S'amusant de ces formules de politesse désuètes, il serra brièvement la main de Hanlon, veillant à ne pas écraser les doigts tordus et les articulations enflées par l'arthrite. Hanlon le remarqua et fit une grimace d'excuse.

— Bah ! Elles iront mieux avec un peu de lubrifiant.

Il fléchit les doigts d'une main, puis haussa les épaules avant de poursuivre :

— Mais vous-même, monsieur, j'ai senti des cales au bout de vos doigts. Vous n'êtes sans doute pas violoniste, mais ne joueriez-vous pas d'un instrument à cordes ?

— Uniquement à l'occasion, pour divertir mes amis, mais je ne suis pas un musicien professionnel comme vous autres, messieurs, répondit Roger en saluant poliment les membres de l'ensemble.

Maintenant entièrement déployé, l'orchestre comptait un violoncelle ayant connu des jours meilleurs, deux violes, une trompette, une flûte et quelque chose qui avait dû commencer son existence comme cor de chasse, mais qui semblait avoir été enrichi depuis de plusieurs tubes arrondis pointant dans différentes directions.

Hanlon examinait discrètement Roger, évaluant la capacité de ses poumons.

— Écoutez-moi cette voix ! Je parierais que vous êtes aussi chanteur, monsieur Mackenzie !

Un bruit sourd et une vibration douloureuse empêchèrent Roger de répondre. Faisant volte-face, il vit le violoncelliste se gonfler au-dessus de son instrument à la manière d'une poule sur son poussin pour lui éviter d'autres dégâts. Un invité venait vraisemblablement de lui donner un coup de pied en passant.

— Faites attention, maladroit ! s'écria le musicien.

— Qui, moi ?

Le balourd en question, un homme trapu en uniforme de la marine royale, le dévisagea d'un œil noir.

— Tu oses... tu oses me parler... sur ce... ton ?

Son visage était d'un rouge malsain et il oscillait légèrement. À trois mètres, Roger sentait les vapeurs d'alcool qu'il exhalait.

L'officier pointa un doigt menaçant vers le violoncelliste et parut sur le point de dire quelque chose. Un bout de langue rose pointa entre ses dents, mais aucun son ne sortit. Ses bajoues violacées frémirent, puis il capitula, pivota sur ses talons et repartit dans le sens inverse, évitant de justesse un laquais chargé de verres avant d'aller percuter le chambranle de la porte, vers le couloir.

Seamus réprimanda le violoncelliste :

— Prenez garde, monsieur O'Reilly. Si nous étions sur la côte, vous auriez déjà une bande de marins prêts à vous étriper par représailles dès la porte franchie. D'ailleurs, je ne serais pas étonné que celui-ci vous attende au tournant avec un épissoir ou un instrument du genre.

O'Reilly cracha de dépit sur le parquet.

— Je le connais, dit-il avec mépris. Il s'appelle Wolff. Ce n'est qu'un gredin, et un gredin sans le sou par-dessus le marché ! Il est rond comme une barrique. D'ici une heure, il ne se souviendra même plus de moi.

Méditatif, Hanlon contempla la porte que le lieutenant venait enfin de parvenir à franchir.

— Peut-être, admit-il. Mais je le connais aussi et je soupçonne son esprit d'être plus vif que son comportement ne le laisse supposer.

Il resta là un moment, tapotant son archet contre sa paume d'un air absent, puis se tourna vers Roger.

— Fraser's Ridge, vous dites ? Vous ne seriez pas un parent de Mme Cameron… ou plutôt de Mme Innes ?

— Je suis marié à la fille de Jamie Fraser, expliqua Roger.

Il avait constaté que cette description était la plus efficace, la plupart des gens sachant qui était son beau-père. En outre, cela évitait d'autres questions sur ses propres liens familiaux.

— Ah ! fit Seamus, impressionné.

De son côté, le violoncelliste n'avait toujours pas digéré l'incident avec l'officier. Il caressait affectueusement son instrument, les yeux toujours fixés sur la porte.

— Qu'est-ce qu'il fait ici, ce vautour, d'ailleurs ? demanda-t-il. Tout le monde sait qu'il voulait épouser Mme Cameron et s'approprier River Run. Il ne manque pas de culot aujourd'hui en pointant sa face de rat !

— Il voulait peut-être montrer qu'il n'est pas rancunier, suggéra Roger. Un geste civil, en somme. Le meilleur a gagné et tout et tout…

Les musiciens émirent un concert de ricanements cyniques.

— Peut-être, déclara le flûtiste, mais si vous êtes un ami de Duncan Innes, vous devriez le prévenir de surveiller ses arrières pendant la danse.

— Il a raison, convint Seamus Hanlon. Allez le mettre en garde, jeune homme. Mais revenez nous voir.

Il agita un doigt crochu en direction d'un laquais et prit un verre sur le plateau que celui-ci lui tendit. Il le leva à la santé de Roger, ajoutant avec un sourire :

— Vous aurez bien un nouvel air ou deux à m'apprendre, non ?

4

Protégé des fées

Enfoncée dans une bergère en cuir devant la cheminée, Brianna allaitait Jemmy tout en observant sa grand-tante s'apprêter pour ses noces.

Plongeant le peigne en argent dans un petit pot de brillantine, Phaedre demanda :

— Qu'en pensez-vous, alors ? Vous préférez le tout relevé, avec des mèches recourbées en couronne sur le sommet ?

Son ton était chargé d'espoir mais méfiant. Elle désapprouvait ouvertement le refus de sa maîtresse de porter une perruque et, si on l'avait laissée faire, elle se serait efforcée de recréer avec les propres cheveux de Jocasta l'effet de pièce montée très en vogue cette saison.

Celle-ci renversa la tête en arrière, les yeux fermés, goûtant les rayons du soleil sur son visage. Une belle lumière de printemps filtrait par la fenêtre, faisant étinceler le peigne en argent. Par contraste, les mains noires de l'esclave formaient des ombres sombres dans le nuage de cheveux blancs.

— Allons donc, mon enfant ! Nous ne sommes pas à Édimbourg, encore moins à Londres.

— Peut-être, mais on n'est pas chez les sauvages des Caraïbes ni dans l'arrière-pays, répliqua Phaedre. C'est vous la maîtresse ici. Et c'est votre mariage. Tout le monde aura les yeux rivés sur vous. Voulez-vous me faire honte en vous exhibant les cheveux détachés sur vos épaules, comme une squaw ? On croira que je n'y connais rien !

— Oh, juste ciel ! s'exclama Jocasta mi-amusée, mi-irritée. Coiffe-moi simplement. Les cheveux en arrière, retenus par des peignes. Tu n'as qu'à demander à ma nièce. Elle te laissera peut-être tester tes talents sur elle.

Phaedre regarda Brianna, mais celle-ci secoua la tête avec un sourire. Elle n'avait mis un bonnet bordé de dentelles que pour se conformer aux usages, mais elle n'était pas disposée à se faire tripoter la chevelure. L'esclave soupira et reprit ses tentatives pour convaincre Jocasta. Brianna ferma les yeux, oubliant les chamailleries affectueuses qui se fondaient dans les bruits ambiants. Un faisceau de lumière tombait par le vantail de la fenêtre et réchauffait ses pieds. Le feu craquelait à ses côtés, l'enveloppant dans une douce chaleur, comme celle procurée par son châle en laine drapé autour de ses épaules et de Jemmy.

Au-delà des voix de Jocasta et de Phaedre, elle entendait la rumeur des conversations à l'étage en dessous. Toutes les pièces grouillaient désormais d'invités. Certains, logés dans des plantations voisines, étaient venus à cheval, mais ils étaient si nombreux à passer la nuit à River Run que toutes les chambres étaient pleines à craquer. Ils dormaient à cinq ou six par lit, ou sur des paillasses étendues sous des tentes, près de l'embarcadère.

Elle contempla avec envie le grand lit à baldaquin de Jocasta. Entre les besoins du voyage, Jemmy et la promiscuité de River Run, Roger et elle n'avaient pas dormi ensemble depuis plus d'une semaine. Cela risquait peu de leur arriver avant leur retour à Fraser's Ridge.

Le fait de dormir ensemble ne lui manquait pas tant que ça, même si cela aurait été agréable. Mais la pression de la bouche du bébé sur son mamelon éveillait en elle d'autres types de pulsions qui n'avaient rien de maternel. Pour les satisfaire, Roger et elle devaient disposer d'un minimum d'intimité. La veille au soir, il y avait eu un début prometteur dans l'office, mais une fille de cuisine venue chercher du fromage les avait interrompus. Peut-être pourraient-ils faire une autre tentative dans les écuries ? Elle étira ses jambes, recroquevilla ses orteils et se demanda où dormaient les palefreniers.

— D'accord, je porterai le collier en brillants, mais c'est bien pour te faire plaisir, *a nighean*.

La voix de Jocasta l'arracha de sa vision envoûtante : un box tapissé de foin et le corps nu de Roger à demi visible dans la pénombre.

Elle releva les yeux vers sa tante assise sur la banquette, devant la fenêtre. Elle paraissait ailleurs, comme si elle écoutait un son lointain et étouffé, perceptible par elle seule. Peut-être le bourdonnement des voix au rez-de-chaussée ?

Ce bruit lui rappelait les ruches de sa mère en été. En collant l'oreille contre leur structure, on percevait un grondement sourd, signe d'une activité intense mais joyeuse. L'essaim sous leurs pieds produisait des conversations plutôt que du miel, mais l'intention était la même : faire des provisions de souvenirs pour les longs jours d'isolement moroses et sans nectar.

— Ça ira comme ça. Assez !

Jocasta écarta la main de Phaedre et se leva. D'un geste, elle chassa sa cámeriste hors de la chambre, puis elle se tint un moment immobile, pianotant avec nervosité sur la coiffeuse, réfléchissant apparemment à ce qui lui restait à faire. Elle plissa le front, puis elle se passa un doigt entre les sourcils.

— Vous avez mal à la tête, ma tante ?

Brianna avait parlé à voix basse pour ne pas déranger Jemmy, presque endormi. Jocasta laissa retomber sa main et se tourna vers sa nièce avec un sourire forcé.

— Ce n'est rien. Chaque fois que le vent tourne, ma pauvre tête tourne avec lui.

Malgré ses paroles, Brianna pouvait voir des petites rides de douleur au coin de ses yeux.

— Jemmy a presque fini. Ensuite, j'irai chercher maman. Elle pourra vous préparer une tisane, qu'en dites-vous ?

— Ce n'est pas la peine, *a muirninn*. Ma migraine n'est pas si méchante que ça.

Jocasta se massa quand même les tempes, veillant à ne pas abîmer sa coiffure.

Les lèvres de Jemmy s'entrouvrirent avec un petit « pop ! » laiteux et sa tête retomba en arrière, dévoilant sa minuscule oreille rouge et fripée. L'intérieur du coude de Brianna était chaud et poisseux de transpiration, la nuque du bébé s'y étant reposée pendant qu'il tétait. Elle souleva le bébé endormi, soupirant de soulagement quand l'air frais caressa sa peau nue. Jemmy lâcha un rot étouffé et un filet de lait glissa sur son menton. Il s'effondra lourdement contre l'épaule de sa mère, comme un ballon de baudruche à moitié rempli d'eau.

Au bruit de digestion, les yeux aveugles de Jocasta s'étaient tournés vers eux.

— Monsieur est repu ? demanda-t-elle avec un sourire.

— Encore une goutte et il éclatait, confirma Brianna.

Elle lui tapota le dos par sécurité, mais il n'émit qu'un faible soupir chargé de sommeil. Elle se leva, essuya le lait, puis déposa Jemmy sur le ventre dans son berceau de fortune : un des tiroirs du chiffonnier en acajou de Jocasta posé sur le sol et rembourré de cousins et de plaids.

Brianna reposa son châle sur le dossier du fauteuil et frissonna en raison du courant d'air qui filtrait sous une fenêtre. Ne voulant pas abîmer sa nouvelle robe, elle avait allaité Jemmy en chemise et en bas. Ses bras nus avaient la chair de poule.

Jocasta bougea la tête en entendant le bois de la grande armoire craquer. Sa nièce l'avait ouverte pour en sortir ses deux jupons en lin et sa robe en laine bleu pâle qu'elle lissa avec satisfaction. Elle avait elle-même tissé l'étoffe et dessiné le patron. Mme Bug avait filé la laine, sa mère l'avait teinte avec un mélange d'indigo et de saxifrage. Quant à Marsali, elle l'avait aidée à la coudre.

— Veux-tu que je rappelle Phaedre pour qu'elle t'aide à t'habiller ?

— Non, merci, ma tante. Je peux me débrouiller toute seule. En revanche, j'aurais besoin de vous pour me lacer, si vous voulez bien ?

Elle ne recourait au service des esclaves que pour le strict nécessaire. Les jupons ne posaient aucun problème : elle les étalait sur le sol, se plaçait au centre, puis elle les remontait l'un après l'autre et serrait les coulisses autour de sa taille. Par contre, le corset se nouait par-derrière, tout comme la robe.

À cette idée, Jocasta parut prise de court un instant, puis elle se ressaisit et acquiesça. Elle se tourna vers la cheminée en fronçant les sourcils.

— Je suppose que je le peux. Le petit n'est pas trop près du feu ? Une étincelle pourrait sauter.

Brianna se trémoussa pour se faufiler dans le corset, faisant entrer ses seins dans les bonnets garnis de festons, puis enfila la robe par-dessus.

— Non, ma tante, il ne risque rien.

Elle avait glissé de fines baleines sur les côtés et sur le devant du corselet. Elle pivota de droite à gauche, admirant l'effet dans le miroir sur pied de sa tante. Apercevant le reflet de Jocasta dans la glace, l'air toujours soucieux, elle leva les yeux au ciel, puis elle se pencha et éloigna encore un peu le tiroir de l'âtre, juste au cas où.

— Merci de te plier aux lubies d'une vieille folle, déclara Jocasta sur un ton caustique.

— Je vous en prie, répondit Brianna.

Elle posa une main sur l'épaule de sa grand-tante, sa façon à elle de s'excuser. Jocasta posa la sienne par-dessus et la serra doucement.

— Ne crois surtout pas que je te prends pour une mauvaise mère, mais quand on a vécu aussi longtemps que moi, on devient très prudent. J'ai vu des bébés victimes d'accidents atroces et je me tuerais plutôt que de voir un malheur s'abattre sur mon petit ange.

Elle vint se placer derrière Brianna et glissa une main le long de son dos, cherchant les lacets. Puis, elle effleura sa taille un instant.

— Je vois que tu as retrouvé ta silhouette. Qu'est-ce ? Des broderies ? De quelle couleur ?

— Bleu indigo foncé. C'est une guirlande de vigne en fleurs réalisée en coton épais. Elle se détache sur le fond bleu pâle de la robe.

Elle prit l'une des mains de Jocasta et guida le bout de ses doigts sur les motifs qui bordaient chaque baleine du corselet, du col festonné jusqu'à la coupe en V de la ceinture. Cette forme en pointe sur le devant mettait en valeur la taille fine de Brianna.

Celle-ci rentra le ventre et retint sa respiration, tandis que les lacets se resserraient. S'observant dans le miroir, elle aperçut le petit crâne duveteux et rond comme un melon de son fils endormi dans son tiroir. La vie de sa grand-tante l'intriguait. Jocasta avait eu des enfants, du moins Jamie le pensait, mais elle n'en parlait jamais. Brianna hésitait à l'interroger. Peut-être étaient-ils morts en bas âge ? C'était si fréquent ! Son cœur se serra à cette idée.

Dans le miroir, le visage de sa tante se recomposa, prenant une expression forcée de joie.

— Ne t'en fais pas, ma petite. Ton fils est destiné à de grandes choses. Il ne lui arrivera rien, j'en suis sûre.

Elle fit demi-tour, la soie verte de sa robe de chambre bruissant sur ses jupons, laissant une fois de plus Brianna sidérée par la capacité de sa tante à deviner les pensées des autres, sans même voir leur visage.

— Phaedre ! appela Jocasta. Phaedre ! Apporte-moi mon coffret noir.

La camériste n'était jamais bien loin. Quelques instants plus tard, elle apparut avec l'objet en question. Jocasta le posa sur son secrétaire et s'assit devant.

Tapissée d'un cuir élimé, la vieille boîte noire ne portait aucun autre ornement qu'un moraillon en argent. Brianna savait que Jocasta conservait ses plus beaux bijoux dans un coffret en cèdre nettement plus luxueux, doublé de velours à l'intérieur. Que pouvait donc contenir celui-ci ?

Lorsque sa grand-tante souleva le couvercle, Brianna s'approcha. À l'intérieur se trouvait un court cylindre en bois tourné, de l'épaisseur d'un doigt, sur lequel étaient enfilées trois bagues : un anneau d'or incrusté d'une aigue-marine, une émeraude en cabochon et trois diamants entourés de pierres plus petites qui réfléchissaient la lumière et projetaient des arcs-en-ciel dansant sur les murs et les poutres.

— Quelle belle bague ! s'exclama Brianna malgré elle.

— Celle en diamants ? Que veux-tu, Hector Cameron était un homme riche.

Jocasta effleura les pierres d'un air absent, puis ses doigts nus trièrent adroitement un tas de babioles posées dans la boîte, à côté des bagues. Elle en extirpa un petit objet terne qu'elle tendit à Brianna. Il s'agissait d'une broche en fer-blanc ajouré, assez ternie, en forme de cœur.

— C'est un talisman *deasil*, *a muirninn*, expliqua Jocasta d'un air satisfait. Pique-le dans les vêtements du petit, dans le dos.

Brianna regarda le bébé endormi.

— Un talisman ? Mais pour quoi faire ?

— Contre les fées. Laisse-le tout le temps accroché dans sa robe – n'oublie pas, toujours à l'arrière – et aucune créature venue du monde des Anciens ne pourra lui nuire.

Le ton détaché de la vieille dame lui donna la chair de poule.

— Ta mère aurait dû te le dire, poursuivit Jocasta avec un froncement de sourcils réprobateur. Étant *Sassenach*, je suppose qu'elle ne savait pas. Quant à ton père, il n'y a sans doute pas pensé. Les hommes n'y pensent jamais. C'est la mission des femmes de protéger les bébés contre ce genre de choses.

Elle se pencha vers le panier de petit bois et fouilla parmi les débris. Elle se redressa avec une longue brindille de sapin portant encore son écorce.

— Prends ça, ordonna-t-elle à Brianna. Allume-le dans l'âtre, puis fais trois fois le tour de Jemmy. Mais toujours d'est en ouest !

Mystifiée, Brianna prit la brindille et la plongea dans les flammes. Puis, tenant sa minuscule torche assez loin du berceau de fortune et de sa robe, elle fit ce que sa grand-tante lui demandait. Cette dernière tapait du pied en rythme sur le parquet, en récitant entre ses dents.

Elle parlait en gaélique, mais assez lentement pour que Brianna puisse comprendre.

À toi la sagesse du serpent,
À toi la sagesse du corbeau,
À toi la sagesse de l'aigle valeureux.

À toi la voix du cygne,
À toi la voix du miel,
À toi la voix du fils des étoiles.

À toi la protection divine contre les fées,
À toi la protection divine contre la flèche des elfes,
À toi la protection divine contre le chien rouge.

À toi la manne des mers,
À toi la manne des terres,
À toi la manne de notre saint-père.

Que chacun de tes jours soit heureux,
Qu'il ne t'arrive jamais aucun mal,
Que ta vie soit comblée, remplie de joies.

Jocasta s'arrêta un instant, plissant à peine le front, comme si elle tendait l'oreille pour guetter une réponse du pays des fées. Apparemment satisfaite, elle pointa un doigt vers l'âtre.

— Jette ta brindille dans le feu pour que le petit ne soit jamais brûlé.

Brianna obéit, fascinée de découvrir que rien de tout cela ne lui paraissait ridicule. C'était étrange mais satisfaisant de penser qu'elle protégeait Jemmy du mal, même contre des fées en lesquelles elle ne croyait pas. Du moins jusqu'à ce jour.

Un filet de musique s'éleva du rez-de-chaussée. L'aigu d'un violon, puis une voix, grave et chaude. Elle n'entendait pas les paroles, mais reconnaissait la chanson.

Jocasta inclina la tête sur le côté, écoutant, un sourire aux lèvres.

— Il a une belle voix, ton homme.

Brianna, attentive elle aussi, suivait le phrasé familier montant et descendant de *Mon amour est en Amérique*. « Quand je chante, c'est toujours pour toi », avait-il dit. À ce souvenir, elle sentit un faible picotement dans ses seins, pourtant vidés de leur lait.

— Vous avez l'ouïe fine, ma tante.

— Tu es heureuse dans ton ménage ? demanda Jocasta à brûle-pourpoint. Te trouves-tu bien assortie avec ce jeune homme ?

— Euh… oui, répondit Brianna, déconcertée. Oui, parfaitement.

— Tant mieux, ma petite.

Elle garda la tête penchée sur le côté, pensive, puis répéta dans un souffle :

— Tant mieux.

Prise d'une impulsion soudaine, Brianna posa la main sur le poignet de la vieille dame.

— Et vous, ma tante, êtes-vous… satisfaite ?

Le terme « heureuse » semblait mal approprié, compte tenu de cette rangée de bagues dans le coffret. « Bien assortie » non plus. Brianna se souvint de Duncan, la veille, qui broyait du noir dans un coin du salon, timide et ne répondant que par oui ou par non chaque fois qu'on s'adressait à lui, à l'exception de Jamie. Puis, de ce futur marié, ce matin, transpirant et nerveux…

— « Satisfaite » ? demanda Jocasta, perplexe. Ah, tu veux dire « de me marier » ?

Au soulagement de Brianna, elle se mit à rire et ses traits se détendirent.

— Oh, oui, très ! Tu imagines, voilà cinquante ans que je n'avais pas changé de nom !

La vieille dame se tourna vers la fenêtre et posa une main à plat sur la vitre.

— Il fait beau dehors, ma chérie. Enfile donc ta cape et sors un peu prendre l'air. Un peu de compagnie te fera du bien.

Elle avait raison. Au loin, la rivière scintillait derrière un entrelacs de branches vertes. La pièce, qui lui avait paru si douillette un peu plus tôt, lui sembla soudain sentir le renfermé.

— Vous avez raison, je vais faire un tour. Voulez-vous que j'appelle Phaedre pour qu'elle surveille le bébé ?

Jocasta la congédia d'un geste de la main.

— Ouste ! Dehors, ma chérie. Je m'occupe du petit. Je ne compte pas descendre avant un moment.

— Merci, ma tante.

Elle déposa un baiser sur la joue de la vieille dame et se dirigea vers la porte. Puis, après un regard discret vers sa tante, elle revint près de la cheminée et, sans faire de bruit, poussa le tiroir encore un peu plus loin du feu.

Dehors, l'odeur d'herbe fraîche et de fumée de barbecue lui donna envie de sautiller sur les allées en brique, son sang vibrant dans ses veines. Des bribes de musique et la voix de Roger lui parvenaient de la maison. Un tour rapide pour se rafraîchir les idées, puis elle rentrerait. D'ici là, il aurait peut-être fini de chanter et ils pourraient éventuellement…

— Brianna !

Le chuchotement venait de l'autre côté du mur du potager. Surprise, elle fit volte-face et découvrit la tête de son père dépassant prudemment du coin du jardin, comme un escargot roux. Il lui fit signe de le suivre d'un geste du menton puis disparut.

Elle regarda en arrière pour s'assurer que personne ne l'observait, puis, se glissant dans le potager, se retrouva face à un plan de carottes. Jamie était accroupi devant l'une des servantes noires, allongée sur le dos dans un tas de fumier, avec son bonnet sur le visage.

— Qu'est-ce que... commença-t-elle.

Puis, parmi les odeurs d'herbe et de fumier chauffé par le soleil, une vapeur d'alcool lui chatouilla les narines. Elle se baissa à côté de son père, sa jupe se gonflant comme un parachute.

— C'est ma faute, expliqua-t-il. Du moins, en partie. J'ai laissé une coupe à moitié pleine sous les saules. Elle a dû la trouver.

D'un geste, il montra l'allée en brique où gisait l'une des coupes à punch de Jocasta, une goutte poisseuse de liquide encore suspendue à son bord.

Brianna se pencha au-dessus du bonnet froissé qui frémissait à chaque ronflement sonore. L'odeur de rhum prédominait, en effet, mais elle détecta aussi un parfum âcre de bière et celui, plus doux, de cognac. Apparemment, l'esclave avait sifflé tous les fonds de verre à mesure qu'elle les ramassait pour les ramener à la plonge.

Prudente, elle souleva un volant d'un doigt. Elle reconnut Betty, l'une des servantes plus âgées, les lèvres entrouvertes, dans un état de stupeur avinée.

— Oui, ce n'était pas sa première coupe à moitié pleine, confirma Jamie. Elle doit être ronde comme une barrique. Je me demande comment elle a fait pour se traîner jusqu'ici.

Brianna observa le jardin potager, en fronçant les sourcils. Il se trouvait non loin des cuisines extérieures, mais à trois cents mètres au moins du bâtiment principal, séparé par une haie de rhododendrons et plusieurs massifs de fleurs. Elle se tapota les lèvres du bout de l'index, perplexe.

— Pas seulement comment, mais aussi pourquoi ?

À son ton mystérieux, Jamie releva les yeux vers elle.

— Comment ça ?

Elle se redressa et, d'un signe de la tête, désigna la femme endormie.

— Pourquoi est-elle venue jusqu'ici ? Tout porte à croire qu'elle sirote en douce depuis ce matin. Elle ne peut pas s'être précipitée jusqu'ici chaque fois qu'elle tombait sur un verre encore plein, les gens l'auraient remarquée. Et pourquoi se donner autant de mal ? Elle pouvait boire les fonds de verre en toute discrétion sans attirer l'attention. À sa place, j'aurais fini ta coupe tranquillement sous les saules.

Son père parut amusé.

— Oui, en effet. Mais il restait peut-être beaucoup d'alcool, et elle voulait le boire calmement pour en profiter.

— Peut-être. Mais il y a plein d'autres endroits où se cacher, plus près de la rivière.

Elle ramassa la coupe renversée.

— Qu'est-ce que tu buvais sous les saules ? Du punch ?

— Non, du cognac.

— Dans ce cas, ce n'est pas ton verre qui lui a porté le coup de grâce.

Elle brandit la coupe, l'inclinant à la lumière pour lui montrer le dépôt sombre dans le fond. En plus du rhum, du sucre et du beurre habituels, le punch de Jocasta contenait des groseilles séchées. La décoction était réchauffée avec un tison ardent et agrémentée d'épices. Outre une couleur brun foncé, cela provoquait une épaisse sédimentation qui se déposait au fond des verres. Elle se composait des particules de suie provenant du bois brûlé et des résidus de fruits calcinés.

Jamie prit la coupe, approcha son nez, inspira profondément, puis frotta un doigt dans le fond du verre et le glissa dans sa bouche. Ses traits se décomposèrent.

— Qu'y a-t-il ? demanda-t-elle.

Il fit courir sa langue de droite à gauche comme pour nettoyer ses lèvres.

— C'est bien du rhum, déclara-t-il. Avec du laudanum, je crois.

— Du laudanum ? Tu en es sûr ?

— Non… avoua-t-il. Mais il n'y a pas que de la groseille là-dedans, j'en mettrais ma main à couper.

Il lui tendit la coupe qu'elle huma furieusement. Elle ne discernait pas grand-chose en dehors de l'odeur caramélisée du punch. Peut-être une nuance plus acide, quelque chose d'huileux et d'aromatique… mais elle n'en était pas sûre.

— Je te crois sur parole, répondit-elle finalement.

Elle jeta un œil vers l'esclave endormie.

— Tu veux que j'aille chercher maman ?

Jamie s'accroupit de nouveau devant la servante et l'examina avec attention. Il souleva son poignet mou, le palpa, écouta sa respiration, puis secoua la tête.

— Je n'arrive pas à savoir si elle est droguée ou simplement ivre. En tout cas, je ne crois pas qu'elle soit mourante.

— Qu'est-ce qu'on fait d'elle ? On ne peut pas la laisser ainsi.

— Non, bien sûr.

Il se pencha en avant, prit délicatement la femme dans ses bras et la souleva. Elle perdit un soulier, que Brianna ramassa.

— Tu sais où elle dort ? lui demanda Jamie.

Il manœuvra sa charge entre deux plants de concombres grimpants.

— Elle est affectée aux travaux domestiques. Elle doit être logée au grenier.

Il secoua la tête pour déloger une mèche rousse prise dans sa bouche, puis annonça :

— On va contourner les écuries pour pouvoir monter par l'escalier de service sans se faire voir. Passe devant et fais-moi signe quand la voie est libre.

Elle glissa la chaussure et la coupe sous sa cape, puis avança rapidement sur l'allée étroite qui menait du potager aux cuisines et aux dépendances. Elle regarda de gauche à droite d'un air dégagé. Il y avait quelques personnes en vue, notamment près du paddock, mais suffisamment loin. Toutes lui tournaient le dos, fascinées par les frisons noirs de M. Wylie.

Au moment de se retourner pour faire signe à son père, elle aperçut M. Wylie lui-même, escortant une dame dans l'écurie. Elle distingua un éclat de soie dorée... mais oui, c'était sa mère ! Le visage pâle de Claire obliqua un instant vers elle, mais Wylie ayant attiré son attention, elle ne remarqua pas sa fille.

Brianna hésita. Elle ne pouvait appeler sa mère sans se faire remarquer. Au moins, elle savait désormais où la trouver. Elle pourrait revenir la chercher plus tard, une fois Betty en sécurité dans son lit.

Après quelques ratés et plusieurs frayeurs, ils parvinrent à monter Betty dans le long dortoir sous les toits qu'elle partageait avec d'autres servantes. Hors d'haleine, Jamie la laissa tomber lourdement dans un des lits étroits, puis essuya son front moite sur sa manche. Fronçant son long nez, il épousseta ensuite les fragments de fumier accrochés aux pans de sa veste.

— La voilà hors de danger, grogna-t-il. Il suffit maintenant de prévenir une autre esclave qu'elle est malade et personne ne viendra la déranger.

Brianna s'approcha de lui et déposa un baiser sur sa joue.

— Merci, papa. Ce que tu as fait est très gentil.

Malgré son air résigné, il ne semblait pas mécontent.

— Oui, je sais. Mes vieux os sont remplis de miel. Tu as encore sa chaussure ?

Il prit le soulier et le plaça avec soin à côté de l'autre, au pied du lit. Puis, il rabattit une couverture en laine grège sur les jambes habillées d'épais bas blanc sale.

Brianna vérifia une dernière fois l'état de santé de Betty. Selon elle, tout semblait normal. Elle ronflait, toujours imbibée, mais la régularité de ses inspirations était rassurante. Tandis qu'ils revenaient à pas de loup vers l'escalier de service, elle tendit à son père la coupe en argent.

— Tiens. Savais-tu que c'était une des coupes de Duncan ?

Surpris, il arqua les sourcils.

— Non. Qu'est-ce que tu entends pas « coupe de Duncan » ?

— Jocasta lui a offert un service de six coupes en argent en cadeau de noces. Elle me les a montrées hier. Regarde !

Elle tourna la coupe dans sa main, lui montrant le monogramme gravé. « I » pour « Innes », avec un petit poisson aux écailles finement dessinées, nageant autour de l'initiale.

Voyant son père intrigué, elle lui demanda :

— Ça change quelque chose ?

— Peut-être.

Il sortit un mouchoir en batiste et, avec précaution, en enveloppa la coupe, avant de la glisser dans la poche de sa veste.

— Je vais aller me renseigner, déclara-t-il. En attendant, tu pourrais aller chercher Roger ?

— Bien sûr, mais pourquoi ?

— Je viens seulement de me rendre compte que si Betty est tombée comme une mouche après avoir avalé le fond de la coupe, la personne qui y a bu avant elle doit être dans le même état. S'il y avait une drogue dans le punch, elle était forcément destinée à quelqu'un, non ? Roger et toi pourriez fouiller discrètement le parc pour voir si vous n'y trouvez pas quelqu'un d'autre.

Dans la précipitation pour ramener Betty dans son lit, elle n'avait pas encore eu le temps d'analyser les événements sous cet angle.

— D'accord. Mais il me faut d'abord trouver Phaedre ou Ulysse pour les prévenir que Betty est malade.

— Quand tu parleras à Phaedre, pense à lui demander si, outre le fait d'avoir une bonne descente, Betty ne serait pas aussi une mangeuse d'opium.

Il marqua une pause avant d'ajouter, dubitatif :

— Même si ça me paraît peu probable.

— À moi aussi.

Cela dit, elle voyait où il voulait en venir. Si le punch n'avait pas été empoisonné, Betty avait pu prendre le laudanum volontairement. C'était possible, Jocasta en conservait dans l'office. D'un autre côté, si elle en absorbait intentionnellement, était-ce pour planer ou pour mettre fin à ses jours ?

Songeuse, elle fixait le dos de son père qui attendait en haut des marches, tendant l'oreille pour s'assurer, avant de descendre, que personne n'arrivait. Certes, on pouvait facilement comprendre la volonté de se suicider pour échapper à la misère de l'esclavage. Mais, Brianna devait reconnaître que les esclaves domestiques de Jocasta vivaient raisonnablement bien, mieux que bon nombre d'individus libres – noirs et blancs – qu'elle avait rencontrés à Wilmington ou à Cross Creek.

Les quartiers des domestiques étaient propres, leurs lits durs mais confortables. On leur donnait régulièrement des vêtements décents, y compris des chaussures et des bas, et plus de nourriture qu'ils ne pouvaient en consommer. Quant aux problèmes affectifs pouvant conduire un être au suicide, ils n'étaient pas l'apanage des esclaves.

Il était plus probable que Betty soit pocharde, prête à avaler n'importe quel liquide, même vaguement alcoolisé. L'odeur de ses vêtements semblait le confirmer. Mais, dans ce cas, pourquoi courir un risque en volant du laudanum en pleine fête de noces, alors que toutes sortes d'alcools coulaient à flots ?

Malgré elle, elle était forcée d'en arriver à la même conclusion que son père un peu plus tôt. Betty avait avalé le laudanum – s'il s'agissait bien de cela – accidentellement. Mais, dans ce cas… dans la coupe de qui avait-elle bu ?

Jamie se retourna vers elle, pinçant les lèvres pour lui indiquer de ne pas faire de bruit, puis il lui fit signe que la voie était libre. Elle le suivit rapidement sur le palier, puis soupira de soulagement quand ils se retrouvèrent dans l'allée, sans s'être fait remarquer.

— Dis, que faisais-tu là-bas, papa ? demanda-t-elle.

Il la dévisagea sans comprendre.

— Dans le potager, précisa-t-elle. Comment es-tu tombé sur Betty ?

— Ah !

Il lui prit le bras et ils s'éloignèrent de la maison, marchant d'un pas nonchalant vers le paddock, comme deux invités innocents partis admirer les chevaux.

— Je revenais du bois où ta mère et moi venions d'avoir une petite conversation, quand, coupant à travers le potager, j'ai aperçu cette pauvre femme étalée sur son tas de merde.

— À ton avis, elle est allée s'allonger exprès dans le potager ou tu l'as trouvée là, par pur hasard ?

— Je n'en sais rien, mais j'irai lui parler dès qu'elle sera en état de me répondre. Tu sais où je pourrais trouver ta mère ?

— Oui, elle est avec Phillip Wylie. Je crois les avoir vus se diriger vers les écuries.

Elle réprima un sourire en remarquant que les narines de son père avaient légèrement frémi en entendant prononcer ce nom.

— Je vais la chercher, déclara-t-il. En attendant, essaie de trouver Phaedre, et Brianna…

S'apprêtant déjà à partir, elle se retourna vers lui, surprise.

— Il vaut mieux que Phaedre ne dise rien si on l'interroge au sujet de Betty et, le cas échéant, demande-lui de prévenir l'un de nous.

Il se redressa et s'éclaircit la gorge.

— Ensuite, mets-toi en quête de ton mari. Et Brianna... Brianna, veille bien à ce que personne ne sache ce que tu trafiques, d'accord ?

Elle acquiesça. Puis, il tourna les talons et s'éloigna vers les écuries, les doigts de sa main droite tapotant nerveusement sa veste, comme s'il était profondément absorbé dans ses pensées.

Un courant d'air frisquet s'engouffra sous ses jupes en les gonflant et la fit frissonner. Elle avait parfaitement compris à quoi son père avait fait allusion.

Si ce n'était ni un suicide ni un accident, ce pouvait être une tentative de meurtre. Mais qui était visé ?

5

La délurée

Après notre petit intermède dans le bosquet, Jamie me donna un dernier baiser d'encouragement, avant de s'enfoncer dans le sous-bois à la recherche de Ninian Bell Hamilton. Il voulait tenter de savoir ce que mijotaient les Régulateurs dans le camp dont Hunter avait parlé. Je le suivis, non sans avoir attendu quelques minutes, histoire de sauver les apparences, puis m'arrêtai à la lisière du bois pour m'assurer que j'étais présentable.

Je ressentais un bien-être vaguement étourdissant et j'avais chaud, mais, en soi, cela n'avait rien de compromettant. Pas plus que de sortir tout à coup de derrière les arbres : hommes et femmes y allaient régulièrement se soulager pour éviter de se rendre aux cabinets d'aisances, bondés et malodorants. En revanche, surgir d'un taillis les joues rouges, haletante, avec des feuilles dans les cheveux et des taches de sève sur ma robe ne manquerait pas de provoquer des chuchotements derrière les éventails.

Des herbes et une carcasse desséchée de cigale étaient prises dans mes jupes. Je les secouai avec un frisson de dégoût. J'ôtai des pétales de cornouiller de mes épaules, puis remis un peu d'ordre dans ma coiffure, délogeant d'autres parcelles de feuilles qui tombèrent à terre en virevoltant comme des fragments de papier d'Arménie.

Juste au moment de quitter le bois, il me vint à l'esprit de vérifier l'arrière de ma robe, au cas où s'y trouveraient des taches et d'autres bouts d'écorce. Alors que j'avançais en me contorsionnant pour évaluer les dégâts, je percutai Phillip Wylie de plein fouet.

Il me retint de justesse par l'épaule pour m'empêcher de tomber à la renverse.

— Madame Fraser ! Vous vous sentez bien, chère amie ?

— Oui, oui, très bien. Je vous prie de m'excuser.

Cette fois, j'avais légitimement les joues en feu. Je reculai d'un pas, me remettant d'aplomb. Pourquoi devais-je toujours tomber sur lui ? Cette peste me suivait-elle ?

— Mais, je vous en prie ! s'exclama-t-il. Cette collision est entièrement de ma faute. Je suis d'une maladresse impardonnable ! Puis-je vous offrir quelque chose pour vous remettre de vos émotions, ma chère ? Un verre de cidre ? de vin ? de punch ? Un alcool de pomme ? Une crème fouettée au cognac ? Non, suis-je sot, un cognac, tout simplement ! Oui, oui, laissez-moi vous en apporter un verre pour vous rétablir !

— Non, je ne veux rien, merci.

Je ne pouvais m'empêcher de rire de ses simagrées. Il me sourit en retour, se trouvant manifestement très spirituel.

— Dans ce cas, puisque vous allez bien, vous devez absolument m'accompagner, chère amie. Si, si, j'insiste !

Malgré mes protestations, il coinça ma main sous son bras et m'entraîna d'un pas décidé vers les écuries.

— Cela ne prendra qu'un instant, m'assura-t-il. J'attends depuis ce matin de vous montrer ma surprise. Vous en resterez sans voix, je vous en donne ma parole !

Je capitulai, résignée. Il paraissait plus simple d'aller voir ses foutus chevaux que de tenter de lui résister. En outre, j'aurais tout le temps de parler à Jocasta avant la cérémonie. Cette fois, nous contournâmes le paddock où Lucas et ses compagnons se soumettaient avec tolérance à l'inspection de deux intrépides gentlemen, qui, pour les observer de plus près, avaient escaladé la clôture.

— Pour un étalon, il a vraiment bon caractère, commentai-je en passant.

Surtout comparé au tempérament irascible de Gideon. Jamie n'ayant pas encore eu le temps de le castrer, il avait mordu presque tout le monde, hommes et bêtes, au cours du trajet depuis Fraser's Ridge.

— C'est une caractéristique de la race, expliqua Wylie. Ces chevaux sont les plus aimables qui soient, mais leur bonne disposition n'entame en rien leur intelligence, je vous l'assure. Par ici, madame Fraser.

Il poussa la porte de l'écurie principale. Après la lumière crue du soleil, nous nous retrouvâmes plongés dans l'obscurité. Il faisait si sombre que je trébuchai contre une tomette qui dépassait du sol. M. Wylie me rattrapa, au moment où je partais la tête la première, en poussant un cri.

— Vous vous êtes fait mal, madame Fraser ? s'inquiéta-t-il en m'aidant à me redresser.

— Non, ça va.

En fait, je m'étais écrasé un orteil et tordu la cheville. Mes nouveaux souliers avec leurs talons en maroquin étaient ravissants, mais je ne m'y étais pas encore habituée.

— Donnez-moi juste quelques instants pour m'accoutumer à la pénombre, demandai-je.

Obligeant, il posa ma main dans le creux de son bras et la tint solidement pour me faire un appui.

— Reposez-vous sur moi, dit-il simplement.

Ce que je fis. Nous restâmes silencieux un moment, mon pied blessé relevé, tel celui d'un flamand rose, attendant que mon orteil cesse de m'élancer. Étonnamment, M. Wylie, sans doute gagné par l'atmosphère paisible, m'épargna ses manières et ses mots d'esprit.

D'habitude, les écuries sont des endroits paisibles, les chevaux et les hommes qui s'occupent d'eux étant généralement des créatures tranquilles. Toutefois, dans celle-ci régnait une atmosphère différente, à la fois silencieuse et lourde. J'entendais des ébrouements, des piétinements et les bruits de contentement d'un cheval mâchant du foin dans sa mangeoire.

Me tenant près de Phillip Wylie, je sentais son parfum, mais même les fragrances luxueuses de musc et de bergamote étaient neutralisées par les odeurs de paille, de blé frais, de brique et de bois. Mais je percevais autre chose... de vagues effluves d'éléments vitaux : des excréments, du sang et du lait, indices primordiaux de maternité.

— On se croirait dans un ventre, vous ne trouvez pas ? dis-je doucement. Il fait si chaud et si sombre. On entend presque un battement de cœur.

Wylie rit sans faire de bruit.

— C'est le mien, avoua-t-il.

Sa main, qu'il avait posée brièvement sur son gilet, formait une tache noire sur le satin pâle.

Même une fois les yeux accoutumés à l'obscurité, la salle restait sombre. La silhouette élancée d'un chat d'écurie glissa non loin. J'oscillai sur place, puis reposai mon pied blessé par terre. Il ne supportait pas encore mon poids, mais je pouvais au moins me tenir debout.

— Pouvez-vous vous passer de moi un instant ? demanda Wylie.

Sans attendre ma réponse, il s'écarta et alla allumer une lanterne posée sur un tabouret. J'entendis le cliquetis d'une pierre à feu, puis la mèche s'embrassa et un doux halo de lumière dorée se répandit autour de nous. Reprenant mon bras de sa main libre, il me guida vers le fond de la salle.

Les chevaux étaient dans la dernière logette. Phillip haussa sa lanterne et se tourna vers moi avec un grand sourire. La lumière glissa sur le poil, le faisant luire et ondoyer comme le clair de lune sur la mer. La jument nous observait de ses grands yeux brillants.

— Oh ! murmurai-je, qu'elle est belle !

Puis, un peu plus fort :

— Oh !

Elle venait de bouger et son petit sortit la tête d'entre ses pattes. Il avait des membres longs et des articulations noueuses, sa croupe et ses épaules rondes reproduisant la perfection musculaire de sa mère. Il avait les mêmes grands yeux doux bordés de longs, longs cils, mais sa robe, au lieu d'être noir moiré, était brun-roux, avec un poil duveteux comme celui d'un lapin et une absurde queue en plumeau.

La mère avait une somptueuse crinière généreuse, identique à celle des chevaux que j'avais admirés plus tôt dans le paddock. En revanche, le poulain portait une ridicule crête de poils drus, d'un peu plus de deux centimètres de haut, dressée comme une brosse à dents.

Aveuglé par la lumière, il cligna des yeux, puis plongea se réfugier sous sa mère. Quelques instants plus tard, des naseaux apparurent, s'agitant prudemment. Un grand œil suivit, puis le museau disparut, pour réapparaître presque instantanément. Cette fois-ci, il s'aventura un peu plus loin.

— Oh, le coquin ! m'extasiai-je.

Wylie se mit à rire, puis déclara d'une voix remplie de fierté :

— Je ne vous le fais pas dire ! Ne sont-ils pas magnifiques ?

— Oui, quoique je ne sois pas certaine que le mot convienne. « Magnifique » me semble plus approprié à un étalon ou une monture de cavalerie. Ces chevaux-ci sont si… si mignons !

Il s'exclama, amusé :

— « Mignons ? »

— Oui, répondis-je en riant. Charmants, sympathiques, adorables.

— Tout cela à la fois, convint-il. Et beaux par-dessus le marché !

— Exactement.

Soudain, je ressentis comme un vague malaise.

— Oui, oui, ils sont très beaux, répétai-je.

Il se tenait très près de moi. Je m'écartai d'un pas et détournai les yeux en faisant mine de vouloir observer encore les chevaux. Le poulain frottait son museau contre le ventre gonflé de sa mère, sa petite queue frétillant d'excitation.

— Comment s'appellent-ils ? demandai-je.

Wylie s'approcha de la barre de la logette et suspendit la lanterne à un crochet dans le mur, tout en s'arrangeant pour que son bras effleure ma manche.

— La jument s'appelle Tessa. Vous avez vu le père, c'est Lucas. Quant au poulain, puisque c'est une femelle…

Il saisit ma main et la souleva en souriant.

— … je pensais la baptiser La Belle Claire.

L'espace d'un instant, je restai sans voix, sidérée par l'expression qui se lisait très clairement sur le visage de Phillip Wylie.

— Pardon ? demandai-je enfin.

J'avais dû mal entendre. Je tentai de libérer ma main, mais j'avais hésité une seconde de trop et ses doigts se refermèrent sur les miens. Il n'avait tout de même pas l'intention de…

Si.

— Charmante, dit-il doucement en se rapprochant encore. Sympathique, adorable et… belle.

Il m'embrassa.

J'étais trop interloquée pour réagir immédiatement. Ses lèvres étaient douces, son baiser bref et chaste. Cela ne fit guère une grande différence, car seul le geste comptait.

— Monsieur Wylie !

Je reculai précipitamment d'un pas, mais me cognai le dos contre la rambarde.

— Madame Fraser, dit-il avec délicatesse, en avançant d'un pas. Ma douce.

— Je ne suis pas votre…

Il m'embrassa de nouveau. Cette fois, son baiser n'avait plus rien de chaste. Toujours sous le choc mais non pétrifiée, je le repoussai avec brutalité. Il vacilla et lâcha ma main, mais il se rétablit tout de suite. M'attrapant le bras, il glissa son autre main dans mon dos.

— Coquine ! susurra-t-il.

Il approcha son visage du mien. Je lui décochai un coup de pied mais avec le membre blessé, ce qui se traduisit par une attaque minable. Il tiqua à peine.

Sentant sa main descendre sur mes fesses, je me débattis de mon mieux. En même temps, j'étais très consciente de la présence de nombreuses personnes autour des écuries. La dernière des choses à faire était d'attirer l'attention.

— Arrêtez ! sifflai-je entre mes dents. Arrêtez ça immédiatement !

— Vous me rendez fou ! rétorqua-t-il.

Il me serra contre lui et entreprit d'introduire sa langue dans mon oreille. Qu'il soit fou, je n'en doutais pas, mais je déclinais absolument toute responsabilité dans sa folie. Je me cambrai le plus possible en arrière – très peu, compte tenu de la rambarde dans mon dos –, m'efforçant de glisser mes mains entre nous. Remise du choc initial, je réfléchissais avec une clarté étonnante. Je ne pouvais pas lui envoyer mon genou dans les parties, car il avait avancé une de ses jambes entre les miennes. En revanche, je pouvais essayer de lui attraper le cou et de comprimer sa carotide, ce qui le ferait tomber comme une pierre.

Je parvins à lui saisir le cou, mais sa foutue cravate me gênait. Mes doigts tentèrent de la dénouer, mais il fit un écart et les retint.

— Je vous en prie, dit-il. Je veux…

— Je me fiche de ce que vous voulez ! Lâchez-moi tout de suite ! Vous n'êtes qu'un… qu'un…

Je cherchai désespérément le terme approprié.

— … qu'un chiot en rut !

À ma surprise, il s'arrêta net. Il ne pouvait pâlir, étant donné l'épaisse couche de poudre de riz qui recouvrait son visage – j'en avais plein les lèvres –, mais sa bouche se crispa et il me regarda avec une expression... plutôt peinée.

— Est-ce vraiment ce que vous pensez de moi ? demanda-t-il.

— Oui, tout à fait ! Que croyez-vous ? Vous avez perdu la tête ! Comment osez-vous vous comporter d'une manière aussi... dégoûtante ? Qu'est-ce qui vous a pris ?

— Dégoûtante ?

Ma description de ses avances le désarçonna.

— Mais je... c'est-à-dire que... je pensais que vous... je veux dire, que vous n'étiez pas hostile à...

— Je ne vois vraiment pas comment vous en êtes arrivé à une telle conclusion ! Je ne vous ai jamais donné la moindre indication dans ce sens.

Du moins, intentionnellement. Je me sentis soudain très mal à l'aise en me rendant compte que ma perception de mon propre comportement n'était peut-être pas la même que celle qu'en avait Phillip Wylie.

Son visage changea encore, transformé par la colère.

— Vraiment ? Permettez-moi d'en douter, madame !

Je lui avais déjà dit que j'avais l'âge d'être sa mère. Il ne m'était jamais venu à l'esprit qu'il ait pu ne pas me croire.

— « Pas la moindre indication », dites-vous ? Bien au contraire, madame, vous m'avez donné toutes les occasions d'espérer, et ce, dès notre première rencontre.

— Comment ? m'écriai-je d'une voix rendue aiguë par l'incrédulité. Je n'ai jamais échangé avec vous que quelques conversations polies. Si vous appelez ça du flirt, mon petit...

— Ne m'appelez pas ainsi !

Ah, ah ! Il était donc conscient de la différence d'âge. Sans doute n'en avait-il tout simplement pas mesuré l'ampleur. Je compris alors que dans le monde de Phillip Wylie, les prémisses amoureuses prenaient surtout la forme d'un badinage. Que diable avais-je bien pu lui dire ?

Je me souvenais vaguement d'avoir discuté avec lui et son ami Stanhope de la nouvelle taxe sur le droit de timbre. Oui, c'était cela, nous avions parlé d'impôts, de chevaux... Cela suffisait-il à faire naître un tel malentendu ?

— ... « Tes yeux sont deux étangs dans un jardin délicieux », récita-t-il d'un ton acerbe. Vous ne vous souvenez donc pas de cette soirée où je vous récitais ces vers ? Le *Chant de Salomon* n'est-il à vos yeux qu'une conversation polie ?

— Seigneur ! soupirai-je.

Un début de culpabilité commença à prendre forme. En effet, nous avions eu un tel échange lors d'un dîner chez Jocasta, deux ou trois ans plus tôt. Comment pouvait-il encore s'en souvenir ? Le *Chant de Salomon* était un poème raisonnablement grisant. Peut-être que la seule allusion...

Je me ressaisis et redressai la tête.

— C'est ridicule ! déclarai-je. Vous me taquiniez, et je vous avais simplement rendu la pareille. À présent, veuillez m'excuser, mais je dois...

— Vous m'avez accompagné jusqu'ici. Seule !

Déterminé, il fit de nouveau un pas en avant. Il était en train de se convaincre qu'il avait encore sa chance, ce morveux !

— Monsieur Wylie, dis-je avec fermeté, en me glissant de biais pour lui échapper. Je suis sincèrement désolée de votre méprise, mais je suis mariée, très heureuse dans mon ménage, et je n'ai pas le moindre intérêt sentimental pour votre personne. Maintenant, si vous voulez bien m'excuser…

Je parvins à le contourner et me précipitai hors de l'écurie, aussi vite que mes souliers me le permettaient. Toutefois, il ne tenta pas de me suivre et j'atteignis la porte indemne, mon cœur battant à tout rompre.

Comme des invités déambulaient près du paddock, je partis dans la direction opposée avant qu'on m'ait remarquée. Une fois hors de vue, j'entrepris un bref inventaire de ma tenue, m'assurant de ne pas être trop échevelée. J'ignorais si on m'avait aperçue entrer dans les écuries avec Wylie, mais je priai pour que personne ne m'ait surprise en ressortir dare-dare.

Avec une épingle, je remis en place une mèche qui s'était échappée de ma coiffure et fis tomber quelques brins de paille de ma robe. Heureusement, je ne l'avais pas déchirée. En un tour de main, je fus de nouveau décente.

— Tout va bien, *Sassenach* ?

Je bondis comme un saumon pris dans un filet. Je fis volte-face, l'adrénaline irradiant ma poitrine comme une décharge électrique, et découvris Jamie à mes côtés, qui m'observait les sourcils froncés.

— Qu'étais-tu en train de faire, *Sassenach* ?

Mon cœur encore affolé, je m'étouffais. Je parvins néanmoins à articuler quelques mots sur un ton que j'espérai dégagé.

— Rien. C'est-à-dire… pas grand-chose. J'admirais les chevaux. La jument… Elle a mis bas, figure-toi.

— Je sais.

Il me regardait bizarrement.

— Tu as retrouvé Ninian ? Qu'est-ce qu'il a dit ?

Je me tâtonnai l'arrière du crâne, remettant de l'ordre dans ma coiffure, et profitai de l'occasion pour me détourner légèrement, évitant ainsi de croiser le regard de Jamie.

— Que c'était vrai... même si je n'en doutais pas. Il y a plus d'un millier d'hommes qui campent près de Salisbury. D'après lui, il en arrive d'autres tous les jours. Ce vieux grincheux s'en réjouit !

Il plissa le front. Ses deux doigts raides de la main droite qui tapotaient sa cuisse me révélèrent son inquiétude.

À juste titre. Sans parler de la menace de conflit elle-même, un autre problème surgissait : le printemps était là. Seul le fait que River Run soit au pied des montagnes nous avait permis de venir au mariage. Ici, les bois étaient déjà verts et les crocus orange et violet avaient percé la terre depuis belle lurette. Les hauteurs, elles, étaient encore recouvertes de neige. À Fraser's Ridge, les branches des arbres étaient parsemées de bourgeons enflés. D'ici plus ou moins deux semaines, ceux-ci allaient éclore, donnant le coup d'envoi aux semences de printemps.

Certes, Jamie avait paré à toute éventualité en engageant le vieil Arch Bug, mais il y avait des limites à ce que ce dernier pouvait faire sans aide. Quant aux métayers et aux propriétaires terriens des environs... si la milice était de nouveau mobilisée, leurs femmes se retrouveraient livrées à elles-mêmes en pleine saison des semailles.

— Les hommes de ce camp de Régulateurs... ils ont abandonné leurs terres ? demandai-je.

Salisbury se trouvait aussi au pied de la montagne. Il était impensable que des fermiers, aussi furieux soient-ils, aient quitté leurs champs à cette époque de l'année pour aller protester contre le gouvernement.

— Ils les ont laissées ou les ont perdues, répondit Jamie.

Son visage se rembrunit.

— Tu as parlé avec ma tante ?

— Ah... non, répondis-je en me sentant coupable. Pas encore. J'y allais justement... Voulais-tu me dire autre chose ?

Il émit un sifflement semblable à celui d'une bouilloire électrique atteignant le point d'ébullition, signe chez lui d'une impatience rare.

— Zut, je l'avais presque oubliée ! Une des esclaves a été empoisonnée... Enfin, je crois.

Je laissai retomber mes mains et me tournai vers lui, stupéfaite.

— Quoi ? Qui ? Comment ? Pourquoi tu ne m'as rien dit ?

— Je suis en train de te le dire, non ? Ne t'inquiète pas, *Sassenach*, sa vie n'est pas en danger. Elle n'est qu'ivre morte.

Agacé, il haussa les épaules, avant de reprendre :

— Le seul problème, c'est qu'elle n'était pas la victime visée. J'ai envoyé Roger et Brianna inspecter les environs. Puisqu'ils ne sont pas encore revenus m'annoncer la mort de quelqu'un, ce n'était peut-être rien.

— Peut-être ?

Je me frottai l'arête du nez, détournée de mes préoccupations par cette nouvelle affaire.

— Le fait est que l'alcool est un poison, même si personne ne semble s'en soucier par ici. Néanmoins, il y a une différence entre être soûle et avoir été délibérément empoisonnée. Que veux-tu dire par...

— *Sassenach* ? m'interrompit-il.

— Quoi ?

— Qu'est-ce que tu fichais dans l'écurie, nom de Dieu !

Je le dévisageai, interloquée. Son visage était devenu de plus en plus rouge à mesure que nous parlions, mais j'avais cru que seules la frustration et l'inquiétude engendrées par les révélations de Ninian et de ses amis régulateurs en étaient responsables. La dangereuse lueur bleutée au fond de son regard m'indiqua qu'un élément plus personnel entrait, sans doute, en ligne de compte dans sa réaction. J'inclinai la tête sur le côté, l'examinant avec méfiance.

— Qu'entends-tu par « ce que je fichais » ?

Il ne répondit pas, mais il pinça les lèvres et tendit l'index vers un point près de ma bouche. Il le toucha très délicatement, puis il me montra le bout de son doigt. Un petit objet noir y était posé : le faux grain de beauté en forme d'étoile de Phillip Wylie.

— Oh, ça ! Euh...

Mes oreilles se mirent à bourdonner. La tête me tourna et de minuscules points blancs se mirent à danser devant mes yeux.

— Oui, ça ! Bon sang, Claire ! Je m'échine entre les bêtises de Duncan et les plaisanteries de Ninian et... À propos, pourquoi ne m'as-tu pas dit que tu t'étais bagarrée avec Barlow ?

Je m'efforçai de retrouver mon calme.

— « Bagarrée » est un bien grand mot. Et puis le major MacDonald est intervenu, puisque « tu » étais introuvable. À ce sujet, il voulait te parler de...

— Je sais ce qu'il me veut ! coupa-t-il. J'en ai par-dessus la tête des majors, des Régulateurs, des servantes alcooliques ! En plus de cela, je te surprends à bécoter ce muscadin !

Mon sang bouillit dans mes veines et me brûla les yeux. Je serrai les poings, réprimant mon envie de le gifler.

— On ne se bécotait pas, tu le sais très bien ! Ce crétin essayait simplement de me faire du gringue, sans plus.

— Du gringue ? Tu veux dire qu'il t'a baisée ? J'avais vu juste !

— Mais ça va pas, non ?

— Ah oui ? Tu lui as réclamé sa mouche en guise de porte-bonheur, alors ?

Il agita la minuscule tache noire sous mon nez. Avec brutalité, je repoussai sa main, me souvenant trop tard que, dans sa bouche, « baiser » n'était pas forcément synonyme de forniquer.

Je crispai les mâchoires.

— Il m'a embrassée, sans doute une mauvaise plaisanterie de sa part. J'ai l'âge d'être sa mère !

— Dis plutôt sa grand-mère ! Si tu ne voulais pas qu'il t'embrasse, il te suffisait de ne pas l'encourager !

Sa muflerie me laissa bouche bée. Je me sentais doublement insultée.

— L'encourager ? Pauvre crétin ! Tu sais pertinemment que je n'ai rien fait de la sorte !

— Ta propre fille t'a aperçue, entrant dans l'écurie seule avec lui ! Tu n'as donc aucune dignité ? Avec tout ce que j'ai déjà sur les bras, il faut en plus que j'aille chercher ce goujat pour le confondre ?

J'eus un petit scrupule en pensant à Brianna, mais un plus gros en imaginant Jamie en train de provoquer Wylie en duel. Il ne portait pas son épée, mais il l'avait mise dans ses bagages. Je chassai énergiquement ces deux pensées de ma tête.

— Ma fille n'est ni une sotte ni une commère mal intentionnée, dis-je en me drapant dans une immense dignité. Si elle me voit admirer un cheval, elle pensera que je suis en train d'admirer un cheval, rien de plus. Pourquoi croirait-elle autre chose ?

Il expira bruyamment entre ses lèvres pincées, me jetant un regard assassin.

— En effet, pourquoi ? Peut-être parce que tout le monde t'a vue flirter avec lui de manière éhontée sur la pelouse. Parce que tout le monde a remarqué qu'il te suivait partout, comme un chien derrière une chienne en chaleur ?

Il dut voir mon expression se transformer dangereusement, car il toussota dans le creux de sa main, le débit de ses remontrances se précipita :

— Plusieurs personnes ont jugé bon de m'en informer. Tu crois que ça me fait plaisir d'être la risée de tous, *Sassenach* ?

— Espèce de... de...

La fureur m'étouffa. J'avais une envie folle de le frapper, mais j'apercevais déjà quelques têtes tournées vers nous avec grand intérêt.

— « Une chienne en chaleur » ? sifflai-je entre mes dents. Comment oses-tu, sale... sale... con !

Il eut la décence de paraître un peu décontenancé, tout en continuant de fulminer :

— Bon, d'accord... Ce n'était peut-être pas le terme le plus approprié, mais tu ne peux nier l'avoir suivi de ton plein gré, *Sassenach* ! Comme si je n'avais pas assez de soucis ! Il faut que ma propre femme... Si tu étais allée trouver ma tante ainsi que je te l'avais demandé, rien de tout cela ne serait arrivé. Te rends-tu seulement compte de ce que tu as fait ?

J'avais changé d'avis. Finalement, un duel était peut-être une bonne idée. Avec un peu de chance, Jamie et Philip Wylie s'entre-tueraient rapidement, publiquement, dans un bain de sang. Après tout, je me fichais pas mal de savoir qui nous observait. Je plongeai vers lui, tentant très sérieusement de le castrer, mais il agrippa mes poignets juste à temps.

— Bon Dieu, *Sassenach* ! On nous regarde !

Je tentai de libérer mes mains, haletant :

— Je... m'en... contrefous... ! S'ils veulent du spectacle, je vais leur en offrir !

Bien que je n'aie pas quitté son visage des yeux, j'étais consciente de la formation d'un petit attroupement sur la pelouse. Lui aussi. Il rapprocha ses sourcils un instant, puis, soudain, il prit sa décision :

— Soit ! Qu'ils regardent !

Il m'attrapa par la taille, m'écrasa contre lui et m'embrassa à pleine bouche. Incapable de lui échapper, je cessai de me débattre, me raidissant de fureur. J'entendais des rires et des cris d'encouragement au loin. Ninian Hamilton lança une boutade en gaélique, plaisanterie que j'eus la chance de ne pas comprendre.

Il détacha enfin ses lèvres, me serrant toujours fort contre lui, puis baissa très lentement la tête, pressant sa tempe contre la mienne. Sa joue était fraîche et ferme. Son corps était ferme, lui aussi, mais loin d'être frais. Sa chaleur traversait au moins six couches de vêtements avant de brûler ma peau : chemise, gilet, veste, robe, corset et chemise. Que ce soit à cause de la colère, de l'excitation ou des deux, il était chargé à bloc et en feu. Enfin, il déclara dans un souffle qui chatouilla mon oreille :

— Pardon. Je n'aurais pas dû t'insulter. Sincèrement. Une fois que je l'aurais tué, désires-tu que je me trucide aussi ?

Je me détendis un peu. Mon bassin était toujours fermement pressé contre lui et, à travers les couches de tissu, l'effet produit était rassurant.

— Ça peut sans doute attendre un peu, déclarai-je.

Toutes ces émotions m'avaient étourdie et j'inspirai profondément pour me ressaisir. Puis je m'écartai, reculant devant la puanteur que dégageaient ses vêtements. Si je n'avais pas été aussi énervée, j'aurais remarqué plus tôt que les odeurs nauséabondes qui flottaient autour de moi depuis un bon moment émanaient de lui.

Je reniflai sa veste.

— D'où sors-tu ? Tu empestes ! On dirait…

— Du fumier, finit-il sur un ton résigné. Oui, je sais.

— C'est ça. Du fumier et… du punch.

Il n'en avait pas bu lui-même, car je n'avais pas senti le goût du rhum sur ses lèvres, uniquement celui du cognac.

— … Et quelque chose d'autre, poursuivis-je. Quelque chose d'affreux, comme de la vieille transpiration et…

— Des navets bouillis, dit-il de plus en plus las. Oui, c'est l'odeur de la servante dont je te parlais, *Sassenach*. Betty.

Il coinça ma main dans le creux de son bras et après une grande révérence destinée aux spectateurs – qui nous ovationnèrent, les ordures ! – il m'entraîna vers la maison. Il regarda le soleil, avant de reprendre :

— Ce serait bien que tu puisses l'interroger, mais il se fait tard. Il vaudrait mieux que tu montes d'abord parler avec ma tante. Le mariage doit avoir lieu à seize heures.

J'étais encore bouleversée par notre scène, mais j'avais du pain sur la planche.

— D'accord, dis-je. Je monte voir Jocasta, ensuite j'irai examiner Betty. Quant à Phillip Wylie...

— Quant à Phillip Wylie, m'interrompit-il, n'y pense plus, *Sassenach*.

Une lueur résolue s'alluma dans son regard.

— Je m'occuperai de lui plus tard, ajouta-t-il.

6

Parties intimes

Je quittai Jamie dans le petit salon et gravis l'escalier en direction de la chambre de Jocasta, saluant distraitement sur mon chemin les amis et les têtes connues. J'étais décontenancée, agacée et, en même temps, amusée malgré moi. Je n'avais pas consacré beaucoup de temps à méditer sur le mystère du pénis depuis mes seize ans environ, et voilà que j'en avais trois sur les bras.

Me retrouvant seule dans le couloir, j'ouvris mon éventail, contemplant, songeuse, le minuscule miroir rond qui formait un lac au milieu du paysage bucolique peint sur l'objet. Censé contribuer à l'intrigue plutôt qu'à se mirer, il ne reflétait que des fragments de mon visage, à savoir un œil et un sourcil arqué qui me fixèrent d'un air interrogateur.

C'était un œil assez joli, je devais le reconnaître. Certes, il était bordé de quelques rides, mais il était élégamment formé, ourlé avec grâce d'une paupière fine et équipé de longs cils incurvés couleur sable qui mettaient en valeur la pupille noire et contrastaient avec l'ambre émaillé d'or de l'iris.

Pour apercevoir ma bouche, je déplaçai à peine l'éventail. Des lèvres pleines, légèrement enflées et brillantes, comme si on venait de les embrasser avec sauvagerie et qu'elles n'avaient pas trouvé cela désagréable du tout.

Je refermai l'éventail d'un claquement sec.

Quelles qu'aient été les motivations cachées de Phillip Wylie, j'avais au moins eu la preuve irréfutable qu'il me trouvait à son goût, grand-mère ou pas. Mais il valait sans doute mieux que je ne mentionne pas ce détail à Jamie. Même si Wylie était un jeune homme très agaçant, après mûre réflexion, je ne tenais pas à le voir éviscéré sur la pelouse devant la maison.

Toutefois, dans l'existence, la maturité se charge de modifier ses propres priorités. En dépit des implications personnelles de ces membres virils en états divers de turgescence, pour le moment, c'était le plus flasque des trois qui m'intéressait. Mes doigts me démangeaient de mettre la main sur les parties intimes de Duncan Innes. Au sens figuré, cela s'entend.

En dehors de la castration pure et simple, il n'y avait pas trente-six types de traumatismes capables de provoquer une impuissance mécanique. Compte tenu de la situation primitive de la chirurgie, il se pouvait que le médecin ayant traité la blessure initiale – si elle avait été traitée – ait tout bonnement retiré les deux testicules. Mais si c'était le cas, Duncan ne l'aurait-il pas dit ?

Peut-être pas. Duncan était d'une timidité et d'une pudeur extrêmes. Or, même un extraverti aurait hésité à confier ce genre de mésaventure à un ami intime. Toutefois, aurait-il pu cacher cette infirmité dans la promiscuité d'une prison ? Tout en réfléchissant, je pianotais sur la surface marquetée d'un guéridon placé près de la porte de la chambre de Jocasta.

Un homme pouvait tout à fait passer plusieurs années sans prendre de bain. J'en connaissais quelques-uns dont c'était certainement le cas. D'un autre côté, les prisonniers d'Ardsmuir avaient été contraints aux travaux forcés, coupant la tourbe ou travaillant dans les carrières. Ils avaient sans doute eu accès à de l'eau et devaient se laver régulièrement, ne serait-ce que pour soulager les démangeaisons dues à la vermine. Néanmoins, on pouvait se laver sans se mettre tout nu.

Je soupçonnai Duncan d'être encore plus ou moins entier. Fort probablement, son impuissance était d'origine psychologique. Après tout, se faire piétiner les roupettes avait de quoi vous ébranler un homme. Si, ensuite, il avait eu une première expérience sexuelle désastreuse, cela avait pu suffire à le convaincre qu'il était définitivement hors service.

J'hésitai avant de frapper, mais pas trop longtemps. L'expérience m'avait appris que, lorsqu'il s'agissait de donner une mauvaise nouvelle à quelqu'un – et Dieu sait que j'ai de l'expérience dans ce domaine ! –, il était inutile d'y aller par quatre chemins. L'éloquence n'était d'aucun recours et aller droit au but n'empêchait pas de compatir.

Je toquai à la porte, et Jocasta m'invita à entrer.

Le père LeClerc était assis dans un coin, derrière une table, très affairé devant un vaste assortiment de mets divers et variés et deux bouteilles de vin, dont une vide. En me voyant entrer, il m'adressa un large sourire graisseux, qui semblait faire tout le tour de sa figure. Il brandit une cuisse de dinde dans ma direction.

— *Tally-ho*, madame ! *Tally-ho ! Tally-ho !*

Je le saluai bien bas. Il n'y avait aucun moyen de le faire partir de là ni aucun endroit où emmener Jocasta. Phaedre était dans le cabinet de toilette, s'affairant avec ses brosses à habits. Mais étant donné le vocabulaire anglais restreint du jésuite, il n'était sans doute pas indispensable de nous isoler.

Je posai doucement une main sur le coude de Jocasta et lui suggérai de prendre place sur la banquette sous la fenêtre, car j'avais quelque chose d'important à lui dire. Surprise, elle hocha la tête, puis, après une courbette d'excuses en direction du prêtre – qui ne s'en rendit pas compte, occupé comme il l'était à ronger un morceau de cartilage récalcitrant –, vint s'asseoir à mes côtés. Elle lissa ses jupes sur ses genoux puis demanda :

— Alors, ma nièce, de quoi s'agit-il ?

Je pris une grande inspiration.

— Eh bien... il s'agit de Duncan, voyez-vous...

Elle prit d'abord un air ébahi, mais à mesure que je parlais, une autre expression pointa sous ses traits.

Elle paraissait songeuse, ses yeux aveugles fixant un point juste au-dessus de mon épaule droite. Elle était préoccupée mais non désemparée. De fait, son attitude changeait, passant de la surprise au comportement de quelqu'un découvrant enfin l'explication d'un mystère troublant et qui se trouve à la fois soulagé et satisfait de savoir enfin.

Duncan et elle vivaient en effet sous le même toit depuis plus d'un an et étaient fiancés depuis des mois. En public, il se comportait toujours avec elle avec respect, voire déférence. Plein d'attentions, il ne manifestait jamais de tendresse ou de possessivité. Pour l'époque, cela n'avait rien d'inhabituel, car, si certains messieurs étaient démonstratifs avec leur épouse en public, la plupart ne l'étaient pas. Mais, probablement, Duncan n'avait pas fait ces gestes en privé non plus, alors qu'elle les avait attendus.

Elle avait été belle, avait encore une allure folle et, aveugle ou non, était habituée à susciter l'admiration des hommes. Je l'avais vue flirter avec art avec Andrew MacNeill, Ninian Bell Hamilton, Richard Caswell... même avec Farquard Campbell. Peut-être avait-elle été surprise, voire déconcertée, de ne provoquer aucune démonstration d'intérêt physique chez son fiancé.

À présent, elle savait pourquoi.

— Seigneur, mon pauvre Duncan ! soupira-t-elle. Avoir connu pareille souffrance, l'avoir surmontée, s'être fait une raison, puis, tout à coup, la voir resurgir pour le tourmenter de nouveau. Le passé ne peut-il donc pas nous laisser profiter de notre paix si chèrement acquise ?

Elle cligna des yeux et je fus à la fois surprise et émue de constater qu'ils brillaient de larmes.

Une ombre s'avança soudain sur elle. Relevant les yeux, je vis le père LeClerc debout devant nous, compatissant dans sa soutane noire, et nous surplombant comme un nuage d'orage.

— Y a-t-il un problème ? me demanda-t-il en français. M. Duncan a eu un accident ?

Jocasta ne parlait pas français à part *Comment ça va*[1] ?, mais, au ton de la voix, elle comprit le sens de la question et reconnut le nom de Duncan. Une main sur mon genou, elle me demanda avec insistance :

— Ne lui dites rien.

— Non, non, la rassurai-je.

Relevant les yeux vers le curé, j'agitai un doigt, expliquant en français :

— *Non, ce n'est rien*[1].

Il fronça les sourcils, indécis, puis jetant un œil en direction de Jocasta, déclara de but en blanc :

— Un problème dans le lit nuptial, c'est bien ça ?

Devant mon air ahuri, il esquissa un geste discret vers le bas de son habit.

— J'ai entendu le mot « scrotum », madame, et je me suis douté que vous ne parliez pas d'animaux.

Je me rendis compte, mais un peu tard, que s'il ne parlait pas l'anglais, le saint homme connaissait très bien son latin.

— *Merde*[1] ! jurai-je entre mes dents.

Jocasta, qui avait brusquement relevé la tête au mot « scrotum », tressaillit et se tourna vers moi. Je lui tapotai la main pour la rassurer, tout en me demandant quoi faire. Le père LeClerc nous examinait avec curiosité, mais ses grands yeux marron étaient pleins de bonté.

— Je crains qu'il n'ait plus ou moins deviné ce dont il s'agissait, déclarai-je, navrée. Il vaudrait peut-être mieux que je lui explique.

Elle se mordit la lèvre supérieure mais ne broncha pas, si bien que je résumai la situation en français. Le prêtre haussa les sourcils, puis serra machinalement les perles en bois du rosaire attaché à sa ceinture.

— *« Merde », comme vous dites, madame. Quelle tragédie*[1] !

Il se signa brièvement, essuya sa barbe graisseuse sur sa manche, puis il s'assit à côté de Jocasta. Sur un ton poli mais ferme, il m'ordonna :

---

1. En français dans le texte. (*N.d.T.*)

— Demandez à madame quel est son souhait.

— Son souhait ?

— *Oui*[1]. Souhaite-t-elle toujours épouser *Monsieur*[1] Duncan ? Car, voyez-vous, madame, selon les lois de notre Sainte Mère l'Église, un mariage non consommé n'est pas valide. Sachant ce que je sais, je ne devrais même pas consacrer leur union. Toutefois…

Il hésita, se pinçant les lèvres tout en regardant Jocasta.

— … Toutefois, l'objet de cette loi est d'assurer que, dans la mesure où notre Seigneur le désire, le mariage soit fructueux. Dans le cas présent, je doute qu'Il souhaite une telle éventualité. Donc, voyez-vous…

Il leva les paumes vers le ciel.

Je traduisis sa question à Jocasta, qui, pendant ce temps, avait fixé le prêtre comme si elle espérait deviner le sens de ses paroles par la seule force de sa volonté. Une fois au courant, son visage devint neutre. Elle s'enfonça dans la banquette et revêtit le masque MacKenzie, cette expression impassible typique derrière laquelle se déroulait une intense activité cérébrale.

J'étais plutôt mal à l'aise, et pas seulement pour Duncan. Il ne m'était pas venu à l'idée que cette révélation pourrait empêcher leur union. Jamie voulait protéger sa tante et mettre son ami à l'abri. Le mariage avait semblé la réponse idéale. Il serait profondément déçu si tout était annulé si près du but.

Au bout d'un moment, Jocasta se redressa avec un grand soupir.

---

1. En français dans le texte. (*N.d.T.*)

— C'est bien ma veine d'avoir dégoté un jésuite !
dit-elle. Ceux-là, ils sauraient convaincre le pape de
leur vendre son caleçon, sans parler de faire dire au
Seigneur tout ce qui les arrange ! Dites-lui que je désire quand même me marier.

Je transmis ce souhait au père LeClerc qui examina
Jocasta avec attention, fronçant les sourcils. Ma tante
fit de même sans s'en rendre compte, en attendant
une réponse.

Il s'éclaircit la gorge, puis il parla sans cesser de la
regarder, mais en s'adressant à moi :

— S'il vous plaît, madame, dites-lui ceci. S'il est
vrai que la procréation est à la base de cette loi de
l'Église, ce n'est pas la seule question à considérer.
Car l'hymen, le vrai lien sacré entre un homme et une
femme, cette... union des corps, est important. Ce
n'est pas en vain que le rite le mentionne expressément : « Vous ne formerez qu'un seul corps. » Il se
passe beaucoup de choses entre deux êtres qui parta-
gent leur lit et trouvent la joie dans leur plaisir réci-
proque. Le mariage n'est pas que ça, mais cela en fait
partie intégrante.

Il parlait avec un grand sérieux. Ma surprise devait
être flagrante, car il sourit en détournant à peine le
regard.

— Je n'ai pas toujours été prêtre, madame. J'ai été
marié autrefois. Je sais de quoi je parle, tout comme
je sais ce que signifie renoncer pour toujours à la
chair.

Il se tourna en faisant cliqueter ses perles en bois.
Je hochai la tête, puis traduisis ses paroles à Jocasta.
Cette fois, elle ne prit pas le temps de réfléchir. Sa
décision était arrêtée.

— Dites-lui que je le remercie de ses conseils. Moi aussi, j'ai déjà été mariée, plus d'une fois. Avec son aide, j'entends bien me remarier. Aujourd'hui.

Je traduisis, mais il avait déjà compris rien qu'en la voyant se redresser avec détermination et au ton de sa voix. Il resta un moment silencieux, frottant son chapelet, puis acquiesça.

— *Bien, madame*[1], déclara-t-il.

Il se pencha vers elle et lui serra doucement la main d'un air encourageant.

— *Tally-ho*, madame !

----

1. En français dans le texte. (*N.d.T.*)

7

Encore un saigneur… ?

« Et une chose de faite ! » pensai-je en grimpant les escaliers qui montaient au grenier. Le point suivant à l'ordre du jour : Betty, l'esclave. Avait-elle vraiment été droguée ? Jamie l'avait découverte dans le potager, il y a plus de deux heures, mais, si elle avait été dans un état très avancé, comme Jamie l'avait décrit, je pourrais peut-être encore discerner des symptômes. J'entendis le carillon étouffé d'une pendule quelques étages plus bas. Un, deux, trois. Plus qu'une heure avant la cérémonie. Cela dit, si Betty nécessitait plus de soins que prévu, elle pourrait être retardée encore un peu.

Les catholiques étant très mal vus dans la colonie, Jocasta ne voulait pas offenser ses invités en les obligeant à assister à une cérémonie papiste. Le mariage lui-même serait donc célébré dans l'intimité de son boudoir, puis les mariés descendraient le grand escalier bras dessus, bras dessous pour rejoindre leurs amis. Ces derniers pourraient alors faire comme si le père LeClerc n'était qu'un invité parmi tant d'autres, portant une tenue un peu excentrique.

En approchant du grenier, j'entendis des bruits sourds de conversation. La porte du dortoir des servantes était entrouverte. Je la poussai et trouvai Ulysse au pied d'un lit étroit, les bras croisés, ressemblant à un ange vengeur sculpté dans l'ébène. Il considérait visiblement ce malheureux incident comme une faute grave de la part de Betty. Un petit homme bien mis, en redingote et haute perruque, se tenait à ses côtés, un objet à la main.

Avant que je n'aie eu le temps de réagir, il le pressa contre le bras inerte de l'esclave. Il y eut un crissement sec, puis il écarta son instrument, laissant un rectangle de sang rouge gonfler sur la peau sombre. Les lignes s'épanouirent, se fondirent les unes dans les autres, puis gouttèrent dans un bac à saignée placé sous son coude.

Le saigneur se tourna vers Ulysse et lui montra son outil avec fierté en lui expliquant :

— Un scarificateur. Il constitue un véritable progrès par rapport aux instruments rudimentaires tels que les scalpels. Je me suis procuré celui-ci à Philadelphie.

Le majordome inclina poliment la tête, soit pour accepter l'invitation d'examiner l'objet, soit pour saluer sa provenance.

— Je suis sûr que Mme Cameron vous sera très reconnaissante d'avoir bien voulu monter ici, docteur Fentiman.

Fentiman ! Ainsi donc, je voyais pour la première fois la sommité médicale de Cross Creek. Je m'éclaircis la gorge et Ulysse releva la tête, le regard alerte.

— Madame Fraser ! dit-il avec une courbette. Le Dr Fentiman vient juste de...

— Madame Fraser ?

Le Dr Fentiman s'était retourné brusquement et m'examinait avec le même intérêt suspicieux. Apparemment, il avait lui aussi entendu parler de moi. Toutefois, les bonnes manières prenant rapidement le dessus, il me salua, une main sur son gilet en satin.

— Mes hommages, madame.

Il chancela légèrement en se redressant. Son haleine empestait le gin, et je remarquai des veines couperosées sur son nez et ses joues.

— Enchantée.

Je lui tendis la main pour qu'il la baise. Il parut surpris, puis plongea en avant, faisant un élégant moulinet avec le bras. Je regardai par-dessus sa perruque poudrée, essayant de percer la pénombre du grenier.

Betty aurait pu être morte depuis une semaine à en juger par son teint de cendres, mais le peu de lumière disponible était filtré par d'épaisses toiles huilées et clouées aux minuscules lucarnes. Ulysse, lui-même, avait l'air d'un vieux morceau de charbon refroidi.

Le sang de l'esclave commençait déjà à coaguler. C'était bon signe, mais je me demandais sur combien de personnes Fentiman avait expérimenté son horrible instrument depuis qu'il en avait fait l'acquisition. Sa mallette était ouverte près du lit et, d'après ce que j'y voyais, tout portait à croire qu'il ne nettoyait jamais son matériel après usage. Se redressant, il me déclara sans lâcher ma main, sans doute pour ne pas perdre l'équilibre :

— Votre bonté vous fait honneur, madame Fraser, mais ce n'était vraiment pas la peine de vous déranger. Je connais Mme Cameron de longue date et je la tiens en haute estime. Soigner son esclave ne m'ennuie nullement.

Il me sourit avec affabilité, clignant des yeux pour tenter d'éclaircir sa vision.

J'entendais la respiration de la servante, profonde et stertoreuse, mais régulière. Mes doigts me démangeaient de prendre son pouls. J'inspirai profondément, de la manière la plus discrète possible. Par-dessus l'âcreté de la perruque du Dr Fentiman, manifestement traitée contre les poux à la poudre d'ortie et d'hysope, et sa forte odeur de tabac et de vieille transpiration, je percevais les effluves métalliques de l'hémoglobine fraîche et la puanteur des croûtes de sang décomposé provenant de l'intérieur de la trousse. En effet, le Dr Fentiman ne rinçait jamais ses lames.

Par-dessus ces odeurs, je sentais bien les miasmes d'alcool dont Jamie et Brianna m'avaient parlé, mais je ne pouvais faire la distinction entre ceux de Betty et ceux dégagés par Fentiman. Pour détecter un soupçon de laudanum dans ce mélange, je devais m'approcher, et vite, avant que les essences aromatiques volatiles ne s'évaporent complètement.

Je pris mon ton le plus hypocrite pour répondre :

— Vous êtes vraiment trop bon, docteur. Je suis sûre que la tante de mon mari vous sera infiniment reconnaissante. Mais un gentilhomme de votre qualité est certainement attendu par des instances bien plus importantes. Ulysse et moi pouvons nous occuper de cette malheureuse. Vos amis vous réclament.

« Surtout ceux avides de vous soutirer quelques livres aux cartes, ajoutai-je en pensée. Ils devraient en profiter pendant que vous êtes rond comme une queue de pelle. »

À ma surprise, le médecin ne succomba pas un instant à mes flatteries. Libérant ma main, il me sourit avec une hypocrisie qui n'avait d'égale que la mienne.

— Mais pas du tout, ma chère madame ! Je vous assure qu'il est bien inutile de gaspiller votre talent ici. Ce n'est, j'en ai peur, qu'un simple cas d'abus de boisson. J'ai administré un puisant émétique. Dès qu'il agira, on pourra laisser cette servante seule, sans aucun risque. Retournez donc à vos plaisirs, ma chère. Ce serait dommage d'abîmer une si belle robe, je vous l'assure.

Alors que je m'apprêtais à protester, un bruit étranglé nous parvint du lit. Le Dr Fentiman se retourna de manière brusque et sortit promptement un pot de chambre de sous le lit.

En dépit de son propre manque de lucidité, il était indéniablement attentif aux besoins de sa patiente. Pour ma part, j'aurais hésité à prescrire un émétique à un malade comateux, mais je devais reconnaître que, dans le cas d'un empoisonnement éventuel, même avec un poison aussi répandu que l'alcool, ce n'était pas déraisonnable. En outre, si le Dr Fentiman avait détecté la même chose que Jamie...

L'esclave avait eu le ventre plein, ce qui n'avait rien d'étonnant, compte tenu des montagnes de nourriture préparées pour les festivités. En ralentissant l'absorption d'alcool – ou de quoi que ce soit d'autre – dans sa circulation sanguine, les aliments lui avaient peut-être sauvé la vie. Son vomi empestait le mélange de rhum et de cognac, mais, parmi les autres odeurs, je crus reconnaître un vague relent d'opium, sucré et légèrement écœurant.

— Quel genre d'émétique avez-vous utilisé ?

Je me penchai au-dessus de Betty et soulevai une de ses paupières. L'iris, brun et vitreux comme une bille en agate, fixait le plafond. La pupille avait rétréci à la dimension d'une tête d'épingle. Oui, de l'opium, indubitablement.

— Madame Fraser !

Le Dr Fentiman me fusilla du regard, sa perruque pendant de guingois sur son crâne.

— Je vous en prie, cessez ces interférences ! Je suis fort occupé et n'ai pas de temps à consacrer à vos caprices ! Vous, monsieur, raccompagnez cette dame !

Il agita une main vers Ulysse, puis il fit demi-tour vers le lit tout en remettant sa perruque en place.

— Mais de quel droit vous... Espèce de...

Je ravalai l'épithète qui m'était venue à l'esprit. Ulysse fit un pas hésitant vers moi. Il n'osait pas m'entraîner de force, mais il était clair qu'il obéirait aux ordres du médecin avant les miens.

Tremblante de rage, je tournai les talons et quittai le grenier.

Jamie m'attendait au pied de l'escalier. Quand il vit mon visage, il me prit par le bras et m'entraîna rapidement dans la cour.

— Quel... quel...

Aucun mot ne semblait apte à apaiser mon indignation.

— Ver de terre ? Scélérat ? proposa-t-il. Goujat.

— Parfaitement ! Non, mais, tu l'as entendu ? Quel toupet ! Ce charcutier outrecuidant, cette sale petite... vomissure ! « Pas de temps à consacrer à mes caprices » ? Comment ose-t-il ?

Jamie émit un son guttural, solidaire devant ma révolte. Puis il posa une main sur la poignée de son coutelas.

— Veux-tu que j'aille lui ouvrir le ventre ? Je peux te l'étriper ou simplement lui aplatir la figure. À toi de choisir.

Aussi attirante que soit sa proposition, je fus forcée de la décliner. Je tentai, non sans mal, d'étouffer ma fureur.

— Euh… non. Je ne pense pas que ce soit une bonne idée.

Cela me rappela soudain une conversation récente à propos de Phillip Wylie. Apparemment, à Jamie aussi. Il retroussa le coin de ses lèvres d'un air pincé.

— Merde, lâchai-je.

— Comme tu dis, convint-il. J'ai comme l'impression que ce n'est pas encore aujourd'hui qu'on me laissera trucider quelqu'un, pas vrai ?

— Tu en as tant envie que ça ?

— Oui, et toi aussi, *Sassenach*, à en juger par ton visage.

Je pouvais difficilement le contredire. Rien ne m'aurait fait plus plaisir que d'arracher les yeux du Dr Fentiman avec une cuillère émoussée. Je me passai une main sur le visage et pris une profonde inspiration, remettant un semblant d'ordre dans mes esprits.

D'un geste du menton, Jamie me montra la maison.

— Penses-tu qu'il risque de l'achever ?

— Pas dans l'immédiat.

Les saignées et les purges étaient des pratiques très contestables et éventuellement dangereuses, mais, sur le coup, non fatales.

— Au fait, tu avais probablement raison au sujet du laudanum.

Songeur, Jamie hocha la tête, se pinçant les lèvres.

— Dans ce cas, il faut absolument interroger Betty dès qu'elle sera en état d'aligner deux mots cohérents. Fentiman est-il du genre à veiller au chevet d'une esclave malade ?

Je pris le temps de réfléchir avant de répondre :

— Non. Il faisait de son mieux pour la soigner, mais, autant que j'ai pu en juger, elle ne court pas un grand danger. Il faudrait la surveiller, mais uniquement pour lui éviter de s'étouffer en vomissant pendant dans son sommeil. Je doute qu'il reste s'en occuper lui-même, même s'il est conscient du danger.

Il resta immobile un instant, la brise soulevant des mèches de cheveux sur le sommet de son crâne, puis il déclara :

— Bien. J'ai envoyé Brianna et Roger fouiner dans les environs à la recherche d'un invité ronflant dans un coin. Je vais faire de même dans le quartier des esclaves. Pourrais-tu guetter le départ de Fentiman, puis remonter en douce dans le grenier pour parler à Betty dès son réveil ?

Je l'aurais fait, de toute manière, ne serait-ce que pour m'assurer du rétablissement de la servante.

— D'accord, répondis-je, mais ne tarde pas trop à revenir. Ils sont presque prêts pour la cérémonie.

Nous restâmes plantés là un moment à nous regarder sans rien dire. Puis, coinçant une de mes mèches rebelles derrière mon oreille, il me dit doucement :

— Ne t'en fais pas, *Sassenach*. Ce médecin est un imbécile. N'y pense plus.

Je lui caressai le bras, reconnaissante pour sa tentative de réconfort et souhaitant pouvoir, moi aussi, le soulager et atténuer ses sentiments meurtris.

— Je suis désolée pour Phillip Wylie.

Aussitôt, et malgré mes bonnes intentions, je m'aperçus que ce rappel des événements n'avait pas eu l'effet escompté.

Sa voix resta douce, mais elle n'avait plus rien de rassurant. La courbe douce de ses lèvres se raidit et il recula légèrement, ses épaules contractées.

— Ne t'en fais pas pour lui non plus, *Sassenach*. Je m'occuperai de ce Wylie en temps voulu.

— Mais…

Je n'insistai pas. De toute évidence, rien de ce que je pourrais faire ou dire n'arrangerait la situation en cet instant précis. Dès lors où Jamie estimait que son honneur avait été bafoué – ce qui était apparemment le cas –, Wylie devrait rendre des comptes. Point.

— Je n'ai jamais rencontré une telle tête de cochon !

Il s'inclina.

— Merci.

— Ce n'était pas un compliment !

— Mais si.

Après une autre courbette, il pivota sur un talon et s'éloigna accomplir sa mission.

8

Le mercure

Au grand soulagement de Jamie, le mariage se déroula sans autre heurt. La cérémonie, célébrée en français, eut lieu dans le petit salon de Jocasta, au premier étage. N'y assistèrent que le couple à marier, le prêtre, Claire et lui en tant que témoins, Brianna et son jeune époux. Jemmy y avait pris part aussi, mais il comptait pour du beurre, car il avait dormi pendant tout le service.

Pâle, Duncan était resté maître de lui. Quant à la tante de Jamie, elle avait prononcé ses vœux d'une voix ferme, sans l'ombre d'une hésitation. Brianna, elle-même mariée depuis peu et donc encore sous le coup de l'émotion, en avait eu les yeux brillants de larmes, serrant fort le bras de son homme, tandis que celui-ci la contemplait d'un air attendri. Bien qu'il connaisse la nature de cette union singulière, Jamie avait été, lui aussi, ému par le sacrement. Au moment où le petit jésuite bedonnant avait prononcé la bénédiction, il avait porté la main de Claire à ses lèvres et l'avait effleurée d'un baiser.

Une fois la cérémonie conclue et les contrats signés, tout le monde était descendu rejoindre les invités pour un somptueux banquet de noces. Sur la terrasse, les longues flammes des torchères dansaient au-dessus des tables qui croulaient sous l'abondance, signe particulier de River Run.

Il prit un verre de vin sur l'une des dessertes, puis alla s'adosser à un mur, sentant la tension de la journée quitter peu à peu sa colonne vertébrale. Une bonne chose de faite !

Betty était toujours dans le cirage, mais hors de danger pour le moment. Personne d'autre n'ayant été retrouvé empoisonné, elle s'était probablement rendue malade toute seule. Le vieux Ninian et Barlow étaient tous les deux dans un état proche de celui de l'esclave, donc hors d'état de se faire du mal ou de nuire à quiconque. Quant à Husband et ses Régulateurs, quoi qu'ils mijotent, cela se passait au loin. Jamie se sentait agréablement frivole, dégagé de ses responsabilités et prêt à se consacrer à la fête.

D'un geste machinal, il leva son verre pour répondre au salut de Caswell et de Hunter qui passaient par là, tous deux plongés dans une conversation passionnée. N'ayant aucune envie de se lancer dans un débat politique, il se leva et s'éloigna en jouant des coudes dans la foule, en direction du buffet des rafraîchissements.

Ce dont il avait vraiment envie, c'était de sa femme. Il était encore tôt, mais le soir tombait déjà et une atmosphère d'insouciance festive régnait dans la maison et sur la terrasse. Il faisait frais et, le bon vin aidant, il se souvenait de Claire, du contact de sa peau chaude sous sa jupe, plus tôt dans le bosquet, douce et succulente comme une pêche fendue en deux dans le creux de sa main, mûrie au soleil et bien juteuse.

Il la désirait ardemment.

Elle était là-bas. À l'autre bout de la terrasse, la lueur des torches faisait briller ses cheveux relevés au-dessus de ce ridicule carré de dentelle. Son désir le tenaillait. Dès qu'il l'aurait coincée seule, il lui ôterait ses épingles une à une et remonterait sa chevelure sur le sommet de sa tête pour le simple plaisir de la voir retomber librement dans son dos.

Un verre à la main, elle riait des paroles de Lloyd Stanhope. Le vin avait à peine rougi son teint. À cette vision, un agréable frisson d'anticipation parcourut Jamie.

Faire l'amour avec elle était tantôt tendre, tantôt une épreuve de force, mais la prendre quand elle était un peu grise était toujours un délice particulier.

Ivre, elle faisait moins attention à lui qu'à l'accoutumée. S'abandonnant entièrement à son propre plaisir, elle lui ratissait le dos de ses ongles, le mordait, le suppliait de continuer. Il aimait cette sensation de pouvoir. Il ne dépendait que de lui de la rejoindre dans le même élan de pulsion bestiale ou de se retenir, le plus longtemps possible, afin de la soumettre à tous ses caprices.

Tranquille, il sirotait son vin, savourant le plaisir rare d'un bon cru, tout en l'observant avec concupiscence. Elle était entourée d'hommes, avec lesquels elle semblait se livrer à une joute de mots d'esprit. Quelques verres de vin suffisaient à lui délier la langue et à l'inspirer. D'autres encore et le feu de ses joues se convertirait en un véritable brasier. Il était encore tôt, la vraie fête n'avait pas encore commencé.

Elle croisa brièvement son regard et lui sourit. Il glissa deux doigts dans sa coupe et caressa son bord arrondi comme s'il s'agissait d'un sein. Elle le vit et comprit. Avec coquetterie, elle papillonna des yeux dans sa direction, puis se tourna de nouveau vers ses interlocuteurs, les joues encore un peu plus rouges.

Le délicieux paradoxe de la faire boire était de la voir cesser de se protéger, s'ouvrant complètement à lui, le considérant comme l'agent unique de ses sensations. Il pouvait la titiller et la caresser, ou la pétrir comme de la pâte à pain, la conduisant progressivement vers un état d'inertie, haletante et écartelée sous lui, entièrement à sa merci.

Elle utilisait son éventail à bon escient, écarquillant les yeux au-dessus de son rebord, feignant d'être choquée par un mot de ce sodomite de Forbes. Il fit glisser le bout de sa langue contre l'intérieur de sa lèvre inférieure. De la pitié ? Non, il ne ferait pas de quartier.

Sa décision prise, il se concentrait sur la manière pratique de trouver un coin assez isolé pour mettre son plan à exécution, lorsque George Lyon l'accosta, l'air mielleux et imbu de lui-même. On le lui avait déjà présenté, mais il ne savait pas grand-chose sur lui.

— Monsieur Fraser, un mot !

— À votre service, monsieur.

Il se tourna sur le côté pour reposer son verre, en profitant pour rajuster discrètement les plis de son kilt. Heureusement qu'il ne portait pas des culottes moulantes en satin comme ce godelureau de Wylie. Elles étaient tout bonnement indécentes, sans parler de l'inconfort ! Dans une telle tenue, à moins d'être un eunuque – ce qui ne semblait pas être le cas de Wylie en dépit de sa poudre de riz et de ses mouches en taffetas –, un homme en compagnie galante s'exposait à une lente émasculation. En revanche, un plaid retenu à la taille par une ceinture permettait de camoufler une multitude de péchés : un coutelas, un pistolet, tout comme un garde-à-vous occasionnel.

— Faisons quelques pas, monsieur Lyon, proposa-t-il.

Si cet homme voulait s'entretenir d'un sujet privé – cela en avait tout l'air –, il valait mieux ne pas rester sur la terrasse où ils risquaient d'être interrompus sans arrêt. Ils se dirigèrent donc d'un pas lent vers les marches, échangeant des banalités et des amabilités avec les invités qu'ils croisaient. Arrivés dans la cour, ils hésitèrent un instant.

— Le paddock, peut-être ?

Sans attendre la réponse de Lyon, Jamie prit la direction des écuries, à une certaine distance de là. De toute manière, il voulait revoir les frisons. Tandis qu'ils approchaient du clocheton dominant les bâtiments, Lyon se mit à parler sur un ton aimable :

— J'ai beaucoup entendu parler de vous, monsieur Fraser.

— Vraiment, monsieur ? J'espère que, dans le lot des révélations, certains auront quand même eu de bonnes paroles à mon sujet.

Jamie avait lui aussi entendu parler de Lyon : un négociant en tout ce qui était à vendre ou à acheter, sans doute pas trop regardant sur l'origine des marchandises. Le bruit courait qu'il traitait des affaires moins tangibles que le fer et le papier, mais ce n'était qu'un bruit.

Lyon éclata de rire, dévoilant une rangée de dents assez régulières mais très noircies par le tabac.

— En dehors de la légère souillure de votre parenté – on peut difficilement vous le reprocher, mais peut-on empêcher les gens de jaser –, je n'ai entendu que les louanges les plus éclatantes, tant sur votre personnalité que sur vos accomplissements.

A Dhia. Du chantage et de la flatterie dès la première phrase. Se pouvait-il que la Caroline du Nord fut arriérée à un point tel qu'elle soit indigne d'attirer des intrigants plus subtils ? Jamie sourit poliment et attendit de connaître les intentions de ce gredin.

Pour le moment, il ne désirait pas grand-chose : connaître la force du régiment milicien de Fraser et le nom de ses hommes. Intéressant... Lyon n'était donc pas du côté du gouverneur, sinon, il disposerait déjà de ces informations. Dans ce cas, qui l'envoyait ? Ce ne pouvait être les Régulateurs. Le seul d'entre eux à avoir un peu d'argent était le vieux Ninian Bell Hamilton et s'il avait voulu savoir quoi que ce soit, il serait venu le demander lui-même. Un des riches planteurs de la côte, peut-être ? La plupart des aristocrates ne s'intéressaient à la colonie que pour des raisons financières.

Ce qui conduisit Jamie à tirer une conclusion logique : le supérieur de Lyon pensait qu'il y avait quelque chose à perdre ou à gagner dans une potentielle désaffection de la colonie. De qui donc pouvait-il s'agir ?

— Chisholm, McGillivray, Lindsay... répétait Lyon, songeur. Ainsi, la majorité de vos hommes sont des Highlanders. Sont-ils eux-mêmes des fils de colons ou d'anciens soldats comme vous ?

Jamie se pencha pour laisser un des chiens des écuries renifler sa main.

— Je suppose que, une fois soldat, on le reste toute sa vie, déclara-t-il. Le fait d'être sous les armes vous marque à vie. D'ailleurs, j'ai entendu dire un jour que les vieux soldats ne meurent jamais, ils s'effacent, tout simplement.

Lyon rit de manière exagérée, observant qu'il s'agissait là d'un beau trait d'esprit. Était-ce de lui ? Sans attendre sa réponse, il poursuivit, avançant de façon formelle sur un terrain familier.

— Je suis ravi de vous entendre exprimer un tel sentiment, monsieur Fraser. Sa Majesté a toujours compté sur la robustesse des Highlanders et sur leur aptitude au combat. Vous-même ou vos voisins avez peut-être servi dans le régiment de votre cousin ? Les Fraser du 68e régiment se sont hautement distingués lors du récent conflit. J'ose avancer que l'art de la guerre coule dans le sang de votre famille, non ?

Simple coup d'épée dans l'eau de sa part. Simon Fraser le jeune n'était pas son cousin, mais son demi-oncle, fils de son grand-père. Dans un effort pour expier la trahison du vieux renard et tenter de récupérer les biens et les terres de la famille, Simon le jeune avait conduit deux régiments pendant la guerre de Sept Ans, conflit que Brianna s'obstinait à appeler la « guerre franco-indienne », comme si la couronne d'Angleterre n'avait rien eu à y voir.

Lyon lui demanda si lui aussi avait tenté de prouver sa loyauté à Sa Majesté en prenant la tête d'un régiment. Jamie avait du mal à croire qu'on puisse être aussi maladroit.

— Non, je regrette. Je n'ai pas eu l'occasion, répondit-il. Une indisposition due à une campagne précédente, voyez-vous.

Il ne précisa pas la nature de l'indisposition en question, à savoir qu'après le soulèvement, Sa Majesté l'avait emprisonné pendant plusieurs années. Si Lyon n'en avait pas déjà connaissance, inutile de le lui dire.

Parvenus au paddock, ils s'accoudèrent confortablement à la clôture. On n'avait pas encore rentré les frisons pour la nuit. Les grands chevaux noirs se déplaçaient comme des ombres, leur robe luisant à la lueur des torches.

Jamie interrompit la dissertation de Lyon sur les méfaits des factions, pour observer les chevaux, envoûté :

— Quelles étranges créatures, ne trouvez-vous pas ?

Sa fascination n'était pas uniquement due à leurs longues crinières soyeuses qui ondoyaient au premier mouvement de tête, ni à leur robe de jais ni à la cambrure prononcée de leur cou, plus épais et musclé que celui des pur-sang de Jocasta. Leur corps était massif et puissant, mais jamais il n'avait vu de chevaux aussi gracieux, habiles et légers, à l'esprit aussi joueur et si intelligents.

Lyon oublia un instant ses questions indiscrètes et les admira à son tour.

— Oui, c'est une race très ancienne. J'avais déjà vu des frisons en Hollande.

— En Hollande ? Vous semblez avoir beaucoup voyagé.

— Pas tant que ça. Mais j'y ai séjourné, il y a quelques années. J'ai eu la chance de rencontrer là, par hasard, un de vos parents, un marchand de vin du nom de Jared Fraser.

Jamie sursauta, puis ressentit une vague de plaisir le parcourir à l'évocation de son cousin.

— Vraiment ? Effectivement, Jared est le cousin de mon père. J'espère que vous l'avez trouvé en bonne santé.

— Excellente.

Lyon se rapprocha et Jamie comprit qu'ils en arrivaient enfin au but de cette conversation. Il but le fond de son verre et le posa, prêt à l'entendre.

— J'ai cru comprendre que... un certain talent pour l'alcool était, dans votre famille, un trait de ressemblance, monsieur Fraser.

Il rit, même s'il n'y avait pas de quoi.

— Un goût, certainement, mais je ne sais si on peut parler de talent.

— Ah non ? Vous êtes trop modeste. La qualité de votre whisky est bien connue.

— Vous me flattez, monsieur.

Se doutant de ce qui allait suivre, il se concentra. Ce ne serait pas la première fois qu'on lui proposerait de s'associer : lui comme fournisseur d'alcool et les autres s'occupant de le distribuer, que ce soit à Cross Creek, Wilmington et même jusqu'à Charleston. Lyon, lui, voyait plus grand.

Le meilleur whisky, une fois vieilli, serait acheminé par la côte jusqu'à Boston et Philadelphie. Quant au whisky brut, il pouvait franchir la Ligne du Traité et être échangé dans les villages cherokees contre des fourrures et des peaux tannées. Lyon avait des associés qui pourraient...

En total désaccord, Jamie, qui, jusque-là, l'avait écouté, l'interrompit :

— Je vous sais gré de votre confiance, monsieur, mais je crains que ma production soit nettement insuffisante pour alimenter vos projets. Je fabrique du whisky pour l'usage personnel de ma famille, plus quelques tonneaux qui me servent de monnaie d'échange pour des produits locaux, sans plus.

Lyon grogna de façon aimable.

— Compte tenu de votre talent et de votre expérience, je suis sûr que vous pourriez accroître votre rendement, monsieur Fraser. Si c'est une question d'équipement... il nous est toujours possible de trouver un arrangement. Je peux en parler à des gentilshommes qui seront ravis de s'associer à notre entreprise et...

— Je crains que non, monsieur. Si vous voulez bien m'excuser.

Il le salua d'une courbette et tourna abruptement les talons, repartant vers la terrasse et abandonnant Lyon dans l'obscurité.

Il devait se renseigner sur ce type auprès de Farquard Campbell, il fallait le surveiller. Il n'était pas contre la contrebande, mais il voulait à tout prix éviter de se faire prendre. Or, peu d'opérations étaient aussi risquées que l'activité à grande échelle proposée par Lyon. Il s'y retrouverait impliqué jusqu'au cou sans avoir le moindre contrôle sur les aspects les plus dangereux de l'affaire.

Certes, la perspective de gagner de l'argent était alléchante, mais pas au point de l'aveugler et de lui faire oublier le danger. S'il voulait se lancer dans ce genre de trafic, il le ferait seul, ou avec l'aide de Fergus et de Roger, voire même du vieil Arch Bug et de Joe Wemyss, mais personne d'autre. Il était nettement plus sûr de rester petit et discret... Cela dit, maintenant que Lyon en avait parlé, ce projet méritait sans doute réflexion. Fergus n'avait rien d'un fermier. Cette occupation serait davantage dans ses cordes. Le Français connaissait bien le métier pour l'avoir déjà exercé quand ils vivaient à Édimbourg.

Tranquille, il revint vers la terrasse, tout en se concentrant sur le sujet, mais la vue de sa femme chassa aussitôt de son esprit toute pensée liée au whisky.

Ayant quitté Stanhope et ses acolytes, Claire se tenait près du buffet et examinait les mets exposés en fronçant les sourcils, indécise devant tant de choix.

Il vit Gérald Forbes la contempler d'un œil spéculatif et s'avança, comme par réflexe, pour s'interposer entre sa femme et lui. En imaginant les yeux de l'avocat dans son dos, il sourit en pensée. « Bas les pattes, paltoquet ! » ricana-t-il intérieurement.

— Tu n'arrives pas à te décider, *Sassenach* ?

Il tendit la main et lui prit sa coupe vide, profitant de l'occasion pour se rapprocher d'elle. Il perçut sa chaleur à travers sa robe.

Elle rit et s'appuya sur son bras. Elle sentait vaguement la poudre de riz, la chair chaude et les fruits d'églantier piqués dans ses cheveux.

— Je n'ai pas si faim que ça. Je comptais simplement les confitures et les gelées. Il y en a trente-sept sortes différentes, si je ne me suis pas trompée.

Il regarda la table, sur laquelle se trouvait, en effet, un assortiment étourdissant de plats en argent, de coupes en porcelaine et de plateaux en bois remplis de victuailles. Il y avait là de quoi nourrir tout un village des Highlands pendant plus d'un mois. Lui non plus n'avait pas faim, du moins pas de puddings ni de canapés.

— Ça ne m'étonne pas d'Ulysse. Il défend fièrement la réputation de ma tante, qui est d'une hospitalité légendaire.

— Elle ne craint rien de ce côté-là, l'assura-t-elle. Tu as vu les barbecues ? Il y a au moins trois bœufs entiers qui tournent sur les broches, sans parler d'une dizaine de cochons. Je n'ai même pas essayé de compter les

154

poulets et les canards. Es-tu sûr qu'il s'agit uniquement d'hospitalité ou ta tante tient-elle à montrer à quel point River Run est prospère grâce à la bonne gestion de Duncan ?

— C'est une possibilité, admit-il.

Toutefois, il doutait que Jocasta soit si attentionnée et désintéressée. Selon lui, le luxe déballé pour la fête visait sans doute davantage à en mettre plein la vue à Farquard Campbell, afin d'éclipser sa réception donnée en décembre dernier à Green River, à l'occasion de son récent remariage.

Parlant de mariage...

Il déposa le verre vide sur le plateau d'un domestique qui passait par là et en prit un plein.

— Tiens, *Sassenach*, dit-il en le lui plaçant dans les mains.

— Oh, je ne sais pas si...

Il ne la laissa pas finir. Il attrapa un autre verre et le leva à sa santé. Elle sourit, ses yeux projetant des éclats d'ambre.

— À la beauté ! trinqua-t-il.

Une sensation agréable de fluidité s'empara de mon corps, comme si mon ventre et mes membres étaient remplis de mercure. Le vin, même délicieux, n'était pas en cause. C'était plutôt le relâchement de la tension, après toutes les angoisses et les conflits de la journée.

La cérémonie avait été calme et tendre et, si la suite des réjouissances promettait d'être nettement plus bruyante – j'avais entendu plusieurs jeunes hommes préparer divers canulars grivois pour la fin de la soirée –, ce n'était plus mon problème. Mon intention était de profiter du succulent dîner qu'on nous avait préparé, de boire peut-être encore un verre ou deux de cet excellent vin... puis de retrouver Jamie pour explorer le potentiel romantique de ce banc en pierre sous les saules.

Jamie était apparu prématurément dans mon programme, dans la mesure où je n'avais pas encore dîné, mais je ne m'objectais pas à revoir mes priorités. Après tout, il y aurait plein de restes.

La lumière des torches donnait à ses cheveux et à ses sourcils la couleur du cuivre. La brise du soir faisait claquer les nappes, allongeait les flammes des bougies, telles des langues de feu, et soulevait les mèches de son catogan en les rabattant sur son visage. Il porta un nouveau toast en souriant :

— À la beauté !

Puis il but sans me quitter des yeux.

Le mercure glissa, se répandant dans mes hanches et se déversant à l'arrière de mes jambes.

— À... euh... l'intimité ! répondis-je.

Me sentant intrépide, d'une main je détachai ma coiffe en dentelle. À moitié détachés, mes cheveux retombèrent en cascade dans mon dos et j'entendis quelqu'un s'exclamer derrière moi, choqué.

Le visage de Jamie se vida de toute expression, ses yeux restant rivés sur moi comme ceux d'un faucon sur un lièvre. À mon tour, je levai mon verre, soutenant son regard, et je bus à petites gorgées. Le parfum du vin emplit l'intérieur de ma tête, tandis que l'alcool réchauffait mon corps. Jamie me prit la coupe des mains, ses doigts froids et durs posés sur les miens.

Puis, une voix s'éleva de l'autre côté de la porte-fenêtre, derrière lui.

— Monsieur Fraser.

Nous sursautâmes tous les deux et mon verre s'écrasa sur le sol en se brisant. Jamie fit volte-face, sa main gauche posée par réflexe sur la poignée de son coutelas. Puis il se détendit en voyant la silhouette se détacher devant la lumière. Il recula d'un pas, la bouche tordue en une grimace narquoise.

Phillip Wylie sortit sur la terrasse. Son teint rouge transparaissait sous la poudre, formant des taches sur ses pommettes.

— Mon ami Stanhope propose d'organiser une table ou deux de whist, ce soir. Vous joindrez-vous à nous ?

Jamie le dévisagea d'un regard froid et je vis les deux doigts infirmes de sa main droite tressaillir légèrement. Une veine palpitait sur le côté de son cou, mais sa voix était calme.

— Au whist ?

— Oui.

Wylie sourit d'un air aimable, évitant soigneusement de regarder dans ma direction.

— Je me suis laissé dire que vous étiez fin joueur.

Il pinça les lèvres avant de poursuivre :

— Évidemment, nous plaçons les enjeux assez haut. Peut-être estimez-vous ne pas...

— J'en serais ravi, l'interrompit Jamie.

Son ton ne laissait planer aucun doute sur le fait que la seule chose qui l'aurait vraiment ravi aurait été de lui faire avaler toutes ses dents.

Les dents en question luisirent brièvement.

— Ah ! Splendide. Je... m'en réjouis d'avance.

— À votre service, monsieur.

Jamie le salua d'un signe de tête, fit claquer ses talons, pivota, puis me saisit le coude et traversa la terrasse dans l'autre direction, m'entraînant dans son sillage.

Je le suivis tant bien que mal, en silence, en attendant d'être loin de toute oreille indiscrète. Le mercure était remonté en flèche dans mes membres inférieurs, allant et venant le long de ma colonne vertébrale, et je me sentais dangereusement instable.

— Tu as perdu la tête ? m'écriai-je enfin. Des enjeux élevés, au whist ?

Jamie était effectivement un excellent joueur. C'était aussi un tricheur aguerri. Toutefois, il était difficile, voire impossible, de tricher au whist, et Phillip Wylie avait la réputation d'être excellent joueur lui aussi, tout comme Stanhope. En dehors de ces détails, restait le fait que Jamie n'avait absolument pas les moyens de miser de l'argent, enjeux élevés ou pas.

Il fit volte-face, l'air mauvais.

— Tu crois que je vais laisser ce petit gandin piétiner mon honneur et m'insulter en public ?

— Je suis sûre qu'il n'a pas voulu…

Je ne poursuivis pas. Il était clair que Wylie n'avait pas cherché à l'insulter directement, mais il lui avait néanmoins lancé un défi, ce qui, pour un Écossais, revenait au même.

— Mais tu n'as pas besoin de répondre !

J'aurais eu plus de chance en discutant avec le mur en brique du jardin potager.

— Oh que si ! dit-il en se raidissant. J'ai ma fierté.

Exaspérée, je me passai une main sur le visage.

— Oui, et Phillip Wylie en est pleinement conscient ! On ne t'a jamais dit que l'orgueil mal placé était un signe de déchéance ?

— Je n'ai aucune intention de déchoir, m'assura-t-il avec dignité. Donne-moi ta bague en or.

J'en restai abasourdie.

— Pardon ?

Mes doigts se refermèrent inconsciemment sur mon annulaire droit et sur l'alliance lisse de Franck.

Il me dévisageait avec attention. Les torches de la terrasse éclairaient un seul côté de son visage, accentuant l'opiniâtreté de ses traits saillants et faisant luire son œil d'un bleu ardent.

— J'ai besoin d'une mise, dit-il calmement.

— Tu peux toujours courir !

Je me détournai, me retrouvant face au jardin. On y avait allumé des flambeaux, et les fesses en marbre de Persée brillaient dans la pénombre.

— Je ne la perdrai pas, annonça Jamie derrière moi.

Il posa une main sur mon épaule.

— Ou... si je la perds, je la récupérerai, d'une manière ou d'une autre. Je sais à quel point tu y tiens.

J'écartai mon épaule de sous sa main et fis quelques pas de côté. Mon cœur battait à tout rompre. Mon visage était moite et brûlant, comme si j'étais sur le point de tourner de l'œil.

Il ne dit plus rien, ne bougea pas d'un pouce. Il se contenta d'attendre.

— Celle en or ? demandai-je enfin. Pas celle en argent ?

Non, pas « sa » bague, pas « son » symbole de propriété.

— Celle en or a plus de valeur...

Après une brève hésitation, il ajouta :

— Sur le plan financier.

— Je sais.

Je me retournai vers lui.

La lueur des flammes vacillait dans le vent et projetait des ombres mouvantes qui m'empêchaient de voir son visage.

— Je voulais dire : pourquoi ne pas prendre les deux ?

Mes doigts étaient glacés et trempés de sueur. L'alliance en or glissa facilement. Celle en argent était plus serrée, mais je parvins à lui faire franchir l'articulation. Je pris sa main et y laissai tomber les deux anneaux.

Puis, faisant volte-face, je m'éloignai.

9

Les joutes de Vénus

Roger traversa le petit salon et sortit sur la terrasse, jouant des coudes dans la foule qui s'agglutinait autour des buffets. Il était en nage, et l'air de la nuit rafraîchit son visage. Il s'arrêta dans un recoin sombre au bout de la terrasse, puis il déboutonna discrètement son gilet et son col pour s'éventer.

Les lueurs des torches en pin qui bordaient la terrasse et les allées en brique oscillaient dans le vent, projetant des ombres folles sur la masse des noceurs dont les membres et les visages surgissaient et disparaissaient dans une succession étourdissante. Les flammes faisaient briller l'argent et le cristal, ici, un morceau de dentelle dorée ou une boucle de chaussure en métal, là, des boucles d'oreille ou des boutons de veste. De loin, l'assemblée ressemblait à des lucioles clignotant dans une mer sombre de tissus bruissants. Brianna ne portait rien de brillant, mais compte tenu de sa taille, elle aurait dû être facile à repérer.

Il ne l'avait qu'entr'aperçue tout au long de la journée. Elle avait passé son temps à tenir compagnie à sa tante, à s'occuper de Jemmy, à papoter avec des dizaines de personnes qu'elle avait connues lors de son dernier séjour à River Run. Il ne lui en voulait pas pour autant. À Fraser's Ridge, elle avait très peu d'occasions de combler son goût pour les mondanités, et il était ravi de la voir s'amuser.

Lui-même n'était pas en reste. Trop chanter lui avait irrité agréablement la gorge. Seamus Hanlon lui avait appris trois nouvelles chansons, qu'il avait consciencieusement mémorisées. Finissant par capituler, il avait salué le public, laissant l'orchestre continuer à jouer, l'esprit embué par l'effort, la chaleur et l'alcool.

La voilà ! Il venait d'entrevoir l'éclat de sa chevelure, tandis qu'elle franchissait les portes du grand hall, se retournant pour parler avec la dame derrière elle.

En se redressant, elle l'aperçut à son tour et son visage s'illumina. La poitrine de Roger se réchauffa encore un peu sous son gilet reboutonné.

— Te voilà ! Je t'ai à peine vu de la journée. En revanche, je t'ai entendu, de temps en temps.

D'un signe de tête, elle indiqua les portes ouvertes du salon.

— Ah oui ? Je t'ai paru comment ? demanda-t-il sur un ton détaché.

Elle sourit et, de son éventail replié, lui donna une petite tape sur le torse avec un air de coquette accomplie.

— Oh, madame MacKenzie ! singea-t-elle en prenant une voix nasale haut perchée. Votre mari possède une voix tout simplement divine ! Si j'avais votre chance, je passerais des heures à l'écouter !

Il rit en reconnaissant Mlle Martin, la jeune dame de compagnie de la vieille Mlle Bledsoe. Elle était restée à l'écouter tout l'après-midi, poussant de grands soupirs en battant des cils.

— Tu sais que tu es bon, reprit Brianna, avec sa voix normale. Tu n'as pas besoin que je te le répète.

— Peut-être pas, admit-il. Mais ça ne signifie pas que je n'aime pas te l'entendre dire.

— Vraiment ? L'adulation des foules ne te suffit plus ?

Elle se moquait de lui, les triangles de ses yeux brillant d'une lueur amusée.

Ne sachant pas quoi répondre, il se mit à rire et lui prit la main.

— Tu veux danser ?

Du menton, il lui montra l'autre bout de la terrasse où les portes-fenêtres du salon déversaient le refrain joyeux de *Duke of Perth*. Puis se tournant dans l'autre direction, vers les buffets :

— ... ou manger ?

— Ni l'un ni l'autre. J'ai surtout envie de m'échapper d'ici un moment, je ne peux plus respirer.

Une goutte de transpiration coula le long de son cou, projetant dans la lumière des torches un reflet rouge, avant qu'elle ne l'essuie du bout des doigts.

— Parfait.

Il posa sa main dans le creux de son bras et, se tournant vers la bordure de plantes de la terrasse, ajouta :

— Je connais exactement l'endroit qu'il te faut.

— Très bien. Oh, attends ! Je vais quand même prendre un petit quelque chose à grignoter.

D'un geste de la main, elle arrêta un esclave qui arrivait des cuisines. Du plateau couvert se dégageait un fumet appétissant.

— Qu'y a-t-il là-dedans, Tommy ? Je peux en avoir ?

— Vous pouvez avoir tout ce que vous voulez, Mademoiselle Brianna.

Il souleva son napperon, dévoilant un assortiment de canapés. Elle les huma d'un air béat.

— Je les veux tous !

Elle prit le plateau des mains du garçon, qui se mit à rire. Roger en profita pour lui chuchoter quelques paroles à l'oreille. L'esclave acquiesça, disparut et revint quelques minutes plus tard avec une bouteille de vin débouchée et deux verres. Roger s'en empara, puis Brianna et lui descendirent l'allée qui menait à l'embarcadère, partageant les dernières nouvelles entre deux bouchées de tourte au pigeon.

— Tu n'as pas trouvé d'invités évanouis dans les buissons ? demanda-t-elle la bouche pleine de vol-au-vent.

Elle déglutit, puis reprit plus distinctement :

— Je veux dire, quand papa t'a demandé d'aller faire un tour, cet après-midi.

Il émit un grognement désabusé tout en sélectionnant une saucisse posée sur une rondelle de potiron séché.

— Tu connais la différence entre un mariage écossais et un enterrement écossais ?

— Non.

— L'enterrement compte un ivrogne de moins.

Elle éclata de rire et prit un œuf dur enrobé de chair à saucisse.

Roger la dirigea adroitement vers la gauche de l'embarcadère où se trouvaient les saules.

— Non, sérieusement, reprit-il. Tu verras certainement quelques pieds sortir des buissons ce soir, mais plus tôt dans la journée, je n'ai rien vu.

— Pour ma part, j'ai discuté avec les esclaves. Aucun ne manque à l'appel et tous sont sobres. Plusieurs femmes m'ont avoué que Betty avait tendance à lever le coude lors des fêtes.

— C'est le moins qu'on puisse dire. D'après ce que m'a raconté ton père, j'ai cru comprendre qu'elle était plus qu'ivre.

Devant eux, dans l'allée, bondit une petite forme sombre. Une grenouille, sans doute. Ses sœurs coassaient à pleine gorge dans le bosquet.

— Maman est passée voir Betty plus tard. Elle l'a trouvée un peu en meilleur état, en dépit de l'insistance du Dr Fentiman à la saigner.

Brianna frissonna et, d'une main, resserra son châle autour de ses épaules, en poursuivant :

— Ce docteur me fiche la frousse. On dirait un farfadet ou quelque autre créature maléfique. Je n'ai jamais serré une main aussi poisseuse. Je ne te parle pas de la puanteur qu'il dégage !

— Je n'ai pas encore eu le plaisir de lui être présenté, dit Roger, amusé. Viens, c'est par là.

Il écarta le lourd voile de branches de saule, veillant à ne pas déranger un éventuel couple d'amoureux qui les aurait pris de vitesse sur le banc de pierre. Personne. Ils étaient tous dans la maison, buvant, dansant, mangeant et préparant une sérénade pour les jeunes mariés. « Mieux vaut qu'ils s'en prennent à Jocasta et à Duncan qu'à nous ! » pensa-t-il en se remémorant certaines des suggestions lubriques entendues un peu plus tôt. En d'autres temps, il aurait aimé assister à un charivari et en retracer les racines dans les coutumes françaises et écossaises, mais pas ce soir.

Tout devint subitement calme sous les saules. Le brouhaha de la maison était noyé dans le bruit de l'eau et le concert monotone des grenouilles. Dans le noir, Brianna chercha le banc à tâtons pour y déposer son plateau.

Roger ferma les yeux et compta jusqu'à trente. Quand il les rouvrit, il distingua, dans la faible lueur qui filtrait entre les branches, la silhouette de sa femme et la ligne horizontale du banc. Il posa les coupes et versa le vin, le goulot de la bouteille cliquetant sur le rebord.

Il plaça alors un verre dans la main de Brianna, puis il leva le sien en portant un toast :

— À la beauté !

— À l'intimité ! répondit-elle.

Elle but une gorgée puis s'extasia :

— Mmm... que c'est bon ! Je n'avais pas bu de vin depuis... un an ? Non, presque deux. Pas depuis la naissance de Jemmy. De fait, pas depuis...

Elle se tut soudain, puis reprit, plus lentement :

— ... pas depuis notre première lune de miel. À Wilmington. Tu t'en souviens ?

— Et comment !

Il posa une main sur sa joue, suivant doucement le contour de son visage avec son pouce. Il n'y avait rien d'étonnant, vu les circonstances, qu'il se rappelle cette fameuse nuit. Elle avait commencé sous les branches tombantes d'un énorme marronnier d'Inde qui les avaient abrités du bruit et de la lumière d'une taverne voisine. Ce soir, comme un écho étrange et émouvant, ils étaient seuls dans le noir, près de la rivière, baignant dans les odeurs de la végétation, le raffut des rainettes en pleine saison des amours remplaçant le vacarme de la taverne.

Cette nuit-là, en revanche, la chaleur humide avait ramolli la chair. Ici, l'air frais donnait envie de se blottir contre un corps chaud. À la place de l'odeur moisie de la litière sur le sol ou de la boue, les parfums des jeunes pousses du printemps et de l'eau les enveloppaient.

— Tu crois qu'ils dormiront ensemble ce soir ? demanda Brianna.

Elle semblait essoufflée. Peut-être était-ce le vin.

— Qui donc ? Oh ! tu veux parler de Jocasta et de Duncan ? Qu'est-ce qui les en empêcherait ? Ils sont mari et femme désormais.

Il vida sa coupe et la reposa, le verre tintant contre la pierre. Elle ne résista pas quand il lui prit la sienne et la déposa à son tour.

— C'était une belle cérémonie, non ? demanda-t-elle. Calme mais si touchante.

— Oui, très belle.

Il l'embrassa et la serra contre lui. Avec ses doigts, il sentait les lacets à l'arrière de sa robe, qui s'entre-croisaient sous son châle.

— Mmm... tu sens bon, chuchota-t-elle.

— Oui, la saucisse et le vin ! Toi aussi, d'ailleurs.

Sa main glissa sous le châle, cherchant à tâtons l'extrémité d'un lacet, quelque part près de la chute des reins. Brianna se pressa contre lui, lui facilitant la tâche.

— Tu crois qu'on aura encore envie de faire l'amour quand on aura leur âge ? murmura-t-elle.

Il découvrit enfin le petit nœud qui fermait le lacet.

— Moi, oui. Toi, je l'espère. Je ne voudrais pas être obligé de le faire tout seul.

Elle pouffa de rire, puis elle prit une grande inspiration, son dos se bombant soudain quand le lacet se desserra. Malheureusement, il y avait encore un cor-set dessous. Cette fois, Roger s'y prit à deux mains. Elle cambra les reins pour l'aider, ses seins remon-tant alors juste sous son menton. Du coup, retirant une main de son dos, Roger se concentra sur ce nou-veau développement.

— Je n'ai pas mon... je veux dire que... je n'ai pas apporté...

Elle s'écarta, prise de doute.

— Mais tu as pris tes graines aujourd'hui, non ? demanda-t-il.

Certains jours, il aurait échangé n'importe quoi contre une bonne vieille capote en latex.

— Oui, répondit-elle d'un ton peu convaincu.

Il serra les dents, la pressant un peu plus fort contre lui comme s'il craignait qu'elle lui échappe. Il enfouit son nez dans son cou, baisant cette courbe affolante qui descendait jusqu'au début de l'épaule.

— Ce n'est pas grave, chuchota-t-il à son tour. Nous n'avons pas besoin de... Je ne... laisse-moi seule-ment...

Une fois son carré de soie ôté, son décolleté était plongeant à souhait. Le dos de la robe étant dénoué, il sentit bientôt ses seins lourds et doux dans sa main. Le mamelon large et rouge formait une cerise contre sa paume. Il se pencha, comme par réflexe, pour le porter à sa bouche.

Elle se raidit, puis se détendit en poussant un étrange soupir. Il sentit un goût sucré et chaud sur sa langue, suivi d'une pulsation, puis d'un jet de... Il l'avala machinalement, choqué. Choqué, et terrible-ment excité. Il n'avait pas pensé, pas voulu... Mais elle pressa sa tête contre son sein et le maintint en place.

Enhardi, il téta de plus belle. La renversant doucement en arrière, il la fit s'asseoir sur le banc, tandis
qu'il s'agenouillait devant elle. Il venait d'avoir une
idée, inspiré par le commentaire cuisant qu'il avait lu
un jour dans son journal intime.

— Ne t'inquiète pas, lui susurra-t-il. Nous ne ris-
querons rien. Laisse-moi faire ça… rien que pour toi.

Elle hésita, puis le laissa glisser ses mains sous sa
jupe, caressant le galbe soyeux d'un mollet, puis remontant vers la cuisse nue, avant de suivre la courbe
aplatie de ses fesses, fraîches sur la pierre froide. L'une
des nouvelles chansons de Seamus avait décrit les exploits d'un gentilhomme « lors des joutes de Vénus ».
Les paroles s'écoulaient dans son esprit comme le gargouillis d'un ruisseau. Il était résolu à sortir vainqueur
de cette joute-ci.

Brianna ne pouvait peut-être pas décrire les sensations, mais il ferait tout pour qu'elle les ressente. Elle
frémit entre ses mains, et il lui écarta encore un peu
plus les cuisses.

— Mademoiselle Brianna ?

Ils firent tous les deux un bond convulsif. Roger retira ses doigts comme s'il venait de se brûler. Il sentait
le sang palpiter dans ses oreilles… et dans ses bourses.

— Oui, qu'est-ce que c'est ? C'est toi, Phaedre ? Que
se passe-t-il, c'est Jemmy ?

Roger était assis sur ses talons, essayant de reprendre son souffle, étourdi. Il surprit l'éclat pâle d'un sein
au-dessus de lui, pendant qu'elle se relevait et se tournait vers la voix, remettant précipitamment son carré
en place, puis rabattant son châle par-dessus sa robe
délacée.

— Oui, M'dame.

La voix de Phaedre venait du saule le plus proche de la maison. D'elle, on ne voyait que son bonnet blanc semblant flotter dans l'obscurité.

— Le pauvre petit s'est réveillé en pleurant. Il n'a voulu avaler ni bouillie ni lait. Puis il s'est mis à tousser. Sa toux ne nous disait rien qui vaille, alors Teresa a voulu envoyer chercher le Dr Fentiman, mais j'ai dit...

— Fentiman !

Brianna disparut dans un bruissement furieux de branches. Il l'entendit courir sur la terre molle en direction de la maison, Phaedre sur ses talons.

Il se releva et attendit un instant, les doigts sur les boutons de sa braguette. La tentation était forte, il n'en aurait que pour une minute, sans doute même moins, vu son état. Mais non. Brianna aurait peut-être besoin de lui pour repousser Fentiman. L'idée du médecin utilisant ses instruments de torture sur la chair tendre de Jemmy suffit à le faire partir au pas de course à son tour. Les joutes de Vénus devraient attendre.

Il trouva Brianna et Jemmy dans le boudoir de Jocasta, au centre d'un petit attroupement de femmes, qui semblèrent toutes surprises, voire scandalisées, de le voir apparaître. Ne prêtant pas garde aux sourcils dressés et aux murmures de désapprobation, il se fraya un chemin entre les jupes jusqu'à Brianna.

Le petit n'avait effectivement pas l'air dans son assiette. Roger sentit la peur lui nouer le ventre. Comment cela pouvait-il arriver si vite ? Il l'avait vu à peine quelques heures plus tôt, tout rose, recroquevillé dans son berceau improvisé, puis, avant cela, participant à la fête en faisant son raffut habituel. À présent, il était affalé contre l'épaule de Brianna, le teint rouge et les yeux fiévreux, gémissant à peine, un filet de morve transparente lui coulant du nez.

Avec délicatesse, il toucha sa joue du dos de la main. Bon sang qu'il était chaud !

— Comment va-t-il ?

— Mal, répondit Brianna froidement.

Comme pour le confirmer, Jemmy se mit à tousser, émettant un bruit affreux, sonore mais humide, comme un phoque s'étranglant avec un poisson. Le sang monta aussitôt dans ses joues déjà rouges et ses yeux ronds sortirent de leur orbite, tandis qu'il s'efforçait d'inspirer un peu d'air entre deux quintes.

— Merde ! lâcha Roger. Qu'est-ce qu'on fait ?

— De l'eau froide, répondit sur un ton autoritaire l'une des femmes qui se tenait à ses côtés. Plongez-le dans un bain d'eau glacée et faites-lui en boire.

— Mais enfin, Mary ! Tu veux le tuer ?

Une autre jeune femme tendit une main et tapota le dos tremblant du nourrisson, expliquant à Brianna :

— C'est le croup. Tous les miens l'ont eu. Ce qui lui faut, c'est de l'ail coupé en fines lamelles, chauffé puis appliqué sur la plante des pieds. Parfois, ça marche.

— Et si ça ne marche pas ? déclara une autre, sceptique.

Piquée, la première prit un air pincé. Une amie vint à sa rescousse :

— Le croup a emporté deux des petits de Johanna Richards. Ils sont partis comme ça ! dit-elle en faisant claquer ses doigts.

Le son fit sursauter Brianna, comme si l'un de ses propres os venait de craquer.

Une des femmes agita un index menaçant vers Phaedre, qui était plaquée contre le mur, les yeux fixés sur Jemmy.

— Pourquoi tergiverser quand nous avons un médecin sous la main ? Que fais-tu encore là, ma fille ? Je croyais t'avoir demandé d'aller chercher le Dr Fentiman !

Avant que l'esclave n'ait eu le temps de réagir, Brianna redressa vivement la tête.

— Non ! Pas lui. Il n'en est pas question !

Elle lança un regard assassin aux femmes assemblées autour d'elle, puis se tourna vers Roger.

— Va chercher maman. Je t'en prie. Fais vite !

Il tourna les talons et joua des coudes entre les dames, sa peur momentanément étouffée par l'action. Où Claire pouvait-elle être ? « À l'aide ! implora-t-il. Aidez-moi à la localiser rapidement, aidez-le à guérir ! » Il dirigeait sa prière incohérente vers qui pourrait l'entendre, Dieu, le révérend, Mme Graham, sainte Bride, Claire elle-même... Peu lui importait, pourvu qu'elle soit exaucée.

En dévalant le grand escalier qui donnait dans le hall, il se trouva nez à nez avec Claire qui se précipitait vers lui. Quelqu'un l'avait déjà prévenue. Elle lui jeta un bref coup d'œil et, avec un geste du menton, lui demanda :

— Jemmy ?

Hors d'haleine, il hocha simplement la tête. Elle grimpa quatre à quatre les marches jusqu'au premier, sous les yeux ébahis de toutes les personnes présentes dans le hall.

Il la rattrapa sur le palier, juste à temps pour lui ouvrir la porte et pour recevoir le regard de gratitude non mérité de Brianna.

Il se tint à l'écart, reprenant son souffle en observant la scène. Dès que Claire entra dans la pièce, l'atmosphère d'angoisse proche de la panique se dissipa aussitôt. Les femmes paraissaient encore inquiètes, mais elles lui laissèrent la place sans hésiter, s'écartant respectueusement en échangeant des messes basses. Claire se dirigea droit vers Jemmy et Brianna, ne voyant rien d'autre.

Elle tourna la tête du nourrisson sur le côté, palpant délicatement son cou et l'arrière de ses oreilles, tout en murmurant :

— Qu'est-ce qu'il t'arrive, mon chou ? Tu es patraque ? Mon pauvre ! Ne t'inquiète pas, grand-mère est là, tout ira bien... Il est dans cet état depuis combien de temps ? Il a bu quelque chose ? Oui, mon chéri, tout va bien... Ça lui fait mal quand il déglutit ?

Elle alternait les paroles de réconfort adressées au bébé et les questions à Brianna et à Phaedre, mais toutes prononcées sur le même ton calme et rassurant. Pendant ce temps, ses doigts appuyaient ici et là, explorant et réconfortant l'enfant. Roger en percevait les effets apaisants sur lui-même. Il inspira profondément, et la tension dans sa cage thoracique se dissipa un peu.

Claire saisit une feuille de l'épais papier à lettres de Jocasta sur le secrétaire, la roula en cylindre et écouta avec attention le dos et la poitrine de Jemmy qui continuait à tousser comme un phoque. Roger remarqua vaguement qu'elle avait les cheveux dénoués. Elle devait les écarter pour pouvoir ausculter le malade.

Une des femmes présentes proposa timidement son diagnostic en forme de demi-question. Claire répondit d'un air distrait :

— Oui, bien sûr qu'il s'agit du croup. Mais ça n'explique que la toux et les difficultés respiratoires. Le croup peut se présenter seul, ou comme symptôme avant-coureur d'un tas d'autres maladies.

— Telles que ?

Brianna serrait fermement Jemmy contre elle, le visage aussi blafard que les articulations de ses doigts.

— Euh...

Claire écoutait attentivement Jemmy qui avait cessé de tousser et gisait contre l'épaule de sa mère, épuisé, respirant comme une locomotive à vapeur.

— ... Le coryza, c'est-à-dire un rhume banal, la grippe, l'asthme, la diphtérie...

Croisant le regard de sa fille, elle ajouta précipitamment :

— Mais ce n'est pas ça.

— Tu en es sûre ?

Claire se redressa et reposa son stéthoscope improvisé, en répondant avec fermeté :

— Oui. Ça ne ressemble pas du tout à une diphtérie. En outre, il n'y en a pas dans la région, sinon j'en aurais entendu parler. Sans oublier qu'étant encore nourri au sein, il est immunisé...

Elle s'interrompit soudain, prenant conscience du cercle des curieuses qui s'était formé autour d'elle. Elle se pencha de nouveau et s'éclaircit la gorge, comme pour encourager Jemmy à en faire autant. Il poussa un petit gémissement et toussa. Roger souffrit, comme si une pierre bloquait son propre larynx.

— Ce n'est rien de grave, annonça-t-elle enfin. Toutefois, il faut l'isoler sous une tente. Descendons-le dans la cuisine. Phaedre, vous voulez bien nous apporter quelques vieilles couvertures, s'il vous plaît ?

Elle se dirigea vers la porte, faisant s'écarter les femmes sur son passage, comme un troupeau de poules.

Sans se poser de questions, Roger tendit les bras vers le bébé et, après une seconde d'hésitation, Brianna le lui donna. Jemmy ne broncha pas, se laissant porter comme une masse, son inertie et sa mollesse formant un terrible contraste avec son énergie habituelle. La chaleur de sa joue brûlante traversa la chemise de Roger qui descendait l'escalier, Brianna à ses côtés.

La cuisine se trouvait dans le sous-sol de la maison. Roger eut alors une brève vision. Il empruntait le chemin vers les ténèbres profondes, tel Orphée en route vers les enfers, Eurydice sur ses talons. Au lieu d'une lyre magique, il portait un enfant brûlant comme un charbon ardent et toussant comme si ses poumons étaient sur le point d'exploser. S'il ne regardait pas en arrière, peut-être que le petit guérirait.

Claire posa une main sur le front du garçonnet, évaluant sa température.

— Un peu d'eau fraîche ne lui ferait pas de mal. Tu ne nous ferais pas une otite, mon bonhomme ?

Elle souffla doucement dans une de ses oreilles, puis dans l'autre. Il cligna des yeux, toussa, puis frotta une main potelée contre son visage, mais ne broncha pas. Les esclaves s'affairaient dans un coin de la pièce, apportant de l'eau bouillante, accrochant les couvertures à une poutre pour préparer la tente selon ses instructions.

Claire prit le bébé des bras de Roger pour le baigner. Les mains vides, il se retrouva planté là, cherchant désespérément quelque chose à faire, n'importe quoi, jusqu'à ce que Brianna lui prenne la main et la serre avec nervosité, ses ongles s'enfonçant dans sa chair.

— Il ira bien, chuchota-t-elle. Tout ira bien.

À son tour, il étreignit sa main sans rien dire.

Lorsque la tente fut prête, Brianna s'y engouffra, se retournant pour prendre Jemmy qui pleurait, n'ayant pas du tout apprécié l'eau froide. Claire avait envoyé une esclave chercher son coffret de médecine. Elle en sortit une fiole contenant une huile jaune pâle et un flacon de cristaux blanc sale.

Avant qu'elle n'ait eu le temps de s'en servir, Joshua, l'un des valets d'écurie, arriva en courant en s'écriant hors d'haleine :

— Madame Claire ! Madame Claire !

Certains des messieurs avaient tiré quelques salves d'honneur avec leur pistolet pour fêter l'heureux événement et l'un d'eux avait été victime d'un accident, dont Joshua ignorait la nature exacte. Avec son accent écossais d'Aberdeen qui contrastait si bizarrement avec son visage noir, il expliqua :

— Il n'est pas trop abîmé, M'dame, mais il saigne comme un goret, et le Dr Fentiman... eh bien... il n'est plus vraiment aussi frais qu'on l'aurait souhaité. Vous voulez bien venir, M'dame ?

— Oui, bien sûr.

En un clin d'œil, elle fourra la fiole et le flacon dans les mains de Roger.

— Il faut que j'y aille. Tiens. Mets-en un peu dans l'eau chaude, puis fais-lui inspirer la vapeur jusqu'à ce qu'il cesse de tousser.

Elle referma son coffret, qu'elle tendit à Joshua pour qu'il le porte, puis fila vers l'escalier avant que Roger n'ait eu le temps de dire ouf.

Des volutes de vapeur s'échappaient de l'ouverture de la tente. Avant d'entrer, il ôta sa veste et son gilet qu'il laissa tomber en tas sur le sol, puis il se pencha et pénétra dans l'obscurité, fiole et flacon en main.

Brianna était assise sur un tabouret, Jemmy sur ses genoux, une grande bassine d'eau fumante à ses pieds. Un faisceau de lumière provenant de l'âtre éclaira momentanément son visage. Avant que le pan de couverture ne se rabatte derrière lui, Roger lui sourit, s'efforçant de paraître rassurant.

— Où est maman ? Elle est partie ?

— Oui, il y a eu une urgence, mais tout ira bien. Elle m'a donné le produit à mettre dans la bassine et a dit de garder le petit ici, jusqu'à ce que sa toux cesse.

Il s'assit sur le sol près de la bassine. Il faisait sombre mais pas tout à fait noir. Lorsque ses yeux se furent accoutumés à l'obscurité, il distingua assez clairement autour de lui. Brianna était soucieuse, mais moins terrifiée que plus tôt dans le boudoir. Lui aussi se sentait mieux. Au moins, il savait quoi faire, et Claire n'avait pas paru trop inquiète à l'idée de laisser son petit-fils. Apparemment, elle ne craignait plus qu'il s'étouffe.

La fiole contenait de l'essence de sapin, dégageant un parfum âcre de résine. Ne sachant pas quelle quantité mettre, il en versa une dose généreuse dans l'eau chaude. Puis il déboucha le flacon, et une odeur piquante de camphre s'éleva, tel un génie hors de sa lampe. À la place des cristaux, il aperçut des grumeaux de résine séchée, granuleuse et légèrement poisseuse. Il en mit un peu dans le creux de sa paume, puis retourna celle-ci au-dessus de l'eau, tout en se demandant pourquoi ce geste instinctif lui paraissait si familier.

— Ah, je sais ! dit-il soudain.

— Quoi ?

Il agita une main autour de lui dans le sanctuaire douillet qui se remplissait rapidement de vapeur acide.

— Ça y est ! Je me souviens d'être dans mon lit, avec une couverture au-dessus de ma tête. Ma mère avait versé quelque chose dans l'eau bouillante qui avait exactement cette odeur. C'est de là que me vient cette impression de déjà-vu.

Cette idée sembla la rassurer.

— Tu veux dire que tu as eu le croup, toi aussi, quand tu étais petit ?

— Je suppose que oui, mais je ne m'en souviens pas, je reconnais juste cette odeur.

Cette fois, le nuage de condensation avait envahi la tente. Roger inspira profondément pour se remplir les poumons, puis il tapota la cuisse de Brianna.

— Ne t'inquiète pas. Ces inhalations lui feront du bien.

Jemmy ne tarda pas à tousser de plus belle en émettant d'autres bruits de phoque, mais ses crises paraissaient moins alarmantes. Peut-être était-ce l'obscurité, l'odeur ou simplement le vacarme rassurant des casseroles hors de la tente, mais la situation semblait moins dramatique. Il entendit Brianna respirer fortement, puis pousser un long soupir, son corps se décontractant pendant qu'elle tapotait le dos de son fils.

Ils restèrent ainsi en silence un moment, écoutant le bébé siffler, inspirer, tousser, puis reprendre son souffle avec un léger hoquet. Réconforté par la proximité de ses parents, il avait cessé de gémir.

Roger ayant laissé tomber le bouchon en liège du flacon, il tâtonna, finit par le retrouver, puis le remit en place.

Cherchant un sujet de conversation pour briser le silence, il déclara :

— Je me demande ce que ta mère a bien pu faire de ses alliances.

Elle écarta de son visage une mèche échappée de son chignon.

— Qu'est-ce qui te fait dire ça ?

— Elle ne les portait pas quand elle m'a donné ses remèdes.

Il indiqua le flacon de camphre, posé près du mur pour qu'on ne le renverse pas. Il avait un souvenir clair des longs doigts blancs et nus de Claire. Cela l'avait frappé, car il n'avait jamais vu ses mains sans ses bagues.

— Tu en es sûr ? Elle ne les enlève jamais, sauf pour faire quelque chose de vraiment dégoûtant. La dernière fois, c'était quand Jemmy avait fait tomber sa choupette dans le pot de chambre.

Une choupette pouvait désigner n'importe quel petit objet, mais, en l'occurrence, ils appelaient ainsi l'anneau métallique – normalement censé passer dans les naseaux du bétail – que Jemmy aimait sucer. Il ne dormait jamais sans son joujou favori.

Jemmy releva la tête, les yeux mi-clos. Sa respiration était toujours laborieuse, mais il s'intéressait désormais à autre chose qu'à son propre inconfort.

— Chou-chou ? Chou-chou ?

— Oups ! Je n'aurais pas dû prononcer ce mot !

Brianna le balança doucement sur son genou, tout en fredonnant une chanson pour le distraire.

— *Là-haut sur la montagne, l'était un vieux chalet. Murs blancs, toit de bardeaux, devant la porte un vieux bouleau…*

L'intimité sombre de la tente rappelait quelque chose à Roger. Il se rendit compte qu'elle dégageait la même atmosphère de paix et de protection que le banc sous les saules, sauf qu'il y faisait nettement plus chaud. Le lin de sa chemise pendait lourdement sur ses épaules et il sentait la sueur couler dans son dos sous sa queue de cheval. Il poussa le genou de Brianna.

— Hé ! Tu ne veux pas monter à l'étage enlever ta nouvelle robe ? Tu vas l'abîmer si tu restes trop longtemps dans cette chaleur.

Elle hésita, se mordant la lèvre.

— C'est que… Non, ce n'est pas grave, tant pis.

Il se releva, se voûtant sous le toit de laine, et lui prit Jemmy des bras.

— Vas-y, dit-il fermement. Tu pourras en profiter pour lui ramener sa chou… Sa tu-sais-quoi. Ne t'inquiète pas, la vapeur commence à faire de l'effet. Il se rétablira en un rien de temps.

Il lui fallut insister encore un peu, avant qu'elle ne consente. Puis, il s'assit à son tour sur le tabouret, Jemmy confortablement installé dans le creux de son bras. La pression du siège en bois lui rappela une certaine congestion résiduelle due à l'épisode sous les saules, et il dut changer de position.

— Entre toi et moi, cela ne provoque pas de dégâts durables, marmonna-t-il à Jemmy. Demande à n'importe quelle fille, elle te le confirmera.

Jemmy remua et prononça quelque chose d'inintelligible qui débutait par « chou… », puis toussa de nouveau mais brièvement cette fois. Roger posa une main sur son crâne rond et doux. Effectivement, il semblait moins chaud, même si c'était difficile à dire dans cette fournaise. Avec sa manche, il essuya la transpiration qui dégoulinait sur son visage.

Une voix de grenouille près de son torse demanda :

— Chou-chou ?

— Oui, bientôt. Chut.

— Chou-chou ! Chou-chou !

— Chut.

— Chou...

— *Là-haut sur la montagne, croula le vieux chalet...*

— Chou...

Roger haussa abruptement la voix, surprenant tout le monde sous la tente ainsi qu'à l'extérieur, dans la cuisine, et provoquant le silence.

— LA NEIGE ET LES ROCHERS S'ÉTAIENT UNIS POUR L'AR-RACHER *!*

Puis, il s'éclaircit la gorge et reprit sur un ton de berceuse :

— *Là-haut sur la montagne, quand Jean vint au chalet, pleura de tout son cœur sur les débris de son bonheur... Là-haut sur la montagne, quand Jean vint au chalet.*

Le chant était efficace. Les paupières de Jemmy s'abaissaient peu à peu. Il mit son pouce dans sa bouche et essaya de le téter, mais ne pouvant respirer par la bouche, il faillit s'étouffer. Roger lui écarta doucement la main et le petit poing, poisseux et minuscule, mais d'une force rassurante, se referma sur un de ses doigts.

— *Là-haut sur la montagne, l'est un nouveau chalet. Car Jean d'un cœur vaillant, l'a rebâti plus beau qu'avant...*

Les paupières battirent encore un peu, puis capitulèrent et se refermèrent. Le bébé poussa un soupir et devint complètement mou, la chaleur se dégageant de sa peau par vagues. D'infimes perles tremblaient au bout de ses cils : larmes, sueur, vapeur, ou les trois à la fois.

— *Là-haut sur la montagne, l'est un nouveau chalet...*

Roger s'épongea de nouveau le visage et déposa un baiser sur le duvet soyeux et humide.

« Merci », pensa-t-il avec une gratitude sincère, s'adressant à tous ceux inscrits sur la liste, en commençant par Dieu.

— *Là-haut sur la montagne...*

10

Le visiteur de la nuit

Après avoir vérifié une dernière fois l'état de tous mes patients, je montai enfin me coucher. Il était déjà très tard.

En s'amusant à tirer des coups de feu au bord de la rivière, Ronnie Campbell avait tout simplement oublié de pointer son arme vers le ciel, touchant DeWayne Buchanan dans le haut du bras. Heureusement, la blessure était superficielle et, pour le moment, après un nettoyage de la plaie et l'administration d'une dose généreuse de whisky fournie par le coupable rongé de remords, elle n'était pas trop douloureuse.

Rastus, un des esclaves de Farquard Campbell, s'était grièvement brûlé la main en retirant des volailles grillées de leurs broches. Je n'avais rien pu faire d'autre que de lui plonger la main dans un seau d'eau froide, de la lui bander avec un linge propre et de lui prescrire du gin, par voie orale. Plusieurs jeunes hommes sérieusement éméchés présentaient toutes sortes de contusions, d'écorchures et quelques dents manquantes à la suite de désaccords liés à des parties de dés. Six cas d'indigestion, traités au thé à la menthe, étaient en bonne voie de rémission. Betty dormait toujours, mais elle semblait être passée de l'hébétude éthylique à un profond sommeil naturel, bercée par des ronflements sonores. Jemmy dormait lui aussi, sa fièvre étant tombée.

Le gros de la fête était désormais passé. Il restait encore quelques joueurs irréductibles dans un des petits salons, fixant les cartes de leurs yeux rouges, sous un nuage de fumée de tabac. En me dirigeant vers le grand escalier, je jetai un œil dans les autres pièces du rez-de-chaussée. Au fond de la salle à manger, quelques messieurs discutaient politique à mi-voix devant des verres de cognac vides. Jamie n'était pas parmi eux.

En apercevant ma tête s'avancer dans l'entrebâillement de la porte, un laquais en livrée tombant de sommeil se redressa précipitamment et me demanda si je désirais quelque chose à boire ou à manger. Je le remerciai. Je n'avais pas eu le temps d'avaler grand-chose au cours de la soirée, mais j'étais trop épuisée pour avoir faim.

Je m'arrêtai sur le premier palier et regardai dans le couloir vers les appartements de Jocasta. Le calme régnait, le charivari et le chahut étaient terminés. Un gros trou, probablement causé par le choc d'un corps lourd, altérait les lambris, et des coups de feu tirés en l'air avaient laissé des traces de brûlures au plafond.

Toujours en livrée et en perruque, Ulysse montait la garde, assis sur un tabouret près de la porte, piquant du nez, les bras croisés sur sa poitrine. Au-dessus de lui, une chandelle crachotait ses dernières flammes dans une applique. Dans la lueur vacillante, je distinguais ses yeux fermés et son front plissé. Il était voûté et ses lèvres remuaient, comme en plein cauchemar. Je voulus le réveiller, mais au moment où je faisais un pas vers lui, son expression changea. Il s'étira, se réveillant à moitié, puis il se rendormit aussitôt, le visage détendu. Un instant plus tard, la chandelle mourait.

Je tendis l'oreille. Hormis la respiration d'Ulysse, je n'entendis aucun bruit dans l'obscurité. Personne ne saurait jamais si Duncan et Jocasta se murmuraient des mots doux ou s'ils se taisaient, allongés côte à côte sous leur baldaquin, chacun dans son monde. Par la pensée, je leur adressai tous mes vœux de bonheur, puis je me traînai à l'étage supérieur, les genoux raides et le dos endolori. Que n'aurais-je donné pour retrouver mon propre lit... et la compagnie de mon mari !

Par la fenêtre du second palier, j'entendis des rires lointains, ponctués d'un tir occasionnel qui se répercuta dans l'air de la nuit. Les hommes les plus jeunes et les plus excités, accompagnés de quelques aînés qui auraient mieux fait d'aller dormir, étaient descendus sur l'embarcadère avec une douzaine de bouteilles de whisky et de cognac pour, soi-disant, tirer sur les grenouilles.

Les dames, elles, étaient toutes couchées. Aucun son ne troublait le second étage, excepté le ronronnement étouffé des ronflements. Par contraste avec le couloir frais, il régnait dans la chambre une chaleur étouffante. Pourtant, le feu de cheminée n'était plus qu'un lit de braises rougeoyantes, projetant une faible lueur rouge sur le sol.

Les invités dans la maison étant très nombreux, seul le couple nuptial avait droit à son intimité. Tous les autres devaient s'entasser pêle-mêle dans les diverses pièces. La où je dormais se trouvaient deux grands lits à baldaquin et un lit gigogne. Le sol était jonché de paillasses. Chaque lit croulait de femmes en chemise, alignées comme des sardines en travers du matelas, dégageant une chaleur humide de serre d'orchidées.

L'air était chargé d'un mélange entêtant de transpiration rance, de barbecue, d'oignons frits, de parfums français, d'haleines avinées et de gousses de vanille. Osant à peine respirer, j'ôtai ma robe et mes souliers le plus vite possible, espérant ne pas être en nage avant de m'être déshabillée. J'étais encore excitée par les événements de la journée, mais l'épuisement alourdissait mes membres. Ce fut avec un profond soulagement que je traversai la chambre sur la pointe des pieds et m'allongeai à mon endroit habituel, près de l'un des grands lits.

Mon esprit bouillonnait, faisant toutes sortes de spéculations, et malgré l'effet hypnotique de tous ces gens endormis autour de moi, je restai allongée, les membres raides et douloureux, contemplant la silhouette de mes orteils nus, qui se détachait sur les dernières lueurs de l'âtre.

Au matin, lorsque Betty se réveillerait enfin, nous apprendrions à qui appartenait la coupe et, peut-être, ce qu'elle avait contenu. J'espérais que Jemmy dormirait confortablement lui aussi, mais la personne qui accaparait le plus mon esprit, bien sûr, c'était Jamie.

Je ne l'avais pas aperçu parmi les joueurs de cartes ni parmi les hommes qui discutaient impôts et tabac dans la salle à manger.

Je n'avais pas vu non plus Phillip Wylie au rez-de-chaussée. Il pouvait être avec les fêtards sur l'embarcadère. Ces jeunes hommes riches cherchant à trom- per l'ennui dans la boisson et le chahut, indifférents au froid et au danger, riant et se pourchassant dans la nuit illuminée par les éclairs de leurs tirs, faisaient partie de son monde.

Ce n'était ni la clique ni le style de Jamie, mais l'idée qu'il puisse être parmi eux me donna froid dans le dos.

« Il ne ferait rien d'aussi stupide », m'assurai-je. Je roulai sur le côté, recroquevillant mes genoux contre moi, dans l'espace minuscule. D'un autre côté, sa conception de ce qui constituait un geste stupide était différente de la mienne.

La plupart des hommes étaient logés dans les dé- pendances ou dans les salons du rez-de-chaussée. En passant, j'avais remarqué plusieurs dormeurs anony- mes emmitouflés dans leurs capes devant les chemi- nées. Je n'étais pas allée les inspecter de près, mais Jamie figurait sûrement parmi eux. Sa journée avait été aussi longue que la mienne.

Toutefois, indépendamment des circonstances, aller se coucher sans me souhaiter bonne nuit ne lui ressemblait pas. Il m'en voulait sans doute encore un peu. En dépit de notre conversation prometteuse in- terrompue sur la terrasse, nous n'avions pas encore fait complètement la paix. Le défi de ce maudit Phillip Wylie avait ravivé la flamme de la discorde. Je serrai les poings, mes pouces touchant la peau calleuse, là où, d'habitude, se trouvaient mes alliances. Satanés Écossais !

Près de moi, percevant ma nervosité, Jemima Hat- field remua et marmonna dans son sommeil. Je me remis doucement sur le côté, fixant le pied de lit de- vant mon nez.

Oui, il était certainement encore fâché à cause des avances de Phillip Wylie. Moi aussi, ou, du moins, je l'aurais été si ma fatigue n'avait pas été aussi grande. Ce mufle... Je bâillai, manquant me disloquer la mâchoire. Pour le moment, ça ne valait pas la peine de s'énerver...

Mais, fâché ou pas, Jamie n'était pas du genre à m'éviter. Au contraire, d'ordinaire, il aurait cherché la confrontation ou provoqué une dispute. Je n'avais pas souvenir qu'il ait déjà laissé le soleil se coucher sur une colère, du moins une colère me concernant.

J'étais d'autant plus soucieuse. Que mijotait-il ? Le fait de m'angoisser à son sujet me mettait hors de moi, mais je préférais encore être en colère plutôt que de m'inquiéter.

Néanmoins, après cette journée harassante, à mesure que le temps passait et que les détonations des fusils, au loin, s'espaçaient de plus en plus, la torpeur m'envahit, émoussant mes peurs et éparpillant mes pensées comme du sable dans le vent. Bercée par la respiration lente des femmes autour de moi, je perdis peu à peu prise avec la réalité.

J'aurais pu m'attendre à des cauchemars empreints de violence et de terreur, mais mon inconscient en avait eu plus que son lot. Il préféra revenir sur d'autres événements de la journée. Peut-être était-ce la chaleur dans la chambre ou la proximité des corps endormis, mais je fis des rêves imagés et érotiques, les courants de l'excitation sexuelle me ramenant de temps à autre vers les rives de l'éveil, avant de m'entraîner de nouveau dans les profondeurs.

Mes songes étaient peuplés de frisons noirs à la robe luisante qui galopaient à mes côtés, leurs longues crinières claquant au vent. J'étais une jument blanche. Le sol défilait sous mes sabots dans un flou de verdure, jusqu'à ce que je m'arrête et me retourne, attendant le chef, un étalon au poitrail large qui s'avança vers moi, son souffle chaud et humide contre mon cou, ses dents blanches se refermant sur ma nuque...

— Je suis le roi d'Irlande... déclara-t-il.

Je me réveillai doucement, me trémoussant des pieds à la tête, et découvris quelqu'un en train de me caresser la voûte plantaire.

Encore habitée par les images charnelles de mon rêve, je ne m'alarmai pas outre mesure. J'étais confusément soulagée de découvrir que j'avais des pieds et non des sabots. Mes orteils se recroquevillèrent, mes pieds s'arquèrent. Un pouce suivit lentement les contours charnus de ma plante, longea la crête de la haute voûte, puis remonta dans le creux, juste sous l'articulation de la cheville, parvenant à stimuler tout un plexus de sensations. Puis, dans un sursaut, je revins tout à fait dans la réalité.

Mon « chatouilleur » dut sentir que je m'étais réveillée, car sa main me quitta momentanément. Puis elle revint, cette fois plus fermement, une grande paume chaude s'enroulant autour de mon pied, son pouce effectuant un massage ferme mais voluptueux à la naissance de mes orteils.

Cette fois, j'étais totalement consciente et plutôt perplexe, mais toujours pas effrayée. J'agitai brièvement mon pied, comme pour chasser une mouche, mais la main répondit par une légère pression. Puis sa sœur saisit mon gros orteil.

Ce petit cochon est allé au marché, ce petit cochon est resté à la maison... les paroles de la comptine s'égrenaient dans ma tête aussi clairement que si on les avait prononcées à voix haute, pendant que les doigts pinçaient chacun de mes orteils un par un, puis couraient le long de ma voûte plantaire.

Et ce petit cochon a couru jusque chez lui en criant oui, oui, oui ! Je tressaillis, un fou rire montant dans ma gorge.

Je redressai la tête, mais la main s'empara de nouveau de mon membre. Le feu s'était complètement éteint, plongeant la chambre dans le noir le plus total. Même avec mes yeux accoutumés à l'obscurité, je ne distinguais rien d'autre qu'une silhouette voûtée, une forme qui se déplaçait comme du mercure, ses contours apparaissant puis disparaissant sur un fond de velours.

La main monta avec délicatesse vers mon mollet. Je me tortillai violemment et la femme endormie à côté de moi se releva en faisant « Hein ? », puis sa tête retomba.

Mon rire contenu faisait trembler les muscles de mon ventre. L'homme dut percevoir la légère vibration. Après une douce pression sur mon petit orteil, il caressa ma voûte, me faisant écarter tous les doigts. Puis sa main se referma sur mon talon. Le pouce caressa ma cheville, s'arrêta, interrogateur. Je ne bougeai pas.

Ses doigts devenaient plus chauds. Je les sentis suivre le galbe de mon mollet et se réfugier dans le creux de douceur derrière mon genou. Là, ils pianotèrent un instant sur la peau sensible, me faisant frissonner. Ils ralentirent et s'arrêtèrent, se posant sur l'artère où mon pouls battait violemment.

Je l'entendis soupirer quand il changea de position. Puis sa main se posa sur la courbe de ma cuisse et

remonta lentement. L'autre suivit, écartant doucement mais inexorablement mes cuisses.

Les battements de mon cœur résonnaient dans
mes oreilles. Mes seins durs et gonflés étiraient la
fine mousseline de ma chemise. Je pris une grande
inspiration, et mes narines se remplirent d'une
odeur... de poudre de riz.

Mon sang se glaça et je cessai de respirer. Il ne
m'était pas venu un seul instant à l'esprit qu'il eût pu
s'agir de quelqu'un d'autre que Jamie.

Immobile, je me concentrai sur les mains occupées
à faire un geste subtil et plutôt indicible. Elles étaient
grandes. Leurs articulations pressaient l'intérieur de
mes cuisses. Phillip Wylie avait, lui aussi, de grandes
mains. Je l'avais vu prendre une poignée de grains
d'avoine et la tendre à Lucas. L'étalon avait enfoui ses
grands naseaux noirs dans sa paume en coupe.

Des cals. Les mains baladeuses étaient lisses et cal-
leuses. Mais celles de Wylie aussi. Tout dandy qu'il
était, il n'en était pas moins un cavalier, avec des paumes tannées et dures, comme celles de Jamie.

Ce ne pouvait être que Jamie, m'assurai-je en redressant la tête de quelques centimètres. Je scrutai
les ténèbres. Les dix petits cochons... bien sûr que
c'était lui ! Puis l'une des mains faisant quelque chose
de très inattendu, je sursautai. Mon coude percuta
les côtes de la femme près de moi. Elle se redressa
brusquement en s'exclamant. Les mains se rétractè-
rent aussitôt, pinçant mes chevilles dans un adieu
précipité.

J'entendis le bruissement rapide d'un corps rampant sur le tapis. Puis, il y eut un bref éclat de lumière
et un courant d'air frais lorsque la porte du couloir
s'ouvrit et se referma presque instantanément.

À mes côtés, Jemima, hébétée, demanda vaguement :

— Quoi ? Qui est-ce ?

Ne recevant aucune réponse, elle parla dans sa barbe, se retourna et se rendormit rapidement.

Pas moi.

11

In vino veritas

Je restai éveillée un long moment, écoutant les ronflements paisibles et les soupirs de mes compagnes de
lit ainsi que les battements frénétiques de mon cœur.
Chaque nerf de mon corps semblait avoir transpercé
ma peau et, lorsque Jemima Hatfield roula contre moi
dans son sommeil, je lui donnai involontairement un
violent coup de coude dans les côtes. Elle grogna
avant de replonger dans une mer de sommeil collectif.

Pour ma part, ma conscience continuait d'être bal-
lottée en surface, refusant obstinément de sombrer.
Je n'arrivais pas à déterminer ce que je ressentais.
D'un côté, je devais bien reconnaître que j'étais excitée, malgré moi, mais excitée quand même. Mon visiteur nocturne, qui qu'il soit, connaissait bien le
corps de la femme.

Ce détail faisait pencher la balance en faveur de Jamie. Toutefois, j'ignorais à quel point Wylie était expérimenté dans les arts de l'amour. J'avais éconduit
ses avances trop tôt dans les écuries pour qu'il ait
vraiment la possibilité de me dévoiler ses talents.

Mon « chatouilleur » de minuit n'avait utilisé
aucune caresse attribuable, sans l'ombre d'un doute,

au répertoire de Jamie. Si seulement il y avait mis la bouche… Je me rétractai devant cette idée comme un cheval ruant. Jemima grogna de nouveau, tandis que je me tordais sur place, la peau hérissée par les images évoquées.

J'ignorais si je me sentais amusée, choquée, séduite ou violée. En revanche, j'étais sûre d'être très en colère. Cette conviction me fournit un point d'ancrage pour résister au tourbillon des émotions qui m'agitaient. Mais ne sachant pas trop à qui en vouloir, et sans cible précise sur laquelle me décharger, ma fureur destructrice partait dans tous les sens, renversant tout sur son passage en faisant des victimes.

— Aïe ! gémit Jemima.

À son ton de voix, cette fois, elle était bien réveillée. Apparemment, je ne serais pas la seule à porter les marques de ma colère.

— Mmmm ? fis-je en feignant d'être endormie.

La culpabilité était en partie responsable de mon état d'esprit. Si j'étais sûre que l'auteur des caresses avait été Jamie, pourquoi étais-je si furieuse ?

Le pire, c'était de n'avoir aucun moyen de découvrir la vérité. Je pouvais difficilement demander à Jamie si c'était bien lui qui s'était glissé dans le noir pour me tripoter. Dans le cas contraire, sa première réaction aurait été de se ruer sur Phillip Wylie pour l'étrangler à mains nues.

J'avais l'impression que de minuscules anguilles couraient sous ma peau. Je m'étirai le plus possible, contractant puis relâchant muscle après muscle. Peine perdue, je ne tenais plus en place.

Capitulant, je me glissai hors du lit et me dirigeai sur la pointe des pieds vers la porte, enjambant mes camarades de chambrée qui dormaient paisiblement sous les couvertures, comme des rangées de saucisses parfumées. J'ouvris très doucement la porte et jetai un œil vers l'extérieur. Il était soit très tard, soit très tôt. Au bout du couloir, la haute fenêtre donnait sur un ciel gris souris dans lequel brillaient encore quelques étoiles, de minuscules têtes d'épingles sur le satin anthracite de l'aube.

Après la moiteur dégagée par les dormeuses, la fraîcheur du couloir était un vrai soulagement. Ma peau me picotait. Je suffoquais de chaleur et d'énervement. Ayant besoin d'air, je me dirigeai à pas de loup vers l'escalier de service, dans l'intention de faire un tour dans le jardin.

Je m'arrêtai net en haut des marches. En bas, un homme se tenait debout, sa haute silhouette noire se détachant devant les portes-fenêtres. Je ne pensais pas avoir fait du bruit, mais il se retourna brusquement, le visage levé vers moi. Même dans la pénombre, je reconnus immédiatement Jamie.

Il portait encore ses vêtements de la veille : veste, gilet, chemise à jabot et kilt. Cependant, le col de sa chemise était ouvert, son gilet et sa veste déboutonnés et de travers. Sa gorge formait une tache sombre sous le lin blanc de sa chemise. Il venait de passer les mains dans ses cheveux dénoués.

— Descends, dit-il doucement.

J'hésitai, puis regardai derrière moi dans le couloir. Un concert de ronflements très féminins émanait de la chambre. Deux esclaves dormaient sur le parquet, roulés en chien de fusil sous des couvertures. Ni l'un ni l'autre ne bougèrent.

Je me retournai. Jamie ne dit plus rien mais leva deux doigts, me faisant signe de le rejoindre. Une odeur de fumée et de whisky remplissait la cage d'escalier.

Le sang frémissait dans mes veines... et ailleurs. Mon visage était brûlant, la transpiration collait mes cheveux contre mes tempes et ma nuque. Du vent frais pénétra sous ma chemise, effleurant la moiteur à la naissance de mes fesses et le voile d'humidité là où mes cuisses frottaient l'une contre l'autre.

Je descendis lentement, avec prudence, m'efforçant de ne pas faire craquer les marches sous mes pieds nus. Plus tard, il me vint à l'esprit que mes précautions étaient idiotes et inutiles. Les esclaves grimpaient cet escalier quatre à quatre et le dévalaient des centaines de fois par jour. Malgré tout, je ressentais le besoin d'être le plus silencieuse possible. La maison dormait et la lumière grise semblait aussi fragile que du verre fumé. Un bruit soudain, un mouvement trop brusque, et quelque chose pouvait exploser sous mes pas, comme une ampoule électrique qui éclate.

Jamie gardait les yeux rivés sur moi, tels des triangles noirs dans l'ombre plus pâle de son visage. Son regard avait une intensité féroce, comme s'il comptait me traîner au pied des escaliers par la seule force de sa volonté.

Je m'arrêtai sur l'avant-dernière marche. Dieu merci, ses vêtements n'étaient pas tachés de sang !

Ce n'était pas la première fois que je le voyais ivre. Pas étonnant qu'il n'ait pas cherché à grimper l'escalier pour venir à ma rencontre. Il paraissait très soûl, mais il y avait autre chose. Il se tenait fermement planté sur ses jambes, les pieds écartés. Seule la manière délibérée dont il remuait la tête trahissait son état.

— Que… chuchotai-je.

— Viens ici, m'interrompit-il.

Il parlait à voix basse, sur un ton rauque chargé de sommeil et de whisky.

Il ne me laissa pas le temps de répondre ni même d'acquiescer. Il me prit par le bras et m'attira à lui, me soulevant de la dernière marche, m'écrasant contre lui et m'embrassant goulûment. Ce baiser était déconcertant, comme si, connaissant trop bien ma bouche, Jamie était déterminé à me donner du plaisir de force, indépendamment de mes désirs.

Ses cheveux sentaient le tabac, le feu de cheminée et la cire d'abeille fondue. Sa bouche avait un tel goût de whisky que ma tête tourna légèrement, comme si l'alcool dans son sang se diffusait directement dans le mien par tous les pores de notre peau. Mais il me transmettait bien plus… En moi suintait un désir incontrôlable, aussi aveugle que dangereux.

Je voulus le repousser, avant de me rendre compte que je n'en avais pas vraiment envie. De toute manière, cela n'aurait rien changé. Il n'avait aucune intention d'arrêter.

Il plaqua sa paume large et chaude contre ma nuque. Elle me fit penser aux dents d'un étalon se refermant sur l'encolure de la jument lors de la saillie. J'en frissonnai jusqu'au bout des orteils. Son pouce pressa accidentellement mon artère jugulaire. Un voile noir couvrit ma vue et mes genoux faiblirent. Conscient de mon malaise, il desserra son étreinte et m'allongea sur les marches. Puis, il pesa de tout son poids sur moi, ses mains se promenant sur mon corps.

Ne portant rien sous la fine mousseline de ma chemise, j'étais pratiquement nue.

L'arête dure d'une marche me rentrait dans le dos. Soudain, je compris qu'il s'apprêtait à me prendre là, dans l'escalier, sans se soucier de qui pouvait nous voir. Je parvins à libérer ma bouche quelques instants pour haleter dans son oreille :

— Attends, pas ici !

Ces mots le firent revenir provisoirement à la réalité. Il redressa la tête, clignant des yeux comme s'il se réveillait d'un rêve. Il accepta et se leva, me hissant dans un même mouvement.

Les manteaux des servantes étaient suspendus près de la porte. Il en décrocha un et m'en enveloppa les épaules. Puis, il me souleva de terre et sortit de la maison, croisant une femme de chambre, une cruche à la main, qui nous fixa d'un air éberlué.

Il ne me reposa qu'une fois dans l'allée en brique à l'extérieur, les pierres froides me glaçant la plante des pieds. Ensuite, toujours enlacés, nous nous avançâmes à travers un paysage d'ombres, dans la lumière grise de l'aube, l'air frisquet piquant la peau, nos corps s'entrechoquant, volant presque, nos vêtements battant autour de nous, en route vers une destination inconnue, mais que je devinais vaguement.

Les écuries. Il poussa la porte du pied et m'entraîna avec lui dans les ténèbres chaudes, me plaquant contre un mur.

— Si je ne te prends pas tout de suite, j'en mourrai ! haleta-t-il.

Sa bouche s'écrasa de nouveau contre la mienne, son visage rafraîchi par l'air froid du petit matin, son souffle se condensant dans le mien.

Il s'écarta brusquement et je chancelai, me retenant aux briques brutes derrière moi pour ne pas tomber en avant.

— Donne-moi tes mains, dit-il.

— Quoi ?

— Tes mains. Donne-les-moi.

Perplexe, je les tendis, et il prit la gauche. Dans la faible lueur qui filtrait par l'entrebâillement de la porte, je vis luire mon alliance en or. Puis, il s'empara de ma main droite et glissa à mon doigt l'anneau en argent encore imprégné de la chaleur de son corps. Il porta ma main à ses lèvres et la mordit.

Ensuite, il caressa mon sein, et un courant froid glissa entre mes cuisses. La surface rugueuse de la brique qui piquait mes fesses me fit pousser un petit cri. Il plaqua sa main sur ma bouche, puis il se pressa contre moi, me clouant contre le mur. Il ôta sa main et la remplaça par ses lèvres, sa langue s'enfonçant en moi. J'accompagnai ses grognements de désir par un gémissement sourd qui montait des profondeurs de mon bas-ventre.

Il retroussa ma chemise au-dessus de mes hanches, et mes fesses nues battirent en rythme contre la pierre brute. Je ne ressentais pourtant aucune douleur. Je m'agrippai à ses épaules et tins bon.

Sa main se glissa entre nous, ses doigts écartant fébrilement les derniers morceaux de tissu qui nous séparaient. Puis j'écrasai mon bassin contre lui, l'invitant. Son souffle chaud caressa mon oreille.

— Baisse les yeux, murmura-t-il. Regarde ! Je veux que tu me voies te prendre. Regarde, bon sang !

Sa main pressa ma nuque, me forçant à courber la tête pour apercevoir, dans la pénombre, la réalité crue de ma pénétration.

Je cambrai les reins et me laissai posséder, mordant la couture de sa veste pour m'empêcher de crier.

Sa bouche se referma sur mon cou et s'y accrocha, tandis qu'il se vidait convulsivement en moi.

Nous étions enlacés dans la paille, observant la lueur du jour se glisser dans l'écurie et avancer sur les tomettes. Les battements de mon cœur résonnaient toujours aussi fort dans mes oreilles, le sang picotant mes tempes, mes cuisses et mes doigts. Pourtant, je me sentais irréelle, détachée de mon propre corps, comme si ces sensations appartenaient à une autre, et légèrement choquée.

La joue posée contre son torse, je levai les yeux. Je distinguai sa peau encore rougie par l'effort, là où son col était ouvert, sous sa toison de petits poils frisés qui semblaient noirs dans la pénombre. Une veine palpitait dans le creux de sa gorge, à quelques centimètres de ma main. J'avais envie de la toucher, pour vibrer en même temps que lui, mais, étrangement, je n'osais pas, comme si ce geste me paraissait soudain trop intime. Pensée tout à fait ridicule, compte tenu de ce que nous venions de faire l'un à l'autre et l'un avec l'autre.

J'avançai mon index, effleurant la cicatrice triangulaire qui formait un nœud pâle sur la peau cuivrée de sa gorge.

Le rythme de sa respiration s'altéra un peu, mais il ne bougea pas. Il avait son bras sous moi, sa main posée sur le creux de mes reins. Une expiration, deux, trois… puis il pressa faiblement avec un doigt sur ma colonne vertébrale.

Nous restâmes silencieux, respirant sans bruit, nous concentrant tous deux sur notre lien délicat.

Ayant retrouvé la raison, nous étions vaguement embarrassés par nos ébats.

Des bruits de voix qui approchaient des écuries nous sortirent soudain de notre torpeur. Je me redressai d'un bond, enfilai ma chemise à toute vitesse et secouai les brins de paille dans mes cheveux. Jamie roula sur le côté et se mit à genoux, me tournant le dos et rentrant hâtivement les pans de sa chemise dans ses culottes.

Les voix au-dehors s'interrompirent, et nous nous figeâmes. Il y eut un bref silence, puis des pas battant en retraite avec tact. Je soupirai, libérant l'air coincé dans ma poitrine depuis quelques instants, et sentis mon cœur reprendre un rythme plus normal. La salle résonnait des piétinements et des ébrouements des chevaux. Eux aussi avaient entendu les bruits du matin. Ils commençaient à avoir faim.

— Alors, comme ça, tu as gagné, dis-je à Jamie qui me tournait toujours le dos.

Ma voix me paraissait étrange, comme si je n'avais pas parlé depuis longtemps.

— Je te l'avais promis, non ? chuchota-t-il.

Il gardait la tête baissée, remettant en place les plis de son plaid.

Je me levai, un peu étourdie, et m'adossai au mur pour ne pas perdre l'équilibre, tout en faisant tomber le sable et la paille sur mes pieds. Le contact rugueux de la pierre contre mon dos raviva des souvenirs, et je m'écartai, prenant appui sur mes mains, pour affronter les sensations qui remontaient en moi.

Jamie se retourna.

— Ça va, *Sassenach* ?

— Oui, oui. Tout va bien. J'ai juste… Tout va bien. Et toi ?

Il était pâle et hirsute, ses traits creusés par la fatigue, les yeux cernés par sa longue nuit blanche. Il soutint mon regard un instant, puis il se détourna et déglutit.

— Je...

Il s'interrompit. Se levant, il vint se placer devant moi. Ses cheveux dénoués retombaient sur ses épaules, rougeoyant dans le rayon de lumière qui illuminait l'arrière de sa tête.

— Tu ne me détestes pas ? demanda-t-il.

Prise de court, je me mis à rire.

— Non, répondis-je. Je devrais ?

Il pinça les lèvres, puis après avoir passé une main sur sa bouche, gratta sa barbe piquante.

— Euh... Peut-être. En tout cas, je suis heureux qu'il n'en soit rien.

Il prit mes mains avec douceur, son pouce caressant les entrelacs ciselés sur mon anneau d'argent. Ses doigts étaient froids.

— Pourquoi veux-tu que je te déteste ? À cause des alliances ?

Certes, j'aurais été furieuse contre lui s'il avait perdu l'une ou l'autre au jeu. Mais puisque ce n'était pas le cas... Mais, par sa faute, je m'étais inquiétée toute la nuit.

— Oui, d'abord pour cette raison, répondit-il. Ça faisait longtemps que je ne m'étais pas laissé dominer par mon orgueil, mais je n'ai pas pu m'en empêcher, avec ce Wylie qui te tournait autour, les yeux constamment fixés sur tes seins...

— Vraiment ?

Ce détail m'avait échappé.

— Vraiment.

202

Cette seule évocation ralluma un instant un feu assassin dans son regard, puis il chassa Wylie d'un geste dédaigneux de la main et reprit le catalogue de ses péchés :

— Et puis pour t'avoir traînée hors de la maison en chemise et t'avoir assaillie comme une bête en rut...

Il effleura la marque rouge de ses dents dans mon cou. Je sentais encore sa morsure.

— Ah ! Euh... À vrai dire, ça ne m'a pas franchement déplu.

Il écarquilla les yeux.

— C'est vrai ?

— Oui, sauf que je dois avoir les fesses toutes bleues.

— Oh !

Il parut momentanément confus, puis esquissa un petit sourire.

— J'en suis désolé. À la fin de la partie de whist, je n'avais qu'une idée en tête, te trouver, *Sassenach*. J'ai monté et descendu les escaliers une bonne dizaine de fois, allant jusqu'à ta porte puis rebroussant chemin.

Je fus ravie de l'entendre. Cela augmentait encore les probabilités qu'il soit bien mon visiteur nocturne.

Il saisit une boucle de mes cheveux et la caressa entre deux doigts.

— Sachant que je ne pourrais pas dormir, j'ai décidé d'aller faire un tour dans le parc, mais, sans m'en rendre compte, je me suis de nouveau retrouvé devant ta porte, me demandant comment arriver jusqu'à toi ou de quelle manière te faire sortir.

Cela expliquait sans doute mes rêves équestres. Dans la nuque, l'endroit où il m'avait mordu m'élançait un peu. Comble de l'ironie, où m'avait-il emmenée ? Dans une écurie, bien sûr ! Un vrai roi d'Irlande !

Il serra délicatement ma main.

— J'ai pensé que la force de mon désir finirait par te réveiller. Puis tu es arrivée…

Il s'arrêta, le regard soudain doux et sombre, avant de s'exclamer :

— Bon sang ! Ce que tu étais belle, là-haut, sur les marches, avec tes cheveux dénoués et la silhouette de ton corps sous ta chemise…

Il secoua la tête.

— J'ai cru que je mourrais si je ne te possédais pas tout de suite.

Je tendis la main et la posai sur sa joue.

— Je n'aurais pas voulu avoir ta mort sur la conscience.

Nous aurions sans doute pu parler longtemps ainsi, si un hennissement puissant, suivi de piétinements intempestifs, ne nous avait interrompus. Les chevaux nous faisaient clairement savoir que nous les empêchions de recevoir leur petit déjeuner.

Je laissai retomber ma main, et Jamie se pencha pour ramasser sa veste à demi enfouie dans la paille. Il ne perdit pas l'équilibre, mais je le vis grimacer quand le sang lui monta brusquement à la tête. Je reconnus sans peine les symptômes.

— Tu as beaucoup bu, cette nuit ?

Il se redressa avec un petit grognement amusé.

— Ça se voit tant que ça ?

Une personne moins expérimentée que moi l'aurait deviné à un kilomètre. Sans parler du signe le plus flagrant de sa récente beuverie : il empestait comme une distillerie.

— Apparemment, ça ne t'a pas empêché de gagner au jeu, répondis-je avec tact. Ou peut-être que Phillip Wylie était encore plus soûl que toi ?

Il parut surpris et un peu offensé.

— Tu ne crois tout de même pas que je me suis soûlé pendant la partie ! Alors que tes bagues étaient en jeu ? Non, c'était après. MacDonald a été chercher une bouteille de champagne et une de whisky, puis il a insisté pour qu'on fête dignement nos gains.

— MacDonald ? Donald MacDonald ? Il jouait avec vous ?

— Oui, on faisait équipe contre Wylie et Stanhope. Je ne sais pas ce qu'il vaut comme soldat, mais cet homme a un doigté certain aux cartes !

Le mot « doigté » me fit tiquer. Il était venu jusqu'à la porte de ma chambre. Il n'avait pas dit y être entré. Avait-il été trop soûl pour s'en souvenir ? Était-ce moi qui, emportée par mes rêves de stupre équin, avais imaginé toute la scène ? Impossible. Je chassai le malaise suscité par ce souvenir, préférant me concentrer sur un autre détail de sa remarque.

— Tu as bien dit « nos gains » ?

Sur le moment, j'avais pensé qu'il s'était contenté de récupérer mes bagues, mais je me souvenais à présent que celles-ci n'avaient été que sa mise.

— Qu'est-ce que tu as raflé à Phillip Wylie ? demandai-je en riant. Les boutons de son gilet brodé ? Les boucles en argent de ses souliers ?

Il me regarda avec une expression étrange.

— Non, répondit-il. Son cheval.

Il jeta mon manteau sur mes épaules, glissa un bras autour de ma taille et m'entraîna vers l'allée centrale de l'écurie, passant devant les boxes.

Joshua était entré en silence par l'autre porte et travaillait au fond de la pièce, chargeant une mangeoire de fourchées de foin. Quand nous arrivâmes à sa hauteur, il nous lança un bref regard et nous salua, le visage tout à fait neutre devant notre allure dépenaillée, nos pieds nus, nos cheveux pleins de paille. Même dans la maison d'une aveugle, un esclave savait ne pas voir.

Sa tête baissée indiquait clairement que ce n'était pas ses affaires. Il paraissait aussi fatigué que nous, les yeux rouges et cernés.

— Comment va-t-il ? demanda Jamie avec un signe du menton vers la stalle.

La question sembla le réveiller un peu. Il reposa sa fourche et répondit d'un air satisfait :

— Très bien. C'est vraiment une belle bête, ce Lucas. M. Wylie a bien de la chance.

— Oui, dit Jamie. Sauf qu'à présent, il est à moi.

Joshua le dévisagea d'un air ahuri.

— Il est quoi ?

— À moi.

Jamie s'approcha de la rambarde. Tendant la main pour gratter le front de l'étalon occupé à mâcher du foin, il lui murmura :

— *Seas. Ciamar a tha thu, a ghille mhoir ?*

Je le suivis, observant le cheval par-dessus son bras. Lucas releva la tête un instant et nous examina de son œil rieur, puis il chassa sa crinière qui lui retombait devant le visage et reprit sa mastication d'un air concentré.

— Belle bête, non ? me déclara Jamie.

Il contemplait Lucas d'un air songeur.

— Oui, mais…

Mon admiration était légèrement teintée de consternation. Si Jamie avait voulu se venger de Wylie au centuple, il avait réussi son coup. En dépit de mon irritation pour le jeune marchand, je ne pouvais m'empêcher d'être désolée devant ce que représentait probablement pour lui la perte de son magnifique étalon frison.

— Oui, mais quoi, *Sassenach* ?

— C'est juste que…

Je cherchai mes mots. Compte tenu des circonstances, je ne pouvais pas lui dire que j'avais de la peine pour Wylie.

— Que comptes-tu faire de lui ? demandai-je enfin.

Même moi, je pouvais voir que Lucas n'était pas du tout adapté à la vie à Fraser's Ridge. Le faire labourer la terre ou haler des charges était un sacrilège. Certes, Jamie pouvait toujours le monter, mais… Je fronçai les sourcils en songeant aux pistes cailouteuses et aux ornières boueuses qui mettraient en péril ses pattes si bien tournées et fendraient ses sabots soignés. Les broussailles et les branches basses se prendraient dans sa crinière et sa queue. Ce cannibale de Gideon était infiniment mieux adapté que lui à notre environnement sauvage.

— Oh ! je n'ai pas l'intention de le garder, m'assura Jamie, bien que j'aurais aimé le monter…

Il poussa un soupir de regret.

— Mais il supportera mal la vie chez nous. Non, je compte le revendre.

— Tant mieux !

J'étais soulagée. Wylie rachèterait sûrement son cher étalon, à n'importe quel prix. L'honneur serait sauf et l'argent très bienvenu.

Pendant que nous discutions, Joshua était ressorti. Il réapparut soudain à la porte, un sac de blé en équilibre sur une épaule. Son air abattu avait disparu, faisant place à l'inquiétude.

— Madame Claire ? Je vous demande pardon, mais je viens de croiser Tessa près de la grange. Elle dit que Betty ne va pas bien du tout. J'ai pensé que vous voudriez le savoir.

12

Bain de sang dans le grenier

Le dortoir du grenier semblait avoir été la scène d'un meurtre, et d'un meurtre particulièrement sanglant. Près de son lit retourné, Betty se convulsait de douleur sur le plancher, les genoux fléchis et les poings serrés sur le ventre. La mousseline de sa chemise était déchirée et imbibée de sang. Le Dr Fentiman se tenait à ses côtés, presque autant couvert de sang qu'elle, tentant en vain de la maîtriser.

Le soleil s'était levé et se déversait en faisceaux blafards par les minuscules lucarnes, illuminant des parties du chaos, plongeant le reste du grenier dans une sombre confusion. Les petits lits étaient poussés sur les côtés ou renversés, leurs draps sens dessus dessous. Des souliers usés et des vêtements étaient éparpillés sur le sol, entre les traînées de sang.

Je me précipitai vers Betty, mais avant d'avoir pu la rejoindre, elle fut secouée par un profond gargouillis, crachota et expulsa une nouvelle giclée de sang par la bouche et le nez. Elle se plia en avant, se renversa en arrière, se recroquevilla de nouveau, se raidit... puis se relâcha, toute molle.

Je tombai à genoux à ses côtés, même s'il suffisait d'un seul regard pour comprendre que ses membres étaient retombés dans une inertie terminale, et que rien ni personne ne pourrait les ranimer. Je soulevai sa tête et pressai mes doigts sous sa mâchoire. Ses yeux étaient révulsés. Plus un souffle, plus de pouls dans son cou moite.

À en juger par les quantités de sang répandu sur le sol, il ne devait plus en rester beaucoup dans son corps. Ses lèvres étaient bleues, sa peau couleur de cendres. Agenouillé à ses côtés, Fentiman était livide. Ses bras maigrelets ceignaient le torse massif de la morte, soutenant son corps.

Sans perruque et en chemise de nuit, il avait enfilé à la hâte ses culottes en satin bleu. L'air empestait le sang, la bile et les excréments, trois substances dont il était couvert. Il releva la tête vers moi sans donner l'impression de me reconnaître. Il était encore sous le choc, hagard.

Depuis que Betty avait cessé de se débattre, il régnait dans le grenier un silence absolu, un de ceux qui suivent souvent le passage de la mort. Le briser semblait un blasphème.

— Docteur Fentiman ? appelai-je doucement.

Il cligna des yeux et entrouvrit la bouche, mais aucun son n'en sortit. Il ne bougeait pas malgré la flaque de sang qui se répandait sous lui. Je posai une main sur son épaule. Il était menu, mais raide, empreint de déni. Je comprenais ce qu'il ressentait. Perdre un patient pour lequel on s'est battu est une sensation terrible que tous les médecins connaissent pourtant, un jour ou l'autre. J'exerçai une faible pression avec ma main.

— Vous avez fait tout ce que vous pouviez. Ce n'est pas de votre faute.

Ce qui s'était passé la veille n'avait plus d'importance. C'était un collègue, et je devais lui apporter tout le réconfort possible.

Il passa la langue sur ses lèvres sèches et acquiesça brièvement, puis, avec douceur, il reposa le corps à terre. Un faisceau de lumière éclaira le sommet de son crâne, le faisant luire sous ses cheveux rares et gris, et accentuant encore son aspect fragile. De fait, il me paraissait soudain terriblement frêle. Il me laissa l'aider à se lever sans protester.

Une plainte sourde me fit soudain me retourner. Des servantes se tenaient blotties les unes contre les autres dans la pénombre, l'air atterré et les mains noires tremblantes posées sur le coton blanc de leur chemise. Dehors, dans l'escalier, on entendait des voix masculines, étouffées et anxieuses. Je perçus aussi Jamie qui parlait calmement aux hommes à voix basse, leur expliquant la situation.

J'appelai le premier nom qui me vint à l'esprit.

— Gussie ?

Le groupe d'esclaves resta soudé un moment, puis il se scinda à contrecœur. Craintive, Gussie avança. C'était une jeune Jamaïcaine au teint marron clair, toute menue sous un turban en calicot bleu.

— Madame ?

Elle gardait les yeux fixés sur les miens, veillant à ne pas les baisser vers la forme gisant sur le sol.

— Je descends avec le Dr Fentiman. Je demanderai aux hommes de venir… s'occuper de Betty. Il faudrait nettoyer ça…

Je fis un geste vers les souillures sur le plancher et elle hocha la tête, toujours choquée mais soulagée d'avoir de quoi s'occuper.

— Oui, Madame, on va s'en charger tout de suite. Mais…

Elle hésita, puis redressa la tête vers moi.

— Madame ?

— Oui ?

— Il faut que quelqu'un aille prévenir Phaedre, lui dire ce qui est arrivé à Betty. Vous voulez bien, Madame ?

Surprise, je regardai autour de moi et me rendis compte que Phaedre n'était pas parmi les esclaves regroupées dans le coin. En tant que camériste de Jocasta, elle devait dormir en bas, près de sa maîtresse, même la nuit de ses noces.

— Euh… oui, hésitai-je. Bien sûr, mais…

— Betty est sa maman, dit Gussie en voyant que je ne comprenais pas.

Elle déglutit et ravala ses larmes.

— Il faut la prévenir. Quelqu'un… Je peux y aller, Madame ? Je peux aller le lui dire ?

— Allez-y.

Je m'effaçai devant elle. Elle passa sur la pointe des pieds devant le cadavre, puis elle courut vers la porte, ses pieds nus et calleux résonnant sourdement sur le plancher.

Le Dr Fentiman commençait tout juste à sortir de son état de choc. Il s'écarta de moi et se pencha en esquissant de vagues gestes vers le sol. Baissant les yeux, je constatai que sa mallette médicale avait été renversée dans la bagarre. Des fioles et des instruments de chirurgie jonchaient le sol, dans un fatras d'objets métalliques et de verre brisé.

Avant qu'il ait pu rassembler ses affaires, des éclats de voix retentirent dans l'escalier, et Duncan apparut dans le grenier, suivi de Jamie. Je remarquai au passage qu'il portait toujours sa tenue de marié, sans la veste et le gilet. S'était-il seulement couché ?

Il me salua d'un signe de tête, mais son regard se posa immédiatement sur Betty, couchée sur le dos, sa chemise sanglante froissée autour de ses larges cuisses flasques, un sein sortant du vêtement déchiré, lourd et pendant comme un sac de farine à moitié vide. Il cligna plusieurs fois des yeux, se passa une main sur la moustache et prit une grande inspiration. Il se baissa pour ramasser une couverture sur le sol et la déposa délicatement sur le cadavre.

— Aide-moi à la transporter, *Mac Dubh*, demanda-t-il.

Voyant ce qu'il s'apprêtait à faire, Jamie s'accroupit et souleva le cadavre dans ses bras. Duncan se tourna vers les femmes.

— Ne vous inquiétez pas, dit-il d'une voix douce. Je veillerai à ce qu'on s'occupe bien d'elle.

L'autorité inhabituelle dans le ton de sa voix me fit comprendre que, en dépit de sa modestie naturelle, il avait accepté le fait qu'il était désormais le maître des lieux.

Une fois les hommes partis avec leur fardeau, j'entendis Fentiman pousser un profond soupir. Ce fut comme si tout le grenier expirait avec lui. L'atmosphère était encore chargée de mauvaises odeurs et de peine, mais le choc de la mort violente se dissipait.

Voyant de nouveau Fentiman prêt à ramasser ses affaires, je le pris par le bras.

— Laissez ça. Les femmes s'en chargeront.

Avant qu'il n'ait pu protester, je l'entraînai fermement vers la porte.

La maisonnée était debout. J'entendais des bruits de vaisselle dans la salle à manger et je sentis une vague odeur de saucisses. Je ne pouvais pas lui faire traverser les pièces de réception dans son état, ni l'emmener dans une chambre. Il devait probablement en partager une avec plusieurs hommes, dont certains devaient encore dormir. Faute d'une meilleure idée, je le conduisis dehors, m'arrêtant pour décrocher un autre manteau de servante des patères, près de la porte de service, et le lui jeter sur les épaules.

Ainsi Betty était – ou avait été – la mère de Phaedre. Je n'avais pas beaucoup connu la morte, mais je connaissais Phaedre, et mon cœur se serra en pensant à sa douleur. Je ne pouvais rien faire pour elle pour le moment, mais au moins, je pouvais peut-être aider le médecin.

Toujours silencieux, il me suivit lentement dans l'allée qui bordait l'une des pelouses, cachée des regards par le mausolée en marbre blanc d'Hector Cameron et sa haie d'ifs taillés. Le banc de pierre sous les saules me semblait l'endroit idéal, personne n'y viendrait si tôt le matin.

De fait, l'endroit était désert. Seuls deux verres de vin témoignaient des festivités de la veille. Je me demandai brièvement s'il y avait eu ici un rendez-vous galant, ce qui me rappela ma propre aventure nocturne. Dieu qu'il était énervant de ne pas savoir à qui avaient appartenu ces mains !

Repoussant cette question lancinante – et les verres abandonnés –, je m'assis et fis signe au docteur d'en faire autant. Il faisait frisquet, mais le banc étant en plein soleil, les rayons réchauffaient mon visage. L'air frais semblait faire du bien à Fentiman. Ses joues avaient retrouvé un peu de couleurs, et son nez son teint rose habituel.

— Vous vous sentez mieux ?

Il acquiesça, resserrant le manteau autour de son cou de moineau.

— Oui. Je vous remercie, madame Fraser.

Prenant le ton le plus convivial possible, je lançai :

— Ça vous fiche un sacré coup, n'est-ce pas ?

Il ferma les yeux et secoua la tête.

— Oui, un très sale coup. Je n'aurais jamais pensé…

Il n'acheva pas sa phrase. Je me tus moi aussi. Je savais qu'il aurait besoin d'en parler tôt ou tard, mais il était inutile de le brusquer.

— C'était généreux de votre part de venir si vite, déclarai-je au bout d'un moment. Je vois qu'ils vous ont sorti du lit. Son état s'est aggravé brusquement ?

— Oui. Pourtant, j'aurais juré qu'elle allait mieux après la saignée d'hier soir.

Il se frotta le visage des deux mains, puis cligna des yeux.

— Le majordome m'a réveillé juste avant l'aube. Quand je suis monté, je l'ai trouvée qui se tenait le ventre, se plaignant de crampes. Je lui ai fait une autre saignée, puis je lui ai administré un clystère, sans aucun succès.

— Un clystère ?

Ces lavements étaient des remèdes très prisés. Certains étaient relativement inoffensifs, d'autres franchement corrosifs.

— Oui, à la teinture de *nicotiana*. Dans la plupart des cas de dyspepsie, cela donne généralement de très bons résultats.

Je répondis par un silence. Une solution à base de tabac administrée par voie rectale était probablement assez efficace contre des parasites intestinaux tels que des oxyures, mais je doutais qu'elle ait un effet quelconque sur une indigestion. Cependant, elle n'aurait pas pu provoquer une telle hémorragie non plus.

Je posai mes coudes sur mes genoux et appuyai mon menton dans mes mains, perplexe.

— C'est incroyable ce qu'elle a pu saigner. Je crois que je n'avais encore rien vu de pareil.

— En effet. Si... si seulement j'avais pensé...

Je me penchai sur lui et posai une main sur son bras.

— Je suis sûre que vous avez fait tout ce que vous pouviez. Elle ne crachait pas de sang quand vous l'avez quittée la nuit dernière, n'est-ce pas ?

— Non. Mais il n'empêche que je m'en veux. Sincèrement.

— C'est normal. On a toujours l'impression qu'on aurait pu faire encore plus.

Surpris par le ton de ma voix, il se tourna vers moi. Sa tension se relâcha un peu.

— Vous avez... une nature généreuse et compréhensive, madame Fraser.

Je lui souris sans un mot. Il était peut-être ignorant, arrogant et intempérant, mais il était accouru au chevet de sa malade et s'était battu pour elle jusqu'au bout, au mieux de ses compétences. Cela en faisait un vrai médecin à mes yeux et, à ce titre, il méritait toute ma compassion.

Au bout d'un moment, il posa sa main sur la mienne. Nous restâmes assis en silence, regardant glisser devant nous la rivière brune et trouble chargée de limon. Le banc en pierre me glaçait les fesses et la brise matinale s'insinuait sous ma chemise, mais j'étais trop préoccupée pour me soucier de ces gênes mineures. Je pouvais sentir le sang séché sur ses vêtements et revoyais sans cesse la scène dans le grenier. Mais de quoi diable était morte cette femme ?

Je le questionnai avec tact, essayant de lui soutirer des détails révélateurs qu'il aurait pu remarquer, mais ils ne me furent guère utiles. Déjà pas très observateur en temps normal, il l'était encore moins sorti du lit en pleine nuit pour se rendre dans un grenier sombre. Néanmoins, il se fit plus disert, se libérant progressivement de sa sensation d'échec personnel, souvent le prix à payer par les médecins qui croient en ce qu'ils font.

— J'espère que Mme Cameron – je veux dire Mme Innes – ne pensera pas que j'ai trahi son hospitalité.

Cela pouvait paraître une étrange manière de présenter les choses. D'un autre côté, Betty avait effectivement été la « propriété » de Jocasta. Au-delà de l'impression d'avoir échoué, il envisageait sans doute aussi la possibilité qu'elle le tienne pour personnellement responsable de la mort de son esclave et qu'elle réclame une compensation.

— Je suis sûre qu'elle se rendra compte que vous n'avez rien pu faire, le consolai-je. Si vous le souhaitez, je le lui expliquerai.

Fentiman serra ma main dans un élan de gratitude.

— Chère madame Fraser, vous êtes aussi bonne que ravissante.

— Vous trouvez, docteur ?

Une voix mâle et glaciale venait de s'élever derrière nous. Je fis un bond, laissant retomber la main de Fentiman, comme si c'était un câble sous haute tension. Faisant volte-face, je découvris Phillip Wylie, adossé au tronc d'un saule, nous examinant avec un sourire sardonique.

— Je dois dire que « bonne » n'est pas vraiment le premier mot qui me vient à l'esprit. « Dévergondée » peut-être, « légère » très certainement. Quant à « ravissante », je vous le concède aisément.

Son regard se promena sur mon corps avec une insolence que j'aurais trouvée totalement déplacée, si je ne m'étais soudain rendu compte qu'il nous avait surpris assis, main dans la main, dans une tenue des plus compromettantes, tous deux encore en chemise, presque déshabillés.

Je me redressai dans toute ma dignité et serrai mon manteau autour de moi. Son regard s'arrêta longuement sur mes seins. Je croisai les bras sous ma poitrine, bombant le torse d'un air de défi.

— Vous vous égarez, monsieur Wylie, dis-je le plus froidement possible.

Il éclata de rire, sans pour autant sembler trouver ma remarque drôle.

— Moi, je m'égare ? Et vous, madame, vous n'auriez rien égaré ? Comme votre robe, par exemple ? Vous n'avez pas un peu froid, dévêtue de la sorte ? À moins que les soins de notre bon docteur ne vous aient suffisamment réchauffée ?

Fentiman, aussi choqué que moi par l'apparition subite de Wylie, s'était levé à son tour. Il vint se placer devant moi, ses joues maigres frémissantes de fureur.

— Comment osez-vous, monsieur ! Comment avez-vous l'infernale présomption de vous adresser ainsi à une dame ? Si j'étais armé, je vous défierais sur l'instant, je le jure !

Le regard de Wylie me quitta un instant pour se porter sur mon défenseur. Ce n'est qu'alors qu'il remarqua le sang sur ses jambes et ses culottes. Sa moue cynique devint moins assurée.

— Je... mais... que vous est-il arrivé ?

— Cela ne vous concerne pas, monsieur.

Fentiman était hérissé comme un coq nain, raide et les narines palpitantes de colère. Il me présenta son bras non sans une certaine grandeur.

— Venez, madame Fraser. Vous n'avez pas besoin d'être exposée aux jappements insultants de ce chiot hargneux. Permettez-moi de vous escorter auprès de votre mari.

En entendant le mot « chiot », le visage de Wylie vira au rouge violacé. Si tôt le matin, il ne portait ni fard ni poudre. Il se gonfla comme une grenouille enragée.

Je fus prise d'une terrible envie de rire, mais je parvins à me retenir. Me mordant la lèvre, j'acceptai le bras du médecin. Il m'arrivait presque à l'épaule, mais cela ne l'empêcha pas de pivoter sur ses talons nus et de nous entraîner vers la maison avec la dignité martiale d'un brigadier.

En jetant un œil par-dessus mon épaule, je vis Wylie toujours au pied du saule, qui nous regardait nous éloigner. Je lui adressai un petit au revoir de la main. Mon alliance en or luisit au soleil et le fit se raidir encore un peu plus.

— J'espère que nous n'arriverons pas trop tard pour le petit déjeuner, dit Fentiman sur un ton joyeux. Je crois bien que j'ai retrouvé mon appétit.

13

Suspicion

Après le petit déjeuner, les invités commencèrent à partir. Jocasta et Duncan, debout sur la terrasse – l'image même du couple uni – souhaitaient bonne route à leurs hôtes, tandis qu'une procession de voitures et de carrioles roulait au pas dans l'allée. Ceux qui vivaient en aval de la rivière attendaient sur l'embarcadère, les dames s'échangeant des recettes et les derniers ragots. Les messieurs allumaient leurs pipes en se grattant la tête, soulagés de leurs vêtements de fête inconfortables et de leurs perruques. Passablement épuisés, l'air hagard et les yeux rouges, leurs domestiques étaient assis sur les piles de bagages.

— Tu as l'air fatigué, maman.

Brianna n'avait pas l'air non plus au mieux de sa forme. Roger et elle n'avaient pratiquement pas dormi de la nuit. Une vague odeur de camphre se dégageait de ses vêtements.

— Je me demande bien de quoi, répliquai-je en réprimant un bâillement. Comment va Jemmy ce matin ?

— Il renifle encore un peu, mais il n'a plus de fièvre. Il a mangé du porridge ce matin et il...

Je hochai la tête machinalement, puis l'accompagnai pour examiner le bébé qui, en dépit de son nez coulant et d'une légère hébétude due à la fatigue, avait retrouvé son exubérance joyeuse naturelle. Cela me rappela une sensation d'autrefois, quand je prenais l'avion entre les États-Unis et l'Angleterre : le syndrome du décalage horaire. J'avais l'étrange impression d'être à la fois consciente et lucide sans être solidement ancrée dans mon corps.

Gussie veillait sur le bébé. Comme à peu près tout le monde sur la plantation, elle était pâle avec les traits tirés, mais son état était probablement dû plus au chagrin qu'à la gueule de bois. Tous les esclaves étaient très affectés par la mort de Betty. Ils vaquaient à leurs occupations comme à l'accoutumée, mais ils ne parlaient presque pas et gardaient le visage sombre.

Une fois terminé l'examen des oreilles et de la gorge de Jemmy, j'interrogeai la jeune servante.

— Gussie, vous vous sentez bien ?

Elle sursauta, l'air désorienté. Peut-être lui posait-on ce genre de question pour la première fois…

— Oh, oh, oui, Madame ! Bien sûr.

Elle lissa son tablier des deux mains, visiblement gênée par mon regard.

— Bien, dans ce cas, je vais aller examiner Phaedre.

J'étais rentrée dans la maison avec le Dr Fentiman. Je l'avais confié à Ulysse en priant celui-ci de le nourrir et de le coucher. Puis, j'étais partie à la recherche de Phaedre, après m'être débarbouillée et habillée, ne voulant pas me présenter devant elle souillée du sang de sa mère.

Je l'avais trouvée dans l'office d'Ulysse, l'air hébété et assise sur le tabouret où le majordome lustrait habituellement l'argenterie, un grand verre de cognac devant elle, intact. Teresa, une autre esclave, lui tenait compagnie. En me voyant apparaître, elle avait poussé un soupir de soulagement et était venue à ma rencontre.

— Elle ne va pas fort, Madame, me murmura-t-elle. Elle n'a pas dit un mot et n'a même pas versé une larme.

Le beau visage de Phaedre semblait sculpté dans un bois fruitier. D'ordinaire d'une délicate couleur cannelle, son teint s'était changé en un marron pâle ligneux. Ses yeux fixaient le mur blanc, de l'autre côté de la porte ouverte de l'office.

Je posai une main sur son épaule. Elle était chaude, mais si raide et si dure qu'on aurait dit une pierre chauffée par le soleil.

— Je suis désolée, dis-je doucement. Sincèrement désolée. Le Dr Fentiman est allé la voir dès qu'il a appris. Il a fait tout son possible.

C'était la vérité. Je n'avais pas besoin de lui dire ce que je pensais des compétences du médecin. Qui plus est, cela n'avait plus d'importance.

Pas de réponse. Phaedre respirait. Je distinguais les mouvements de sa poitrine, mais rien de plus.

Je me mordis l'intérieur de la joue, cherchant désespérément quelque chose ou quelqu'un pour la réconforter. Jocasta ? Savait-elle seulement que Betty était morte ? Duncan était évidemment au courant, mais peut-être avait-il préféré attendre que tous les invités soient partis avant de le lui annoncer. Une autre idée traversa soudain mon esprit.

— Le prêtre... Veux-tu que le père LeClerc bénisse le corps de ta mère ?

C'était un peu tard pour l'extrême-onction, mais j'étais sûre que le jésuite accepterait de faire un geste pour la réconforter. Il n'était pas encore parti. Je venais de l'apercevoir dans la salle à manger, finissant un plat de côtelettes de porc et d'œufs sur le plat.

L'épaule sous ma main trembla imperceptiblement. Impassible, l'esclave leva vers moi ses sombres yeux opaques.

— À quoi bon ? murmura-t-elle.

— Euh... eh bien...

Je cherchai vainement une réponse, mais elle s'était déjà détournée, fixant une tache sur le bois de la table.

En désespoir de cause, je lui avais donné une faible dose de laudanum – essayant d'ignorer l'ironie de la situation –, puis Teresa l'aida à se coucher dans son lit habituel, dans le cabinet de toilette attenant au boudoir de Jocasta.

Je m'y rendis après m'être assurée de la bonne santé de Jemmy. La petite pièce n'avait pas de fenêtre. Elle sentait l'amidon, le fer à friser et l'eau de toilette fleurie de Jocasta. Une immense armoire et son chiffonnier assorti se dressaient d'un côté, face à une coiffeuse. Le lit étroit de Phaedre prenait place derrière un paravent.

Le son de sa respiration lente et profonde me rassura. En silence, je m'approchai d'elle. Couchée en chien de fusil, les genoux fléchis, elle me tournait le dos.

Brianna, qui était entrée derrière moi, regarda pardessus mon épaule, son souffle chaud me chatouillant l'oreille. Je lui fis signe que tout allait bien.

De retour dans le boudoir, Brianna s'arrêta un instant et, de manière soudaine, me serra contre elle. Dans la pièce voisine inondée de lumière, Jemmy venait de s'apercevoir que sa mère n'était plus là et se mit à crier :

— Ma-ma ! Ma ! Ma-Ma !

Il était temps que je mange un morceau, mais les odeurs du grenier et le parfum d'eau de toilette qui s'attardaient à l'arrière de mes sinus m'avaient coupé l'appétit. Quelques invités traînaient encore dans la salle à manger. Amis intimes de Jocasta, ils resteraient à River Run encore quelques jours. Je les saluai au passage, refusant leurs invitations à me joindre à eux, et mis le cap sur les escaliers menant au deuxième étage.

La chambre était vide, les matelas mis à nu et les fenêtres grandes ouvertes pour aérer la pièce. L'âtre avait été balayé. Il faisait froid, mais il y régnait un calme béni.

Ma propre cape était toujours accrochée dans la penderie. Je m'en enveloppai, m'allongeai sur mon lit et m'endormis instantanément.

Juste avant le coucher du soleil, je me réveillai, morte de faim, à la fois étrangement rassurée et mal à l'aise. Je compris aussitôt pourquoi j'étais plus calme : l'odeur de sang et de fleurs avait disparu, remplacée par celle de la crème à raser et du linge frais. La lumière dorée qui filtrait par la fenêtre faisait briller un long cheveu cuivré dans le creux du matelas, à mes côtés, là où avait reposé la tête de quelqu'un. Jamie était venu dormir près de moi.

Comme pour me le confirmer, la porte s'ouvrit, et son visage souriant apparut. Il était rasé, peigné, habillé de propre et le regard clair. Toute trace de la nuit précédente semblait effacée de son visage, excepté son expression quand il me dévisagea. J'étais fripée et pas très fraîche. La tendresse dans son regard me réchauffa le cœur.

— Enfin réveillée, *Sassenach* ? Tu as bien dormi ?

— Comme une morte, répondis-je sans réfléchir.

En m'entendant parler, je sentis un pincement au ventre. Jamie lut mon désarroi sur mes traits et vint s'asseoir tout près, sur le lit.

— Que se passe-t-il ? Tu as fait un cauchemar ?

— Pas exactement, répondis-je lentement.

De fait, je ne me souvenais pas d'avoir rêvé. Pourtant, mon esprit semblait avoir tourné à plein régime dans les profondeurs de l'inconscience, prenant des notes et faisant des déductions. À présent, aiguillonné par le mot « morte », il venait de me présenter ses conclusions, ce qui expliquait le sentiment de malaise à mon réveil.

— Cette femme, Betty… ils l'ont déjà enterrée ?

— Non. Ils ont lavé son corps et l'ont entreposé dans une remise. Jocasta a voulu attendre demain matin afin de ne pas troubler ses invités. Certains couchent encore ici cette nuit.

Il fronça les sourcils, me dévisageant avec attention.

— Pourquoi ?

Je me frottai le visage, moins pour me réveiller que pour rassembler mes idées.

— Il y a quelque chose qui cloche. À propos de sa mort.

— Qui cloche, mais dans quel sens ? C'est une fin particulièrement atroce, mais tu veux parler d'autre chose, n'est-ce pas ?

— En effet.

Mes mains étaient glacées. Je les tendis machinalement vers les siennes pour les réchauffer.

— Je veux dire... je ne pense pas qu'il s'agisse d'une mort naturelle. On l'a tuée.

Ainsi lâchées, mes paroles restèrent en suspens dans l'air, entre nous deux. Ses sourcils se rapprochèrent et il pinça les lèvres, méditatif. Je remarquai toutefois qu'il ne rejetait pas l'idée d'emblée, ce qui renforça encore ma conviction.

— Qui ? demanda-t-il enfin. Tu es sûre de toi, *Sassenach* ?

— Je n'en ai pas la moindre idée et, non, je n'en suis pas sûre et certaine.

J'hésitai, mais il exerça une légère pression sur mes mains, m'encourageant.

— J'ai été infirmière, médecin, guérisseuse. J'ai vu tant de gens mourir de tout un tas de choses, Jamie... Je n'arrive pas à expliquer exactement ce qui me paraît anormal, mais, maintenant que j'ai l'esprit bien reposé par de bonnes heures de sommeil, je sais... je crois... qu'il y a vraiment quelque chose de pas net là-dessous.

Mes arguments n'étaient pas très convaincants. La lumière baissant, les recoins de la chambre projetaient des ombres étirées. Je frissonnai, me raccrochant à Jamie.

— Je vois, dit-il doucement. Mais, n'y a-t-il pas un moyen de t'en assurer ?

La fenêtre était encore entrouverte. Une bourrasque gonfla soudain les rideaux et le froid hérissa le duvet de mes bras.

— Si, peut-être, répondis-je.

14

Une nuit laborieuse

La dépendance où ils avaient entreposé le corps de Betty était assez éloignée de la maison : il s'agissait d'une petite remise à outils attenante au jardin potager. Le croissant de lune était encore bas dans le ciel, mais il diffusait assez de lumière pour permettre de distinguer l'allée en brique. Les poiriers en espalier étendaient leurs branches noires sur le mur, comme une toile d'araignée. Quelqu'un avait creusé un trou récemment. Je sentis l'odeur humide de la terre fraîchement retournée et frémis en songeant aux vers et à la pourriture.

Jamie posa une main dans mon dos.

— Ça va aller, *Sassenach* ?

— Oui, bien sûr.

Je saisis néanmoins sa main libre pour m'apaiser. Ils n'allaient tout de même pas enterrer Betty dans le potager. La fosse devait être destinée à quelque chose de plus prosaïque, comme un carré d'oignons ou de petits pois. Cette idée me réconforta, mais bien peu. Rongée par l'appréhension, j'avais toujours les nerfs à fleur de peau.

Jamie lui-même était loin d'être à l'aise, même s'il s'efforçait de paraître détendu. La mort lui était familière et ne lui faisait pas peur outre mesure. Toutefois, catholique et celte, il croyait fermement en un autre monde invisible s'étendant au-delà de la dissolution des corps. Il acceptait implicitement l'existence des *tannasgeach* – les esprits – et ne tenait pas à en croiser un. Néanmoins, puisque j'étais déterminée, il braverait l'au-delà pour moi. Il serra fort ma main et ne la lâcha plus.

Je lui étais très reconnaissante d'être présent à mes côtés. Outre la question discutable de ce que penserait de mes intentions le fantôme de Betty, je savais que l'idée d'une mutilation délibérée le perturbait profondément, même s'il était tout à fait conscient qu'un corps sans vie n'était ni plus ni moins qu'un amas de glaise.

Plus tôt dans la soirée, alors que nous débattions encore du projet, il m'avait déclaré :

— Voir des hommes se faire mettre en pièces sur un champ de bataille est une chose, *Sassenach*. C'est la guerre, et aussi cruel que cela puisse paraître, cela reste honorable. Mais découper de sang-froid et avec un couteau de cuisine une malheureuse innocente… Tu es sûre que c'est absolument nécessaire ?

— Oui.

J'avais gardé les yeux fixés sur le contenu du sac que je préparais. Un grand rouleau de charpie pour absorber les liquides, plusieurs flacons pour prélever des échantillons, ma plus grosse scie à amputation, plusieurs scalpels, un gros sécateur, un couteau récemment affûté emprunté aux cuisines… Certes, l'assortiment était assez effrayant. J'enveloppai le sécateur dans une serviette pour éviter qu'il ne cliquette contre les autres instruments, le plaçai dans le sac, puis déclarai, en pesant mes mots :

— Jamie, je sais qu'il y a anguille sous roche. Or, si Betty a été assassinée, nous lui devons de découvrir comment et pourquoi. Mets-toi à sa place, tu ne voudrais pas qu'on recherche ton assassin ? Et être... vengé ?

Il était resté silencieux un long moment, l'air de réfléchir intensément. Puis ses traits s'étaient détendus.

— Si, avait-il enfin répondu.

Il avait saisi la scie et l'avait emballée dans un linge.

Il n'avait plus émis aucune objection, ni même demandé une dernière fois si j'étais certaine de ce que j'avançais. Il avait simplement déclaré que, si je devais le faire, alors il viendrait avec moi.

À vrai dire, j'étais très loin d'être sûre de moi. Betty aurait pu être victime d'un accident. Je pouvais m'être trompée. Si ce n'était que la simple hémorragie d'un ulcère à l'œsophage ? La rupture d'un anévrisme dans la gorge ? Quelque aberration physiologique inhabituelle mais naturelle ? Et si je m'entêtais uniquement pour me prouver mes compétences en matière de diagnostic ?

Relevant les épaules, je resserrai autour de mon cou ma cape gonflée par le vent. Non, ce n'était pas une mort naturelle, je le savais. Je n'aurais pas su dire comment elle était survenue, mais, par chance, Jamie ne me l'avait pas demandé.

Un souvenir me revint brusquement à l'esprit, celui de Joe Abernathy, un sourire de défi illuminant son visage jovial, fouillant dans un carton rempli d'ossements et déclarant : « Je voudrais voir si tu t'y prends aussi bien avec un mort, lady Jane. »

Je lui avais démontré que j'étais à la hauteur. Il m'avait tendu le crâne, et l'image de Geillis Duncan s'était répandue en moi comme de l'azote liquide.

— Tu n'es pas obligée de le faire, Claire, répéta Jamie à mes côtés. Je ne considérerais pas ce refus comme de la lâcheté de ta part.

Sa voix était douce et grave, à peine audible dans le vent.

— Moi si.

Cette question étant réglée, il lâcha ma main et passa devant moi pour ouvrir la grille.

Il s'arrêta et, dans la pénombre, je le vis tourner la tête sur le côté, tendant l'oreille. La lanterne sourde qu'il tenait sentait l'huile chaude. La faible lueur qui s'échappait du panneau ajouré parsemait la cape de Jamie de minuscules points de lumière. Je fis volte-face à mon tour et contemplai la maison. En dépit de l'heure tardive, des chandelles brûlaient dans un des petits salons, où une partie de cartes s'éternisait. Lorsque le vent tourna, je surpris un vague bourdonnement de voix, puis un éclat de rire. Les fenêtres des étages étaient presque toutes noires, sauf les deux de la chambre de Jocasta.

— Ta tante veille tard, chuchotai-je à Jamie.

Il leva les yeux vers les fenêtres.

— Non, répondit-il. C'est Duncan. Ma tante n'a pas besoin de lumière.

— Il lui fait peut-être la lecture au lit, suggérai-je.

Cette tentative pour alléger l'atmosphère ne fonctionna qu'à moitié. Tendu, Jamie rit furtivement, puis soulevant le loquet de la grille, il la poussa. De l'autre côté nous attendait une étendue de noir absolu. Je tournai le dos à la maison et entrai, me sentant comme Perséphone descendant au royaume des morts.

Jamie referma derrière nous, me tendit la lanterne, puis s'enfonça de quelques pas dans le noir. Il faisait si sombre que je devinais sa silhouette plus que je ne la voyais. J'entendis un bruissement d'étoffe puis un bruit caractéristique.

— Qu'est-ce que tu fais ?

— Je pisse sur les montants de la grille. On fera ce qu'on a à faire, mais je ne tiens pas à ramener quelque chose avec moi dans la maison.

À mon tour, je pouffai de rire. Mais quand il insista pour répéter son rituel sur la porte de la remise, je ne protestai pas. Fruit de mon imagination ou pas, la nuit semblait habitée, comme si des ombres invisibles se déplaçaient dans les ténèbres, chuchotant dans le vent.

Se retrouver à l'intérieur fut presque un soulagement, malgré l'atmosphère dense qui y régnait. Les odeurs de la mort se mêlaient à celles de la rouille, du foin pourri et du bois mildiousé. Jamie fit coulisser le panneau métallique de la lanterne sourde, et la lumière inonda soudain les recoins de la remise.

Ils avaient couché le corps de la servante sur une planche posée sur deux tréteaux. Elle avait été lavée et enveloppée d'un linceul en coton blanc. Près d'elle se trouvaient une miche de pain et un verre d'eau-de-vie. Un petit bouquet d'herbes séchées et soigneusement nouées reposait sur le linceul, juste au niveau du cœur. Ces offrandes devaient être celles des autres esclaves. Jamie se signa avant de me lancer un sévère regard de mise en garde.

— Toucher à ces objets porte malheur.

— Je suis sûre qu'ils ne se retournent contre soi que si on les vole. Je les remettrai en place dès que j'aurai fini.

Toutefois, je me signai à mon tour avant de les prendre un à un et de les déposer dans un coin.

— Mmphm. Attends, *Sassenach*. Ne l'examine pas tout de suite.

Il fouilla dans les poches de sa cape et en sortit une fiole. Il la déboucha, puis, un doigt sur le goulot, il l'agita au-dessus du cadavre en murmurant une prière en gaélique. Je reconnus une invocation à saint Michel pour nous protéger des démons, des goules et de toutes les choses effrayantes qui errent dans la nuit. Très utile.

— C'est de l'eau bénite ? demandai-je, médusée.

— Naturellement. C'est le père LeClerc qui me l'a donnée.

Il dessina une croix au-dessus de la morte, puis il posa brièvement la main sur le drap blanc au niveau de la courbe du front, avant de me donner le signal, à contrecœur, de me mettre au travail.

Je sortis un scalpel de mon sac et défis soigneusement la couture du linceul. J'avais apporté une grosse aiguille et du fil ciré pour recoudre le corps plus tard. Avec un peu de chance, je pourrais également réparer le drap, afin d'effacer toute trace de mon passage.

Le visage de Betty était pratiquement méconnaissable. Ses joues rondes étaient affaissées, sa peau grise, ses lèvres et ses oreilles violettes. Cela me facilita la tâche. Ce corps n'était qu'une coquille vide et non la représentation de la femme que j'avais connue. Si Betty était encore dans les parages, elle ne verrait aucune objection à me voir agir ainsi. De cela, je ne doutais pas.

Jamie marmonna quelques mots en gaélique, puis il se tut, tenant haut la lanterne pour me permettre de travailler. Elle projetait son ombre sur le mur de la remise, gigantesque et inquiétante dans la lueur vacillante. Je me détournai, me concentrant sur ma mission.

Même les autopsies les plus modernes et hygiéniques relèvent de la simple boucherie. Ce que je faisais était encore pire en raison de l'absence de lumière, d'eau et d'instruments adéquats.

— Tu n'es pas obligé de regarder, Jamie.

Je reculai d'un pas pour m'essuyer le front sur mon avant-bras. En dépit du froid, mes efforts pour fendre le plexus me faisaient transpirer. L'air était chargé des odeurs fétides du corps ouvert.

— Il y a un clou dans le mur, poursuivis-je. Tu peux y accrocher la lanterne et attendre dehors.

— Ça ira, *Sassenach*. Qu'est-ce que c'est ? dit-il en se penchant en avant et en pointant l'index.

Sa moue dégoûtée avait cédé la place à un air intrigué.

— La trachée et les bronches. Et là, tu as un bout de poumon. Puisque tu tiens le coup, tu ne pourrais pas, s'il te plaît, approcher la lumière un peu plus par ici ?

Sans écarteur, je ne pouvais pas ouvrir suffisamment la cage thoracique pour examiner la totalité des poumons, mais j'en voyais assez pour éliminer différentes possibilités. Leur surface était noire et granuleuse. Âgée d'une quarantaine d'années, Betty avait passé sa vie dans un environnement chargé de fumée de cheminées. Soulevant du bout de mon scalpel la fine membrane pleurale à moitié transparente, j'expliquai :

— Toutes les saletés que tu inspires sans les expulser ensuite en toussant – comme le tabac, la fumée, la suie, le smog, etc. – finissent par s'accumuler entre le tissu pulmonaire et la plèvre. Comme le corps ne peut pas s'en débarrasser complètement, elles restent là. En revanche, les poumons d'un enfant sont propres et tout roses.

Jamie toussota par réflexe.

— Les miens ressemblent à ça ? Qu'est-ce que le « smog » ?

— L'air dans des villes comme Édimbourg, où la fumée se mêle à la brume engendrée par le fleuve.

Je parlais de manière détachée, grognant un peu en écartant les côtes et scrutant la cavité sombre.

— Les tiens sont sans doute dans un meilleur état, dans la mesure où tu as longtemps vécu en plein air et dans des endroits non chauffés. Les poumons propres sont une des compensations d'une vie sans feu.

— C'est toujours bon à savoir. Mais je suppose que, si on leur donne le choix, la plupart des gens préféreront avoir chaud et tousser.

Je souris tout en incisant le lobe supérieur du poumon droit. Aucune trace d'hémorragie. Pas de sang dans les voies respiratoires non plus. Aucun signe d'embolie pulmonaire. Pas d'épanchement sanguin dans la poitrine ni dans la cavité abdominale, hormis quelques traces d'infiltration. Le sang a coagulé peu après la mort, puis il se liquéfie de nouveau progressivement.

— Passe-moi encore un peu de charpie, s'il te plaît.

Compte tenu de la façon dont elle était morte, personne ne serait surpris de voir un peu de sang sur le linceul, mais je ne tenais pas à laisser trop de taches suspectes. Elles inciteraient des curieux à regarder ce qu'il y avait en dessous.

En me penchant pour prendre les morceaux de tissus, je posai accidentellement la main sur le flanc du cadavre. Celui-ci grogna sourdement. Jamie fit un bond en poussant un cri de surprise, faisant vaciller la lampe dans tous les sens.

Mon cœur battait à tout rompre et la sueur sur mon front me parut soudain glacée.

— Ce n'est rien, le rassurai-je. Ce n'est que du gaz emprisonné. Les cadavres émettent parfois ces drôles de bruits, mais c'est parfaitement normal.

Jamie stabilisa la lanterne.

— Oui, je sais, dit-il. Je l'ai souvent observé. Mais on s'y laisse prendre chaque fois, pas vrai ?

Il me sourit. Une fine couche de transpiration luisait sur son front.

Il me vint à l'esprit qu'il avait vu plus que son lot de cadavres au cours de sa vie, tous plus ou moins frais, et qu'il était au moins autant que moi familiarisé avec le phénomène de la mort. Je reposai prudemment ma main au même endroit, mais aucun autre son n'en sortit. Je repris mon examen.

L'autre différence entre cette autopsie improvisée et sa forme moderne était l'absence de gants. J'avais du sang jusqu'aux poignets. Les organes et les membranes que j'écartai avaient une consistance visqueuse désagréable. Malgré le froid dans la remise, le processus inexorable de la décomposition avait commencé. Je glissai une main sous le cœur et le levai vers la lumière, cherchant des décolorations à sa surface ou la rupture visible de gros vaisseaux.

— Ils remuent aussi, de temps en temps, reprit Jamie au bout d'un moment.

Une note étrange dans sa voix me surprit et me fit redresser la tête vers lui. Ses yeux étaient fixés sur le visage de Betty, mais, à leur air distant, il était évident qu'il voyait quelqu'un d'autre.

— Qui remue ?

— Les morts.

La peau de mes bras se hérissa. Il me donnait la chair de poule. Il avait raison, certes, mais j'aurais préféré qu'il choisisse un autre moment pour faire ce genre d'observation.

— C'est vrai, dis-je avec le plus de détachement possible. C'est un phénomène courant lors des autopsies. Généralement, c'est juste un déplacement des gaz.

— Une fois, j'ai vu un mort se redresser en position assise.

— Quoi ? Dans son cercueil lors d'une veillée funèbre ? Il n'était pas vraiment mort ?

— Non, dans un feu. Il était bien mort.

Son regard semblait totalement tourné vers l'intérieur. Quoi qu'il ait vu, il le revoyait encore.

— Après Culloden, les Anglais ont brûlé les Highlanders morts qu'ils avaient ramassés sur le champ de bataille. On pouvait sentir les bûchers, mais je ne les ai vus qu'une fois caché dans la carriole qui me ramenait chez moi.

Il était couché sous un tas de foin, le nez pressé contre une fente entre les planches pour pouvoir respirer. Le conducteur avait fait un détour pour éviter les questions des troupes stationnées près de la ferme. À un moment donné, il avait dû s'arrêter pour laisser passer un convoi de soldats.

— Un bûcher brûlait à quelques mètres de moi. Il venait d'être allumé, car les vêtements des morts commençaient tout juste à noircir. J'ai vu Graham Gillespie couché sur la pile. Il était indubitablement mort, je voyais le trou d'une balle de pistolet dans sa tempe.

La charrette avait attendu ce qui avait paru à Jamie une éternité, même si, entre la douleur et la fièvre, il n'avait plus vraiment eu la notion du temps. Tandis qu'il regardait Gillespie, celui-ci s'était brusquement redressé dans les flammes et avait tourné la tête.

— Graham me fixait droit dans les yeux. Si j'avais été dans mon état normal, j'aurais sûrement poussé un cri de terreur. Mais, vu les circonstances, ça m'a paru... comme un geste amical de sa part.

Il y avait à la fois une note d'amusement et de gêne dans sa voix.

— Comme s'il me disait que, finalement, être mort n'était pas si terrible que ça, ou comme s'il me souhaitait la bienvenue en enfer.

— Contraction cadavérique, dis-je, absorbée dans mon exploration de l'appareil digestif. Le feu contracte les muscles, et les membres se tordent parfois dans des positions très réalistes. Tu peux approcher la lumière ?

J'avais dégagé l'œsophage et l'ouvris minutieusement en deux, retournant le tissu flasque. La partie inférieure était légèrement irritée et contenait du sang, mais je ne voyais aucun signe de déchirure ni d'hémorragie. Je me penchai sur la cavité pharyngale en plissant les yeux, mais il faisait trop sombre pour voir quoi que ce soit. N'étant pas équipée pour faire un examen approfondi, je décidai de me concentrer sur l'autre extrémité, glissant une main sous l'estomac et le soulevant.

Aussitôt, le trouble qui m'habitait depuis le début s'intensifia. S'il y avait anguille sous roche, c'était là que j'en trouverais la preuve. La logique autant que mon sixième sens me l'indiquaient.

L'estomac ne contenait pas d'aliments. Après des vomissements aussi intenses, cela n'avait rien d'étonnant. Toutefois, lorsque j'incisai l'épaisse paroi musculaire, une forte odeur âcre d'ipéca s'éleva au-dessus des miasmes.

Devant mon exclamation, Jamie se pencha en avant :

— Que se passe-t-il ?

— De l'ipéca. Ce charlatan lui a fait avaler de l'ipéca ! Et récemment ! Tu ne sens pas cette odeur ?

Il grimaça de dégoût, puis il huma prudemment et hocha la tête.

— Il n'aurait pas dû ? Pourtant, n'est-ce pas ce que tu as donné toi-même à la petite Beckie, le jour où elle a bu ta mixture bleue ?

Beckie MacLeod, âgée de cinq ans, avait avalé la moitié d'un flacon contenant une décoction à base d'arsenic, potion que je fabriquais pour tuer les rats. Elle avait été attirée par sa couleur et, apparemment, n'avait pas été rebutée par son goût. Après tout, les rats aussi aimaient ça.

— Effectivement, répondis-je. Mais elle l'a avalée tout de suite. Il ne sert à rien d'en administrer plusieurs heures après l'ingestion du poison ou du produit irritant, quand il est déjà dans l'estomac.

Compte tenu des connaissances médicales de Fentiman, était-il conscient du danger potentiel ? Il lui avait peut-être simplement donné de la racine d'*ipecacuanha* moulue, faute de mieux. Fronçant les sourcils, je me replongeai dans l'examen de la tunique interne de l'estomac. Oui, c'était bien là la source de l'hémorragie. Elle était à vif, rouge sombre comme de la viande hachée. L'organe lui-même contenait une petite quantité de liquide, une lymphe claire qui avait commencé à se séparer du sang coagulé.

— Tu crois que c'est l'ipéca qui l'a tuée ?

— Je l'ai pensé, mais je n'en suis plus certaine, murmurai-je.

Ma première hypothèse avait été qu'en donnant une trop forte dose de ce produit à Betty, Fentiman avait déclenché des vomissements d'une telle violence qu'ils avaient entraîné une déchirure interne et une hémorragie, mais je n'en voyais aucune trace. Prenant mon scalpel, j'ouvris encore un peu plus l'estomac, écartant les bords et incisant le duodénum.

— Peux-tu me passer un des flacons vides et la bouteille de lotion de rinçage ?

Jamie suspendit la lanterne à un clou et s'agenouilla pour chercher les objets dans mon sac, pendant que je continuais à fouiller dans l'estomac. Des matières granuleuses formaient un dépôt pâle dans les stries de la muqueuse. Je les grattai avec précaution, et elles se détachèrent facilement, créant une pâte grumeleuse entre mes doigts. Je n'étais pas sûre de ce que c'était, mais un horrible soupçon grandissait au fond de mon esprit. Je devais rincer cet estomac, collecter les résidus et les emporter dans la maison, où je pourrais les examiner au matin, sous la lumière du jour. Si c'était bien ce que je craignais...

Soudain, la porte de la remise s'ouvrit avec fracas. Un courant d'air glacé étira la flamme de la lanterne qui projeta une lumière blanche sur le visage de Phillip Wylie. Il se tenait sur le seuil, blême et interloqué.

Il me fixa la bouche entrouverte, puis il la ferma et déglutit. J'entendis clairement le bruit de sa gorge. Ses yeux se promenèrent lentement sur la scène, puis revinrent se poser sur mon visage, écarquillés par l'horreur.

J'étais moi aussi sous le choc. Mon cœur était remonté dans ma gorge et mes mains restaient figées, mais mon cerveau fonctionnait à toute allure.

Que se passerait-il s'il se mettait à pousser des cris ? Le scandale serait énorme, que je sois capable d'expliquer mon geste ou non. Si personne ne me croyait… Mon sang se glaça. J'avais déjà failli être brûlée vive pour sorcellerie et je ne tenais pas à renouveler l'expérience.

Je perçus un léger mouvement à mes pieds et me souvins que Jamie était accroupi dans l'ombre, sous la table. Le halo de la lanterne étant puissant mais circonscrit, les ténèbres m'enveloppaient jusqu'à la taille. Wylie ne l'avait donc pas vu. J'avançai un orteil et le poussai doucement, lui indiquant de ne pas bouger.

Je m'efforçai de sourire, puis après avoir dégluti, je dis la première chose qui me passa par la tête :

— Bonsoir !

Il s'humecta les lèvres. Il ne portait ni mouche ni poudre et était aussi livide que le linceul de Betty.

— Madame… Fraser, articula-t-il péniblement. Que… que… que faites-vous ?

J'aurais cru que cela sautait aux yeux. Sa question devait probablement porter sur les raisons d'une telle action et je ne tenais pas à m'épancher sur le sujet.

— Peu importe, répliquai-je en retrouvant un peu d'aplomb. Dites-moi plutôt ce que vous faites là, à rôder dans le potager au beau milieu de la nuit ?

Apparemment, j'avais posé la bonne question. Son expression passa aussitôt de l'horreur la plus profonde à la plus grande méfiance. Il tourna à peine la tête, comme pour regarder par-dessus son épaule, mais il s'arrêta avant d'avoir achevé son mouvement. Mes yeux suivirent la même direction. Il y avait quelqu'un dans l'obscurité, derrière lui. Un homme, grand, qui avança d'un pas en avant, son visage pâle apparaissant dans le halo de la lanterne. Je vis une paire d'yeux verts comme des groseilles à maquereau. Stephen Bonnet.

— Nom de Dieu ! lâchai-je.

À ce moment, il se produisit un certain nombre de choses. Jamie jaillit de sous la table avec la détente d'un cobra. Phillip Wylie bondit en arrière avec un cri d'effroi. La lanterne tomba de son clou et s'écrasa au sol. Il y eut une forte odeur d'huile, un « wwwwouf ! » sourd comme un four à gaz qui s'allume, et le linceul froissé à mes pieds s'embrasa.

Jamie disparut. J'entendis des cris dans la nuit au dehors et un bruit de course dans l'allée en brique. Je tentai de piétiner le tissu enflammé, ne parvenant qu'à me prendre les pieds dedans.

Puis j'eus une meilleure idée. Je me précipitai contre la table et la renversai ainsi que le cadavre. Je saisis d'une main un bout du linceul en flammes et l'étendis sur le corps et la planche retournée. Couvert de sciure, le sol de la remise brûlait déjà par endroits. Je donnai un coup de pied dans la lanterne brisée, la projetant contre la cloison de bois. Le reste de l'huile se répandit et s'enflamma aussitôt.

Des éclats de voix retentissaient dans le potager. Je devais sortir. Je saisis mon sac et pris la fuite, les mains couvertes de sang, mon poing toujours refermé sur ma preuve. Dans ce chaos généralisé, j'avais au moins une certitude. J'ignorais ce qui se passait et ce qui allait arriver, mais sur un point, au moins, je n'avais plus aucun doute : Betty avait été assassinée.

Deux serviteurs s'agitaient dans le potager, apparemment réveillés par les bruits. Paniqués, ils allaient et venaient en s'interpellant. Cependant, la luminosité de la lune étant très faible, il me fut facile de me glisser dans le noir sans être vue.

Personne n'était encore sorti de la maison principale, mais les cris et les flammes ne tarderaient pas à attirer l'attention. Je m'accroupis contre le mur sous un immense framboisier. La grille s'ouvrit en grand et deux autres esclaves à moitié nus accoururent des écuries en criant des mots incohérents au sujet des chevaux. L'odeur du feu emplissait l'air. Ils pensaient sans doute que les stalles brûlaient elles aussi.

Mon cœur tambourinait dans ma poitrine. J'eus la vision désagréable de celui que j'avais tenu dans ma main quelques instants plus tôt et ne put m'empêcher de penser au mien. Il devait ressembler à un muscle rouge sombre et luisant, contracté comme un poing, palpitant indéfiniment dans sa petite cavité entre mes poumons.

En revanche, ceux-ci ne fonctionnaient pas aussi bien. Mon souffle court et laborieux n'était qu'un râle haletant que je m'efforçai d'étouffer de peur d'être repérée. S'ils parvenaient à extirper le corps de Betty du feu ? Ils ne pourraient savoir qui était l'auteur des profanations, mais la découverte à elle seule aurait un retentissement terrible, entraînant les rumeurs les plus folles et déclenchant une hystérie collective.

Une lueur apparaissait derrière l'autre mur, au fond du potager. Le toit de la remise commençait à brûler, des lignes incandescentes faisant rougeoyer les interstices entre les bardeaux.

Je commençai à respirer un peu mieux en voyant les esclaves se regrouper près de la grille et, interdits, observer l'incendie. Il était déjà trop avancé, ils n'essaieraient plus de l'éteindre. Le point d'eau le plus proche était l'abreuvoir des chevaux. Le temps qu'ils aillent chercher des seaux, la remise serait déjà réduite à un amas de cendres. Comme aucun bâtiment ne se trouvait aux alentours, le mieux était encore de laisser le feu se consumer de lui-même.

La fumée s'enroulait en volutes tourbillonnantes. En sachant ce qui se trouvait dans la remise, il n'était que trop facile d'imaginer des formes spectrales s'agitant dans les nuées ondulantes. Puis, les flammes percèrent le plafond et des langues de feu illuminèrent le nuage de fumée par-dessous, éclairant la scène d'une lueur surnaturelle.

Un cri perçant s'éleva derrière moi, me faisant sursauter et me cogner le coude contre le mur en brique. Phaedre venait de franchir la grille, Gussie et une autre esclave sur ses talons. Elle traversa le potager en courant, criant « Maman ! ». Sa chemise blanche reflétait la lumière des flammes qui s'échappaient par les trous du toit, comme une pluie d'étincelles. Les hommes la rattrapèrent au vol, puis laissèrent les femmes s'empresser autour d'elle. Ayant un goût de sang dans la bouche, je pris conscience de m'être mordu la lèvre. Je fermai les yeux, essayant de ne plus entendre les cris frénétiques de la jeune femme et le chœur de ses amis tentant de la réconforter.

Je fus prise d'un terrible sentiment de culpabilité. Sa voix me faisait tant penser à celle de Brianna ! J'imaginais pleinement ce que celle-ci aurait ressenti, si mon propre corps était en train de brûler dans la remise. D'un autre côté, la douleur de Phaedre aurait sans doute été plus grande encore si je n'y avais pas mis le feu. Le froid et la tension me faisaient trembler des pieds à la tête, mais je repris néanmoins le sac que j'avais laissé tomber sur le sol à mes pieds.

Mes mains étaient raides, couvertes de sang séché et de lymphe. On ne devait surtout pas me voir ainsi. De ma main libre, je fouillai dans la sacoche et, à tâtons, trouvai un bocal vide fermé – qui, habituellement, contenait mes sangsues – ainsi que le flacon à lotion rempli d'alcool dilué et d'eau. La croûte de sang se craquela quand je fléchis mes doigts engourdis. Je tremblais tant que je n'arrivai pas à sortir le bouchon de liège. J'y parvins finalement avec mes dents, puis je versai un peu de solution dans ma paume, à l'intérieur de laquelle je tenais toujours le résidu granuleux prélevé sur la morte. Je le fis alors glisser dans le récipient en verre.

À présent, la maisonnée était réveillée. J'entendais des voix venant de cette direction. Que se passait-il ? Où étaient Jamie, Stephen Bonnet et Phillip Wylie ? Jamie n'était armé que d'une bouteille d'eau bénite, mais les deux autres ? Je n'avais entendu aucune détonation, mais un coup de couteau ne faisait pas de bruit.

Je me rinçai rapidement les mains avec le reste de la solution, les séchant ensuite avec la doublure sombre de ma cape, sur laquelle personne ne verrait les taches. Telles des fantômes, des ombres allaient et venaient en courant dans les allées du potager, à quelques pas seulement de là où je me cachais. Pourquoi étaient-elles si silencieuses ? Étaient-ce vraiment des êtres humains ou des esprits réveillés par le sacrilège ?

Puis, l'une des silhouettes cria. Une autre lui répondit. Je me rendis compte alors que l'absence de bruits venait du bourdonnement de mes oreilles et du fait que ces gens couraient pieds nus sur la brique. Une sueur glacée insensibilisait mon visage, et mes mains étaient ankylosées à un point tel que le froid ne pouvait être le seul responsable.

« Pauvre idiote de Beauchamp, me sermonnai-je. Assieds-toi, tu vas tomber dans les pommes ! »

Ce que j'ai dû faire, car, lorsque je revins à moi quelques instants plus tard, j'étais assise dans la terre, sous le framboisier, à demi adossée au mur. Cette fois, le potager était rempli de monde, mélange d'invités et d'esclaves, indistincts et méconnaissables en chemise de nuit.

Je pris plusieurs inspirations profondes, puis, une fois certaine d'en être capable, je me relevai tant bien que mal et m'avançai dans l'allée la plus proche, mon sac à la main.

La première personne que je reconnus fut le major MacDonald. Debout au milieu du chemin, il contemplait l'incendie, les flammes se reflétant dans sa perruque blanche. Je lui agrippai le bras, le faisant sursauter.

— Que se passe-t-il ? demandai-je sans prendre la peine de m'excuser.

— Où se trouve votre mari ? questionna-t-il simultanément en jetant un œil derrière moi.

— Je ne sais pas. Je le cherche.

Lloyd Stanhope surgit à mes côtés.

— Madame Fraser ! Vous n'avez rien, j'espère ?

Dans sa chemise de nuit, il ressemblait à un œuf bouilli très agité. Sans sa perruque, son crâne tondu et ovale formait une tache pâle dans le noir.

Je l'assurai que j'allais bien, ce qui, à présent, était le cas. Ce ne fut qu'après avoir vu Stanhope et la plupart des autres messieurs tous à moitié habillés, que je me rendis compte que le major MacDonald était vêtu de pied en cap, de sa perruque poudrée aux boucles en argent de ses souliers. Mon expression dut changer en le dévisageant, car il arqua les sourcils et son regard descendit de mes cheveux noués à mes pieds chaussés. Il était manifestement en train de penser la même chose. Montrant mon sac, j'expliquai le plus calmement possible :

— Quand j'ai entendu crier au feu, j'ai pensé qu'il y avait peut-être des blessés. J'ai apporté mes affaires de médecine.

— Pour autant que je sache…

S'interrompant brusquement, il me tira en arrière. Le toit de la remise venait de s'effondrer, projetant une pluie d'étincelles qui retomba doucement sur les personnes assemblées dans le potager.

Tout le monde recula précipitamment. Puis il y eut une de ces brèves accalmies inexplicables où tous les membres d'une foule se taisent à l'unisson. Le feu brûlait toujours, faisant un bruit de papier froissé. Soudain, on entendit un cri lointain, un cri de femme, aigu et éraillé, mais néanmoins puissant et rempli de fureur.

— Mme Cameron ! s'écria Stanhope.

Mais le major courait déjà vers la maison.

15

L'or du Français

Assise sur la banquette devant la fenêtre de sa chambre, pieds et poings liés avec des lambeaux de drap, en chemise de nuit, Jocasta Cameron écumait de rage, le visage cramoisi. Je n'eus pas le temps de m'attarder sur son cas, car Duncan Innes, vêtu d'une simple liquette, gisait à plat ventre près de la cheminée.

Je me précipitai et m'agenouillai à ses côtés, cherchant son pouls.

Le major se pencha par-dessus mon épaule, plus intrigué qu'inquiet.

— Il est mort ?

— Non. Faites sortir ces gens, voulez-vous ?

La chambre était bondée, convives et domestiques s'agitant autour de Jocasta, s'exclamant, se perdant en conjectures et remuant beaucoup d'air sans vraiment se rendre utile. Le major tiqua devant mon ton péremptoire, mais il s'exécuta sans insister.

Duncan était vivant. Un bref examen ne révéla qu'une vilaine bosse derrière une oreille. Apparemment, on l'avait assommé avec le lourd chandelier en argent posé à ses côtés sur le parquet. Il avait le teint terreux, mais son pouls était relativement régulier et sa respiration normale. J'écartai ses paupières l'une après l'autre et inspectai ses pupilles qui me fixèrent, vitreuses, mais de la même taille toutes les deux. Elles n'étaient pas particulièrement dilatées. Jusque-là, rien de bien méchant.

Derrière moi, le major tentait de mettre son expérience militaire à profit en aboyant ses ordres d'une voix de stentor. Malheureusement, la plupart des personnes présentes n'étant pas des soldats, cela n'avait pas beaucoup d'effet.

Jocasta s'avéra nettement plus efficace. Libérée de ses liens, elle traversa la chambre en chancelant, s'appuyant lourdement sur le bras d'Ulysse, fendant la foule tel Moïse traversant la mer Rouge.

— Duncan ? Où est mon mari ?

Elle tourna la tête d'un côté, puis de l'autre, ses yeux aveugles fouillant la pièce d'un air mauvais. Les gens s'écartèrent sur son passage jusqu'à ce qu'elle arrive près de moi.

Sa main balaya l'espace devant elle.

— Qui est là ?

— C'est moi, Claire.

Je tendis la main et saisis la sienne, puis l'aidai à s'accroupir à mes côtés. Ses doigts étaient glacés et tremblants, ses poignets striés de marques violacées, là où on l'avait ligotée.

— Ne vous inquiétez pas. Il n'est qu'inconscient.

Je guidai ses doigts jusqu'au cou de son mari, posant son index sur l'artère jugulaire afin qu'elle perçoive le pouls. Elle laissa échapper une petite exclamation, puis elle se pencha, mit les deux paumes sur le visage de Duncan et suivit ses contours avec une tendresse anxieuse. Son attitude m'émut, tant elle contrastait avec son maintien autocratique habituel.

— Ils l'ont frappé. Il est grièvement blessé ?

— Je ne crois pas. Il a juste reçu un coup sur la tête.

Elle se tourna vers moi, les sourcils froncés et les narines frémissantes.

— Vous en êtes sûre ? Je sens du sang.

Je tressaillis. Mes mains étaient presque propres, mais il me restait du sang séché sous les ongles. Je résistai à ma première impulsion qui fut de cacher précipitamment mes mains dans les plis de ma jupe, murmurant plutôt :

— Ce doit être moi, ma tante.

Le major MacDonald nous observait de loin d'un air intrigué. L'avait-il entendu ?

Percevant un mouvement d'agitation près de la porte, je me retournai. C'était Jamie. Il était échevelé, sa veste était déchirée et il portait ce qui ressemblait à un début d'œil au beurre noir. En dehors de cela, il avait l'air indemne.

Lisant sans doute le soulagement immense sur mon visage, son air féroce s'adoucit et il me fit un léger signe de tête. Ses traits se durcirent de nouveau en apercevant Duncan. Il posa un genou sur le sol à côté de moi. Avant qu'il n'ait eu le temps de me questionner, je lui expliquai :

— Il va bien. Quelqu'un l'a assommé et a ligoté ta tante.

— Qui ?

Il releva les yeux vers Jocasta tout en posant une main sur la poitrine de son ami comme pour s'assurer qu'il respirait encore.

— Je n'en ai pas la moindre idée, répondit-elle sèchement. Si je le savais, j'aurais déjà envoyé mes hommes à leurs trousses. Personne n'a donc vu ces brigands ?

— J'en doute, répondit Jamie. Avec un tel remue-ménage et des gens courant dans tous les sens, n'importe qui peut se faufiler sans se faire remarquer.

Je l'interrogeai du regard. Que voulait-il dire ? Bonnet s'était-il enfui ? Car qui d'autre aurait pu s'introduire dans la chambre de Jocasta ? Remue-ménage ou pas, il ne pouvait y avoir une foule de criminels violents errant la même nuit sur une plantation de la taille de River Run.

Jamie me fit brièvement un signe négatif de la tête. Puis, apercevant mes mains et le sang sous mes ongles, il arqua à son tour un sourcil interrogateur. Avais-je découvert quelque chose ? En avais-je eu le temps ? Je hochai la tête et articulai en silence : « Meurtre. »

Il exerça une légère pression sur mon bras, puis jeta un bref coup d'œil par-dessus son épaule. Entre-temps, le major était enfin parvenu à repousser presque tout le monde dans le couloir. Il avait demandé aux domestiques de préparer des en-cas et des rafraîchissements, avait dépêché un palefrenier à Cross Creek pour prévenir le shérif, réparti les messieurs en plusieurs battues pour quadriller les environs à la recherche d'éventuels mécréants et envoyé les dames au salon pour se remettre de leurs émotions dans un froufrou de perplexité et d'excitation. Il referma enfin la porte, puis revint vers nous.

— Ne devrions-nous pas le mettre au lit ? demanda-t-il.

Duncan commençait à remuer. Il gémit, toussa, s'étrangla un peu, mais, heureusement, ne vomit pas. Jamie et MacDonald le hissèrent debout, ses bras

252

mous autour de leurs épaules, et le traînèrent jusqu'au grand lit à baldaquin, où ils l'allongèrent sans le moindre respect pour le dessus-de-lit en soie capitonnée.

Avec un réflexe atavique de bonne ménagère, je glissai un oreiller en velours vert sous sa tête. Bourré de son, il craqua un peu sous mes doigts en dégageant une forte odeur de lavande. Si celle-ci était efficace contre les maux de tête, je n'étais pas certaine qu'elle le soit contre ce genre de douleur crânienne.

— Où est Phaedre ?

Ulysse avait guidé Jocasta jusqu'à sa bergère en cuir. Elle s'y enfonça, paraissant soudain épuisée et vieille. Son visage s'était vidé de ses couleurs en même temps que sa colère avait disparu. Ses cheveux blancs retombaient en mèches désordonnées sur ses épaules.

— Je l'ai envoyée se coucher, ma tante.

Brianna venait d'entrer, passant inaperçue dans la cohue et ayant résisté à l'évacuation du major. Elle se pencha sur sa grand-tante, prenant sa main avec sollicitude.

— Ne vous inquiétez pas, je m'occuperai de vous.

Reconnaissante, Jocasta posa une main sur la sienne, mais elle se redressa néanmoins d'un air inquiet.

— Se coucher ? Pourquoi ? Que s'est-il passé ? D'où vient cette odeur de brûlé ? Il y a le feu aux écuries ?

Le vent avait tourné et l'air de la nuit s'engouffrait par le carreau cassé d'un des croisillons au-dessus de la banquette. Il flottait dans la pièce une odeur de fumée transportant avec elle une vague puanteur de chair grillée.

— Non, non, tante Jocasta ! Les écuries sont intactes. C'est juste que Phaedre était dans tous ses états. Il y a eu un incendie dans la remise près du jardin potager, là où était entreposé le corps de sa mère…

Jocasta marqua un temps d'arrêt, puis se redressa avec une expression très étrange, sorte de mélange de satisfaction et de perplexité.

Jamie, qui se tenait derrière moi, le remarqua lui aussi, car je l'entendis pousser un petit grognement de surprise.

— Vous vous sentez mieux, ma tante ?

Elle se tourna vers lui, l'air sardonique et les sourcils arqués.

— Oui, mais ça ira encore mieux après un petit remontant.

Ulysse, comme par enchantement, se matérialisa aussitôt à ses côtés et plaça un verre de cognac dans sa main. Puis elle demanda :

— Où en est Duncan ?

J'étais assise près de lui sur le lit, son poignet dans ma main. Je le sentais remonter lentement à la surface de la conscience. Ses paupières tremblaient et ses doigts tressaillaient contre ma paume.

— Il revient à lui, annonçai-je.

— Ulysse, donne-lui du cognac, ordonna Jocasta.

J'arrêtai le majordome d'un geste de la main.

— Pas encore. Il risque de s'étouffer.

— Pouvez-vous nous expliquer ce qui s'est passé, ma tante ? demanda Jamie d'un ton impatient. Ou doit-on attendre que Duncan se soit remis ?

Jocasta soupira. Elle avait beau avoir le talent inné des MacKenzie pour cacher le fond de ses pensées, cette fois, il était clair qu'elle cogitait dur sous son masque impassible. Elle pointa le bout de sa langue et humecta une marque rouge à la commissure de ses lèvres. Elle avait dû aussi être bâillonnée.

Je sentais Jamie ronger son frein derrière moi. Il était si proche que j'entendais presque ses doigts pianoter contre un des montants du lit. Même si j'étais très curieuse de savoir ce qui était arrivé à Jocasta et Duncan, je mourrais d'impatience de me retrouver seule avec lui pour lui révéler ce que j'avais découvert et apprendre ce qui s'était passé dans le jardin potager.

Des voix murmuraient dans le couloir. Tous les invités ne s'étaient pas dispersés. J'entendis des bribes de conversation étouffée :

— ... calcinée... il n'en reste que les os...

— ... un vol ? Je ne sais pas...

— ... vérifier les écuries...

— Oui, entièrement détruit par le feu...

Un profond frisson me traversa et je serrai fort la main de Duncan, en proie à une soudaine panique incompréhensible. Je devais paraître bizarre, car Brianna me demanda doucement :

— Maman, ça va ?

Elle me dévisageait d'un air soucieux. Je tentai de lui sourire, mais mes lèvres restaient figées.

Je sentis les mains chaudes et puissantes de Jamie se poser sur mes épaules. Sans m'en rendre compte, j'avais retenu mon souffle. À son contact, je pris une grande expiration, puis retrouvai ma respiration. Le major me regarda, intrigué, mais son attention fut détournée par Jocasta, qui rouvrit brusquement les yeux et qui le fixait.

— Vous êtes bien le major MacDonald, n'est-ce pas ?

— Oui, madame, pour vous servir.

Il inclina machinalement la tête, oubliant, comme c'était souvent le cas, qu'elle ne pouvait le voir.

— Je vous remercie, major. Mon mari et moi, nous vous sommes infiniment redevables.

Le major émit une protestation polie.

— Si, si, insista-t-elle.

Elle se redressa en lissant ses cheveux en arrière.

— Vous vous êtes donné beaucoup de mal pour nous venir en aide et nous ne pouvons abuser davantage de votre gentillesse. Ulysse, conduisez donc le major au salon et offrez-lui des rafraîchissements.

Le majordome s'inclina obséquieusement et entraîna avec fermeté le major vers la porte. Je remarquai pour la première fois qu'il portait sa chemise de nuit par-dessus ses culottes non fermées et qu'il avait plaqué hâtivement sa perruque sur son crâne. Mac-Donald parut surpris et plutôt mécontent de se voir ainsi congédié, ayant évidemment préféré rester pour ne rien perdre des détails croustillants de l'affaire. Toutefois, comme il lui était difficile de faire autrement, il prit congé avec une dernière courbette et sortit d'un air digne.

Ma crise de panique, aussi soudaine qu'injustifiée, commençait à s'atténuer. Les mains de Jamie irradiaient une douce chaleur qui se diffusait dans tout mon corps, et je respirais de nouveau normalement. Je pus enfin concentrer toute mon attention sur le blessé qui venait tout juste d'ouvrir les yeux et semblait déjà le regretter.

— Aïe, *mo cheann* !

Aveuglé par la lumière de la lampe, Duncan plissa des yeux, ayant visiblement du mal à me distinguer avec précision. Puis il discerna la silhouette de Jamie derrière moi.

— *Mac Dubh*… que s'est-il passé ?

Une des mains de Jamie quitta mon épaule et se posa sur le bras de Duncan.

— Ne t'inquiète pas, *a charaid*. Tante Jocasta s'apprêtait justement à nous raconter ce qui est arrivé. N'est-ce pas, ma tante ?

Cette fois, son ton s'était fait un tantinet plus péremptoire. Ne pouvant plus tergiverser, Jocasta pinça les lèvres, puis soupira et se redressa dans son fauteuil, apparemment résignée à la désagréable nécessité de se confier.

— Il n'y a plus que des membres de la famille dans la chambre ?

Quand nous l'eûmes assurée que c'était bien le cas, elle commença enfin.

Elle venait d'envoyer sa camériste se coucher et s'apprêtait à faire de même quand la porte de sa chambre s'était brusquement ouverte pour laisser entrer ce qu'elle pensait être deux hommes.

— En tout cas, je suis sûre qu'ils étaient au moins deux, j'ai entendu leurs pas, dit-elle. Il n'est pas impossible qu'ils aient été trois, mais j'en doute. Un seul d'entre eux a parlé. Je soupçonne que l'autre est quelqu'un que je connais, car il est resté en retrait, à l'autre bout de la pièce, comme s'il craignait que je l'identifie d'une manière ou d'une autre.

Celui qui avait pris la parole était un étranger. Elle était certaine de n'avoir jamais entendu sa voix auparavant.

— C'était un Irlandais. Il s'exprimait correctement, mais ce n'était certainement pas un gentleman.

Elle pinça les narines, d'un air de dédain involontaire. Au mot « Irlandais », la main de Jamie sur mon épaule s'était contractée.

— C'est le moins qu'on puisse dire, marmonna-t-il.

Brianna avait, elle aussi, tressailli à l'allusion, mais son visage restait neutre.

L'Irlandais avait formulé ses exigences sur un ton courtois mais ferme. Il voulait l'or.

— L'or ?

Cette fois, c'était Duncan qui avait parlé, même si la question avait été sur toutes les lèvres.

— Quel or ? demanda-t-il. Nous n'avons rien dans la maison hormis quelques livres sterling et un peu d'argent qui reste de la Proclamation.

Jocasta hésita, mais elle ne pouvait plus reculer. Du fond de la gorge, elle émit un petit bruit, comme si son corps lui-même renâclait de devoir lâcher un secret qu'il était parvenu à garder si longtemps.

— L'or du Français, dit-elle abruptement.

— Quoi ? s'exclama Duncan.

Avec prudence, il effleura la bosse derrière son oreille, en ayant l'air de se demander si elle n'avait pas affecté son ouïe.

— L'or de France, répéta Jocasta d'un ton irrité. Celui envoyé juste avant Culloden.

— Avant… commença Brianna.

Jamie l'interrompit :

— L'or du roi Louis. C'est bien ça, n'est-ce pas, ma tante ? L'or destiné aux Stuart ?

Jocasta précisa avec une moue cynique :

— L'or « autrefois » destiné aux Stuart.

Elle se tut, tendant l'oreille. Les voix s'étaient éloignées, mais on entendait encore du bruit dans le couloir. Elle se tourna vers Brianna et lui indiqua la porte d'un signe de tête.

— Vérifie que personne n'écoute par le trou de la serrure, ma petite. Je ne me suis pas tue pendant vingt-cinq ans pour l'annoncer à présent à tout le pays.

Brianna entrouvrit brièvement la porte, regarda à l'extérieur, puis la referma, confirmant qu'il n'y avait personne.

— Parfait. Viens ici, ma petite. Assieds-toi à mes côtés. Non, attends... D'abord, va me chercher le coffret que je t'ai montré hier.

Perplexe, Brianna disparut dans l'antichambre, puis revint quelques instants plus tard avec la vieille boîte tapissée de cuir. Elle la déposa sur les genoux de Jocasta, puis s'assit près d'elle sur un tabouret, me regardant vaguement inquiète.

J'avais retrouvé tous mes esprits, même si un faible écho de cette étrange peur résonnait encore dans mes os. J'adressai un sourire rassurant à Brianna et me penchai vers Duncan pour lui faire boire un peu de cognac dilué dans de l'eau. À présent, je comprenais d'où avait surgi cet ancien désarroi. D'une phrase prise au vol, par hasard, des mots semblables à ceux entendus par une petite fille, bien des années plus tôt, chuchotés par des inconnus dans la pièce d'à côté, des inconnus venus lui annoncer que sa mère ne reviendrait plus. Elle était morte. Un accident. La voiture avait quitté la route. Il y avait eu un incendie. Calcinée. Il n'en restait que les os. « Calcinée... il n'en reste que les os », avait dit une voix, emplissant la petite fille de terreur. L'enfant avait alors compris qu'elle était abandonnée, à jamais. Ma main trembla et le liquide doré coula sur le menton de Duncan.

« Mais c'était il y a si longtemps, dans un autre pays, un autre temps », pensai-je en tentant de résister au raz-de-marée de ma mémoire.

Jocasta vida son propre verre, le reposa lourdement puis ouvrit le coffret sur ses genoux. L'or et les diamants à l'intérieur projetèrent des éclats vifs. Elle sortit le bâtonnet sur lequel étaient enfilées les trois bagues.

— J'ai eu trois filles autrefois. Clementina, Seonag et Morna.

Elle caressa l'une des bagues, un large anneau incrusté de trois gros diamants.

— Une pour chaque enfant. Hector m'a offert celle-ci à la naissance de Morna. C'était sa fille. Morna... tu savais que cela signifiait « aimée » ?

Sa main quitta le coffret et, cherchant devant elle, toucha la joue de Brianna, qui la saisit et la serra entre les siennes. L'autre main caressa doucement les trois bagues une à une.

— J'ai eu une fille de chaque mariage. Clementina était la fille de John Cameron. Je l'ai épousé alors que je n'étais moi-même qu'une enfant. Je l'ai eue à seize ans. Seonag était celle de Black Hugh. Elle était très brune, comme son père, mais elle avait les yeux de mon frère Colum.

Elle tourna brièvement son regard aveugle vers Jamie, puis pencha de nouveau la tête, ses doigts se refermant sur la bague en diamants.

— Puis j'ai eu Morna, ma petite dernière. Elle est morte à l'âge de seize ans.

Son visage était sombre, mais les plis de sa bouche s'adoucirent quand elle répéta les prénoms de ses enfants disparues. Clementina, Seonag et Morna.

— Je suis désolée, dit doucement Brianna.

Elle porta la main de sa grand-tante à ses lèvres et baisa ses doigts noueux. Toutefois, Jocasta ne perdit pas le fil de son récit.

— Hector Cameron m'a offert ces diamants, puis il a tué mes filles. Mes enfants, mes petites. Il les a tuées pour l'or du Français.

J'en restai le souffle coupé. Je sentis Jamie se raidir derrière moi et vis les yeux rouges de Duncan s'écarquiller. Brianna, elle, ne changea pas d'expression. Elle ferma les yeux un instant, mais ne lâcha pas la main de la vieille dame.

— Que leur est-il arrivé, ma tante ?

Jocasta resta silencieuse un moment. Il n'y avait plus un bruit dans la pièce, hormis le crachotement des chandelles et le sifflement asthmatique à peine perceptible de sa respiration. À ma surprise, lorsqu'elle reprit la parole, elle ne s'adressa plus à Brianna, mais regarda directement vers Jamie.

— Tu es donc au courant au sujet de l'or, *a mhic mo pheathar* ?

— J'en avais entendu parler.

Il contourna le lit et vint s'asseoir à mes côtés, se rapprochant de sa tante, avant de poursuivre :

— Depuis Culloden, une rumeur court dans les Highlands. On dit que le roi de France s'était enfin décidé à envoyer de l'or à son cousin pour l'aider à récupérer son trône. L'or aurait bien quitté la France, mais plus personne n'en a jamais vu la couleur.

— Moi si, dit Jocasta.

Sa grande bouche qui ressemblait tant à celle de son neveu s'élargit encore plus, faisant une étrange grimace, puis elle répéta doucement :

— Moi si, je l'ai vu. Trente mille livres en lingots d'or transportées sur un galion français. J'étais là quand ils les ont débarquées sur la plage. Il y avait six petits coffres, chacun si lourd qu'on ne pouvait en mettre plus de deux par chaloupe au risque de la faire couler. Chacun avait une fleur de lys gravée sur son couvercle, avec des coins renforcés en fer et un cadenas cacheté de cire rouge portant les armoiries de la couronne de France.

À ces mots, un soupir collectif parcourut la chambre ; nous étions tous impressionnés. Jocasta hocha lentement la tête, son regard tourné vers cette nuit d'un passé lointain où elle voyait encore.

— Où l'a-t-on débarqué, ma tante ? demanda Jamie.

— Sur Innismaraich. Un petit îlot au large de Coigach.

Je croisai le regard de Jamie. Innismaraich, l'île des Soyeux, le peuple de la mer. Nous connaissions cet endroit.

— Le trésor fut confié à la garde de trois hommes, poursuivit Jocasta. Hector Cameron était l'un d'eux, mon frère Dougal en était un autre et le troisième... était masqué. Ils l'étaient tous les trois, naturellement. Mais, alors que je connaissais Hector et Dougal, j'ignorais l'identité du troisième, et personne ne prononça jamais son nom. En revanche, je connaissais son valet, un homme appelé Duncan Kerr.

Jamie s'était raidi en entendant le nom de Dougal. Au nom de Duncan Kerr, il resta pétrifié.

— Il y avait aussi des domestiques ? demanda-t-il.

— Deux. L'homme masqué était accompagné de Duncan Kerr et mon frère Dougal, d'un homme de Leoch. Son visage m'était familier mais pas son nom.

Quant à Hector, c'était moi qui l'assistais. J'étais une fille robuste, comme toi, *a leannan*.

Elle serra la main de Brianna avant de poursuivre :

— Non seulement j'étais costaude, mais Hector avait une confiance totale en moi, comme moi en lui... à cette époque.

Une douce brise passant à travers le carreau cassé de la fenêtre agitait les rideaux, tel un fantôme accourant de très loin après avoir entendu invoquer son nom.

— Chaque couple était venu avec son bateau. Les coffres étaient petits mais si lourds que nous n'étions pas trop de deux pour les porter. Nous en chargeâmes donc deux dans notre embarcation. Ensuite, Hector et moi avons ramé jusqu'à la terre ferme. Dans la nuit, je pouvais entendre les coups de rame des autres barques, mais je ne pouvais les voir.

— Quand cela se passait-il, ma tante ? demanda Jamie. Quand l'or est-il arrivé de France ?

— Trop tard, hélas ! murmura-t-elle. Maudit Louis !

Elle se redressa brusquement sur son siège et répéta dans une exclamation rageuse :

— Ce maudit Français ! Que ses yeux pourrissent comme les miens l'ont fait ! Quand je pense à tout ce que nous aurions pu accomplir s'il avait été fidèle à son sang et à sa parole !

Le regard de Jamie croisa le mien. Trop tard. Si l'or était arrivé plus tôt, lorsque Charles Édouard avait débarqué à Glenfinnan, ou encore pendant ces quelques semaines où il avait occupé Édimbourg... cela aurait-il changé quelque chose pour nous ?

L'ombre d'un sourire triste effleura les lèvres de Jamie. Son regard se posa sur Brianna avant de revenir vers moi, ayant répondu lui-même à la question. Cela aurait tout changé.

— C'était en mars, reprit Jocasta plus calme, par une nuit glacée. Du haut de la falaise, on voyait très loin au large. La lune se reflétait en formant un sillage doré. Le navire a suivi cette voie d'or comme un roi arrivant à son couronnement. J'ai pensé que c'était bon signe.

Elle se tourna vers Jamie, tordant les lèvres.

— À ce moment précis, j'ai cru l'entendre rire, déclara-t-elle. Brian le brun, celui qui m'avait enlevé ma sœur. Cela lui aurait ressemblé, mais ce n'était pas lui. Ce devait être les phoques qui aboyaient.

J'observais Jamie pendant qu'elle parlait. Il ne bougea pas, mais les poils roux sur ses avant-bras se dressèrent comme par magie, luisant à la lueur des chandelles.

— J'ignorais que vous aviez connu mon père, dit-il d'une voix tendue. Mais laissons cela de côté pour le moment, ma tante, voulez-vous ? Vous disiez que c'était en mars.

Elle hocha la tête.

— Trop tard, répéta-t-elle. Hector l'attendait deux mois plus tôt, mais il y avait eu des retards…

En effet, si l'or était arrivé en janvier, après la victoire de Falkirk, une telle démonstration de soutien de la part de la France aurait sans doute joué un rôle décisif. En revanche, en mars, l'armée des Highlands remontait déjà vers le nord, après avoir échoué à Derby dans sa tentative d'invasion de l'Angleterre. La mince chance de victoire de Charles Édouard Stuart s'était envolée, et ses hommes marchaient droit vers leur perte à Culloden.

Une fois les coffres en sécurité sur la terre ferme, les nouveaux gardiens du trésor s'étaient concertés pour savoir ce qu'il convenait d'en faire. L'armée était en déroute et Charles Édouard avec elle. Édimbourg était retombé aux mains des Anglais. Il n'y avait aucun lieu sûr où l'entreposer, aucun être digne de confiance dans l'entourage des Stuart à qui le confier.

— Ils se méfiaient d'O'Sullivan et des autres conseillers du prince, expliqua Jocasta. Tous des Italiens, des Irlandais... Dougal déclara qu'il ne s'était pas donné autant de mal pour voir l'or gaspillé ou volé par des étrangers.

Avec un sourire cynique, elle ajouta :

— Il tenait surtout à ce que personne n'oublie qu'il avait aidé à le récupérer.

Entre les trois gardiens, la confiance mutuelle n'était guère plus prononcée. Ils avaient passé la nuit à se disputer dans l'austère petit salon à l'étage d'une sinistre taverne, pendant que Jocasta et les deux valets dormaient à même le sol entre les coffres cachetés. Finalement, l'or avait été divisé. Chaque homme emporta deux coffres, jurant sur sa tête et celle de sa descendance de garder le secret et de veiller fidèlement sur sa partie du trésor au nom de son véritable propriétaire, le roi Jacques Stuart.

— Ils ont également fait jurer leurs valets de garder le silence, poursuivit Jocasta. Ils leur ont entaillé la main, faisant couler des gouttes de sang plus rouges que la cire des sceaux.

— Et vous, ma tante, avez-vous prêté serment ? demanda Brianna.

— Non, pas moi. En tant qu'épouse d'Hector, j'étais liée par sa parole. À cette époque.

Mal à l'aise d'être en possession d'une telle fortune, les conspirateurs avaient quitté la taverne avant l'aube, cachant le butin sous des couvertures et des hardes.

— Deux voyageurs arrivèrent au moment où nous finissions de charger la cargaison. Leur présence a sans doute sauvé la vie du tavernier, car nous étions dans un endroit isolé, et il avait été le seul témoin de notre présence cette nuit-là. Je ne pense pas qu'Hector ou Dougal auraient songé à le supprimer, mais le troisième homme en avait clairement eu l'intention. Je l'ai lu dans ses yeux, dans la manière dont il se tenait, ramassé sur lui-même au pied de l'escalier, la main sur son coutelas. Il m'a surprise en train de l'observer et il m'a souri sous son masque.

— Il ne l'a jamais ôté, ce masque ? demanda Jamie.

Le front plissé et les sourcils rapprochés, il se concentrait, comme si, en essayant de reconstituer la scène dans son esprit, il parviendrait à identifier le mystérieux troisième gardien.

— Non, répondit Jocasta. Après cette nuit-là, je me suis demandé si je le reconnaîtrais en le revoyant. J'avais l'impression que oui. Il était brun et mince, mais il y avait en lui la puissance d'une lame en acier. Si j'avais revu ses yeux à l'époque, alors que je voyais encore, je l'aurais sûrement reconnu, mais aujourd'hui... Saurai-je l'identifier uniquement à sa voix ? Je ne sais pas, cela fait si longtemps.

Duncan, encore pâle et moite, se redressa sur un coude.

— Mais ce n'était pas un Irlandais, n'est-ce pas ?

Jocasta sursauta. Elle semblait avoir oublié sa présence.

— Hein ? Ah, non, *a dhuine*. À son accent, c'était indubitablement un Écossais et un gentilhomme.

Duncan et Jamie échangèrent un regard.

— Un MacKenzie ou un Cameron ? demanda doucement Duncan.

Jamie opina du chef.

— Ou un des Grant, peut-être.

Je compris où ils voulaient en venir. Les clans de Highlanders étaient – ou avaient été – unis ou opposés par un réseau vertigineux d'associations et de querelles. Beaucoup n'auraient pas voulu – ou pas pu – coopérer à une mission aussi importante et secrète.

Colum MacKenzie avait négocié une alliance étroite avec les Cameron. De fait, Jocasta elle-même avait fait partie de ce pacte, son mariage avec Hector en constituant le symbole et la garantie. Or, si Dougal McKenzie avait été l'un des organisateurs de la réception de l'or de France et Hector Cameron un autre, il y avait de fortes chances que le troisième appartienne au clan de l'un ou de l'autre, ou encore d'un autre clan ami des deux premiers. MacKenzie, Cameron... ou Grant. Le fait que Jocasta ne l'ait pas reconnu faisait pencher la balance vers un Grant, car elle aurait immédiatement identifié un des membres importants des clans MacKenzie ou Cameron.

Toutefois, ce n'était pas le moment d'entrer dans ces détails. Son histoire n'était pas terminée.

Les conspirateurs s'étaient ensuite séparés, partant chacun de son côté avec un tiers de l'or français. Jocasta ignorait ce que Dougal et le troisième homme avaient fait de leurs coffres. Hector Cameron avait caché les siens sous le plancher de leur chambre, dans une vieille cachette construite par son père pour y entreposer des objets précieux.

Son intention initiale avait été de les garder là jusqu'à ce que le Prince parvienne en lieu sûr. Il serait alors en mesure de réceptionner le trésor et de l'utiliser pour la reconquête de son trône. Mais Charles Édouard était en fuite et ne devait pas trouver de terre d'accueil avant de nombreux mois. Avant qu'il ne puisse trouver un refuge, le désastre s'était abattu sur tous.

— Hector nous laissa à la maison, l'or et moi, et partit rejoindre le prince et l'armée. Le 17 avril, je le vis rentrer dans la cour au grand galop au coucher du soleil. Il sauta à terre, tendit les rênes de sa monture en nage à un palefrenier et se précipita dans la maison. Il me demanda de préparer tous nos objets de valeur. La Cause était perdue. Nous devions fuir, ou périr avec les Stuart.

Cameron était déjà riche à l'époque, et suffisamment prévoyant pour ne pas avoir donné sa voiture et son attelage à la cause des Stuart. Assez malin aussi pour ne pas tenter d'emporter les coffres avec lui.

— Il sortit trois lingots d'un des coffres et me les confia. Je les cachai sous le siège de notre voiture. Ensuite, le palefrenier et lui partirent cacher les autres dans la forêt. Je n'ai pas vu où ils les ont enterrés.

Vers midi, le 18 avril, Hector Cameron grimpa dans sa berline avec sa femme, leur fille Morna, le palefrenier et trois lingots d'or provenant du trésor du Français. Ils mirent le cap vers Édimbourg, voyageant au grand galop.

— Seonag était mariée au maître de Garth, qui s'était rangé très tôt dans le camp des Stuart. Il est mort à Culloden, mais, naturellement, nous ne le savions pas encore. Clementina était déjà veuve et vivait chez sa sœur à Rovo.

Tout en frissonnant, elle prit une grande inspiration. Elle ne voulait pas revivre ces événements, mais elle était incapable de s'en empêcher.

— Je suppliai Hector de passer par Rovo. Cela ne représentait qu'un détour d'une quinzaine de kilomètres, quelques heures de route supplémentaires, tout au plus. Il n'a rien voulu entendre. Il a déclaré que c'était impossible. Qu'aller les chercher pour les emmener avec nous était trop risqué. Clementina avait deux enfants ; Seonag, un. Il n'y avait pas assez de place dans la berline. Cela ne ferait que nous ralentir. Je lui dis que nous n'étions pas forcés de les prendre avec nous, que nous devions les prévenir, les voir une dernière fois.

Elle marqua une pause avant de reprendre :

— Je savais où nous allions. Nous en avions déjà parlé, mais j'ignorais jusque-là qu'il avait déjà tout préparé au cas où.

Hector Cameron avait beau être jacobite, il n'en gardait pas moins les pieds sur terre. Connaissant la vie, il n'était pas du genre à gâcher la sienne pour une cause perdue. Voyant que les choses risquaient de mal tourner et craignant la débâcle, il avait prévu une sortie de secours. Il avait discrètement mis de côté des sacs de vêtements et d'affaires personnelles, vendu des propriétés afin de disposer de liquidités, puis réservé en secret trois places sur un navire reliant Édimbourg aux colonies.

Jocasta était assise le dos droit, la lueur des chandelles faisant briller ses cheveux blancs.

— Parfois, je me dis que je ne peux pas le lui reprocher. Il a pensé que Seonag refuserait de partir sans son mari et que Clementina n'aurait pas voulu risquer la vie de ses enfants dans une aussi longue traversée. Peut-être avait-il raison. Et peut-être que les prévenir n'aurait rien changé. Mais j'aurais tant voulu les revoir une dernière fois…

Elle ferma les lèvres et déglutit.

Quoi qu'il en soit, Hector avait refusé de s'arrêter, craignant d'être poursuivi. Les troupes du duc de Cumberland avaient convergé vers Culloden, mais il restait de nombreux soldats anglais sur les routes. Les rumeurs annonçant la défaite de Charles Édouard avaient commencé à se propager comme des remous dans l'eau, de plus en plus vite, entraînant les esprits dans un dangereux tourbillon.

De fait, les Cameron furent découverts, deux jours plus tard, près d'Ochtertyre.

— Notre voiture avait perdu une roue, dit Jocasta avec un soupir. Seigneur ! Je la revois encore, tournoyant sur elle-même au bord de la route. L'essieu était cassé et nous n'avions d'autre choix que de camper sur place pendant qu'Hector et le palefrenier s'efforçaient de le réparer.

Cela leur avait pris presque la journée. Hector était devenu de plus en plus nerveux à mesure que le temps passait, son anxiété contaminant les autres.

— J'ignorais ce qu'il avait vu à Culloden. Il savait très bien que, si les Anglais le capturaient, c'en était fini de lui. S'ils ne le tuaient pas sur place, ils le pendraient pour trahison. Il transpirait à grosses gouttes, mais ce n'était pas uniquement dû à ses efforts physiques. Même ainsi…

Elle se mordit les lèvres un instant avant de poursuivre :

— Nous étions au printemps et le soleil se couchait tôt. Le soir était presque tombé quand ils ont enfin pu remettre la roue en place. Tout le monde est remonté en voiture. L'accident avait eu lieu dans le creux d'un vallon. Le palefrenier a éperonné les chevaux pour leur faire grimper la côte. Quand nous sommes arrivés au sommet, deux hommes armés de mousquet se sont avancés sur la route devant nous.

C'était une compagnie de soldats anglais, des hommes de Cumberland. Étant arrivés trop tard pour la bataille de Culloden, ils étaient exaltés par leur victoire et frustrés de ne pas y avoir participé. Ils avaient d'autant plus envie de se venger sur des Highlanders en fuite.

L'esprit toujours vif, Hector s'était recroquevillé dans un coin de la voiture en les voyant. Il se jeta un châle sur la tête, qu'il garda baissée, espérant ainsi se faire passer pour une grand-mère endormie. Suivant les instructions qu'il lui chuchotait, Jocasta se pencha à la fenêtre, s'apprêtant à jouer le rôle d'une dame respectable voyageant avec sa fille et sa mère.

Les soldats ne lui avaient pas laissé le temps de s'expliquer. Ouvrant la portière, ils l'avaient brutalement extirpée de la voiture. Morna, paniquée, avait bondi derrière elle, tentant de libérer sa mère. Un autre homme avait saisi l'enfant et l'avait retenue, se tenant entre Jocasta et la berline.

— Ils s'apprêtaient à faire sortir « grand-mère » à son tour. Ils auraient alors trouvé l'or et nous aurions tous été perdus.

Un coup de feu les avait tous figés. Se penchant par la portière ouverte, Hector avait tiré sur le soldat qui tenait sa fille. Mais la lumière était faible, ou peut-être étaient-ce les chevaux qui avaient bougé. Le coup atteignit Morna en pleine tête.

— J'ai couru vers elle, expliqua Jocasta d'une voix rauque. Je me suis précipitée, mais Hector a bondi hors de la voiture et m'a interceptée. Les soldats étaient stupéfaits et observaient la scène, encore sous le choc. Il m'a poussée à l'intérieur et a hurlé au palefrenier de démarrer, de décamper au plus vite !

Elle passa la langue sur les lèvres.

— Il m'a dit : « Elle est morte, il n'y a plus rien à faire. » Il me l'a dit encore et encore, me tenant fermement afin que, de désespoir, je ne me jette pas hors de la voiture.

Elle retira lentement sa main de celle de Brianna. Elle avait eu besoin de soutien pour commencer son histoire, mais ce n'était plus nécessaire. Elle serra les poings, les enfouissant dans les replis de sa chemise de nuit comme pour faire cesser les saignements de son ventre desséché.

— Entre-temps, la nuit était tombée, dit-elle d'une voix détachée et lointaine. J'ai aperçu la lueur des feux dans le ciel, en direction du nord.

Les troupes de Cumberland se répandaient partout, pillant et incendiant. Elles atteignirent Rovo, où Clementina et Seonag se trouvaient avec leurs familles, et mirent le feu au manoir. Jocasta ne sut jamais s'ils étaient tous morts dans l'incendie, ou plus tard, de faim et de froid dans le printemps glacial des Highlands.

— Ainsi donc, Hector a sauvé sa peau, et la mienne, qui ne valait plus grand-chose. Ainsi que l'or, naturellement.

Ses doigts cherchèrent de nouveau la bague et la tournèrent lentement autour de son bâtonnet, les diamants projetant leurs feux dans la lumière de la lampe.

— Je vois, murmura Jamie.

Il scrutait son visage. Il me parut soudain injuste qu'il la dévisage ainsi, semblant presque la juger, sans qu'elle puisse lui retourner son regard, ni même savoir qu'il l'observait. Je le touchai et il se tourna un instant vers moi, puis il prit ma main et la serra fort.

Jocasta reposa les bagues et se leva, soudain agitée à présent que la partie la plus difficile de son récit était terminée. Elle se rapprocha de la banquette sous la fenêtre, s'y agenouilla et écarta les rideaux. Elle se déplaçait avec une telle aisance qu'on avait du mal à la croire aveugle. D'un autre côté, c'était sa chambre, son antre. Le moindre objet y avait sa place précise, afin qu'elle puisse trouver son chemin. Elle posa les mains à plat contre la vitre et la nuit audehors, une brume blanche de condensation s'enroulant autour de ses doigts comme des flammes de glace.

— Hector a acheté cet endroit avec l'or que nous avions apporté. La terre, la scierie, les esclaves. Je dois reconnaître que son travail acharné a fait de la plantation ce qu'elle est aujourd'hui, mais c'est grâce à l'or que nous avons pu nous y installer.

— Et son serment ? demanda Jamie.

Elle émit un petit rire cynique.

— Quel serment ? Hector était un homme pratique. Les Stuart étaient finis. Quel besoin avaient-ils de tout cet or en Italie ?

— Pratique, répétai-je malgré moi.

Je n'avais pas voulu parler, mais il m'avait semblé surprendre quelque chose de bizarre dans le ton de sa voix. De fait, elle se retourna vers nous en m'entendant. Elle souriait, mais un frisson me parcourut l'échine en voyant son expression.

— Oui, pratique, insista-t-elle. Mes filles étaient mortes. Il ne voyait aucune raison de perdre son temps à les pleurer. Il ne parlait jamais d'elles et ne tolérait pas que j'y fasse allusion. Autrefois, il avait été un homme de valeur. Il était déterminé à le redevenir, mais il savait que ce ne serait pas si facile ici... si les gens savaient.

Elle expira entre ses dents, trahissant sa colère rentrée.

— Je peux affirmer que personne dans ce pays n'a jamais su que j'avais été mère autrefois.

— Vous l'êtes toujours, dit doucement Brianna.

Elle me lança un bref regard et ses yeux bleus croisèrent les miens. Je m'efforçai de lui sourire tout en sentant les larmes me brûler les yeux. Elle savait de quoi elle parlait, tout comme moi.

Jocasta le savait, elle aussi. Ses traits se détendirent un instant, la fureur et le désespoir cédant la place à la nostalgie. Elle revint lentement vers le tabouret sur lequel Brianna était assise et posa sa main libre sur la tête de sa petite nièce.

— Oui, *a leannan*. Tu sais ce que je veux dire. Tu comprends maintenant pourquoi je tiens à léguer cet endroit, à toi et à ta descendance.

Jamie toussota, puis, intervenant avant que Brianna n'ait eu le temps de répondre, demanda sur un ton détaché :

— C'est ça que vous avez expliqué à l'Irlandais, ce soir ? Pas toute l'histoire, bien sûr, mais que l'or n'est pas ici ?

Jocasta retira sa main et se tourna vers lui.

— Oui, c'est ce que je leur ai dit, ou que je lui ai dit. Pour autant que je sache, ces coffres sont encore enterrés quelque part dans une forêt d'Écosse. Libre à lui de s'armer d'une pelle et d'aller creuser, si ça lui chante.

— Il vous a cru ?

Elle secoua la tête.

— Comme je te l'ai dit, ce n'était pas un gentleman. Je ne connaissais pas exactement ses intentions. J'étais assise près du lit. Je garde toujours un petit couteau sous mon oreiller. Je n'allais pas le laisser me menacer sans réagir. Toutefois, avant que j'aie pu attraper l'arme, j'ai entendu des pas dans le boudoir.

Elle agita une main vers la porte, près de la cheminée. Son boudoir se trouvait de l'autre côté, formant une sorte de sas entre sa chambre et une autre, qui avait autrefois été celle d'Hector et qui était probablement devenue désormais celle de Duncan.

Les intrus avaient aussi entendu le bruit. L'Irlandais chuchota quelque chose à son acolyte, puis il s'écarta de Jocasta pour se rapprocher de l'âtre. L'autre vint alors se placer derrière elle et lui plaqua une main sur la bouche.

— Tout ce que je peux vous dire, c'est qu'il portait une casquette enfoncée jusqu'aux oreilles et qu'il empestait l'alcool, ajouta Jocasta avec une grimace de dégoût. Au point qu'il semblait s'en être aspergé.

La porte s'était ouverte, Duncan était entré, l'Irlandais avait bondi par-derrière et l'avait assommé.

— Je ne me souviens de rien, déclara Duncan. Je suis venu souhaiter bonne nuit à... ma femme. Je me rappelle avoir posé la main sur la poignée de la porte, puis je me suis réveillé, étendu ici, avec le crâne fendu en deux.

Il effleura prudemment sa bosse tout en examinant Jocasta d'un air inquiet.

— Et toi, *mo chridhe* ? Comment te sens-tu ? Ces gueux ne t'ont pas malmenée, au moins ?

Il tendait la main vers elle, mais elle ne pouvait le voir. Il tenta alors de se redresser, puis retomba en gémissant. Elle se leva et se précipita vers le lit, tâtonnant jusqu'à ce qu'elle trouve sa main.

— Tout va bien, je n'ai rien eu, mis à part l'angoisse de croire que j'étais sur le point d'être veuve pour la quatrième fois.

Tracassée, elle soupira et s'assit à ses côtés sur le bord du lit, écartant une mèche de cheveux qui retombait devant son visage.

— Je ne savais pas ce qu'il t'avait fait. J'ai juste entendu un bruit sourd et un cri affreux quand tu t'es effondré. Puis l'Irlandais est revenu vers moi, et l'individu qui me tenait m'a lâchée.

Sur un ton aimable, l'Irlandais l'avait informée qu'il ne croyait pas un instant à son histoire. Il était convaincu que le trésor était ici, à River Run, et s'il ne pouvait se résoudre à lever la main sur une dame, il n'aurait pas ce genre de scrupule envers son mari.

— Si je ne lui disais pas où était l'or, son associé et lui découperaient Duncan en morceaux, en commençant par les orteils, puis en remontant vers ses bourses.

Duncan, qui n'avait déjà pas très bonne mine, blêmit davantage. Jamie le regarda brièvement, puis détourna les yeux et s'éclaircit la gorge.

— Vous étiez convaincue qu'ils le feraient ? demanda-t-il.

— Ils avaient un couteau bien affûté. Il a glissé la lame sur ma paume pour me le prouver.

Elle ouvrit une main, nous montrant une fine ligne de sang séché. Puis elle haussa les épaules.

— C'eut été dommage de les laisser faire. J'ai d'abord fait mine de ne pas être impressionnée, mais l'Irlandais est allé soulever un des pieds de Duncan. Alors j'ai pleuré et tempêté, espérant attirer l'attention de quelqu'un, mais ces maudits esclaves étaient tous partis se coucher, et je suppose que mes invités étaient trop occupés à siffler mon whisky ou à forniquer dans mon parc ou mes écuries pour m'entendre.

À cette dernière remarque, le visage de Brianna vira soudain au rouge vif. Jamie s'en aperçut lui aussi et toussota, évitant de croiser mon regard.

— Humm… oui et ensuite ?

Un court instant, un air de satisfaction illumina les traits de Jocasta.

— Je leur ai dit que l'or était caché sous le plancher de la remise, près du potager. J'ai pensé que de tomber nez à nez avec un cadavre les refroidirait un moment. Le temps qu'ils trouvent le courage de creuser, j'aurais pu alors me libérer et donner l'alerte. Ce qui s'est passé.

Ils l'avaient bâillonnée et ligotée en hâte avant de filer à la remise, la menaçant de revenir et de mettre leurs menaces à exécution, s'ils découvraient qu'elle leur avait menti. Toutefois, dans leur précipitation, ils avaient raté leur bâillon. Elle était rapidement parvenue à s'en débarrasser et à briser un carreau pour appeler à l'aide.

— À mon avis, quand ils ont ouvert la porte de la remise et ont vu le corps, le choc a été tel qu'ils en ont lâché leur lanterne, ce qui a déclenché l'incendie. Dommage pour la remise, mais ce n'est qu'un petit prix à payer. J'espère seulement qu'ils ont brûlé avec !

Duncan, à peine rétabli et encore un peu grisâtre, suggéra :

— Tu ne penses pas qu'ils auraient pu mettre le feu exprès ? Pour cacher la terre retournée par leurs pelles ?

Jocasta fit non de la tête.

— Pourquoi faire ? Ils pouvaient bien creuser jusqu'en Chine, il n'y avait rien à trouver.

Elle commençait à se détendre un peu. Son visage retrouvait son teint normal, même si ses larges épaules s'affaissaient sous la fatigue.

Le silence retomba dans la chambre, me faisant prendre conscience de bruits au rez-de-chaussée depuis quelques minutes. Des voix mâles et des pas. Les hommes partis à la recherche des bandits étaient de retour et, à leurs tons las et éteints, il était évident qu'ils rentraient bredouilles.

La chandelle sur la table s'était presque consumée. Une autre sur le manteau de la cheminée cracha sa dernière lueur, puis elle mourut dans une volute finale de fumée parfumée à la cire d'abeille. Jamie regarda machinalement par la fenêtre. Il faisait encore nuit, mais la nature du ciel avait changé. L'aube n'était plus très loin.

Les rideaux remuèrent doucement, un courant d'air frisquet se répandant dans la pièce et soufflant encore une bougie. Cette seconde nuit blanche commençait à se faire sentir. J'étais glacée, engourdie et désincarnée. Les diverses horreurs que j'avais vues et entendues fusionnaient comme un rêve dans mon esprit. Seule une forte odeur de brûlé me prouvait encore qu'elles avaient bien eu lieu.

Il ne semblait plus rien y avoir à dire ou à faire. Ulysse revint, se glissant discrètement dans la chambre avec un chandelier et un plateau sur lequel il avait posé une bouteille de cognac et plusieurs verres. Le major MacDonald refit une brève apparition pour nous confirmer que les hommes n'avaient trouvé aucun signe des mécréants. J'examinai brièvement Duncan et Jocasta une dernière fois, puis laissai Brianna et Ulysse les aider à se coucher.

Jamie et moi redescendîmes l'escalier en silence. Sur la dernière marche, je me tournai vers lui. Il était livide de fatigue, ses traits tirés et durs comme sculptés dans le marbre. Ses cheveux et sa barbe naissante formaient une tache noire dans la faible lumière.

— Ils vont revenir, n'est-ce pas ? demandai-je doucement.

Il hocha la tête, puis, me prenant par le bras, m'entraîna vers l'escalier de service.

16

Face-à-face, avec brioche

Si tôt dans l'année, la cuisine au sous-sol de la maison était encore utilisée, celle d'été dans les dépendances étant réservée aux préparations les plus salissantes et malodorantes. Réveillés par le remue-ménage, les esclaves étaient tous debout et au travail, même si plusieurs d'entre eux semblaient prêts à se rouler en boule dans un coin et à finir leur nuit à la moindre occasion. En revanche, la cuisinière en chef avait les yeux bien ouverts, et il était clair que personne sous ses ordres ne pouvait espérer rattraper le sommeil perdu.

La pièce était bien chauffée et accueillante, la lueur du grand feu de cheminée teintant ses murs de rouge, du bouillon, du pain chaud et du café remplissant l'air d'odeurs réconfortantes. Je pensais que l'endroit était idéal pour faire une petite pause et récupérer avant de monter se coucher, mais, apparemment, Jamie avait d'autres projets.

Il s'arrêta un instant pour discuter avec la cuisinière, juste le temps d'échanger quelques politesses et de lui soutirer une brioche à peine sortie du four, saupoudrée de cannelle et fleurant bon le beurre frais, ainsi qu'une cruche fermée remplie de café chaud. Puis il prit congé, me cueillant au passage sur le tabouret où je m'étais effondrée, et nous repartîmes, une fois de plus, dans le vent frisquet de la nuit.

Lorsqu'il s'engagea dans l'allée en brique qui menait aux écuries, j'eus une étrange sensation de déjà-vu. La lumière était exactement la même que vingt-quatre heures plus tôt, des têtes d'épingle lumineuses identiques s'éteignant peu à peu dans le ciel bleu-gris. La même brise printanière soulevait ma cape et picotait mon visage.

Mais, cette fois, nous marchions dignement côte à côte, et les souvenirs lubriques de la nuit précédente étaient nettement étouffés par les odeurs troublantes de sang et de matières calcinées. À chaque pas, j'avais l'impression de pousser les portes battantes d'un hôpital, d'être presque engloutie par les effluves de produits chimiques dans le bourdonnement des néons.

— C'est le manque de sommeil, méditai-je à voix haute.

Jamie se secoua pour se réveiller, s'ébrouant tel un chien sortant de l'eau. Puis il me prit le bras, comme s'il craignait que je tombe littéralement de fatigue la tête la première.

— Ce n'est pas encore le moment de dormir, *Sassenach*. Nous avons une ou deux petites choses à faire avant.

Je n'étais pas sur le point de tourner de l'œil. J'avais simplement voulu dire que le manque de sommeil me faisait l'effet vaguement hallucinatoire d'être de retour dans un hôpital. Pendant des années, en tant qu'infirmière, mère puis interne, j'y avais passé de longues nuits blanches, apprenant à fonctionner – avec efficacité – malgré un total épuisement.

Cette même sensation m'envahissait à présent, me plongeant dans un état artificiel de vigilance. Je me sentais toute racornie, comme si je n'habitais plus que le centre de mon corps, isolée du reste du monde par une épaisse enveloppe de peau inerte. Parallèlement, le moindre détail de mon environnement me paraissait d'une netteté irréelle, depuis le fumet délicieux de la brioche que transportait Jamie et du bruissement de sa cape, jusqu'au chant d'un homme, au loin, dans les quartiers des esclaves et aux tiges naissantes des joncs, dans les massifs qui bordaient l'allée.

Cette impression lucide de détachement m'accompagna jusqu'aux écuries. « Une ou deux petites choses à faire », avait-il dit. Je doutais qu'il veuille répéter notre performance de l'autre soir. D'un autre côté, s'il avait en tête une forme de débauche moins athlétique, impliquant la brioche et le café, je ne voyais pas pourquoi elle devait se dérouler dans les écuries plutôt que dans un des salons.

La porte latérale n'était pas verrouillée. Il la poussa et les odeurs chaudes du foin et des animaux endormis nous enveloppèrent.

— Qui est là ? demanda doucement une voix grave.

Roger, bien sûr ! Voilà pourquoi il n'était pas avec nous dans la chambre de Jocasta.

— Fraser, répondit Jamie sur le même ton.

Il m'attira à l'intérieur et referma la porte derrière nous.

Enveloppé dans une cape, Roger se tenait dans la lueur pâle d'une lanterne, près de la dernière rangée des logettes. Quand il se tourna vers nous, la lumière forma un halo rouge autour de ses cheveux noirs. Jamie lui tendit le pot de café.

— Tiens, *a Smeòraich*.

Les pans du vêtement de Roger s'écartèrent en attrapant le récipient et, de son autre main, je le vis ranger un pistolet sous sa ceinture. Sans commentaire, il déboucha la cruche et la porta à ses lèvres. Il but en plissant des yeux, le visage empreint de béatitude. Il soupira d'aise, expirant de l'air chaud.

— Je n'avais rien bu d'aussi bon depuis des mois ! déclara-t-il.

Avec un léger sourire, Jamie lui reprit la cruche et lui tendit la brioche emballée dans du papier gras, tout en demandant :

— Alors, comment se comporte-t-il ?

— Il a été bruyant au début, mais il s'est calmé depuis. Je crois qu'il s'est endormi.

Tout en déballant son repas, Roger indiqua un box d'un signe de tête. Jamie décrocha la lanterne de son clou et la brandit haut au-dessus de la porte. Regardant sous son bras, j'aperçus une silhouette recroquevillée dans la paille.

— Monsieur Wylie ? appela Jamie. Vous dormez ?

La forme remua dans un bruissement sec.

— Non, monsieur, répondit une voix acerbe.

La silhouette se déplia lentement et Phillip Wylie se leva, époussetant ses vêtements.

Je l'avais déjà vu plus à son avantage. Il manquait plusieurs boutons à son gilet et la couture d'une manche de sa veste était déchirée. Les deux jambes de ses culottes pendaient mollement, les boucles ayant été arrachées. Ses bas retombaient tristement sur ses chevilles, découvrant des mollets velus. Il avait reçu un coup sur le nez : un petit filet de sang avait séché au-dessus de sa lèvre supérieure et une autre tache sombre ornait la soie brodée de son gilet.

En dépit du laisser-aller de sa tenue, il n'avait rien perdu de son arrogance.

— Vous allez devoir répondre de vos actes, monsieur Fraser, soyez-en sûr !

— J'y compte bien, monsieur Wylie, répondit Jamie, imperturbable. Mais avant, c'est à vous de répondre à quelques questions.

Il souleva le loquet du box et ouvrit la porte.

— Sortez de là.

Wylie hésita, ne voulant pas rester enfermé mais rechignant à obéir à Jamie. Je vis ses narines frémir. Il avait dû sentir l'odeur du café. Cela sembla le décider et il se résolut à sortir enfin. Il passa devant moi, les yeux fixés en avant de lui, comme s'il ne m'avait pas vue.

Roger avait rapproché deux tabourets et un seau retourné. Je repoussai modestement ce dernier dans l'ombre et m'assis dessus, pendant que Jamie et Wylie prenaient place, face à face, juste assez proches l'un de l'autre pour pouvoir se sauter à la gorge. Roger se retira à l'écart lui aussi, s'installant près de moi avec sa brioche, l'air intéressé.

Wylie accepta la cruche de café d'un geste raide. Quelques grandes gorgées semblèrent lui redonner tout son aplomb. Il l'abaissa enfin avec une grande inspiration sonore, les traits plus détendus.

— Merci, monsieur.

Il rendit la cruche à Jamie avec une courbette, puis il s'assit le dos droit sur le tabouret. Il rajusta sa perruque qui avait miraculeusement survécu aux aventures de la nuit, bien qu'ayant visiblement souffert, puis déclara :

— Bien. Maintenant, puis-je connaître le motif de ses manières inqualifiables ?

— Mais, certainement, monsieur, répondit Jamie sur le même ton. Je souhaite découvrir la nature de vos relations avec un certain Stephen Bonnet et tout ce que vous savez de cet individu.

Wylie le dévisagea sans comprendre, d'un air presque comique.

— Qui ?

— Stephen Bonnet.

Wylie allait se tourner vers moi pour obtenir des éclaircissements, mais se souvenant de sa décision de m'ignorer, il se redressa en fronçant les sourcils.

— Je ne connais pas ce monsieur, monsieur Fraser, et ne pourrais donc en aucun cas entretenir de relations avec lui. Cela étant, quand bien même je le connaîtrais, je ne vois pas pourquoi je vous en informerais.

Jamie but une gorgée de café, puis il me tendit la cruche avant de reprendre :

— Ah non ? Que faites-vous donc des obligations d'un invité auprès de ses hôtes, monsieur ?

— Que voulez-vous dire, monsieur ?

— Dois-je comprendre que vous ignorez que Mme Innes et son mari ont été victimes, cette nuit, d'une agression et d'une tentative de vol ?

Wylie en resta bouche bée. Si sa surprise était feinte, c'était un très bon acteur. Mais d'après ce que j'avais pu en juger jusqu'à présent, il n'était pas franchement doué pour la comédie.

— Je l'ignorais. Qui...

Une pensée traversa son esprit et sa stupéfaction s'évanouit pour céder le pas à un regain d'indignation. Ses yeux saillirent légèrement.

— Comment ? Vous me croyez mêlé à ce... à ce...

— Cet acte infâme ? proposa Roger.

Celui-ci avait dû s'ennuyer ferme dans son rôle de geôlier. Visiblement, à présent, il s'amusait. Il tendit à Wylie un morceau de brioche.

— Oui, en effet, nous le croyons. Un peu de brioche, monsieur ?

Wylie le dévisagea un instant, interdit, puis repoussa violemment la main tendue, faisant voler le morceau de brioche. Se tournant vers Jamie, il s'écria :

— Comment osez-vous, canaille ! Vous insinuez que je suis un voleur ?

Jamie se pencha doucement en arrière sur son tabouret, le menton haut levé.

— Parfaitement. Vous avez bien essayé de me voler ma femme sous mon nez, pourquoi vous comporteriez-vous autrement avec les biens de ma tante ?

Le visage de Wylie devint d'un cramoisi violacé peu seyant. S'il n'avait pas porté une perruque, nous aurions sûrement vu ses cheveux se dresser sur sa tête.

— Vous n'êtes qu'un... qu'un... salaud !

Il se rua sur Jamie. Les deux hommes roulèrent à terre dans un enchevêtrement de bras et de jambes.

Je bondis en arrière. Roger voulut intervenir, mais je le retins par un pan de sa cape.

Jamie avait l'avantage de la taille, mais Wylie, outre le fait d'avoir la moitié de son âge, n'était pas non plus un novice dans l'art du corps à corps. Sans compter qu'il était animé par une fureur aveugle. Mais il m'aurait suffi de patienter un peu et Jamie l'aurait maîtrisé. Toutefois, je n'étais plus d'humeur à attendre.

Monstrueusement irritée par l'un comme par l'autre, j'avançai d'un pas et retournai la cruche au-dessus de la mêlée. Le café n'était pas bouillant mais suffisamment chaud. À l'unisson, ils poussèrent un cri de surprise, puis ils roulèrent, chacun de son côté, se redressèrent à quatre pattes et s'ébrouèrent. Je crus entendre Roger rire derrière moi, mais quand je fis volte-face, il afficha aussitôt un air grave et inspiré. Il m'observa, surpris, et enfourna un nouveau morceau de brioche.

Entre-temps, Jamie et Wylie s'étaient relevés, tous deux trempés de café et semblant prêts à reprendre la procédure, là où je l'avais interrompue. Je me plaçai entre eux et tapai du pied.

— Ça suffit comme ça ! J'en ai assez !

— Pas moi ! s'écria Wylie. Il a sali mon honneur et j'exige répa...

— Votre honneur, vous pouvez vous le mettre là où je pense !

Voyant que Jamie s'apprêtait à lancer une déclaration aussi incendiaire, je l'arrêtai net dans son élan :

— Toi aussi !

Sans le quitter des yeux, je frappai avec mon soulier l'un des tabourets renversés en tonnant :

— Assis !

Éloignant sa chemise trempée de son torse, il redressa le tabouret et s'y assit, drapé dans une immense dignité.

Wylie, moins enclin à me prêter attention, poursuivit ses péroraisons au sujet de son honneur. Je lui envoyai un coup dans le tibia avec ma solide bottine. Il poussa un cri aigu et sautilla sur une jambe tout en tenant l'autre. Les chevaux, complètement réveillés par le boucan, trépignaient et piaffaient dans leurs boxes. L'air était rempli de brins de paille en suspens.

Jamie me lança un regard méfiant, puis déclara à Wylie :

— Si j'étais vous, j'éviterais de la contrarier. Quand elle est en colère, elle peut être dangereuse.

Wylie me fixa d'un œil mauvais, mais une lueur d'incertitude traversa son regard, que ce soit à cause de la cruche de café que je tenais toujours par le goulot comme une matraque, ou parce qu'il me revoyait quelques heures plus tôt, en pleine autopsie de Betty. Il ravala non sans effort les mots qu'il s'apprêtait à prononcer, puis s'assit lentement sur l'autre tabouret. Il sortit un mouchoir de la poche de son gilet et épongea le filet de sang qui coulait d'une entaille à l'arcade sourcilière. Avec une politesse exquise, il demanda à Jamie :

— Si cela ne vous ennuie pas, j'aimerais savoir de quoi il retourne au juste.

Il avait perdu sa perruque dans la bagarre. Elle gisait sur le sol dans une flaque de café. Jamie se pencha et la souleva délicatement, comme un animal mort. De son autre main, il essuya une traînée de boue sur sa mâchoire, puis tendit la perruque dégoulinante à son propriétaire en déclarant :

— Nous voici donc au même point, monsieur.

Avec un hochement sec de la tête, Wylie prit sa perruque et la déposa sur ses genoux, ne prêtant pas attention au liquide qui tachait ses culottes. Sceptiques, les deux hommes se tournèrent vers moi avec la même impatience. Apparemment, j'avais été nommée maîtresse de cérémonie.

— Il s'agit de vol, de meurtre et de Dieu seul sait quoi d'autre, dis-je d'un ton décidé. Nous sommes fermement déterminés à élucider cette affaire.

— De meurtre ? s'exclamèrent Wylie et Roger à l'unisson.

— Qui a été assassiné ? demanda Wylie.

— Une esclave, répondit Jamie. Ma femme soupçonnait que sa mort n'était pas naturelle. Nous avons voulu en avoir le cœur net, d'où notre présence dans la remise cette nuit.

— Votre présence…

Déjà pâle, Wylie sembla être pris de nausée à l'évocation de la scène en question.

— Oui… je vois…

Il jeta sur moi un regard en coin.

Roger avança dans le cercle de lumière de la lanterne et redressa le seau. Il s'assit à mes pieds et posa le reste de la brioche sur le sol.

— Alors, comme ça, elle a bien été tuée ? Comment ?

— On lui a fait avaler du verre pilé. Il y en avait encore dans son estomac.

Tout en disant cela, je ne quittai pas Wylie des yeux. Il afficha la même expression stupéfaite que Roger et Jamie. Celui-ci se remit le premier de sa stupeur. Il se redressa et lissa ses cheveux hirsutes derrière ses oreilles.

— Du verre… répéta-t-il. Combien de temps faut-il pour tuer quelqu'un de cette façon, *Sassenach* ?

Avec deux doigts, je me frottai le front entre les sourcils. L'engourdissement de tout à l'heure cédait peu à peu la place à un mal de tête rendu plus intense par le riche arôme du café et le fait que je n'en avais pas bu une goutte.

— Je l'ignore. Il suffit de quelques minutes aux petits bouts de verre pour descendre dans l'estomac, mais il faut un certain temps avant qu'ils ne provoquent des lésions assez importantes pour entraîner une grave hémorragie. L'intestin grêle subit sans doute les pires dégâts, les particules tranchantes pouvant perforer sa tunique interne. Si l'appareil digestif ne fonctionne pas normalement, en raison d'une forte absorption d'alcool, par exemple, et si le transit est ralenti, cela peut prendre encore plus de temps. Même chose si Betty a beaucoup mangé.

Roger se tourna vers Jamie.

— C'est la femme que Brianna et vous avez trouvée dans le potager ?

— Oui, répondit-il. Elle était ivre et inconsciente. Quand tu l'as examinée plus tard, *Sassenach*, était-elle déjà empoisonnée ?

— Difficile à dire. Le verre pilé faisait peut-être déjà ses ravages, mais, comme elle était toujours évanouie, c'était impossible à deviner. Fentiman m'a dit qu'elle s'était réveillée au beau milieu de la nuit, se plaignant de terribles crampes d'estomac. Toutefois, je ne peux pas dire si elle avait déjà ingurgité le verre quand vous l'avez trouvée ou si on l'a extirpée de sa stupeur éthylique pendant la nuit pour le lui faire avaler.

— « De terribles crampes d'estomac », répéta Roger. Quelle fin horrible !

— Oui, convint Jamie. L'auteur de ce crime est d'une cruauté monstrueuse. Mais qui pouvait bien vouloir la mort de cette femme ?

— Bonne question, dit sèchement Wylie. En tout cas, je peux vous assurer que ce n'est pas moi.

Jamie le dévisagea longuement.

— Peut-être, déclara-t-il enfin. Mais, dans ce cas, que veniez-vous faire dans la remise au beau milieu de la nuit, si ce n'était pas pour contempler le visage de votre victime ?

— Ma victime ! éructa de nouveau Wylie en bondissant sur ses pieds. Ce n'était pas moi dans la remise qui avait les bras enfoncés dans ses tripes jusqu'aux coudes. « Ma » victime ! Figurez-vous, madame, que la profanation d'un cadavre est un acte passible de la peine capitale. J'en ai entendu des choses à votre sujet, madame Fraser ! Oh que oui, et quelles choses ! À mon avis, c'est vous qui avez causé la mort de cette malheureuse, et ce, dans le seul but d'obtenir…

Il n'acheva pas sa phrase. Jamie attrapa son col et le tordit autour de son cou. Puis il lui envoya un coup de poing dans le ventre. Le jeune homme se plia en deux, toussant et recrachant un mélange de café, de bile et de plusieurs autres substances désagréables sur le sol, sur ses vêtements et sur Jamie.

Je soupirai d'un air las. Les effets revigorants de la discussion s'estompant, je me sentis de nouveau désorientée et glacée. La puanteur n'arrangeait rien.

Jamie lâcha Wylie et commença à ôter ses vêtements souillés. Je le fixai d'un regard réprobateur.

— Ce genre de réaction ne va pas vraiment nous aider, lui dis-je. Même si j'apprécie que tu défendes mon honneur.

Sa tête réapparut sous la chemise qu'il enleva et fit tomber sur le sol.

— Tu crois peut-être que j'allais laisser ce freluquet t'insulter !

— Je doute qu'il recommence, dit Roger.

Il se leva et se pencha vers Wylie, toujours plié en deux sur son tabouret, le teint verdâtre. Roger regarda Jamie par-dessus son épaule.

— C'est vrai ce qu'il a dit au sujet de la peine de mort ?

Hirsute et torse nu, taché de sang et de vomi, Jamie n'avait plus grand-chose du gentleman policé qui avait joué au whist deux soirs plus tôt.

— Je ne sais pas, répondit-il. Mais peu importe, parce qu'il ne dira rien à personne. Dans le cas contraire, je le découperai en morceaux et donnerai ses couilles et sa langue de menteur à manger aux cochons.

Il posa la main sur le manche de son coutelas, comme pour s'assurer qu'il était bien là, au cas où. Puis, se tournant vers Wylie, il reprit la conversation avec une extrême courtoisie :

— Mais je suis sûr que vous ne proféreriez jamais d'accusations mensongères à l'encontre de mon épouse, n'est-ce pas, monsieur ?

Je ne fus pas surprise de voir Wylie, toujours incapable de parler, faire non de la tête. Jamie émit un grognement satisfait et ramassa sa cape par terre.

Encore étourdie par cette manifestation d'honneur viril, je m'assis sur le seau.

— Bien ! soupirai-je. Maintenant que tout est rentré dans l'ordre, où en étions-nous ?

— Au meurtre de Betty, déclara Roger. Nous ignorons qui, quand et comment. Toutefois, histoire d'avancer un peu, je suggère que nous présumions que personne ici présent n'est le coupable.

— Soit, convint Jamie en se rasseyant à son tour. Dans ce cas, si nous parlions de Stephen Bonnet ?

L'expression de Roger, jusque-là intéressé, s'assombrit aussitôt.

— Pourquoi ? Il est mêlé à cette affaire ?

— Peut-être pas au meurtre, mais ma tante et Duncan ont été attaqués dans leurs appartements par deux bandits. L'un d'eux était irlandais.

Il s'enroula dans sa cape et lança un regard sinistre vers Wylie qui, suffisamment remis, se redressa.

— Je vous répète que je ne connais pas de gentleman de ce nom, qu'il soit Irlandais ou Hottentot.

— Stephen Bonnet n'a rien d'un gentleman, rectifia Roger.

Son ton était relativement mesuré mais chargé d'une tension qui surprit Wylie.

— Je ne connais pas cet homme, répéta-t-il fermement. Qu'est-ce qui vous fait croire que l'Irlandais qui a agressé M. et Mme Innes est bien ce Bonnet ? Il a laissé sa carte, peut-être ?

Je ris malgré moi. En dépit de tout, je devais reconnaître que Phillip Wylie m'inspirait un certain respect. Séquestré, battu, menacé, aspergé de café, privé de sa perruque, il conservait beaucoup plus de dignité que bien d'autres hommes dans une telle situation.

Jamie me jeta un coup d'œil, puis se tourna de nouveau vers Wylie. Dans la pénombre, je crus déceler un léger tremblement de ses lèvres, comme s'il se retenait de sourire.

— Non, il n'a rien laissé, répondit-il. Mais je connais Stephen Bonnet. Cet homme est un félon, un dégénéré et un voleur. Or, il se trouvait avec vous quand vous nous avez surpris, ma femme et moi, dans la remise.

— C'est vrai, confirmai-je. Je l'ai vu aussi. Il se tenait juste derrière vous. Au fait, vous ne nous avez toujours pas dit ce que vous faisiez là ?

Wylie inspira profondément et baissa les yeux, se frottant le nez du dos de la main. Puis il redressa la tête et se tourna vers Jamie.

— J'ignore qui est cet homme. Un peu plus tôt, il m'avait bien semblé être suivi, mais, quand je me suis retourné, il n'y avait personne. Puis, quand j'ai ouvert la porte et aperçu ce qui se passait dans la remise, j'ai été tellement choqué que je n'ai plus fait attention à rien d'autre.

Ça, je le croyais aisément.

Wylie haussa les épaules avant de poursuivre :

— Puisque vous dites que ce Bonnet se tenait derrière moi, vous avez sans doute raison. Mais je vous assure qu'il n'était pas avec moi et que j'ignorais sa présence.

Jamie et Roger échangèrent un regard, mais tous deux sentaient que Wylie disait vrai, tout comme moi. Il y eut un bref silence, durant lequel j'entendis les chevaux remuer dans leurs stalles. Ils n'étaient plus agités, ils attendaient simplement leur nourriture. Les premières lueurs de l'aube filtraient par les fentes sous les avant-toits, créant une aura tamisée et grise qui ternissait les couleurs à l'intérieur de l'écurie, mais soulignait les contours des harnais suspendus aux cloisons, des fourches et des pelles entreposées dans un coin.

Jamie bougea et étira ses épaules.

— Les garçons d'écurie ne vont plus tarder, déclara-t-il à Wylie. C'est bon, monsieur, j'accepte votre parole de gentleman.

— Vraiment ? Vous me faites trop d'honneur !

Faisant mine de ne pas remarquer son sarcasme, Jamie enchaîna :

— Toutefois, cela ne nous dit toujours pas ce que vous veniez faire dans la remise à cette heure de la nuit.

Wylie s'était déjà à demi levé de son siège. En entendant la question, il hésita, puis se rassit lentement. Il sembla réfléchir puis, résigné, soupira.

— Lucas, dit-il clairement.

Il ne releva pas les yeux, fixant ses mains qui pendaient mollement entre ses jambes.

— Je l'ai vu naître. Je l'ai élevé, dressé, entraîné…

Il déglutit péniblement, avant d'achever :

— Je suis allé dans l'écurie pour passer un dernier petit moment seul avec lui… pour lui dire adieu.

Pour la première fois, l'aversion de Jamie pour Wylie sembla disparaître. Il hocha la tête.

— Je vois. Et ensuite ?

Wylie se redressa doucement.

— En sortant de l'écurie, j'ai cru entendre des voix près du mur du potager. En m'approchant, j'ai vu de la lumière dans la remise. J'ai ouvert la porte. Vous savez comme moi ce qui s'est passé ensuite, monsieur Fraser.

— Oui, je sais. J'ai couru après Bonnet et vous vous êtes mis en travers de ma route.

Wylie releva dignement le col de sa veste abîmée.

— Vous m'avez attaqué ! rectifia-t-il froidement. Je me suis défendu, comme j'en avais parfaitement le droit. Puis votre gendre et vous-même m'avez traîné de force jusqu'ici et retenu prisonnier durant la moitié de la nuit.

Roger se racla la gorge.

— Hmm… en effet, déclara Jamie sur un ton neutre. Mais nous n'allons pas remettre cette histoire sur le tapis. Je suppose que vous n'avez pas vu dans quelle direction Bonnet a filé ?

— Si. Même si j'ignorais qui il était. Je suppose qu'à cette heure il est loin.

Un semblant de satisfaction dans sa voix fit tiquer Jamie.

— Que voulez-vous dire ?

— Lucas.

D'un signe de tête, Wylie indiqua le fond de la salle, encore plongée dans l'obscurité.

— … Sa stalle est tout au bout. Je reconnais parfaitement sa voix et le bruit de ses mouvements. Or, je ne l'ai pas entendu ce matin. Bonnet – si c'était bien lui – a fui vers les écuries.

Avant que Wylie n'ait eu fini de parler, Jamie saisit la lanterne et marcha d'un pas pressé vers l'extrémité de la pièce. À son passage, des chevaux passèrent le museau par-dessus les portes de leurs boxes, agitant des naseaux curieux. Mais aucun museau noir ne pointait au bout de la rangée, aucune longue crinière ne vint saluer sa venue. Nous le rejoignîmes rapidement, alors qu'il brandissait sa lanterne devant le trou vide.

Elle n'éclaira que de la paille.

Silencieux, nous restâmes là un moment, puis Phillip Wylie soupira.

— J'ai perdu mon cheval, monsieur Fraser, et vous aussi.

Puis son regard ironique se posa sur moi.

— Dites-vous qu'au moins, vous avez encore votre femme.

Il tourna les talons et s'éloigna, ses bas autour des chevilles, ses semelles rouges luisant dans la lumière du jour naissant.

Au dehors, l'aube parait le paysage d'une lueur charmante. Seule la rivière semblait animée, la lumière grandissante projetant des reflets d'argent entre les arbres.

Roger était parti vers la maison en bâillant, mais Jamie et moi nous étions attardés près du paddock. Encore quelques minutes et les occupants de River Run commenceraient à s'activer. Il y aurait d'autres questions, d'autres supputations, d'autres discussions. Ni lui ni moi n'avions envie de parler, du moins pour le moment.

Finalement, il passa un bras autour de mes épaules et, d'un air décidé, m'entraîna dans la direction opposée à la maison. J'ignorais où nous allions et peu m'importait, du moment où, une fois arrivés, il y aurait un endroit où s'allonger.

Nous passâmes devant la forge, où un garçonnet encore à demi endormi actionnait un soufflet, faisant voleter autour de lui une nuée d'étincelles rouges comme des lucioles. Nous passâmes devant les dépendances, contournâmes un bâtiment et nous retrouvâmes devant une sorte de grange équipée d'une double porte. Jamie souleva le loquet et poussa un battant, me faisant signe de le suivre.

— Je ne sais pas pourquoi je n'ai pas pensé à cet endroit plus tôt, déclara-t-il. C'était le lieu idéal pour jouir d'un peu d'intimité.

Nous étions dans le hangar à voitures. Une carriole et un buggy se tenaient dans la pénombre, ainsi que le phaéton de Jocasta. Calèche ouverte ressemblant à un grand traîneau perché sur deux roues, elle était équipée d'une banquette tapissée de velours bleu et d'un siège de cocher se dressant comme la proue d'un navire. Jamie me souleva par la taille et me hissa à bord. Un plaid en peau de buffle était abandonné là. Il l'étala sur le plancher de la voiture, où il y avait tout juste assez de place pour deux personnes qui ne voyaient aucun inconvénient à se coller l'une contre l'autre.

— Viens, *Sassenach*, dit-il en s'agenouillant. Ici au moins, on nous laissera dormir en paix. Pour la suite, nous verrons bien à notre réveil.

J'abondais dans son sens. Bien que sur le point de m'effondrer, je ne pus m'empêcher de lui demander entre deux bâillements :

— Ta tante, tu lui fais confiance ? Je veux dire, tu crois son histoire au sujet du trésor et tout le reste ?

Son bras posé contre mon flanc, il marmonna dans mon oreille :

— Oui, bien sûr. Enfin… pour autant qu'on puisse faire confiance à une MacKenzie.

17

Déductions

La faim et la soif finirent par nous chasser de notre tanière. En sortant du hangar à voitures, nous passâmes devant les esclaves qui détournèrent les yeux avec tact. Ils étaient encore occupés à nettoyer les derniers vestiges de la fête. À l'autre bout de la pelouse, j'aperçus Phaedre qui revenait du mausolée, les bras chargés d'assiettes et de verres. Elle avait le visage bouffi et les yeux rouges, mais ne pleurait pas.

Elle s'arrêta en nous voyant.

— Miss Jo vous demande, monsieur Jamie.

Elle avait parlé mécaniquement, comme si ses propres mots n'avaient pas de sens pour elle. Elle ne trouva rien d'anormal non plus à notre façon soudaine de réapparaître ni à notre tenue débraillée.

Jamie se passa une main sur le visage.

— Ah oui ? Bien, je monte la voir tout de suite.

Elle allait reprendre son chemin, mais Jamie s'avança pour lui toucher l'épaule.

— Je suis sincèrement désolé, ma petite.

Ses yeux se remplirent de larmes, mais elle ne répondit pas. Elle esquissa une révérence, tourna les talons et s'éloigna d'un pas rapide, sans même se rendre compte qu'un couteau tombait de sa haute pile de couverts.

Il rebondit dans l'herbe derrière elle et je me baissai pour le ramasser. La sensation du manche dans ma main me rappela subitement la lame que j'avais utilisée pour ouvrir le corps de sa mère. Déroutée l'espace d'un bref instant, je ne fus plus sur la pelouse devant la maison, mais dans la remise sombre, l'odeur de la mort épaississant l'air, la preuve du meurtre formant un grumeau graveleux entre mes doigts.

Puis la réalité reprit le dessus. L'étendue de verdure était couverte de colombes et de moineaux qui picoraient paisiblement les miettes autour du piédestal de la déesse de marbre blanc, éclatante au soleil.

Jamie me parlait.

— … ta toilette et te reposer un peu, *Sassenach* ?

— Pardon ? Oh… non, pas question. Je t'accompagne.

J'avais soudain hâte d'en finir avec cette affaire et de rentrer chez nous. J'avais eu ma dose de mondanités pour un bon moment.

Jocasta, Duncan, Roger et Brianna se trouvaient tous dans la petite salle à manger, partageant un petit déjeuner copieux, quoique très tardif. Brianna regarda avec surprise les vêtements souillés de son père, mais elle ne fit aucun commentaire, continuant à boire son thé tout en nous inspectant du coin de l'œil. Jocasta et elle étaient encore en robe de chambre. Quant à Duncan et à Roger, ils étaient déjà habillés, mais n'étaient pas très frais. Ni l'un ni l'autre ne s'étaient rasés, et Duncan avait un grand bleu d'un côté du visage, là où il s'était cogné en tombant contre la dalle de la cheminée. Mis à part cela, il paraissait s'être remis.

Je supposais que Roger avait déjà informé tout le monde de notre entretien avec Phillip Wylie et de la disparition de Lucas. En tout cas, personne ne posa de questions. Duncan poussa en silence une assiette de bacon vers Jamie, puis on n'entendit plus que le cliquetis musical des couverts contre les assiettes et le bruit du thé versé dans les tasses.

Enfin repus et l'esprit plus ou moins clair, nous nous redressâmes sur nos chaises et abordâmes de manière assez hésitante les événements du jour... et de la veille. Il s'était passé tant de choses que je pensais plus judicieux de tenter de reconstituer les faits dans un ordre plus ou moins logique. Lorsque j'avançai cette proposition, Jamie fit une moue vexante, laissant entendre qu'il considérait le raisonnement comme une notion incompatible avec ma personnalité. Néanmoins, je ne me démontai pas et ouvris la séance avec fermeté :

— Tout commence avec Betty, vous ne pensez pas ?

— De toute manière, il faut bien partir de quelque part, convint Jamie.

Brianna finit de beurrer sa tartine, l'air amusé. Puis, avant de mordre dedans, elle agita son couteau vers moi.

— Poursuivez, Miss Marple.

Roger pouffa de rire, mais je ne lui prêtai pas attention et continuai dignement :

— Bien. La première fois que j'ai vu Betty, elle m'a paru droguée, mais Fentiman m'ayant empêchée de l'examiner, je n'ai pas pu m'en assurer. Toutefois, nous sommes raisonnablement certains que le punch qu'elle a bu contenait une drogue, n'est-ce pas ?

J'examinai les visages autour de la table. Brianna et Jamie acquiescèrent ensemble, prenant une mine solennelle.

— Oui, j'ai goûté quelque chose dans cette coupe qui n'était pas de l'alcool, confirma Jamie.

— Quant à moi, dit Brianna, après le départ de papa, j'ai parlé aux domestiques. Deux femmes ont reconnu que Betty avait l'habitude de finir le fond des verres lors des réceptions, mais toutes deux m'ont assurée que la dernière fois où elles l'ont vue servir le punch dans le petit salon, elle était à peine un peu pompette.

— C'est vrai, je m'y trouvais en compagnie de Seamus Hanlon et de ses musiciens, déclara Roger. J'ai vu Ulysse préparer le punch lui-même. Est-ce que c'était la première cuvée de la journée, Ulysse ?

Toutes les têtes pivotèrent en direction du majordome. Impassible, celui-ci se tenait derrière la chaise de Jocasta. Sa livrée repassée et sa perruque impeccable n'étaient ni plus ni moins qu'un reproche silencieux au laisser-aller général des tenues.

— Non, monsieur, la seconde, répondit-il. La première avait été bue au cours du petit déjeuner.

Ses yeux étaient alertes, bien qu'un peu rouges, mais le reste de son visage avait l'air sculpté dans un bloc de granit gris. La maison et les esclaves domestiques étaient sous sa responsabilité, et il était clair qu'il était mortifié par les événements récents, les considérant comme une faute personnelle.

Roger se tourna de nouveau vers moi en grattant son menton râpeux. S'il avait réussi à piquer un petit somme depuis notre confrontation avec Wylie, cela ne se voyait guère.

— Je n'ai pas fait attention à Betty, mais je pense qu'à ce stade, si elle avait été soûle ou même éméchée, je l'aurais remarqué. Tout comme Ulysse.

Il jeta un œil vers le majordome qui confirma ses dires d'un hochement de tête.

— Le lieutenant Wolff, lui, était complètement ivre, reprit Roger. Tout le monde l'a remarqué, observant au passage qu'il était un peu tôt dans la journée pour se trouver dans un tel état.

— La seconde cuvée de punch a été servie peu après midi, intervint Jamie. Or, j'ai trouvé Betty couchée sur le dos dans le tas de fumier, empestant l'alcool avec une coupe renversée à ses côtés, à peine une heure plus tard. Je ne dis pas que c'est impossible, mais il faut vraiment le vouloir, pour sombrer aussi rapidement dans l'inconscience, surtout en ne buvant que des fonds de verre.

— Nous pouvons donc supposer qu'elle a bel et bien été droguée, dis-je. Plus probablement, avec du laudanum. Y en avait-il dans la distillerie ici ?

À mon intonation, Jocasta comprit que ma question s'adressait à elle. Elle se redressa sur sa chaise, remettant une mèche blanche sous son bonnet. Elle semblait avoir bien récupéré de ses émotions de la veille.

— Oui, mais ça ne veut rien dire, objecta-t-elle. N'importe qui aurait pu en apporter. Il n'est pas difficile de s'en procurer, il suffit d'y mettre le prix. Je connais au moins deux femmes, parmi mes invités, qui en prennent régulièrement. Elles en avaient sûrement un peu sur elles.

J'aurais été curieuse de savoir qui, parmi les relations de Jocasta, était opiomane, et comment elle le savait, mais là n'était pas la question pour l'instant. Je passai au point suivant, me tournant vers Jamie.

— D'où que soit venu le laudanum, disons qu'il a fini dans l'organisme de Betty. Quand tu l'as découverte, tu as dit avoir immédiatement soupçonné qu'elle avait bu une boisson contenant une drogue ou un poison destiné à quelqu'un d'autre.

Il hocha la tête, me suivant avec attention.

— Oui. Mais qui voudrait faire du mal ou tuer une esclave ?

— Je n'en sais rien, mais on l'a pourtant assassinée, intervint Brianna. Je ne vois pas comment elle aurait pu avaler du verre pilé, par hasard, à la place d'une autre personne. Et vous ?

Je fronçai les sourcils.

— Tu as sans doute raison, mais ne me bouscule pas. J'essaie d'être logique ! Effectivement, je doute qu'elle ait pu l'avaler par accident. Ce qu'il faudrait savoir, c'est « quand » cela s'est produit. Selon moi, certainement après que vous l'avez montée au grenier et que Fentiman l'a examinée la première fois.

Si Betty avait ingéré le verre avant l'administration des émétiques et des purges, ces derniers auraient rapidement déclenché une importante hémorragie interne. Or, cela s'était produit, mais plus tard, quand le médecin était revenu peu avant l'aube soigner ses douleurs intestinales. Je m'adressai de nouveau à Brianna :

— Quand vous êtes allés inspecter les environs, Roger et toi, vous n'avez vu personne qui avait l'air drogué ?

Ils firent non de la tête. Roger fronçait les sourcils, comme si la lumière du jour le dérangeait. Son mal de tête ne me surprenait pas. J'avais moi-même une douleur lancinante dans les tempes.

— J'ai bien vu une vingtaine d'invités qui commençaient à tituber, dit-il, mais ils semblaient tous légitimement ivres.

— Et le lieutenant Wolff ? demanda Duncan.

Personne ne s'était attendu à l'entendre parler. Il rougit légèrement en sentant tous les regards tournés vers lui, mais il poursuivit sur sa lancée :

— *A Smeòraich* a dit qu'il l'avait vu complètement soûl dans le petit salon. N'aurait-il pas pu prendre le laudanum, boire la moitié de sa coupe et laisser l'autre moitié à Betty ?

— Je ne sais pas, dis-je. Le fait est que je n'avais encore jamais vu quelqu'un atteindre un tel degré d'ébriété en moins d'une heure, uniquement avec de l'alcool.

— Quand je suis allé faire le tour des invités, le lieutenant était appuyé contre un des murs du mausolée avec une bouteille à la main, déclara Roger. Il était incohérent, mais encore conscient.

— Oui, il s'est effondré dans le bosquet un peu plus tard, dit Jamie. Je l'y ai aperçu dans l'après-midi. Cela dit, il n'était pas dans le même état que l'esclave. Il avait tout simplement l'air soûl.

— Pourtant, les horaires correspondent, méditai-je. Donc, cela reste une possibilité. Quelqu'un a-t-il revu le lieutenant plus tard ?

— Oui, dit Ulysse. Il est rentré dans la maison pendant le dîner, me demandant de lui trouver un bateau au plus vite. Puis il est parti par le fleuve. Toujours très ivre, mais lucide.

Jocasta marmonna :

— Lucide, lui. Peuh !

Elle se massa les tempes du bout des doigts. Apparemment, elle aussi sentait venir la migraine.

Brianna, la seule qui ne semblait pas avoir mal à la tête, mit deux morceaux de sucre dans sa tasse et remua avec vigueur en faisant un tel vacarme que Jamie grimaça.

— Je suppose que cela élimine le lieutenant de la liste des suspects ? demanda-t-elle. À moins que son départ précipité ne soit incriminant en soi ?

Jocasta se pencha soudain en avant, tendant la main au-dessus de la table devant elle. Elle chercha à tâtons parmi les plats et la vaisselle du petit déjeuner jusqu'à ce qu'elle ait trouvé ce qu'elle cherchait.

— Ne sommes-nous pas en train d'oublier quelque chose ? demanda-t-elle. Jamie, tu m'as parlé de la coupe dans laquelle Betty avait bu. Elle ressemblait bien à celle-ci, n'est-ce pas ?

Elle était en argent, flambant neuve, son motif ciselé à peine visible. Plus tard, lorsque le métal se patinerait, les lignes gravées se terniraient et se détacheraient clairement sur la surface polie. Pour le moment, la lettre « I » et le petit poisson qui nageait autour se perdaient dans les reflets étincelants.

Jamie toucha la main qui la tenait.

— Oui, c'était exactement la même, ma tante, répondit-il. Brianna m'a dit qu'elle faisait partie d'un service ?

— Oui. Une série de six coupes que j'ai offertes à Duncan le matin de notre mariage.

Elle reposa le bel objet avant de poursuivre :

— Ce jour-là, Duncan et moi en avons utilisé deux pour notre petit déjeuner. Les quatre autres sont restées ici.

Elle agita une main derrière elle vers la desserte, où étaient posés les plats de bacon et d'œufs brouillés. Des assiettes décoratives étaient dressées contre le mur, avec des verres à liqueur en cristal intercalés. Je fis le compte. Les six coupes en argent étaient à présent toutes sur la table, remplies de porto, une boisson que Jocasta appréciait particulièrement pour son premier repas de la journée. Il était impossible de deviner laquelle avait contenu la boisson droguée.

— Ulysse, tu n'as pas utilisé ce service dans le petit salon le jour du mariage ? demanda Jocasta.

L'idée même sembla choquer le majordome.

— Non, Madame. Bien sûr que non.

Elle hocha la tête et se tourna dans la direction de Jamie.

— Donc, comme tu vois, il s'agissait de la coupe de Duncan.

Celui-ci écarquilla les yeux, mais blêmit en comprenant ce que cela signifiait.

— Non, dit-il en secouant la tête. Non, je ne vois pas pourquoi.

Toutefois, de petites gouttes de sueur avaient commencé à perler sur ses joues tannées.

Jamie se pencha vers lui.

— Quelqu'un t'a-t-il proposé à boire avant-hier, *a charaid* ?

Duncan haussa les épaules.

— Oui, à peu près tout le monde !

Naturellement. Chacun avait tenu à trinquer avec le marié. Toutefois, ses nerfs ayant considérablement perturbé ses intestins, il n'avait accepté aucun des verres. Il ne se souvenait pas non plus si l'un des rafraîchissements lui avait été servi dans une coupe en argent.

— J'étais tellement distrait, *Mac Dubh*, qu'on aurait pu m'offrir un serpent venimeux sans que je m'en rende compte.

Ulysse déposa une serviette sur un plateau et la présenta discrètement à Duncan. Il la saisit d'un air absent, puis se tamponna le visage.

— Vous pensez donc qu'on a voulu s'en prendre à lui ?

Le ton stupéfait de Roger aurait pu être vexant, mais Duncan ne sembla pas s'en offusquer.

— Mais pourquoi ? demanda-t-il. Qui m'en voudrait à ce point ?

Jamie laissa échapper un petit rire, et la tension autour de la table se relâcha un peu. Le fait était : Duncan, un homme intelligent et compétent, était si modeste qu'on l'imaginait mal offensant quelqu'un, et encore moins susciter une haine meurtrière.

Jocasta avait suivi un raisonnement similaire.

— Il me vient un soupçon, déclara-t-elle. Jamie, te souviens-tu de ce qui s'est passé au *gathering* ?

Surpris, Jamie haussa les sourcils.

— Il est arrivé tellement de choses, ma tante ! Je suppose que vous faites allusion au père Kenneth ?

— Exactement. Tu m'as bien dit que Lillywhite avait déclaré avoir pour instruction d'empêcher le prêtre de célébrer une cérémonie, n'est-ce pas ?

Tout en parlant, elle leva la main machinalement au moment même où Ulysse y plaçait une nouvelle tasse de thé.

— Oui, répondit Jamie. Pensez-vous qu'il faisait expressément allusion à votre mariage avec Duncan ? Que c'était la cérémonie qu'il avait ordre d'empêcher ?

Ma migraine empirait à vue d'œil. Je pressai mes doigts contre mon front. Réchauffés par le contact de la tasse de thé, ils me firent du bien.

— Attends un instant, l'arrêtai-je. Tu veux dire que quelqu'un aurait tout fait pour que le mariage entre ta tante et Duncan n'ait pas lieu lors du *gathering* – avec succès – et que, cette fois, ce quelqu'un n'aurait rien trouvé de mieux pour l'empêcher que d'assassiner Duncan ?

Jamie observait Jocasta avec intérêt.

— Ce n'est pas moi qui le dit, rectifia-t-il. C'est ce que suggère ma tante.

— Parfaitement, dit-elle avec calme.

Elle but une gorgée de thé, puis elle reposa sa tasse avant d'expliquer :

— Ce n'est pas pour me vanter, mais je dois reconnaître que l'on m'a souvent courtisée depuis la mort d'Hector. Oh, ça ne me flatte aucunement, je ne me berce pas d'illusions ! River Run est une plantation prospère et je suis une vieille femme.

Il y eut un moment de silence, tandis que tous digéraient sa déclaration. Le visage de Duncan reflétait un mélange d'effroi et de gêne.

— Mais... mais... balbutia-t-il. Si... si tel est le cas, *Mac Dubh*, pourquoi avoir attendu ?

— Comment ça ?

Duncan observa l'assemblée autour de la table.

— Au cours des quatre mois qui se sont écoulés depuis le *gathering*, personne n'a levé le petit doigt contre moi. Je me déplace presque toujours seul à cheval. Rien n'aurait été plus facile que de me tendre une embuscade un jour où je faisais la tournée de mes fournisseurs et de m'abattre d'une balle dans la tête.

Il avait parlé sur un ton détaché, mais je sentis Jocasta frémir.

— Pourquoi attendre la dernière minute avant le mariage et agir en présence de centaines de personnes ?

— Effectivement, tu n'as pas tort, admit Jamie.

Roger avait suivi le débat les coudes posés sur ses genoux, le menton sur ses poings. En entendant cette dernière remarque, il se redressa.

— Je vois une explication ! annonça-t-il. Le prêtre.

Tout le monde se tourna vers lui, attendant la suite.

— Le prêtre était sur les lieux, expliqua-t-il. Si River Run est vraiment l'enjeu de ce meurtre, alors il ne suffit pas d'éliminer Duncan. En se contentant de le tuer, notre assassin se retrouve à la case départ. Certes, Jocasta ne peut plus épouser Duncan, mais lui-même n'est toujours pas marié avec elle non plus. En revanche, si le prêtre est présent et que tout est prêt pour célébrer une cérémonie privée, alors tout devient plus simple. Notre homme tue son rival, de manière à faire penser à un suicide ou à un accident, puis il s'introduit dans les appartements de Jocasta et oblige le prêtre à célébrer le mariage, sous la contrainte d'une arme. Les domestiques et les invités sont tous occupés autour de Duncan. Personne ne se rend compte de rien. Le lit se trouve dans la pièce à côté. Notre homme n'a plus qu'à y traîner Jocasta et à consommer le mariage de force... et hop, le tour est joué !

À cet instant, Roger aperçut l'air ahuri de Jocasta et la bouche grande ouverte de Duncan. De toute évidence, il ne s'agissait pas que d'une intéressante hypothèse d'historien. Cramoisi, il s'éclaircit la gorge.

— Ah... euh... ça s'est vu.

Jamie toussota dans le creux de sa main. Effectivement, c'était déjà arrivé. Son propre grand-père avait entamé sa fulgurante ascension sociale en épousant de force – et en culbutant dans la foulée – la veuve Lovat, une riche lady âgée.

— Quoi ? s'indigna Brianna. Mais c'est ignoble... Comment peut-on espérer s'en tirer aussi facilement ?

— Je crains que ce soit possible, répondit Roger en ayant presque l'air de s'en excuser. En matière de droit et de propriété, les femmes ne sont pas franchement veinardes. À partir du moment où tu épouses une femme et que tu couches avec elle, celle-ci t'appartient, ainsi que tous ses biens, qu'elle soit d'accord ou non. À moins qu'elle n'ait un parent mâle pour contester ses noces, un tribunal ne pourra rien y faire.

— Mais elle a un parent mâle ! protesta Brianna en agitant la main vers Jamie.

Celui-ci avait effectivement une objection, mais pas celle à laquelle Brianna se serait attendue.

— Oui mais... tout dépend des témoins, déclara-t-il. Pour que le mariage forcé soit validé, il faut qu'il ait été consommé devant témoin.

Il se racla la gorge, et Ulysse remplit sa tasse de thé.

Le vieux Simon avait eu des témoins, deux de ses amis, plus les deux dames de compagnie de la douairière, dont l'une devint plus tard la grand-mère de Jamie, même si je devinais que cette seconde transaction n'avait pas nécessité l'usage de la force.

Je fis tomber des miettes de mon corselet avant de déclarer :

— Cela n'aurait pas vraiment présenté de difficultés. De toute évidence, notre homme n'a pas agi seul.

Quelle que soit l'identité du mari de substitution, s'il existe réellement, il a des complices. Notamment Randall Lillywhite.

— Qui n'était pas présent, me rappela Jamie.

— Certes, mais le principe tient toujours.

— Dans ce cas, le lieutenant Wolff redevient notre suspect principal, non ? s'entêta Roger. Tout le monde sait qu'il a fait des pieds et des mains pour épouser Jocasta. Or, il était là, lui.

— Oui, mais rond comme une queue de pelle, déclara Jamie, sceptique.

— Peut-être pas. Comme je l'ai dit, Seamus et ses musiciens étaient surpris de voir quelqu'un soûl si tôt dans la journée. Mais si c'était de la comédie ?

Il fit un tour de table du regard pour s'assurer que tout le monde le suivait.

— ... En faisant semblant d'être complètement ivre, personne ne ferait attention à lui ni ne le soupçonnerait. Il était tout à fait en mesure d'empoisonner une coupe de punch et de la donner à Betty avec l'ordre de l'apporter à Duncan. Ensuite, il n'avait plus qu'à traîner dans les parages en attendant de filer dans les appartements de Jocasta dès que l'annonce du malaise de Duncan se répandrait. On peut imaginer que Duncan ayant refusé le punch, Betty s'est retrouvée avec une coupe pleine dans les mains. Comment résister à la tentation de se glisser discrètement dans le potager pour boire tranquillement ?

Jocasta et Ulysse émirent simultanément un bruit de protestation, laissant clairement entendre leur opinion au sujet du comportement répréhensible de l'esclave. Roger se hâta de poursuivre son raisonnement :

— Sauf que le punch n'a pas tué Betty. L'assassin avait peut-être mal calculé la dose, à moins que...

Une nouvelle idée traversa son esprit.

— Il n'avait peut-être pas l'intention de tuer Duncan avec le punch, mais uniquement de le rendre inconscient pour le balancer ensuite discrètement dans la rivière. Cela aurait été encore mieux. Vous pouvez nager, Duncan ?

L'air étourdi, celui-ci fit non de la tête. Il leva machinalement une main et massa le moignon de son bras amputé.

Roger se frotta les mains d'un air satisfait.

— Ainsi, votre noyade serait passée pour un simple accident. Mais tout est allé de travers, parce que la servante a bu le verre à votre place. Voilà pourquoi on l'a tuée !

— Pourquoi ? demanda Jocasta.

Elle paraissait aussi étourdie que Duncan.

— Parce qu'elle pouvait identifier celui qui lui avait donné la coupe, déclara Jamie.

Il hocha la tête et s'enfonça dans sa chaise.

— Elle l'aurait dénoncé, dès qu'on l'aurait interrogée pour connaître les raisons de son état. Oui, cela tient debout. D'un autre côté, il ne pouvait se débarrasser d'elle d'une manière trop flagrante. Le risque d'être vu entrant ou sortant du grenier était trop grand.

Roger approuva.

— Oui, mais en revanche, il ne lui était pas très difficile de mettre la main sur du verre pilé. Il y avait des coupes et des flûtes en cristal partout dans la maison et le jardin. Il suffisait d'en faire tomber une sur les briques, de broyer les débris sous le talon et voilà !

Il n'était même pas nécessaire de se donner autant de mal. Les allées et la terrasse étaient jonchées d'éclats. Moi-même, j'avais laissé échapper une coupe lorsque Phillip Wylie m'avait surprise.

Je me tournai vers Ulysse.

— Reste à savoir de quelle manière on a administré le verre pilé à Betty. Savez-vous si quelqu'un lui a apporté à boire ou à manger ?

Le majordome plissa le front, comme une eau noire troublée par un caillou.

— Le Dr Fentiman m'a recommandé de lui faire avaler de la crème fouettée au cognac et un peu de porridge, à condition qu'elle soit assez réveillée pour manger quelque chose. J'ai préparé la crème moi-même et Mariah la lui a montée. J'ai fait demander à la cuisinière de préparer du porridge, mais j'ignore si Betty l'a mangé et qui le lui a porté.

— Hmmm… fit Jocasta. Les cuisines devaient être en plein branle-bas de combat. Avec toutes ces allées et venues… Nous pouvons toujours interroger Mariah et les autres, mais je serais surprise qu'elles se souviennent d'avoir emporté le plat, et encore plus qu'elles soient capables de nous dire si quelqu'un y a touché ou non. Il aura suffi d'un instant pour distraire une servante et glisser les morceaux de verre…

Elle agita une main, indiquant la facilité scandaleuse avec laquelle le meurtre avait pu être commis.

— Il se peut aussi que l'assassin soit allé au grenier sous prétexte de prendre des nouvelles de Betty et lui ait fait avaler quelque chose avec le verre dedans, suggérai-je. La crème fouettée aurait parfaitement fait l'affaire. Les gens n'ont cessé de monter et de descendre, mais Betty est restée seule là-haut de longs moments. Entre la visite de Fentiman et le moment où les autres filles se sont couchées, n'importe qui a pu lui rendre visite au grenier sans se faire remarquer.

Brianna se pencha vers Roger et lui glissa :

— Bravo, inspecteur Clouzot. Mais il n'y a aucune preuve, n'est-ce pas ?

Jocasta et Duncan étaient assis côte à côte, raides comme une paire de totems indiens. En entendant sa nièce, la vieille dame inspira profondément, s'efforçant de se détendre.

— C'est vrai, dit-elle, il n'y en a pas. Te souviens-tu que Betty t'ait offert une coupe de punch, *a dhuine* ?

L'air concentré, Duncan mâchouilla un instant sa moustache, puis secoua la tête.

— Peut-être que oui... *a bhean*. Mais peut-être que non.

— Nous voilà bien avancés !

Tout le monde se tut pendant un moment. Ulysse évoluait silencieusement autour de nous, débarrassant la table. Enfin, Jamie poussa un soupir et se redressa.

— Bon, dit-il. Passons au point suivant : l'événement de la nuit dernière. Nous sommes tous d'accord sur le fait que l'Irlandais qui s'est introduit dans la chambre de ma tante était Stephen Bonnet, non ?

Brianna sursauta, renversant sa tasse sur la table.

— Qui ? demanda-t-elle d'une voix cassée. Stephen Bonnet est ici ?

Jamie me regarda, surpris.

— Je croyais que tu le lui avais dit, *Sassenach*.

— Quand ? rétorquai-je, irritée.

Je me tournai vers Roger :

— Je croyais que tu le lui avais dit.

Il haussa les épaules, l'air neutre. Ulysse s'affairait déjà avec une serviette, épongeant le thé renversé. Brianna était blême, mais s'était ressaisie.

— Peu importe, dit-elle. Il était ici la nuit dernière ?

— Oui, répondit Jamie à contrecœur. Je l'ai vu.

— C'est donc lui le voleur cherchant le trésor, ou l'un d'eux ?

Elle saisit un des verres de porto et le but comme de l'eau. Ulysse écarquilla les yeux, mais il s'empressa de le remplir de nouveau.

— Il semblerait, dit Roger en évitant de croiser son regard.

— Comment a-t-il pu être au courant au sujet de l'or, ma tante ? demanda Jamie.

Jocasta tendit une main ouverte et Ulysse y plaça un toast beurré.

— Quelqu'un a parlé, répondit-elle. Hector, Dougal ou le troisième homme. Connaissant Hector et Dougal, je doute que ce soit eux. Mais une chose est claire : je t'ai déjà dit que le second voleur dans ma chambre, celui qui empestait l'alcool... n'avait pas prononcé un seul mot. C'est forcément quelqu'un que je connais et qui a eu peur d'être identifié par sa voix.

— Le lieutenant Wolff ? suggéra Roger.

Jamie hocha la tête, une profonde ride creusant son front.

— Étant dans la marine, rien ne pouvait lui être plus facile que de recruter un pirate pour faire sa sale besogne, pas vrai ?

— Pourquoi spécifiquement un pirate ? murmura Brianna.

Le porto lui avait fait du bien, mais elle était encore pâle.

Jamie ne sembla pas l'avoir entendue.

— Oui, dix mille livres en or, ce n'est pas rien. Un homme seul ne pourrait transporter une telle somme. Louis de France et Charles Édouard Stuart en savaient quelque chose. Ils avaient dépêché six personnes pour s'occuper de trente mille livres.

Pas étonnant que l'homme qui avait appris l'existence de l'or ait engagé Stephen Bonnet, pirate et contrebandier notoire. Non seulement il avait les moyens de transporter l'or, mais également les relations nécessaires pour l'écouler.

— Un bateau, dis-je lentement. Le lieutenant est parti en bateau, pendant le dîner. Supposons qu'il ait descendu la rivière pour retrouver Bonnet. Ils sont revenus ensemble et ils ont attendu une occasion de se glisser dans la maison et de terroriser Jocasta pour lui faire avouer où était caché l'or.

Jamie hocha la tête.

— Oui, c'est possible. Le lieutenant est dans la région depuis des années. Ma tante, pourrait-il avoir vu quelque chose lui faisant croire que vous gardiez le trésor ici ? Vous avez dit qu'Hector avait apporté trois lingots, n'est-ce pas ? En reste-t-il quelque chose ?

Jocasta pinça les lèvres, puis, après un instant d'hésitation, acquiesça.

— Oui, il en gardait un morceau sur son bureau, comme presse-papiers. Wolff l'a peut-être vu, mais comment pouvait-il deviner de quoi il s'agissait ?

— Il n'était peut-être pas au courant à l'époque, suggéra Brianna. Il aura fait le rapprochement plus tard en entendant parler du trésor du Français.

Il y eut un murmure général d'approbation. Théoriquement, notre histoire tenait la route. Néanmoins, je ne voyais pas comment nous pourrions le prouver. Lorsque je fis part de mes doutes, Jamie haussa les épaules, léchant un vestige de confiture sur le dos de sa main.

— À mon avis, pour le moment, les preuves ne sont pas ce qu'il y a de plus important, *Sassenach*. Ce qui compte, c'est ce qui va se passer maintenant.

Il se tourna vers Duncan.

— Ils vont revenir, *a charaid*. Tu en es conscient, n'est-ce pas ?

Duncan l'admit, l'air triste mais déterminé.

— Oui, je sais.

Il tendit la main pour saisir celle de Jocasta. Pour la première fois, je le voyais faire un tel geste.

— Nous serons prêts à les accueillir, *Mac Dubh*.

Jamie hocha lentement la tête.

— Je ne peux pas rester, Duncan. Les semailles n'attendent pas. Mais je préviendrai tous ceux que je connais de surveiller discrètement le lieutenant Wolff.

Jocasta était restée silencieuse, gardant sa main dans celle de son mari.

— Et l'Irlandais ? demanda-t-elle.

Son autre main frottait lentement son genou. Elle appuyait doucement sur sa paume, là où la lame l'avait entaillée.

Jamie échangea un regard avec Duncan, puis avec moi.

— Il reviendra, dit-il avec une note sinistre dans la voix.

Je regardai Brianna. Son visage était calme, mais étant sa mère, je sentis la peur ramper au fond de ses yeux, tel un serpent sous l'eau. Stephen Bonnet, me rendis-je compte avec un serrement de cœur, était déjà de retour.

Nous repartîmes vers nos montagnes le lendemain. Il ne nous restait pas plus d'une dizaine de kilomètres à parcourir quand j'entendis un bruit de galopade sur la route derrière nous. En me retournant, j'aperçus un éclat écarlate entre les branches vert printemps des châtaigniers.

C'était le major MacDonald. Son air ravi, tandis qu'il éperonnait sa monture pour nous rattraper, me suffit pour comprendre.

— Et merde ! soupirai-je.

Le message portait le sceau de Tryon, du même rouge éclatant que la redingote du major.

— C'est arrivé ce matin à Greenoaks, déclara-t-il en regardant Jamie décacheter la missive. J'ai offert de vous l'apporter, puisque, de toute manière, je venais dans cette direction.

Il savait déjà ce que disait la lettre. Farquard Campbell avait déjà ouvert la sienne.

J'observai le visage de Jamie pendant qu'il lisait. Son expression ne changea pas. Quand il eut fini, il me tendit la lettre.

19 mars 1771
Aux commandants de milice

Messieurs,

Avec l'accord du Conseil de Sa Majesté, j'ai entrepris hier de rassembler un corps d'armée constitué de plusieurs régiments de miliciens afin de marcher sur les colonies d'insurgés et de réduire à l'obéissance ceux qui,

par leurs actes de rébellion et leurs déclarations séditieu-
ses, ont défié notre gouvernement et interrompu le cours
de la justice en obstruant, en renversant et en fermant
nos tribunaux. Afin que votre régiment ait l'honneur de
servir sa patrie dans cette importante mission, je vous
demande de sélectionner trente hommes qui rejoindront
mes forces dans cette noble entreprise.

Nos troupes ne devraient pas se mettre en marche
avant le 20 du mois prochain, date avant laquelle vous
serez informé du jour où vous devrez réunir vos mili-
ciens, ainsi que de la date de l'opération et de votre
itinéraire.

Tout colon qui n'aura pas été mobilisé devra assu-
mer son devoir de chrétien en assistant au mieux de
ses possibilités les familles de vos recrues et en veillant
sur elles. Ni la parenté ni les biens des recrues ne doi-
vent en pâtir pendant tout le temps où elles défendront
l'intérêt général.

Concernant les frais engendrés par cette expédition,
je ferai imprimer des bons de souscription payables au
porteur, ces bons restant négociables jusqu'à ce que le
Trésor puisse les régler grâce au fonds de prévoyance,
et ce, au cas où les provisions de nos caisses s'avére-
raient insuffisantes pour satisfaire aux besoins de
notre noble entreprise.

Je suis etc., etc.

William Tryon

Hermon Husband et James Hunter avaient-ils déjà
été mis au courant avant de quitter River Run ? Très
probablement. Quant au major, il était bien sûr en
route vers New Bern pour offrir ses services au gouverneur. Ses bottes étaient recouvertes d'une pellicule
de poussière, mais la garde de son épée avait été as-
tiquée et brillait au soleil.

— Putain de bordel de merde ! jurai-je de nouveau.

Le major MacDonald sursauta. Jamie me jeta un coup d'œil et le coin de ses lèvres frémit.

— Ça va, déclara-t-il. Cela nous laisse presque un mois pour rentrer l'orge de printemps.

DEUXIÈME PARTIE

La guerre de la Régulation

18

« *Je veux bien être pendu si nous ne les tuons pas tous jusqu'au dernier...* »

Déposition d'Avery Waightstill, témoin
Caroline du Nord, Comté de Mecklenburg

Le soussigné Waightstill Avery atteste par la présente s'être trouvé dans la résidence d'un dénommé Hudgins, située à l'extrême-sud de l'île Longue, le six mars de cette année mille sept cent soixante et onze, entre neuf et dix heures du matin.

Le témoin y a vu trente à quarante hommes appartenant au groupe se disant « les Régulateurs ». L'un d'entre eux (qui a déclaré s'appeler John McQuiston) l'a intercepté, puis, en recourant à la force, fait prisonnier au nom de tous les autres. Peu après, un dénommé James Graham (ou Grimes) a déclaré au témoin ce qui suit : « Tu es désormais notre prisonnier et ne peux aller nulle part sans ton garde. » Immédiatement après, il a ajouté : « Tant que tu resteras avec ton garde, il ne te sera fait aucun mal. »

Le témoin a ensuite été conduit sous escorte de deux hommes jusqu'au « camp de Régulation » (ainsi nommé par les individus susmentionnés), situé à moins de deux kilomètres de distance, où de nombreux autres adeptes de ce mouvement se sont rassemblés quelques heures plus tard. En tout, le témoin estime leur nombre à deux cent trente individus.

Le témoin a retenu le nom de cinq de leurs capitaines ou meneurs (à savoir, deux Hamilton, dont un prénommé Thomas, un James Hunter, un Joshua Teague, et le susnommé James Grimes, ou Graham). Le témoin a entendu de nombreux autres intervenants, dont il ignore les noms, tenir des propos injurieux à l'encontre du gouvernement, des juges de la Cour supérieure, de l'Assemblée et d'autres représentants de l'autorité. Devant un auditoire proférant des insanités, le susnommé Thomas Hamilton a prononcé un discours dont la teneur et le sens sont reproduits ici (l'assistance applaudissant et soutenant la véracité de ce qu'il avançait) :

« De quel droit Maurice Moore est-il juge ? Il n'est pas magistrat et n'a pas été nommé par le roi, pas plus qu'Henderson. Ni l'un ni l'autre n'ont leur place dans un tribunal. L'Assemblée a adopté une loi interdisant les attroupements populaires, bafouant encore un peu plus les droits du peuple. Finalement, nous devons nous en réjouir, car nous n'aurons désormais plus aucun scrupule à exécuter tous les clercs et magistrats. Je veux bien être pendu si nous ne les tuons pas tous jusqu'au dernier. S'ils n'avaient pas voté cette loi, nous aurions pu laisser la vie sauve à certains d'entre eux. Interdire les attroupements ! Il n'a jamais existé pareille loi dans le droit anglais ni dans aucun autre pays, hormis la France. C'est de là qu'ils l'ont importée. Bientôt, ils importeront l'Inquisition ! »

Beaucoup parmi les orateurs présents ont affirmé que le gouverneur était l'ami des magistrats et que l'Assemblée n'abritait que des vendus, payés pour persécuter les Régulateurs ; que Husband avait été incarcéré afin qu'il ne voie pas leurs exactions sournoises pendant que le gouverneur et l'Assemblée adoptaient les lois dictées par les avocats ; que les magistrats manipulaient le gouverneur et tiraient toutes les ficelles, faisant nommer des juges de paix ignares afin de satisfaire leurs propres intérêts.

Ils ont décrété que les provinces devaient être débarrassées des magistrats et que ceux-ci n'y demeuraient désormais qu'à leurs risques et périls. Ils ont déclaré Fanning hors la loi à compter du vingt-deux mars, tout Régulateur l'apercevant après cette date ayant pour ordre de l'abattre. Certains ont affirmé qu'ils avaient hâte de s'en charger et ont juré de le tuer s'ils l'apercevaient à Salisbury. D'autres ont émis le vœu de croiser le juge Moore à Salisbury afin de le fouetter, certains parlant même de le tuer. Un dénommé Robert Thomson a déclaré que Maurice Moore était un parjure et l'a qualifié de coquin, de canaille, de bandit, de gredin, etc., sous les acclamations de ses complices.

Lorsque la nouvelle annonçant que le capitaine Rutherford défilait à la tête de ses troupes dans les rues de Salisbury est tombée, le témoin a entendu l'assemblée clamer que l'ensemble des Régulateurs présents devaient s'armer et marcher sur la ville, affirmant qu'ils étaient assez nombreux pour les tuer tous. « Tuons-les ! Montrons-leur qui nous sommes ! »

Déposition retranscrite et soussignée devant le juge de paix, le huit mars 1771.

(signataire) Waightstill Avery
(témoin) William Harris, juge de paix

De William Tryon à l'attention
du général Thomas Gage
Caroline du Nord
New Bern, le 19 mars 1771

Monsieur,
Le Conseil provincial de Sa Majesté a décidé hier de lever un corps d'armée constitué de régiments et de compagnies de miliciens afin de marcher sur les colonies

d'insurgés qui, par leurs actes de rébellion et leurs décla-rations séditieuses, ont défié notre gouvernement.

Comme nous sommes bien pauvres en équipements militaires et en armements, j'en appelle à votre diligence pour nous procurer les articles (canons, fusils, éten-dards, tambours, etc.) dont la liste suit.

Je projette de me mettre en marche avec mon propre régiment le vingt du mois prochain et d'assembler ma milice en cours de route. Je compte sur mille cinq cents hommes, mais, à en juger par l'opinion générale qui semble en faveur de notre gouvernement, ce nombre pourrait se trouver considérablement augmenté.

Avec l'expression de mon plus grand respect et de toute mon estime,

Votre dévoué

William Tryon

19

Le sommeil des justes

Étendu sur le lit, Roger écoutait les bzzzz intermittents d'un moustique invisible qui s'était glissé sous la peau suspendue devant la fenêtre de la cabane. Le berceau de Jemmy était protégé d'un voile de gaze, une protection dont Brianna et lui ne bénéficiaient pas. Si ce satané insecte voulait bien se poser, il pourrait l'écraser, mais la bestiole semblait déterminée à tourner en rond au-dessus de leurs têtes, faisant de temps en temps de brusques piqués pour fredonner son insupportable bruit à son oreille avant de remonter hors de portée dans le noir.

Après l'activité fébrile de ces derniers jours, même les raids d'un escadron de moustiques n'auraient pas dû l'empêcher de dormir. Il avait passé deux jours entiers à galoper à travers vallons et crêtes, passant le message aux colons les plus proches, qui, à leur tour, le transmettraient aux membres de la milice qui vivaient plus loin. Les semailles de printemps avaient été effectuées en un temps record, tous les hommes disponibles ayant travaillé aux champs de l'aube au

crépuscule. Son organisme était encore saturé d'adrénaline, de petites décharges fusant dans ses muscles
et son esprit, comme de la caféine injectée par intra-
veineuse.

Toute la journée avait été consacrée à préparer la
ferme à leur départ, et les images fragmentées de sa
série de corvées défilaient derrière ses paupières dès
qu'il fermait les yeux : réparer la clôture, charger le
foin dans la grange, filer au moulin pour rapporter
les sacs de farine nécessaires pour nourrir un régiment en marche, redresser la jante d'une roue de carriole, épisser les traits d'un harnais brisé, aider à
rattraper la truie blanche qui avait encore fait une
tentative d'évasion, couper du bois. Pour finir, juste
avant le dîner, il avait passé une petite heure à retourner la terre dans le potager, afin que Claire puisse
semer ses plants d'igname et d'arachide avant le départ.

Malgré la précipitation et l'effort physique, cette
dernière activité à la tombée du soir avait constitué
un agréable répit, qui contrastait avec la frénésie organisée de la journée. Il se concentra sur ce moment
relaxant, dans l'espoir de ralentir son esprit et de se
calmer assez pour pouvoir s'endormir.

Il faisait chaud pour un mois d'avril. Le potager de
Claire croulait sous les jeunes pousses. Partout, ce
n'étaient que tiges vertes, feuilles naissantes, fleuret-
tes éclatantes. Les plantes grimpantes s'enroulaient
autour des palissades et ouvraient leurs corolles blanches au-dessus de sa tête, pendant qu'il travaillait
dans la lumière déclinante.

Le parfum des plantes et de la terre retournée, entêtant comme de l'encens, s'élevait autour de lui, tandis que l'air rafraîchissait. Émergeant du bois, des

papillons de nuit blancs, noirs et gris venaient butiner les jonquilles. Des nuées de moucherons et de moustiques excités par sa sueur voletaient autour de lui, attirant à leur tour les engoulevents, créatures voraces aux ailes étroites et au corps trapu, qui vrombissaient entre les roses trémières avec l'agressivité d'une horde de hooligans.

Il étira ses orteils sous les lourdes couvertures, sa jambe effleurant celle de sa femme. Il sentait encore la tranche dure de la pelle sous sa semelle et la sensation gratifiante du crissement du terreau et du craquement des racines à chaque nouvelle pelletée. La terre noire et humide, veinée des rhizomes blancs des herbes folles, reflétait l'éclat fugitif des lombrics fuyant se mettre à l'abri.

Une grosse saturnie, alléchée par les odeurs du jardin, avait volé à côté de sa tête. Irréelles, ses ailes silencieuses brun pâle avaient la taille de ses paumes et leurs ocelles le regardaient fixement, en silence.

« Qui cultive un jardin travaille avec Dieu. » Telle était la devise gravée sur la margelle du vieux cadran solaire en bronze, dans le jardin du presbytère où il avait grandi, à Inverness. Phrase ironique, dans la mesure où le révérend n'avait eu ni le temps ni le goût du jardinage, et que les lieux étaient une véritable jungle de mauvaises herbes et de ronces. Il sourit tout en saluant mentalement l'ombre du révérend.

« Bonne nuit, père. Que Dieu te bénisse. »

Cela faisait longtemps qu'il ne souhaitait plus ainsi bonne nuit à sa courte liste de parents et d'amis, vestige d'une enfance de prières nocturnes qui s'achevaient invariablement par la litanie : « Que Dieu bénisse Nana et grand-père Guy qui sont au ciel, ainsi que mon meilleur ami Peter, et la chienne Lillian et le chat de l'épicier... »

Il n'avait pas récité tous ces noms depuis des années, mais au souvenir de la sensation de paix que faisait naître en lui cette énumération, il dressa une nouvelle liste. Après tout, ce n'était pas pire que de compter les moutons.

« Bonne nuit, Mme Graham... » Il eut une vision brève mais claire de la vieille gouvernante du révérend plongeant la main dans un bol d'eau, puis aspergeant un gril chaud pour voir si les gouttelettes se mettaient à danser. « Que Dieu vous bénisse... »

« Bonne nuit, petit bonhomme... » Il tourna la tête vers le berceau de Jemmy. « Que Dieu te bénisse... »

Puis il l'orienta de l'autre côté et ouvrit les yeux sur l'ovale pâle du visage de Brianna non loin du sien, à une trentaine de centimètres tout au plus. Il roula le plus doucement possible sur le côté et l'observa. Comme ils devaient partir tôt le lendemain matin, ils avaient laissé le feu s'éteindre. Il faisait si sombre dans la pièce qu'il distinguait à peine les taches foncées de ses sourcils et de ses lèvres.

Elle n'avait jamais de mal à s'endormir. Elle s'étendait sur le dos, s'étirait, faisait son trou dans le matelas avec un soupir d'aise, prenait trois grandes inspirations, puis elle s'éteignait comme une bougie. Peut-être était-ce l'épuisement, ou simplement la chance d'avoir une bonne santé et la conscience tranquille, mais il soupçonnait parfois qu'elle avait hâte de se réfugier dans ce jardin secret des rêves, un univers où elle était au volant de sa voiture, libre, les cheveux au vent.

Il sentait son souffle caresser son visage. Où était son esprit à cet instant, dans quel endroit inconnu ?

« La nuit dernière, j'ai rêvé que je faisais l'amour avec Roger. » Il avait beau essayer d'effacer le souvenir de ce passage particulier de son journal intime, il résonnait encore dans son esprit. Bercé par sa prière, il avait failli s'endormir, mais la vision du cahier où Brianna consignait ses rêves le réveilla. Après le moment d'intimité qu'ils venaient de partager, elle ne devrait pas avoir ce genre de visions !

Il referma les yeux, se concentrant sur le rythme régulier de sa respiration. Son front se trouvait près de celui de Brianna. Pourrait-il capter ses pensées à travers les os de son crâne ? Il sentait surtout l'odeur de sa peau, il revivait leurs adieux, avec leur lot de doutes et de plaisirs.

Elle partirait, elle aussi, demain à l'aube, avec Jemmy. Leurs affaires étaient prêtes, posées près de son balluchon à côté de la porte. M. Wemyss les conduirait à Hillsborough, où elle serait, en théorie, en sécurité, occupée – lucrativement – à peindre le portrait de Mme Sherston.

« Fais très attention à toi », lui avait-il dit pour la troisième fois dans la soirée.

Hillsborough se trouvait en plein cœur du territoire des Régulateurs et il avait de sérieuses réserves quant à la sagesse de cette décision. Elle avait ri de ses inquiétudes, se moquant de l'idée que le petit et elle puissent être en danger. Elle avait sans doute raison, mais probablement aurait-elle réagi comme lui s'il y avait vraiment eu un risque. Elle était tellement excitée par cette première commande que, pour se rendre à Hillsborough, elle aurait traversé sans sourciller une troupe d'émeutiers armés.

Il se souvint d'elle, un peu plus tôt dans la soirée, tandis qu'elle préparait leurs affaires, fredonnant *Loch Lomond* :

« Oh ! tu n'as qu'à suivrrrre la route du haut et je prendrrrrai la route du bas. Tu verrrras que je serai à Loch Lomond avant toi… »

Il lui saisit le bras tandis qu'elle pliait une des robes de Jemmy.

— Hé, tu m'as entendu ?

Elle le regarda en papillotant, prenant un air faussement soumis qui n'avait fait qu'accroître son irritation.

— Je suis sérieux, Brianna.

Il la força à se tourner vers lui et la fixa avec intensité. Une lueur moqueuse brillait toujours au fond de ses yeux en triangle bleu nuit. Il resserra sa prise sur son poignet. Elle avait beau être grande et bien bâtie, ses os paraissaient délicats, presque friables dans sa main. Il imagina soudain son squelette sous sa peau, ses pommettes hautes et larges, son crâne rond, ses longues dents blanches. Il était si facile d'imaginer celles-ci figées dans le rictus permanent de la mort, après la décomposition des chairs.

Il l'attira à elle avec une brusquerie inattendue, l'embrassant avec une fougue incontrôlable. Peu importait s'il lui faisait mal.

Elle ne portait que sa chemise et il ne prit pas la peine de la lui enlever. Il la poussa en arrière sur le lit et retroussa le vêtement jusqu'au haut de ses cuisses. Elle tendit les mains vers lui, mais il ne la laissa pas le toucher, lui plaquant les bras le long du corps. Puis il l'enfonça dans le creux du matelas de tout son poids, la pétrissant, la malaxant, cherchant à se rassurer dans la couche de chair qui séparait leurs os respectifs.

Ils avaient fait l'amour en silence, à demi conscients de la présence de leur enfant endormi tout à côté. Il avait senti son corps répondre au sien d'une manière suprême et inattendue qui se situait au-delà des mots.

— Je suis sérieux, avait-il répété plus tard dans le creux de son oreille.

Il était couché sur elle, la clouant sur le lit. Elle tenta de se dégager, mais il la maintint là, l'empêchant de bouger. Elle soupira, puis il sentit ses lèvres remuer et ses dents se refermer doucement sur la chair, près de sa clavicule. Elle le mordit. Ce n'était pas brutal, plutôt un long suçon qui le fit haleter et se redresser.

Elle libéra ses bras et se tortilla pour rouler sur le côté et l'enlacer à son tour par-derrière, serrant contre lui sa peau moite et chaude.

— Je sais, dit-elle. Je suis sérieuse, moi aussi.

— C'est ce que tu voulais ?

Il chuchotait à présent, pour ne pas la réveiller. La chaleur de son corps irradiait à travers les draps. Elle était profondément endormie.

Si ce n'était pas ce qu'elle voulait, qu'était-ce ? Était-ce la nature brutale de ses assauts qui l'avait fait réagir ? Ou bien avait-elle senti la force qui se cachait en lui et avait-elle alors reconnu ce besoin désespéré qu'il avait de la protéger ?

Si c'était la brutalité... Il déglutit, serrant les poings en songeant à Stephen Bonnet. Elle ne lui avait jamais parlé de ce qui s'était passé entre eux, et il était inconcevable qu'il le lui demande. Et pour lui, il était encore plus inimaginable de penser que quelque chose dans cette rencontre ait pu l'exciter. Pourtant, les rares fois où, pour une raison ou pour une autre, il l'avait prise sans ménagement, sans sa douceur habituelle, elle s'était montrée particulièrement réceptive.

Elles étaient bien loin, ses prières, à présent !

Il eut l'impression d'être retombé dans l'enfer de rhododendrons, qu'il avait connu un jour, dans ce même dédale de racines humides et de feuilles géantes qui se refermaient sans cesse sur son visage, quelle que soit la direction choisie. Chaque fois qu'une vague lueur au fond d'une galerie offrait l'espoir d'une issue, il déboulait sur un nouvel enchevêtrement.

« Car ma mie et moi nous ne nous reverrons jamais, sur les jolies berges et les versants de Loch Lomond… »

Il était de nouveau sur les nerfs. Sa peau le démangeait et il avait des fourmis dans les jambes. Le moustique, qui passa à ses côtés, l'agaça et il gifla l'air pour l'attraper, trop tard bien sûr. Incapable de tenir en place, il se glissa discrètement hors du lit et fléchit plusieurs fois les genoux pour diminuer les crampes dans ses mollets.

Constatant que cela le soulageait vraiment, il enchaîna avec une série de pompes, comptant en silence chaque fois qu'il plongeait vers le plancher. Un, deux, trois, quatre… Il se concentra sur la brûlure croissante dans ses pectoraux, ses épaules et ses biceps, sur la monotonie apaisante de l'énumération. Vingt-six, vingt-sept, vingt-huit…

Enfin, les muscles tremblants, il se releva, décrocha la peau devant la fenêtre et se tint nu devant l'ouverture, l'air humide de la nuit l'enveloppant. Il risquait de laisser entrer des moustiques, mais celui qui se trouvait déjà à l'intérieur en profiterait peut-être pour sortir.

Le clair de lune parait la forêt de reflets d'argent. Le vague halo d'un feu au loin indiquait le lieu où les miliciens avaient établi leur campement. Il en était arrivé de nouveaux tout au long de la journée, sur des mules ou des chevaux décharnés, le mousquet posé en travers des couvertures enroulées. Il entendit des voix et des rires portés par la brise. Au moins, il n'était pas le seul à ne pas dormir.

Une lueur plus vive brilla du côté de la grande maison, à l'autre bout de la clairière. Une lanterne, deux silhouettes marchant côte à côte, une grande, une plus petite.

Une voix mâle parlait, posant une question. Une fois les personnes plus proches, il reconnut Jamie, mais il n'entendit pas ses paroles.

— Non, répondit la voix de Claire. Je suis encore couverte de la terre du potager. Il faut que je me lave. Monte te coucher.

Jamie hésita, puis lui tendit la lanterne. Roger aperçut brièvement le visage de Claire, tourné vers le haut, souriant. Jamie se pencha vers elle et déposa un baiser sur ses lèvres.

— Dépêche-toi alors, dit-il. Tu sais que je n'arrive pas à bien dormir si tu n'es pas à mes côtés.

Claire se mit à rire.

— Menteur ! Tu vas t'endormir tout de suite, n'est-ce pas ?

La silhouette de Jamie s'était déjà fondue dans l'obscurité, mais la brise soufflait vers la cabane, et sa voix flottait dans le noir, faisant partie de la nuit.

— Non, pas tout de suite, *Sassenach*. Mais je ne peux pas faire l'autre chose sans toi, pas vrai ?

Claire rit de plus belle.

— Tu n'as qu'à commencer tout seul, je te rattraperai.

Elle se tourna et s'éloigna vers le puits. Roger attendit devant la fenêtre jusqu'à ce qu'elle revienne, la lanterne se balançant au bout de son bras, puis qu'elle soit rentrée. Le vent avait encore tourné, et il n'entendait plus les hommes dans la forêt, même si leur feu était toujours visible.

Roger scruta les bois. À présent, sa peau s'était rafraîchie et les poils de son torse commençaient à se hérisser. L'esprit ailleurs, il passa une main sur sa poitrine et sentit le point encore sensible où Brianna l'avait mordu. Il formait une tache sombre dans la faible lueur de l'astre nocturne. En resterait-il quelque chose au matin ?

En levant la main pour remettre la peau devant la fenêtre, il aperçut un éclat de lune se refléter dans du verre. Il s'agissait de la collection d'objets personnels de Brianna, posée sur l'étagère près de la fenêtre. La paire de peignes en écaille que Jocasta lui avait offerte, son bracelet en argent, la petite fiole d'huile de tanaisie, deux ou trois fragments d'éponge posés à côté, une jarre plus grande contenant des graines de carotte. Ce soir, elle n'avait pas eu le temps de se mettre une éponge imbibée d'huile, mais il était prêt à parier sa tête qu'elle avait pris ses graines pendant la journée.

Il fixa la peau à ses clous, puis retourna se coucher en faisant une pause près du berceau. Le souffle du bébé à travers le voile de gaze était chaud et rassurant contre sa paume.

Jemmy s'étant débarrassé de ses couvertures, Roger souleva le voilage et les remit en place, les calant fermement sous son menton. Il sentit quelque chose de mou… la poupée de chiffon que le petit serrait contre lui. Roger attendit un moment, une main posée dans le dos du bébé, dont la cage thoracique se soulevait et s'affaissait doucement. Puis il caressa la courbe douce et rembourrée des petites fesses.

— Bonne nuit, mon bonhomme, chuchota-t-il enfin. Que Dieu te bénisse et te protège.

20

Joyeux anniversaire

Camp de l'Union, 1er mai 1771

Je fus réveillée juste après l'aube par un insecte
rampant sur ma jambe. J'agitai le pied et il fila précipitamment entre les herbes, alarmé de découvrir
que j'étais en vie. Avec prudence, je remuai les orteils,
puis, ne percevant pas d'autres intrus, j'inspirai une
profonde bouffée d'air frais, humant l'odeur de sève,
et m'étirai avec volupté.

J'entendis vaguement remuer non loin, mais ce
n'était que les chevaux des officiers qui se ré-
veillaient toujours longtemps avant les hommes. Le
camp était encore silencieux, ou du moins autant
que pouvait l'être un campement de plusieurs centaines d'hommes, quelle que soit l'heure. Au-dessus
de ma tête, une lumière douce et l'ombre d'un
feuillage filtraient à travers la toile de tente, mais le
soleil n'était pas tout à fait levé. Je refermai à moitié
les yeux, ravie de ne pas avoir besoin de me lever
tout de suite. Si j'attendais encore un peu, il se trouverait bien un autre lève-tôt pour préparer le petit
déjeuner.

Nous avions rejoint le camp la nuit précédente, après une longue route sinueuse dans les montagnes et le piémont. Le lieu de rendez-vous était la plantation du colonel Bryan. Nous étions arrivés en avance. Tryon et ses troupes de New Bern n'étaient pas encore là, pas plus que les détachements des comtés de Craven et de Carteret qui apportaient les pièces d'artillerie et les perriers, de petits canons en bronze. Au cours du dîner de la veille, le colonel Bryan nous avait informés que les hommes de Tryon étaient attendus dans la journée.

Une sauterelle atterrit sur la toile au-dessus de moi. Je la surveillai attentivement, mais elle ne semblait pas vouloir entrer. J'aurais peut-être dû accepter l'offre de Mme Bryan de me trouver un lit dans la maison, avec les quelques épouses d'officiers qui étaient du voyage. Mais Jamie ayant insisté pour rester dans le pré avec ses hommes, j'avais décidé de l'accompagner, préférant partager sa paillasse avec des insectes que de dormir dans un lit sans lui.

Je regardai sur le côté, veillant à ne pas bouger au cas où il dormirait encore. Mais ses yeux étaient grands ouverts. Immobile, il avait l'air parfaitement détendu, hormis sa main droite. Il la tenait levée, semblant l'examiner avec attention, la tournant d'un côté puis de l'autre, pliant puis dépliant les doigts du mieux qu'il le pouvait. Les articulations de son index étaient soudées, le rendant définitivement raide. Son majeur était un peu tordu, une profonde cicatrice blanche s'enroulant autour de sa deuxième phalange.

Sa main était calleuse et usée par le travail manuel. Le minuscule stigmate laissé par un clou était encore visible, rose pâle, au milieu de sa paume. Sa peau tannée et bronzée était parsemée de taches de rousseur et de poils blond doré. Je la trouvai remarquablement belle.

— Joyeux anniversaire, chuchotai-je. Tu fais l'inventaire ?

Il posa sa main sur son torse et se tourna vers moi avec un sourire.

— Oui, plus ou moins. Cela dit, il me reste quelques heures. Je suis né à six heures et demie du soir. C'est seulement à l'heure du dîner que je pourrai affirmer avoir vécu un demi-siècle.

Je roulai sur le côté tout en riant, me débarrassant de ma couverture d'un coup de pied. L'air était délicieusement frais, mais cela ne durerait pas.

— Tu t'attends à te désintégrer encore un peu plus avant le repas ? demandai-je.

— Bah, je ne pense pas qu'une pièce tombera d'ici là. Quant à la machinerie...

Il s'étira en cambrant les reins et retomba avec un soupir de contentement en sentant ma main se poser sur lui.

— Hmm... je vois que la machinerie est toujours en bon état de marche, le rassurai-je.

Je tirai légèrement sur la pièce en question, lui arrachant un petit cri étranglé.

— Ça tient bien, confirmai-je.

Avec fermeté, il posa sa main sur la mienne pour prévenir toute autre expérience de ma part.

— Tant mieux, déclara-t-il. Comment as-tu deviné ce que j'étais en train de faire ? L'inventaire, comme tu dis.

Je mis mon menton sur son torse, où un petit creux semblait avoir été conçu spécialement pour cet usage.

— Cela m'arrive, moi aussi, à chaque anniversaire, mais le plus souvent, la nuit d'avant. Je réfléchis surtout à l'année qui vient de s'écouler, comme une sorte de bilan. Peut-être que tout le monde en fait autant. Juste pour savoir si on est toujours la même personne.

— Je suis relativement certain de l'être, m'assura-t-il. Tu n'as pas remarqué de changement notable, n'est-ce pas ?

Je soulevai mon menton de quelques centimètres, l'examinant avec attention. À vrai dire, il m'était difficile de le contempler objectivement. J'avais du mal à le considérer dans son ensemble. J'étais trop habituée à ses traits et tellement attachée à eux que je tendais à ne remarquer que les petits détails charmants – une tache de rousseur sur le lobe d'une oreille, une incisive pointant légèrement en avant, se démarquant à peine de ses compagnes – et à réagir au moindre changement de son expression.

Il se soumit tranquillement à mon examen, les paupières mi-closes pour se protéger de la lumière grandissante. Ses cheveux s'étaient détachés pendant son sommeil et retombaient sur ses épaules, ses vagues rousses encadrant un visage fortement marqué par l'humour et la passion, mais paradoxalement capable d'un immobilisme remarquable.

Enfin, je reposai mon menton avec un soupir satisfait.

— Non, ça va, tu es toujours toi-même.

Il grogna, amusé, mais ne bougea pas. J'entendais un des cuistots s'affairer non loin, jurant lorsqu'il se prit les pieds dans la languette d'une carriole. Le campement n'était pas encore entièrement monté. Quelques compagnies – celles qui comptaient la plus forte concentration d'anciens soldats parmi leurs officiers – étaient ordonnées et bien organisées. Mais ce n'était pas le cas de bon nombre d'entre elles. Le grand pré était parsemé de tentes de travers et de matériel entassé pêle-mêle dans un désordre qui n'avait pas grand-chose de militaire.

Un tambour se mit à rouler, sans grand effet. L'armée continua à roupiller.

— Tu penses que le gouverneur parviendra à tirer quelque chose de ces troupes ? demandai-je, sceptique.

Jamie semblait lui aussi s'être rendormi. À ma question, les longs cils auburn se soulevèrent paresseusement.

— Oh, oui. Tryon est un soldat. Il saura ce qu'il faut faire. Au moins, pour commencer. Faire marcher des hommes au pas et leur faire creuser des latrines n'est pas bien sorcier. Les faire se battre, en revanche, sera une autre paire de manches.

— Tu crois qu'il sera à la hauteur ?

La poitrine sous mon menton se souleva dans un grand soupir.

— Peut-être bien que oui. Peut-être bien que non. La question est : sera-t-il contraint d'en arriver là ?

Effectivement, là était la question. Depuis que nous avions quitté Fraser's Ridge, les rumeurs avaient virevolté autour de nous telles des feuilles mortes dans une bourrasque d'automne. Les Régulateurs avaient levé une armée de dix mille hommes marchant sur New Bern. Le général Gage arrivait de New York avec un régiment de troupes officielles pour ramener l'ordre dans la colonie. La milice du comté d'Orange s'était rebellée et avait tué ses officiers. La moitié des hommes du comté de Wake avaient déserté. Hermon Husband avait été arrêté et embarqué à bord d'un navire qui le conduisait à Londres pour répondre à des accusations de trahison. Hillsborough était tombée aux mains des Régulateurs, qui s'apprêtaient à incendier la ville et à passer Edmund Fanning et ses associés au fil de l'épée. J'espérais que cette dernière rumeur était fausse ou, dans le cas contraire, qu'Hubert Sherston ne faisait pas partie des intimes de Fanning.

Après avoir fait le tri dans la masse des ouï-dire, des suppositions et des inventions les plus délirantes, le seul fait dont nous pouvions être sûrs était que le gouverneur Tryon venait rejoindre la milice. Une fois qu'il serait arrivé, nous verrions bien.

La main de Jamie reposait contre mon dos, son pouce caressant lentement le bord de mon omoplate. Avec sa capacité habituelle pour la discipline mentale, il semblait avoir totalement chassé de son esprit l'incertitude de cette entreprise militaire et se concentrait sur un sujet aux antipodes du précédent.

— Il ne t'arrive jamais de...

Il n'acheva pas sa phrase.

— De quoi ?

Je déposai un baiser sur son torse, cambrant les reins pour encourager ses caresses, avec succès.

— Eh bien... je ne suis pas sûr de pouvoir l'expliquer, mais je viens de me rendre compte que j'avais vécu plus longtemps que mon père, ce à quoi je ne m'étais jamais attendu. C'est juste que... cela me fait bizarre, c'est tout. Toi qui as perdu ta mère si jeune, tu n'y penses jamais ?

— Si.

Mon visage était enfoui contre son torse, ma voix se perdant dans les plis de sa chemise.

— ... Autrefois, quand j'étais jeune. C'est comme partir en voyage sans carte.

Sa main dans mon dos s'arrêta un instant.

— Oui, c'est ça. Je savais plus ou moins ce que signifiait être un homme trentenaire, quadragénaire... mais maintenant ?

Il émit un petit bruit, un mélange d'amusement et de perplexité.

— Il faut s'inventer soi-même, dis-je doucement. On regarde les autres femmes, ou les autres hommes. On essaie leur vie pour voir si elle nous va. Puis, on cherche à l'intérieur de soi ce qu'on ne trouve pas ailleurs. Et on se demande toujours... toujours... si on a fait ce qu'il fallait.

Sa main était lourde et chaude dans mon dos. Il sentit les larmes qui s'étaient brusquement mises à couler du coin de mes yeux sur sa chemise. Son autre main se posa sur ma tête et caressa mes cheveux.

— Oui, c'est ça, répéta-t-il tout doucement.

À l'extérieur, le camp commençait à se réveiller. On entendait des bruits métalliques et des voix éraillées par le sommeil. Au-dessus de nous, la sauterelle se mit à crier, un son rappelant le bruit d'un clou qu'on gratte sur un fond de casserole en cuivre.

— Voici un matin comme mon père n'en a jamais connu, déclara Jamie.

Il avait parlé si bas que je l'entendis autant à travers la paroi de son torse que dans mes oreilles.

— Le monde est un présent, chaque jour est un présent, *mo chridhe*, ajouta-t-il. Peu importe ce que demain nous réserve.

Je poussai un soupir et tournai la tête, reposant ma joue contre sa poitrine. Il essuya mon nez avec un pli de sa chemise.

— Quant à mon inventaire... acheva-t-il, j'ai encore toutes mes dents, il ne me manque aucune partie de mon corps et ma queue est toujours aussi raide le matin au réveil. Ça pourrait être pire.

21

La machinerie militaire

Journal de l'expédition contre les insurgés
Tenu par William Tryon, gouverneur

Jeudi 2 mai
Les détachements de Craven et de Carteret ont quitté New Bern avec deux pièces d'artillerie, six perriers montés sur chariots, seize carrioles et quatre charrettes chargées de bagages, de munitions et d'assez de vivres pour nourrir les différents régiments qui doivent les rejoindre sur la route du lieu de rassemblement général, la plantation du colonel Bryan.

Vendredi 3 mai, camp de l'Union
À 12 heures, le gouverneur a passé en revue les détachements dans le pré de Smiths Ferry sur la rive ouest du Neuse.

Samedi 4 mai
L'ensemble du corps d'armée a avancé jusqu'au palais de justice de Johnston. Quinze kilomètres.

Dimanche 5 mai
Avons avancé jusqu'à la plantation du major Theophilus Hunter dans le comté de Wake. Vingt kilomètres.

Lundi 6 mai

Halte de l'armée. Au cours d'une revue générale, le gouverneur a inspecté le régiment du comté de Wake. M. Hinton, colonel du régiment, a informé le gouverneur qu'il n'avait pu recruter que vingt-deux hommes parmi la compagnie qu'il avait reçu ordre de former, du fait d'une désaffection de la part des habitants du comté.

En passant devant le premier rang du bataillon, le gouverneur a pu observer le mécontentement général au sein dudit régiment, dans lequel un homme sur cinq seulement possède une arme. Constatant qu'à son injonction de se porter volontaire au service les hommes refusaient d'obéir, il a ordonné à l'armée d'encercler le bataillon, puis trois de ses colonels ont sélectionné d'office quarante des hommes parmi les plus présentables et actifs, ce qui n'a pas été sans provoquer un mouvement de panique au sein du bataillon, qui en comptait quatre cents.

Au cours de la sélection, les officiers ont activement incité les hommes à s'enrôler et, en moins de deux heures, sont parvenus à accroître l'effectif de la compagnie Wake à cinquante hommes. La nuit tombant, les hommes du comté de Wake ont été congédiés, considérablement affectés par leur déshonneur et leur conduite qui l'a occasionné. L'armée est rentrée au camp.

Mercredi 8 mai

Le détachement du colonel Hinton est resté en arrière, afin d'éviter que les mécontents du comté ne se regroupent et ne rejoignent les Régulateurs des comtés adjacents.

Ce matin, un détachement a pris la résidence de Turner Tomlinson, Régulateur notoire, l'a fait prisonnier et l'a enfermé au camp. Il a avoué être un Régulateur, mais a refusé de divulguer d'autres informations.

L'armée a avancé et monté le camp près de Booth, à New Hope Creek.

Vendredi 10 mai

Halte pour rééquiper les carrioles, referrer les chevaux et effectuer toutes les réparations nécessaires. Passage en revue à Hillsborough de deux compagnies de la milice du comté d'Orange.

Le prisonnier Tomlinson a échappé dans la soirée à la vigilance de son gardien. Plusieurs détachements ont été envoyés à ses trousses, sans succès.

Dimanche 12 mai

Traversée du Haw et installation du camp sur la rive ouest. Il avait été annoncé que les Régulateurs tenteraient de s'opposer à la traversée du fleuve par les royalistes, mais, ayant pensé que l'armée ne quitterait pas Hillsborough avant le lundi au plus tôt, ce mouvement soudain les a pris au dépourvu.

Avons été informés ce jour que le général Waddell et ses troupes ont été contraints par les Régulateurs à retraverser le cours du Yadkin.

Messe avec sermon célébrée par le révérend McCartny. Texte : « Si tu n'as pas d'épée, vends tes vêtements et achètes-en une. »

Ce jour, vingt gentilshommes volontaires ont rejoint nos rangs, venant principalement des comtés de Granville et de Bute. Ils ont été rassemblés en troupe de cavalerie légère sous les ordres du major MacDonald. Un Régulateur surpris par les armées de flanc a été débusqué avec son fusil. L'intendant a confisqué dans son logement une barrique de rhum cachée là pour l'usage des Régulateurs, ainsi que plusieurs fûts appartenant à sa famille.

Lundi 13 mai

Marche jusqu'à O'Neal. À 12 heures, un cavalier rapide dépêché par le général Waddell a délivré un message verbal, de crainte qu'une lettre soit interceptée. La teneur de son message était la suivante : « Jeudi soir, le 9 de ce mois, deux mille Régulateurs ont encerclé le camp du général et, de la manière la plus hardie et insolente, lui ont demandé de battre en retraite avec ses troupes sur l'autre rive du Yadkin, qui se trouvait à trois kilomètres de là. Le général a refusé d'obtempérer, arguant que les ordres du gouverneur étaient d'aller de l'avant. Les rebelles ont alors redoublé d'insolence et, avec moult cris d'Indiens, se sont attachés à intimider ses hommes.

Le général, dont les hommes ne sont pas plus de trois cents et, pour la plupart, peu enclins à combattre – sans compter que bon nombre de ses sentinelles sont passées dans le camp des Régulateurs – s'est vu contraint de s'exécuter et, tôt le lendemain matin, a franchi de nouveau le Yadkin, avec armes et bagages. Les Régulateurs ont convenu de se disperser et de rentrer chacun chez soi.

Un conseil de guerre a immédiatement été convoqué afin de délibérer sur les informations apportées par le messager. Il était composé, outre des colonels et des officiers supérieurs, des honorables membres du Conseil de Sa Majesté : John Rutherford, Lewis DeRosset, Robert Palmer et Sam Cornell. Il a été décidé que l'armée devait changer d'itinéraire, suivre la route d'Hillsborough à Salisbury, traverser la Petite et la Grande Alamance, le plus tôt possible, et aller sans perdre de temps à la rencontre du général Waddell. L'armée s'est aussitôt mise en marche et, avant la nuit, a monté le camp sur la rive ouest de la Petite Alamance. Un important détachement a été envoyé en avant-garde prendre possession de la rive ouest de la Grande Alamance afin d'éviter que des parties ennemies ne s'emparent de cette place forte.

Ce soir, nous avons été informés que les Régulateurs envoyaient des éclaireurs dans toutes leurs communautés et se réunissaient à Sandy Creek, près de Hunter.

Nous avons avancé et rejoint le détachement sur la rive ouest de la Grande Alamance, où un site stratégique a été choisi pour monter le camp. Là, l'armée a fait une halte, en attendant que des carrioles vidées aillent faire le plein de vivres à Hillsborough.

Ce soir, nous avons été informés que les rebelles entendent attaquer le camp pendant la nuit. Tout est prêt pour parer à une éventuelle confrontation, un tiers des hommes ayant été priés de rester sur le pied de guerre, les autres dormant près de leurs armes. Aucune alerte n'a été donnée.

Mardi 14 mai
Les hommes sont consignés dans le camp.

L'armée est restée sur le pied de guerre, comme la nuit précédente. Aucune alerte.

Mercredi 15 mai
Vers 18 heures ce jour, le gouverneur a reçu une lettre des insurgés, dont il a fait part au Conseil de guerre. Il a été décidé que l'armée marcherait sur les rebelles tôt le lendemain matin, que le gouverneur leur enverrait une lettre leur proposant les termes de leur reddition et que, s'ils refusaient, l'assaut serait donné.

Les hommes sont restés sur le pied de guerre toute la nuit. Aucune alerte, bien que les rebelles aient monté leur camp à huit kilomètres seulement.

Extrait du journal des rêves
Hillsborough, le 15 mai
La nuit dernière, je me suis endormie tôt et me suis réveillée avant l'aube, à l'intérieur d'un nuage gris. Toute la journée, j'ai eu la sensation d'être encerclée par la brume. Les gens me parlent, mais je ne les entends pas. Je vois leurs lèvres remuer, je hoche la tête, je souris, et ils s'éloignent. Il fait chaud et moite. Partout flotte une odeur de métal chaud. J'ai mal à la tête et la cuisinière n'arrête pas de faire un boucan infernal avec ses casseroles.

Toute la journée, j'ai vainement essayé de me souvenir de mon rêve. Je ne me rappelle que du gris et d'un sentiment de peur. Je n'ai jamais été près d'une bataille, mais j'ai l'impression que dans mon sommeil, je vois la fumée des canons.

22

Conseil de guerre

Jamie revint du Conseil de guerre longtemps après l'heure du dîner et transmit brièvement à ses hommes les ordres de Tryon. Leur réaction fut largement positive, voire franchement enthousiaste.

Ewald Mueller étira ses longs bras et fit craquer ses doigts en déclarant :

— Il est grand temps de se remuer les fesses. Si on reste plus longtemps ici, on finira par prendre racine.

Cette opinion déclencha des rires et des hochements de tête. La perspective d'un peu d'action, dès le lendemain matin, améliora considérablement le moral des troupes. Les hommes s'installèrent pour bavarder autour des feux, les derniers rayons du soleil couchant se reflétant sur leurs gobelets en étain et les canons polis des mousquets posés à leurs pieds.

Jamie fit une brève ronde d'inspection, répondant aux questions et rassurant les quelques inquiets, puis me rejoignit devant notre feu plus petit. Je l'observai attentivement. En dépit de la tension due à la situation imminente, je sentais chez lui une satisfaction secrète qui ne me disait rien qui vaille. Tout en lui tendant un morceau de pain et une écuelle de ragoût, je demandai :

— Qu'as-tu encore manigancé ?

Il n'essaya même pas de nier.

— J'ai réussi à coincer Cornell en tête à tête et à l'interroger au sujet de Stephen Bonnet.

Il arracha un morceau de pain d'un coup de dents et déglutit après l'avoir à peine mâché.

— Bon sang ce que j'avais faim ! J'ai passé ma journée à ramper sous les ronces comme un serpent, sans avoir le temps d'avaler quoi que ce soit.

— Ne me dis pas que Samuel Cornell a rampé avec toi sous les ronces !

Cornell était un des membres du Conseil royal de Sa Majesté, un riche marchand d'Edenton dont le rang, le ventre bedonnant et le tempérament se prêtaient mal à ce genre d'exercice.

— Non, je lui ai parlé plus tard, répondit Jamie.

Il trempa son pain dans le ragoût, avala une autre bouchée de géant, puis, provisoirement incapable de parler, me fit un signe de la main. Je lui tendis un gobelet de cidre pour faire descendre la masse coincée dans sa gorge. Une fois l'obstruction débouchée, il reprit :

— Nous espionnions les lignes rebelles. Elles ne sont pas loin, même si le terme de « lignes » est très exagéré. Je n'avais pas vu une telle bande de vauriens depuis l'époque où j'étais soldat en France. Un jour, nous avons libéré un village tombé aux mains d'un groupe de contrebandiers en vins. La moitié de ceux qui tenaient encore debout étaient au bordel. Il a fallu les aider à se relever pour les arrêter. D'après ce que j'en ai vu, ceux-là ne valent guère mieux.

Après quelques secondes de réflexion, il concéda :

— Sauf qu'il y a moins de prostituées dans leurs camps.

À vrai dire, au moment même où nous parlions, une bonne partie des troupes du gouverneur était plutôt éméchée. Cet état était tellement habituel que cela ne suscitait aucun commentaire. Je lui donnai un autre morceau de pain, réorientant la conversation sur le point essentiel.

— Alors, qu'as-tu appris au sujet de Bonnet ?

— Cornell ne l'a jamais rencontré, mais il a entendu parler de lui. Apparemment, on le voit trafiquer dans les ports quelque temps, puis il disparaît pendant trois ou quatre mois et réapparaît soudain, buvant dans les tavernes d'Edenton ou de Roanoke, des pièces d'or plein les poches.

Trois ou quatre mois correspondaient plus ou moins à la durée d'un aller et retour transatlantique.

— Ça signifie simplement qu'il rapporte des produits d'Europe et les vend, déclarai-je. En contrebande, je suppose ?

— Oui, c'est l'avis de Cornell. Mais sais-tu où il débarque sa marchandise ?

Il essuya ses lèvres sur le dos de sa main avant de répondre :

— Sur le débarcadère de Wylie. Du moins, c'est le bruit qui court.

J'en restai bouche bée, et plutôt affolée.

— Quoi... tu veux dire que Phillip Wylie est de mèche avec lui ?

— Pas forcément. Mais le débarcadère jouxte sa plantation, et ce petit merdeux était avec Bonnet la nuit où il est venu à River Run, quoi qu'il ait dit plus tard.

Il agita une main, mettant Wylie de côté pour l'instant, et reprit :

— Cornell dit que Bonnet a de nouveau disparu. Personne ne l'a vu depuis un mois. Cela signifie que ma tante et Duncan sont sans doute en sécurité pour le moment. Tant mieux ! Cela fait un motif d'inquiétude en moins. J'en ai déjà assez comme ça ces temps-ci.

Il parlait sans ironie, balayant du regard le campement qui s'étalait autour de nous. Avec la tombée du jour, les feux s'étaient mis à luire par centaines le long des berges de la Grande Alamance.

— Hermon Husband est ici, dit-il.

Je relevai les yeux de son écuelle de ragoût, que je venais de remplir pour la deuxième fois.

— Tu lui as parlé ?

— Non, je n'ai pas pu m'approcher. Il est avec les Régulateurs, naturellement. J'étais sur une petite colline surplombant la rivière et je l'ai aperçu au loin. Il était au milieu d'un grand attroupement, mais, avec sa tenue, je ne pouvais pas le manquer.

Je lui tendis son plat fumant.

— Que va-t-il faire ? Il ne va quand même pas se battre ni laisser ses amis se faire massacrer.

La présence d'Hermon Husband me paraissait bon signe. Pour les Régulateurs, il représentait presque un leader. Ils l'écouteraient sûrement.

Jamie secoua la tête, l'air inquiet.

— Je ne sais pas, *Sassenach*. Lui-même ne prendra pas les armes, c'est sûr, mais les autres…

Il resta songeur quelques secondes, puis, soudain, ses traits se figèrent. D'un air résolu, il me rendit l'écuelle, se leva et repartit à travers le camp.

Je le vis donner une tape sur l'épaule de Roger et l'attirer à l'écart. Ils discutèrent un moment, puis Jamie glissa une main dans la poche de sa veste et en sortit un objet blanc qu'il tendit à Roger. Celui-ci l'examina un instant, puis il hocha la tête et le mit dans sa propre poche.

Jamie le gratifia d'un coup amical sur le bras, puis il revint vers notre feu, s'arrêtant en chemin pour échanger quelques plaisanteries avec les frères Lindsay.

De retour à mes côtés, il reprit son assiette, un sourire de soulagement aux lèvres. Il attaqua le ragoût avec autant d'appétit que précédemment, expliquant entre deux bouchées :

— J'ai demandé à Roger d'aller trouver Husband demain matin à la première heure et, s'il le peut, de le ramener ici pour parler en tête à tête avec Tryon. Si Husband ne parvient pas à convaincre Tryon – ce qui est fort probable – ce dernier saura peut-être persuader le Régulateur du sérieux de ses menaces. Si Hermon sent que tout cela risque de se terminer dans un bain de sang, il convaincra peut-être ses hommes de battre en retraite.

— Tu y crois vraiment ?

Il avait bruiné dans l'après-midi, et le ciel à l'est était encore chargé de nuages ourlés de rouge, non par les derniers rayons du soleil couchant, mais par le reflet des feux des Régulateurs qui campaient sur l'autre rive de l'Alamance.

Jamie essuya le fond de son écuelle avec un morceau de pain puis secoua la tête.

— Je n'en sais rien. Mais nous ne perdons rien à essayer, non ?

Je hochai la tête et me penchai pour rajouter des branches dans les flammes. Personne ne s'endormirait de bonne heure ce soir.

Les feux avaient brûlé toute la journée, fumant et crachotant sous la bruine. Maintenant que celle-ci avait cessé, les nuages s'éparpillaient, se déchiquetant en longues langues flamboyantes et s'étirant dans tout le ciel de l'ouest, éclipsant par leur éclat les brasiers allumés sur terre. Je posai une main sur le bras de Jamie.

— Regarde !

Il se tourna en pensant que quelqu'un l'avait suivi pour lui soumettre un nouveau problème. Son visage se détendit quand je pointai un doigt vers le ciel.

Quand je montrais à Frank une merveille de la nature alors qu'il avait l'esprit ailleurs, il marquait juste le temps d'arrêt nécessaire pour ne pas paraître impoli, et marmonnait « Oh, oui, c'est vraiment charmant, n'est-ce pas ? », puis se replongeait dans ses pensées. Jamie, lui, leva la tête vers le spectacle éclatant et se figea.

« Qu'est-ce qui te prend ? me sermonnai-je. Tu ne peux pas laisser Frank Randall reposer en paix ? »

Jamie passa un bras autour de mes épaules et soupira :

— En Écosse, on ne voit jamais un ciel pareil !

— Qu'est-ce qui te fait penser à l'Écosse ?

J'étais surprise que le panorama le fasse, lui aussi, songer au passé. Il esquissa un sourire songeur.

— L'aube et le crépuscule, le passage des saisons… Chaque fois que je remarque un changement dans le paysage autour de moi, je pense à ce qui a été et à ce qui est. Cela ne m'arrive pas systématiquement dans une maison, mais, quand je dors à la belle étoile, comme en cet instant, je me réveille souvent en pensant à des gens que j'ai connus autrefois, puis je reste en silence sous les étoiles à me remémorer d'autres lieux et d'autres temps.

Il haussa les épaules avant d'achever :

— À présent que le soleil se couche, je pense à l'Écosse.

— C'est drôle, j'étais moi aussi absorbée par d'autres lieux et d'autres temps.

Je posai ma tête contre son épaule et repris :

— Pour le moment, toutefois, je ne peux penser à rien d'autre qu'à toute cette beauté.

— Ah ?

Il hésita un instant, puis déclara prudemment :

— Je ne te pose jamais la question, parce que, si la réponse est « oui », je ne pourrais pas y faire grand-chose, mais... regrettes-tu souvent l'autre époque ?

J'attendis un laps de trois battements de cœur avant de répondre. Je les perçus distinctement, battant avec lenteur dans sa cage thoracique contre mon oreille. Puis je fermai ma main gauche, sentant le métal lisse de mon alliance en or.

— Non, répondis-je enfin. Mais je m'en souviens.

23

Ultimatums

Camp de la Grande Alamance,
16 mai 1771

Aux gens en armes actuellement rassemblés et se faisant appeler « Régulateurs »

En réponse à votre pétition, je vous informe que j'ai toujours veillé avec le plus grand soin aux intérêts de nos colonies, ainsi qu'à ceux de tous nos sujets y résidant. Je regrette la nécessité fatale dans laquelle, en vous soustrayant aux lois de notre pays, vous me placez de vous sommer de déposer vos armes, de livrer vos meneurs, de vous soumettre à notre justice et de confier votre sort à la clémence de notre gouvernement. En acceptant mes termes dans l'heure qui suit la réception de cette missive, vous éviterez une effusion de sang, car vous êtes actuellement en état de guerre et de rébellion contre votre Roi, votre patrie et vos lois.

William Tryon

À mon réveil, Jamie était déjà parti, laissant sa couverture soigneusement repliée à côté de moi, et Gideon avait disparu de sous le chêne des marais auquel il l'avait attaché la veille.

— Le colonel est parti assister au Conseil de guerre du gouverneur, m'informa Kenny Lindsay entre deux bâillements.

Il cligna des yeux, s'ébroua comme un chien trempé puis demanda :

— Qu'est-ce que ce sera, m'dame, thé ou café ?

— Du thé, s'il vous plaît.

Sans doute étaient-ce les événements actuels qui me faisaient penser à la *Boston Tea Party*[1]. Je n'arrivais pas à me souvenir de la date de cet épisode historique particulier et de ses conséquences, mais j'avais l'obscur pressentiment de devoir profiter de toutes les occasions de boire du thé pendant qu'il y en avait encore, en saturant mon organisme comme un ours qui se gave de baies et de larves à l'approche de l'hiver.

La journée s'annonçait dégagée et, s'il faisait encore frais, il flottait dans l'air une certaine moiteur due aux pluies de la veille. Je bus mon thé par petites gorgées, sentant des mèches de cheveux s'enrouler sur mon visage et coller à mes joues dans la vapeur qui se dégageait de ma tasse.

Une fois réveillée, j'allai chercher deux seaux et partis vers la rivière. J'espérais que cette réserve se-

---

1. En 1773, exaspérés d'être accablés de taxes par Londres et obligés d'acheter les surplus de thé de la Compagnie des Indes orientales, des colons déguisés en Indiens attaquent des navires dans la rade de Boston et jettent à la mer leur cargaison de thé, signe précurseur de la guerre d'Indépendance. (*N.d.T.*)

rait inutile, mais il valait mieux disposer à l'avance d'une certaine quantité d'eau bouillie, au cas où. En outre, si je n'en avais pas besoin pour des raisons médicales, je pourrais m'en servir pour rincer mes bas, qui réclamaient mes soins depuis un certain temps déjà.

En dépit de son nom, la Grande Alamance n'avait rien d'impressionnant, ne mesurant pas plus de six mètres de large sur pratiquement tout son cours. Elle était également peu profonde, vaseuse et aussi tortueuse qu'une effilocheuse de laine, parcourue de petits bras et d'affluents qui serpentaient dans le paysage. Cela dit, elle constituait sans doute une bonne ligne de démarcation militaire. La franchir ne représentait pas vraiment de difficultés, mais un groupe d'hommes ne pouvait le faire en douce.

Des libellules rasaient la surface de l'eau et frôlaient les têtes de plusieurs miliciens qui papotaient tranquillement tout en se soulageant dans le cours boueux. J'attendis avec tact derrière un buisson qu'ils aient fini, puis, dès qu'ils furent partis, je m'approchai à mon tour tout en me disant que la décision de la plupart des soldats de ne boire de l'eau que sur le point de mourir de déshydratation était une bonne chose.

En rentrant au camp, je trouvai tout le monde réveillé. Toutefois, les hommes étaient plus sur le qui-vive que sur le pied de guerre. Le retour de Jamie n'éveilla qu'une vague curiosité, Gideon se frayant un chemin entre les feux avec une étonnante délicatesse.

Kenny se leva pour l'accueillir.

— Alors *Mac Dubh*, du nouveau ?

Jamie fit non de la tête. Il était vêtu avec une sobriété qui confinait à l'austérité, les cheveux tirés en arrière, son coutelas et ses pistolets accrochés à sa ceinture, son épée au flanc. Une cocarde jaune fixée à sa boutonnière constituait son seul ornement. « Il était paré pour la bataille », pensai-je avec un serrement de cœur.

— Le gouverneur a envoyé sa réponse aux Régulateurs. Quatre shérifs en ont emporté une copie et ils la liront à tous les groupes qu'ils rencontreront. Nous n'avons plus qu'à attendre la suite.

Je suivis son regard, dirigé vers un des feux, non loin. Roger avait dû partir dès les premières lueurs de l'aube, avant le réveil du camp.

Ayant transvasé l'eau des seaux dans la bouilloire, je les soulevai de nouveau pour faire un second voyage à la rivière quand Gideon aplatit soudain ses oreilles, agita ses naseaux et poussa un hennissement sec indiquant une arrivée. Jamie mit aussitôt la main sur la garde de son épée. Ma vue étant obstruée par l'énorme poitrail du cheval, je ne pouvais savoir qui approchait, mais, en apercevant Jamie se détendre, je devinais la présence d'un ami.

Ou, à défaut d'un ami, du moins quelqu'un qu'il ne comptait pas égorger sur-le-champ ou arracher de sa selle. J'entendis une voix familière et me baissai pour regarder sous le cou de l'étalon. Le gouverneur Tryon approchait au petit trot dans le pré, escorté de deux aides de camp.

Il chevauchait dignement, même s'il manquait quelque peu de style. Il portait un uniforme de campagne : une redingote bleue avec des culottes en daim, la cocarde jaune des officiers sur son tricorne et un sabre de cavalerie suspendu à sa ceinture.

Celui-ci ne servait pas pour la parade, sa garde avec des encoches et son fourreau élimé en témoignaient.

Tryon arrêta son cheval devant nous et inclina la tête vers Jamie en effleurant le bord de son chapeau. M'apercevant derrière Gideon, il ôta complètement son chef et me salua comme il se doit :

— Mes hommages, madame Fraser.

En me voyant les seaux à la main, il se tourna sur sa selle et lança à l'un de ses aides :

— Monsieur Vickers, ayez l'obligeance d'aider Mme Fraser, si vous voulez bien.

J'abandonnai volontiers mon fardeau à M. Vickers, un jeune homme aux joues roses qui ne devait pas avoir plus de dix-huit ans, mais, au lieu de l'accompagner, je lui indiquai simplement où aller puiser l'eau. Tryon parut contrarié, mais je répondis à son expression réprobatrice par un sourire neutre et je tins bon. Je ne bougerais pas.

Il eut la sagesse de ne pas insister et n'émit aucun commentaire sur ma présence. Préférant faire comme si je n'étais pas là, il fit de nouveau face à Jamie.

— Vos troupes sont-elles en ordre, colonel ?

Il balaya les alentours du regard. Pour le moment, les seuls soldats visibles étaient Kenny, qui avait le nez enfoui dans sa tasse, ainsi que Murdo Lindsay et Geordie Chisholm, absorbés par un concours de lancer de couteau à l'ombre d'un taillis.

— Oui, monsieur.

Le gouverneur haussa les sourcils sans cacher son scepticisme.

— Dans ce cas, monsieur, appelez-les pour que je puisse les passer en revue.

Jamie marqua un temps d'arrêt, puis reprit ses rênes. Il plissa les yeux pour se protéger du soleil tout en évaluant la monture du gouverneur.

— C'est un beau hongre que vous avez là, monsieur. Il est bien dressé ?

— Naturellement, s'impatienta le gouverneur. Pourquoi ?

Jamie renversa la tête en arrière et poussa un long hululement de Highlander, un de ces sons barbares censés être entendus dans les montagnes plusieurs hectares à la ronde. Le cheval du gouverneur roula des yeux affolés et se cabra. Des miliciens surgirent de tous les buissons, poussant des cris de sauvage, provoquant une explosion tonitruante de corbeaux qui s'élevèrent des arbres environnants comme un nuage de fumée noire. Le hongre rua, envoyant le gouverneur valser dans l'herbe, puis fila ventre à terre vers l'autre côté du pré.

Je reculai de quelques pas pour me mettre à l'abri.

Le gouverneur, le visage empourpré et hors d'haleine, se redressa en position assise et se retrouva au centre d'un cercle de miliciens hilares, pointant tous leurs armes sur lui. Interloqué, il fixa la gueule du canon placée à quelques centimètres de son nez, puis il l'écarta d'une main, émettant des bruits d'écureuil agacé. Jamie se racla discrètement la gorge et ses hommes disparurent aussitôt dans le taillis.

Il m'apparut qu'il serait très mal venu de tendre une main vers le gouverneur pour l'aider à se relever ou même de le laisser voir ma tête. Je tournai donc subtilement les talons et m'éloignai de quelques pas, feignant de découvrir une nouvelle plante fascinante à mes pieds.

M. Vickers émergea de la forêt avec un seau dans chaque main. Il roula des yeux ronds en voyant son chef. Comme il allait se précipiter à son aide, je le retins par la manche. Il valait mieux laisser à M. Tryon le temps de retrouver son souffle et sa dignité.

— Que s'est-il passé ? me souffla le jeune homme.

— Rien de grave.

Je lui repris les seaux avant qu'il ne les renverse et demandai :

— Savez-vous combien de miliciens sont rassemblés ici ?

— Mille soixante-huit, madame, répondit-il l'air ahuri. Sans compter les troupes du général Waddell, naturellement. Mais, que...

— Vous avez des canons ?

— Oh oui ! Plusieurs, madame. Nous avons deux détachements d'artilleurs. Deux canons de soixante-quinze millimètres de calibre, dix perriers et deux mortiers lançant des boulets de deux kilos.

À la pensée d'une telle puissance de feu, Vickers se redressa un peu.

Derrière moi, j'entendis la voix de Jamie :

— Il y a deux mille hommes de l'autre côté de la rivière, monsieur. Mais la plupart ne sont pour ainsi dire pas armés. Beaucoup ne portent qu'un couteau.

Il était descendu de cheval et tenait le chapeau du gouverneur. Il le frappa nonchalamment contre sa cuisse et le lui tendit. Son propriétaire l'accepta avec autant de grâce que possible, compte tenu des circonstances.

— Merci, monsieur Fraser, j'en étais déjà informé, répondit-il sèchement. Je suis ravi de constater que vos renseignements corroborent les miens. Monsieur Vickers, auriez-vous l'obligeance d'aller chercher mon cheval ?

Le rouge avait quitté les joues de Tryon et, si ses manières étaient toujours un peu guindées, il ne semblait pas en vouloir outre mesure à Jamie. Le gouverneur avait un certain sens de l'équité et, plus important encore vu la situation, un certain sens de l'humour, ces deux qualités ayant apparemment survécu à la récente démonstration d'efficacité militaire.

— Vos agents vous ont sans doute également informé que les Régulateurs n'ont pas de chefs à proprement parler ? demanda Jamie.

— Au contraire, monsieur Fraser. Il m'a semblé comprendre qu'Hermon Husband est, et ce depuis un certain temps déjà, un des principaux agitateurs de ce mouvement. James Hunter est aussi un nom qui revient régulièrement dans les lettres de plaintes et les pétitions dont on nous abreuve à New Bern. Il en va de même pour Hamilton, Gillespie...

D'une main impatiente, Jamie chassa une nuée de moucherons devant son visage.

— Dans certaines circonstances, monsieur, je serais enclin à débattre avec vous de la question de savoir si la plume est oui ou non plus puissante que l'épée, mais pas aujourd'hui, à la veille d'un combat. L'audace d'un homme à écrire des pamphlets n'en fait pas un chef de guerre. Or Husband est un gentilhomme quaker.

— C'est ce que je me suis laissé dire.

Tryon fit un geste vers la rivière au loin avant d'ajouter :

— Pourtant, il se trouve là-bas.

— En effet, convint Jamie.

Il hésita un instant, évaluant l'humeur du gouverneur. Nerveux, celui-ci avait les traits tendus et les yeux fiévreux. Toutefois, la bataille n'était pas imminente et il maîtrisait ses nerfs. Il était encore en mesure d'écouter Jamie :

— J'ai accueilli cet homme chez moi, monsieur, et il m'a reçu chez lui. Il n'a jamais caché ses opinions ni son tempérament. S'il est là aujourd'hui, c'est la mort dans l'âme, j'en suis sûr.

Jamie reprit son souffle, sentant qu'il marchait sur des œufs.

— J'ai envoyé un homme de l'autre côté de la rivière pour le supplier de venir me rencontrer. Je crois pouvoir le persuader d'influencer ces hommes afin qu'ils abandonnent leur projet fou, dont la seule issue est un désastre.

Il soutint le regard de Tryon avant de poursuivre :

— Puis-je vous demander, monsieur, non, vous implorer, de parler en personne à Husband s'il accepte de venir ?

Tryon resta silencieux, tournant et retournant son tricorne poussiéreux entre ses mains. Un viréo chantait dans les branches d'un orme au-dessus de nos têtes. Enfin, il fit claquer son chapeau contre sa cuisse d'un air décidé :

— En tant que gouverneur de cette colonie, je ne peux tolérer que la paix soit mise en danger, que des hommes bafouent nos lois, que des émeutes et des effusions de sang restent impunies. Non, monsieur, je ne le recevrai pas.

Il me lança un regard noir avant de reprendre :

— De toute manière, je doute qu'il se déplace. Ces hommes ont déjà arrêté leur décision…

Il hocha la tête en direction des arbres qui bordaient l'Alamance.

— ... et moi la mienne. Toutefois...

Il hésita un instant, puis secoua la tête :

— ... s'il vient, je vous demande de lui faire entendre raison. S'il accepte de renvoyer paisiblement ses hommes chez eux, amenez-le-moi et nous discuterons ensemble d'un arrangement. Mais je n'attendrais pas qu'il se décide.

Entre-temps, M. Vickers avait récupéré la monture du gouverneur. Le jeune homme restait légèrement à l'écart, tenant les deux chevaux par les rênes. Je le vis acquiescer, comme s'il approuvait les propos de Tryon. Malgré son chapeau qui le protégeait du soleil, il avait le visage rouge et les yeux brillants. Il avait hâte de se battre.

Ce n'était pas le cas de Tryon, mais il était prêt à le faire. Jamie aussi. Les deux hommes se fixèrent un moment dans le blanc des yeux sans rien dire, puis Jamie hocha la tête, acceptant l'inévitable.

— Vous me donnez combien de temps ? demanda-t-il doucement.

Tryon leva les yeux vers le soleil. La matinée était déjà bien avancée. Roger était parti depuis au moins deux bonnes heures. Combien de temps lui fallait-il pour trouver Hermon Husband et revenir ?

— Les compagnies sont en ordre de bataille, annonça Tryon.

Il jeta un œil vers le taillis, un rictus agitant la commissure de ses lèvres.

— Peu de temps. Tenez-vous prêt, monsieur Fraser.

Il pivota sur ses talons, plaqua son tricorne sur sa tête, saisit les rênes de son cheval et grimpa en selle. Il s'éloigna sans se retourner, suivi de ses aides.

Jamie l'observa sans rien dire.

Je m'approchai de lui, touchant sa main. Je n'avais pas besoin de lui dire que j'espérais le retour de Roger, bientôt.

24

« Les personnes errantes et autres suspects »

*Article 12 : Aucun officier ou soldat n'est autorisé à
franchir les limites du camp se trouvant dans le périmètre de la Grande Garde.*
*Article 63 : Les commandants des différentes compa-
gnies interpelleront et emprisonneront toute personne
errante et autres suspects ainsi que tous ceux ne pouvant justifier de leur présence sur les lieux. Tout incident de ce genre sera rapporté au quartier général.*

*« Devoirs et règlements du camp » : ordres donnés
par Son Excellence le gouverneur Tryon aux responsables provinciaux de la Caroline du Nord.*

Roger toucha la poche de ses culottes où se trouvait son insigne militaire en étain, normalement
censé être cousu sur une veste ou un chapeau.
C'était un bouton d'environ quatre centimètres de
diamètre, au contour percé de trous et estampillé
d'un « CF » grossier signifiant « Compagnie Fraser ». Avec les cocardes en tissu, c'était là tout ce qui
tenait lieu d'uniforme aux fantassins du gouverneur,

et le seul moyen de distinguer un milicien d'un Régulateur.

Quand Jamie lui avait tendu son insigne pendant le dîner, deux soirs plus tôt, il avait demandé avec une moue ironique :

— Comment sait-on au juste sur qui on doit tirer ? S'il faut s'approcher suffisamment près pour voir l'insigne, ne risque-t-on pas de se faire abattre le premier ?

Jamie lui avait répondu avec un regard tout aussi moqueur, mais il s'était diplomatiquement abstenu de tout commentaire sur les aptitudes de son gendre pour le tir et sur ses chances d'atteindre de manière intentionnelle qui que ce soit avec son mousquet.

— Personnellement, je n'attendrais pas, avait-il néanmoins conseillé. Si quelqu'un court vers toi en brandissant une arme, tire d'abord, puis prie de ne pas t'être trompé.

Quelques hommes autour du feu s'étaient mis à ricaner, mais Jamie ne leur avait pas prêté attention. Il avait saisi un bâton et sorti trois ignames grillées des braises, les poussant côte à côte, noires et fumantes dans la brise du soir. Puis, il en avait repoussé une dans les cendres.

— Ça, c'est nous.

Il avait repoussé la seconde.

— Ça, c'est la compagnie du colonel Leech, et ça...

Il avait fait rouler la troisième qui était partie rejoindre ses compagnes en rebondissant.

— ... c'est celle du colonel Ashe. Tu me suis ?

Il avait arqué un sourcil interrogateur en direction de Roger.

— ... Chaque compagnie suivra sa propre route, si bien qu'au début, tu ne rencontreras sans doute pas d'autres miliciens. Tous ceux arrivant en sens inverse ont toutes les chances d'appartenir au camp ennemi.

Il avait légèrement souri en indiquant d'un geste du menton les hommes rassemblés autour du feu pour le dîner, le nez dans leur écuelle.

— Tu connais tous ceux qui sont ici, non ? Évite de tirer sur l'un d'eux, et tout ira bien.

Roger sourit tristement en descendant avec précaution une pente couverte de minuscules fleurs jaunes. Les conseils de son beau-père étaient sages. Il était moins préoccupé par le danger de se faire tirer dessus que par celui de blesser quelqu'un accidentellement, sans parler du risque non négligeable de se faire sauter quelques doigts.

Secrètement, il avait résolu de ne tirer sur personne, quelles que soient les circonstances ou ses chances d'atteindre sa cible. Il avait entendu suffisamment d'histoires de Régulateurs... comme celles d'Abel MacLennan ou d'Hermon Husband. Même en faisant abstraction du style emphatique naturel d'Husband, il fallait reconnaître que ses pamphlets étaient habités par un vrai sentiment d'injustice. Comment Roger pourrait-il chercher à le tuer ou simplement à le blesser pour la seule raison d'avoir protesté contre la corruption et des abus de pouvoir si flagrants qu'ils crevaient les yeux de n'importe quelle personne un tant soit peu sensible et concernée par la justice ?

Grâce à sa formation d'historien, il en savait assez pour se rendre compte de la portée des problèmes et sur la manière dont ils étaient apparus. Il était également conscient de la difficulté à les régler. Il comprenait la position de Tryon – jusqu'à un certain point –, mais sa compassion n'allait pas jusqu'à faire de lui un soldat volontaire défendant l'autorité de la Couronne, et encore moins la cause du gouverneur, à savoir sauver sa réputation et sa fortune personnelle.

Ayant entendu des voix, il s'arrêta un instant puis se cacha promptement derrière le tronc d'un gros peuplier.

Trois hommes apparurent quelques instants plus tard, discutant tranquillement. Chacun d'eux portait un pistolet et une poche de munitions, mais ils faisaient davantage penser à trois copains partis chasser le lièvre qu'à des soldats à la veille d'une bataille.

De fait, c'étaient précisément des chasseurs. L'un d'eux portait une grappe de dépouilles velues accrochées à sa ceinture et un autre, un sac taché de ce qui paraissait être du sang frais. Tandis que Roger les observait, un des hommes se figea, une main tendue pour signaler à ses compagnons d'en faire autant. Ces derniers se raidirent comme des limiers à l'arrêt, pointant le nez vers un bosquet situé à une soixantaine de mètres.

Même en sachant que quelque chose se trouvait là, Roger mit un moment à distinguer le daguet, immobile, devant un taillis de jeunes pousses. Le voile de lumière diaprée qui filtrait entre les feuilles le rendait presque invisible.

Le premier homme mit lentement son fusil en joue, cherchant à tâtons une cartouche, mais son camarade l'arrêta d'une main sur le bras, lui déclarant d'une voix basse mais audible :

— Attends, Abram ! Tu ne peux pas tirer si près de la rivière. Tu as entendu ce qu'a dit le colonel ? Les Régulateurs campent à deux pas d'ici, sur l'autre rive. Il ne s'agit pas de les provoquer, pas encore.

Il lui montra un dense bosquet d'aulnes et de saules qui bordaient la rive opposée de la rivière, à une centaine de mètres à peine.

Abram acquiesça à contrecœur et releva son fusil.

— Tu as raison. Tu crois que c'est pour aujourd'hui ?

Roger regarda vers le jeune cerf, mais il s'était volatilisé.

Le troisième homme sortit un mouchoir de sa manche et s'essuya le visage. Il faisait chaud et moite.

— Je ne vois pas comment on pourrait l'éviter, déclara-t-il. Tryon a fait mettre ses canons en place dès l'aube. Il n'est pas du genre à se laisser marcher sur les pieds. Il attendra peut-être les renforts de Waddell, mais il peut aussi estimer qu'il n'en a pas besoin.

Abram ricana, dédaigneux.

— Pour écraser ces gueux ? Tu veux rire ! Tu les as vus ? Ils font peine à voir.

L'homme au mouchoir sourit cyniquement.

— Peut-être, mais as-tu vu certains des miliciens venus de l'arrière-pays ? Ils ne sont guère plus présentables. Sans compter que les Régulateurs sont peut-être des gueux, mais ils sont nombreux. D'après le capitaine Neale, ils sont le double de nous.

Abram émit un grognement.

— Des gueux ! répéta-t-il.

Avec regret, il jeta un dernier coup d'œil vers le taillis, puis il tourna les talons, entraînant ses amis.

— Venez ! Allons voir un peu plus haut dans les collines.

Les chasseurs faisaient partie du même camp que Roger. Ils ne portaient pas de cocardes, mais, sur leur veste et leur chapeau, il avait reconnu leurs insignes qui jetaient des reflets argentés dans la lumière matinale. Il resta toutefois caché jusqu'à leur disparition. Étant presque sûr que Jamie lui avait confié cette mission sans avoir préalablement consulté les autorités compétentes, il préférait ne pas avoir à justifier sa présence ici.

Au sein de la milice, l'attitude vis-à-vis de la Régulation était, au mieux, méprisante. Au pire, dans les sphères supérieures du pouvoir, elle était froidement vindicative.

— Écrasons-les une fois pour toutes, avait déclaré Richard Caswell la veille au soir, devant une tasse de café.

Riche planteur de la partie orientale de la colonie, il n'avait aucune sympathie pour les revendications des Régulateurs.

Roger tapota la poche de sa veste, hésitant encore. Non, il valait mieux ne pas mettre l'insigne. Si on le lui demandait, il pouvait toujours le présenter. En outre, il doutait de se faire tirer dans le dos sans avoir au moins été averti par un cri. Cependant, il se sentait étrangement vulnérable en traversant le pré des hautes herbes et, de façon inconsciente, il soupira de soulagement quand les branches langoureuses des saules qui bordaient la rivière se refermèrent sur lui, l'enveloppant dans leur ombre fraîche.

Avec l'approbation de Jamie, il avait laissé son mousquet au camp et était venu sans autre arme que le couteau à sa ceinture, tenue considérée comme faisant partie intégrante de celle de tout un chacun. Son seul autre accessoire était un grand mouchoir blanc plié sous sa veste. Jamie lui avait expliqué :

— Si tu te sens menacé, n'importe où, sors-le et agite-le en criant « Trêve ! ». Puis, demande qu'on vienne me chercher et ne dis rien jusqu'à ce que j'arrive. Si tu le peux, sers-t'en aussi comme d'un étendard pour me ramener Husband.

Il eut envie de plaisanter en s'imaginant soudain en train d'escorter le quaker en agitant son mouchoir au bout d'un bâton, comme un guide accueillant des touristes dans un aéroport. Jamie, lui, n'avait pas eu l'air de rire, ni même de sourire. Aussi, il avait solennellement accepté son carré de tissu blanc et l'avait plié avec soin. Il regarda prudemment à travers l'écran de branches souples. Seul le cours d'eau étincelait sous les premiers rayons du soleil, s'écoulant dans un paisible gargouillis. Il n'y avait personne en vue et le bruit de la rivière étouffait les sons qui auraient pu provenir de l'autre rive. Les hommes de la milice ne lui tireraient sans doute pas dans le dos, mais il était moins sûr de ne pas se faire abattre par les Régulateurs s'ils le voyaient franchir la rivière depuis le côté ennemi.

Toutefois, ne pouvant rester caché sous les saules toute la journée, il émergea de son abri et suivit le cours d'eau vers l'endroit indiqué plus tôt par les chasseurs, surveillant attentivement les arbres sur l'autre rive. Cet endroit lui sembla le meilleur pour traverser, le lit étant tapissé de cailloux et peu profond. Tout paraissait calme. Si les Régulateurs étaient vraiment rassemblés derrière ce bosquet, ils étaient rudement discrets !

Difficile d'imaginer paysage plus serein. Pourtant, son cœur battait à tout rompre. Il eut l'étrange impression que quelqu'un marchait à ses côtés. Il regarda autour de lui, mais rien ne bougeait, hormis les branches de saules ondoyant dans le courant.

— C'est toi, papa ? demanda-t-il à voix basse.

Il se sentit ridicule, mais la sensation d'être accompagné persista.

Il haussa les épaules et commença à ôter ses souliers et ses bas. Ce devait être les circonstances. Non pas que franchir une rivière à gué en quête d'un quaker agitateur de gueux soit comparable à traverser la Manche de nuit à bord d'un *Spitfire* pour aller bombarder l'Allemagne, mais... une mission était une mission.

Il jeta un dernier coup d'œil à la ronde mais ne vit rien. Le sourire au coin des lèvres, il mit un pied dans l'eau, déclenchant un mouvement de panique dans un groupe de têtards qui se tortillaient près de la berge. Plus loin, il salua un canard huppé qui passait par là.

— Quand faut y aller, faut y aller ! lui lança-t-il.

L'oiseau ne lui prêta pas attention et continua d'explorer un tapis flottant de cresson.

L'autre rive semblait aussi bucolique, aucune menace n'émanait du groupe d'arbres, en dehors du raffut des oiseaux qui y nichaient. C'est seulement une fois assis sur une pierre chauffée par le soleil pour renfiler ses bas qu'il perçut enfin un signe de vie humaine dans cette partie du monde.

— Alors, mon chou, qu'est-ce que ce sera ?

La voix était sortie du bosquet derrière lui. Il se figea, le sang bouillonnant dans ses oreilles. C'était une voix de femme. Avant d'avoir eu le temps de bouger ou de penser à une réponse, il entendit un rire plus grave, qui le fit aussitôt se détendre. Son instinct lui disait qu'il n'avait rien à craindre d'une personne s'exprimant avec cette intonation particulière.

— Je n'en sais rien, ma biche, tout dépend de combien ça va me coûter.

— Oh, écoutez-le ! Ce n'est plus le moment de compter tes sous, mon gros lapin.

— Ne vous inquiétez pas, mesdames, si besoin est, nous organiserons une collecte.

— Ah, c'est comme ça ? Parfait, mais n'oubliez pas, mon bon monsieur, que dans notre congrégation, on fait la collecte avant de chanter les cantiques !

En écoutant ces négociations aimables, Roger en déduisit qu'ils étaient trois hommes et deux femmes, tous confiants que, quelle que soit l'issue de leurs tractations financières, chacun repartirait satisfait.

Il garda ses souliers à la main et s'éloigna sur la pointe des pieds, laissant les sentinelles – si c'était bien d'elles dont il s'agissait – à leurs calculs. Apparemment, l'armée des Régulateurs était moins bien organisée que les troupes du gouvernement.

Ce n'était pas peu dire, comme il put le constater plus loin. Il longea la rivière un certain temps, ne sachant pas trop où campaient le gros des rebelles. Il parcourut près de six cents mètres sans croiser d'autres âmes que les deux prostituées et leurs clients. Il traversa de petites pinèdes et des prés verdoyants avec, pour seule compagnie, des oiseaux occupés à se faire la cour et de minuscules papillons orange et jaunes. Il avait l'étrange impression d'être le héros d'une nouvelle de science-fiction, seul être humain sur la planète après la disparition mystérieuse de tous ses habitants.

— Qu'est-ce que cette manière de faire la guerre ? grommela-t-il.

Il était inquiet. Que se passerait-il s'il ne trouvait pas ce maudit quaker – voire même son armée – avant le déclenchement des hostilités ?

Au détour d'un coude de la rivière, il aperçut enfin le premier signe de la présence des Régulateurs : des femmes lavaient du linge près d'un amas de rochers.

Rassuré, il s'enfonça dans la broussaille avant qu'elles n'aient pu le voir. Si les femmes se trouvaient là, les hommes ne devaient plus être très loin.

Effectivement, après une dizaine de mètres, il entendit enfin les bruits d'un camp : des rires, un cliquetis de vaisselle, des coups de hache dans le bois. En contournant un massif d'aubépine, il manqua de percuter une bande d'adolescents qui couraient en riant et en se pourchassant, brandissant la queue fraîchement coupée d'un raton laveur.

Ils filèrent devant lui sans lui prêter la moindre attention et il poursuivit son chemin d'un pas plus assuré. Aucune sentinelle dans les environs. De fait, l'apparition d'un visage inconnu ne semblait susciter ni curiosité ni méfiance. Quelques hommes se retournèrent sur son passage, puis reprirent tranquillement le fil de leur conversation, ne remarquant rien d'étrange dans son allure.

Il aborda carrément un homme occupé à faire rôtir un écureuil au-dessus d'un feu.

— Je cherche Hermon Husband.

L'homme le dévisagea sans comprendre.

— Le quaker ? essaya Roger.

Les traits de l'homme se détendirent.

— Ah, lui ! Il doit être par là-bas.

Il pointa son bâton, et les pattes calcinées de l'écureuil lui indiquèrent la direction.

« Par là-bas » n'était pas la porte à côté. Roger traversa trois autres camps éparpillés avant de rejoindre ce qui semblait être le corps principal de l'armée – si on pouvait qualifier ainsi ce rassemblement bigarré d'êtres humains. Certes, ici, l'atmosphère paraissait plus sérieuse. Les batifolages insouciants des campements près de la rivière se faisaient plus discrets, mais, pour autant, l'endroit ne ressemblait pas au Q.G. d'un commandement stratégique.

Il se prit à espérer que la violence pouvait encore être évitée, même avec les deux armées face à face et les canons chargés. Il avait bien senti l'excitation des miliciens prêts au combat, mais pas une atmosphère de haine ni de soif de sang.

De ce côté-ci, la situation était très différente, mais les hommes semblaient encore moins disposés à en découdre sur-le-champ. Toutefois, tout en avançant, il commença à sentir autre chose, une impression d'urgence croissante, presque de désespoir. Les fanfaronnades n'étaient plus de mise. Les hommes étaient rassemblés en petits groupes, discutant têtes baissées et échangeant des messes basses, ou bien ils restaient assis dans leur coin, chargeant leurs fusils et affûtant leurs couteaux d'un air sombre.

Plus il approchait, plus ceux qu'il interrogeait connaissaient le nom d'Hermon Husband, leurs doigts pointant avec assurance dans une même direction. Comme un aimant, ce patronyme l'attirait de plus en plus loin, au cœur d'une masse épaisse d'hommes et de garçons, tous excités et armés. Le bruit devenait lui aussi plus assourdissant, les voix frappant ses tympans comme des marteaux sur une enclume.

Il découvrit enfin le quaker, debout sur un rocher, tel un grand loup gris aux abois, cerné par une meute de trente à quarante hommes, tous vociférant. Ils se poussaient des coudes et se piétinaient sans ménagement. De toute évidence, ils exigeaient une réponse, mais ils étaient trop énervés pour l'écouter.

Husband, en bras de chemise et le visage rouge, hurlait quelque chose à un ou deux hommes près de lui, mais, dans le vacarme général, Roger ne pouvait l'entendre. Il parvint à s'immiscer dans le périmètre extérieur du cercle, mais en marchant vers le centre, la densité des corps le bloqua rapidement. Du moins, de là, il pouvait capter quelques bribes de phrases.

— Nous devons y aller, Hermon ! Nous n'avons plus le choix ! cria un homme dégingandé avec un chapeau cabossé sur la tête.

— Il y a toujours le choix ! répliqua Husband. Le moment est justement venu de le faire. Que Dieu nous aide à prendre la décision la plus sage !

— Comment ? Avec les canons pointés sur nous ?

— Non, non ! En allant de l'avant ! Nous devons aller de l'avant ou tout est perdu !

— Perdu ? Mais nous avons déjà tout perdu ! Il faut…

— Le gouverneur nous a ôté la possibilité de choisir. Il faut…

— Il faut…

— Il faut…

Les interventions isolées se perdirent dans une clameur générale de colère et de frustration. Comprenant qu'il ne servirait à rien d'attendre d'être reçu, Roger se glissa entre deux fermiers et tira Husband par la manche.

— Monsieur Husband, je dois vous parler ! hurlat-il à son oreille.

Husband le regarda d'un air neutre en essayant de libérer sa main, puis le reconnaissant, il s'immobilisa. Sa barbe mal taillée accentuait la forme carrée de son visage. Ses épais cheveux gris, détachés, pointaient comme des piques de hérisson sur son crâne. Il secoua la tête et ferma les yeux, puis les rouvrit en fixant Roger, comme un homme essayant vainement d'effacer une vision impossible.

Il fit signe à la foule de le laisser tranquille, saisit le bras de Roger, sauta de son rocher et l'entraîna vers une cabane délabrée et penchée qui se dressait, tel un ivrogne, à l'ombre d'un taillis d'érables. Roger lançait des regards féroces autour de lui pour décourager les autres de les suivre.

Certains s'entêtèrent, agitant les bras et s'exclamant bruyamment. Roger leur claqua la porte au nez, en rabattit rapidement le loquet et s'adossa à elle. Il faisait plus frais à l'intérieur, même si l'air sentait le renfermé, la cendre de bois et la graisse brûlée.

Husband se tint un moment au milieu de la pièce, haletant, puis il saisit une louche et but longuement l'eau d'un seau posé près de la cheminée, le seul objet de la cabane. Sa veste et son chapeau étaient accrochés à une patère près de la porte. Quelques détritus étaient éparpillés sur le sol en terre battue. Le précédent occupant des lieux avait dû déguerpir en emportant tout ce qu'il pouvait.

Calmé par ce moment de répit, Husband lissa sa chemise froissée et rejeta ses cheveux en arrière, demandant de son ton doux habituel :

— Que fais-tu ici, l'ami MacKenzie ? Ne me dis pas que tu es venu te rallier à la cause de la Régulation !

— Non, en effet.

Roger jeta un regard méfiant vers la fenêtre, craignant que la foule n'encercle la cabane, mais, compte tenu du brouhaha extérieur, les hommes avaient tout l'air de poursuivre leur débat animé. Personne n'était sur le point de lancer l'assaut contre leur refuge.

— Je suis venu vous demander de traverser la rivière avec moi pour discuter avec Jamie Fraser. Vous ne risquez rien, nous avancerons sous un drapeau blanc.

Husband regarda à son tour par la fenêtre, répondant avec une moue ironique.

— Je crains que l'heure des discussions ne soit passée depuis longtemps.

Roger était plutôt de son avis, mais il insista néanmoins.

— Le gouverneur n'en est pas convaincu. Il ne souhaite pas massacrer ses propres concitoyens. Si on pouvait persuader la foule de se disperser pacifiquement…

Husband agita une main vers la fenêtre.

— Tu veux rire ? Tu crois sincèrement que c'est envisageable ?

— Non, admit Roger. Toutefois, si vous acceptiez de me suivre… s'ils voyaient qu'il reste une chance de…

— S'il existait la moindre possibilité de réconciliation et de réparation, elle aurait été proposée depuis belle lurette. Quel est le gage de la sincérité du gouverneur ? D'être venu avec des troupes et des canons ? D'envoyer une lettre qui nous menace de…

— Il ne s'agit pas de réparation, coupa Roger, mais d'une chance de sauver vos vies.

Husband se figea. La couleur avait quitté ses joues, même s'il était encore parfaitement calme.

— Nous en sommes donc là ? demanda-t-il dans un souffle sans lâcher Roger des yeux.

Celui-ci hocha lentement la tête.

— Vous n'avez plus beaucoup de temps. Au cas où vous ne viendriez pas lui parler en personne, M. Fraser m'a chargé de vous dire que deux compagnies d'artilleurs étaient déployées contre vous, ainsi que huit de miliciens. Le gouverneur n'attendra pas au-delà de demain à l'aube, au plus tard.

Il était conscient que transmettre ce genre d'information à l'ennemi était un acte de trahison, mais Jamie Fraser en aurait fait autant s'il était venu en personne.

— Nous sommes près de deux mille à nous être déplacés jusqu'ici, dit Husband comme s'il se parlait à lui-même. Deux mille ! Ça ne représente donc rien pour lui ? Que tant d'hommes aient quitté leurs terres et leur foyer pour venir protester…

— Pour le gouverneur, c'est un acte de rébellion et donc, une déclaration de guerre, l'interrompit Roger.

Il regarda vers la toile huilée qui recouvrait la fenêtre avant d'ajouter :

— Maintenant que je les ai vus, je dois avouer qu'il a de bonnes raisons de le penser.

— Il ne s'agit pas d'une rébellion, s'entêta Husband.

Il se redressa, sortit un ruban noir en soie élimée de sa poche et attacha ses cheveux dans sa nuque.

— Les autorités ont refusé d'entendre nos plaintes légitimes ! Nous n'avions pas d'autre solution que de nous rassembler en un corps physique pour présenter nos griefs devant M. Tryon et lui démontrer l'iniquité de notre situation.

— Je vous ai entendu parler de choix, tout à l'heure. Or, à en juger par les remarques que j'ai surprises en venant ici, il me semble que la plupart des Régulateurs ont opté pour la voie de la violence.

— Peut-être, admit Husband à contrecœur. Pourtant, nous… ils ne sont pas une armée vengeresse, pas une foule aveugle…

Néanmoins, à voir son coup d'œil involontaire vers la fenêtre, la situation, pour lui, semblait claire : il était conscient que les hommes assemblés sur les berges de l'Alamance étaient à deux doigts de se transformer en une foule en colère et incontrôlable.

— Ont-ils désigné un chef, quelqu'un qui puisse parler officiellement en leur nom ? s'impatienta Roger. Vous-même ou peut-être M. Hunter ?

Husband marqua un long temps de réflexion, frottant ses lèvres du dos de sa main comme pour effacer un goût aigre. Puis il secoua la tête.

— Ils n'ont pas de vrais leaders, dit-il doucement. Jim Hunter ne manque pas d'audace, mais il n'a pas une âme de commandeur. Quand je lui en ai parlé, il m'a répondu que chaque homme devait agir pour son propre compte.

— Vous avez ce qu'il faut. Vous pouvez être leur chef.

Husband parut scandalisé, comme s'il l'avait accusé d'être doué pour tricher aux cartes.

— Pas moi.

— Vous les avez conduits jusqu'ici...

— Ils sont venus tout seuls ! Je n'ai demandé à personne de...

— Ils sont venus ! Ils vous ont suivi.

Husband tiqua, puis pinça les lèvres. Constatant que ses paroles avaient fait mouche, Roger insista :

— Vous avez déjà pris la parole devant eux et ils vous ont écouté. Ils sont venus avec vous, derrière vous. Ils vous écouteront sans doute encore !

Il entendait la rumeur au-dehors s'intensifier. La foule s'impatientait. Elle n'était pas encore incontrôlable, mais elle ne tarderait plus à le devenir. Que feraient-ils tous s'ils savaient qui il était, ce qu'il était venu faire ? Il avait les paumes moites. Il les essuya sur les pans de sa veste et sentit la petite masse dure de son insigne de milicien. Il regretta de ne pas avoir pris le temps de l'enterrer quelque part avant de traverser la rivière.

Husband l'examina un instant, puis tendit les deux mains vers lui.

— Prie avec moi, l'ami.

— Mais je...

— Tu n'as pas besoin de parler. Je sais que tu es papiste, mais nous n'avons pas coutume de prier à voix haute. Il te suffit de rester silencieux à mes côtés et de demander du fond du cœur d'être inspiré par la sagesse infinie de notre Seigneur... pas uniquement pour toi, mais pour tous ceux qui sont ici...

Roger se mordit la langue, se retenant de corriger Husband. Sa propre affiliation religieuse n'avait pas d'importance pour le moment, même si, apparemment, celle du quaker en avait. Il se contenta donc de hocher la tête, refoulant son impatience, et lui prit les mains en lui offrant tout le soutien possible.

Husband resta parfaitement immobile, tête baissée. Soudain, on tambourina à la porte et des voix s'écrièrent :

— Hermon ? Tout va bien là-dedans ?

— Allez, Hermon ! On n'a pas le temps pour ce genre de choses ! Caldwell vient de rentrer de chez le gouverneur...

— Une heure, Hermon ! Il nous a donné une heure !

Roger sentit un filet de sueur lui couler entre les omoplates, mais, ayant les mains prises, il ne bougea pas. Il releva les yeux vers Husband. Celui-ci semblait le dévisager tout en ayant l'air ailleurs, comme s'il écoutait une voix lointaine, indifférent au vacarme dehors. « Même ses yeux étaient gris quaker, pensa Roger, comme deux flaques d'eau de pluie après un orage. »

Un instant, il crut que les hommes allaient finir par enfoncer la porte, mais non. On toqua encore de manière impatiente, puis les coups s'espacèrent. Il sentit le martèlement de son propre cœur ralentir progressivement, son angoisse diminuant.

Les yeux fermés, il essaya de se concentrer, comme le lui avait demandé Husband. Il chercha dans sa mémoire une prière appropriée, mais ne trouva rien que des vagues souvenirs du missel de son enfance.

> *Aide-nous, Ô Seigneur...*
> *Entends notre prière...*
> *Aide-nous, Ô Seigneur...*

La voix de son père – son autre père, le révérend – répéta quelque part dans le fond de sa tête : « Aide-nous, Ô Seigneur... Aide-nous à nous souvenir que les hommes s'égarent souvent par absence de réflexion plutôt que par manque d'amour, et combien sont sournois les pièges tendus en travers de notre route. »

Chaque mot s'illuminait brièvement dans son esprit comme une feuille embrasée s'élevant au-dessus d'un feu d'automne, mais elle disparaissait dans les cendres avant qu'il puisse la saisir. Devant ces tentatives infructueuses, il se contenta de serrer les mains d'Husband, écoutant sa respiration, une note grave et rauque.

« S'il te plaît... », pria-t-il sans savoir ce qu'il demandait au juste. Ces paroles s'évaporèrent à leur tour, ne laissant à leur place que le néant.

Il ne se passa rien. À l'extérieur, les voix continuaient d'appeler, mais elles ne paraissaient désormais guère plus conséquentes que les chants des oiseaux. L'air dans la pièce était figé mais frais, comme si un léger vent jouait dans les coins, évitant le centre où ils se tenaient. Roger sentit sa propre respiration se fluidifier et son rythme cardiaque ralentir encore un peu.

Il ne se souvenait pas d'avoir rouvert les yeux et pourtant ils regardaient ceux d'Husband, gris et parsemés de taches bleues, avec d'infimes éclats noirs. Ses cils étaient épais et une boursouflure relevait le coin d'une paupière, un orgelet en voie de guérison. Le minuscule dôme lisse et rouge irradiait à partir d'un petit centre rubis en un dégradé cramoisi, puis d'une teinte rose qui avait dû être celle de la première aube, le jour de la création.

Le visage devant lui était sculpté de rides profondes. Elles formaient une arche entre le nez et la bouche et s'incurvaient au-dessus d'épais sourcils, dont chaque long poil retombait avec la grâce d'une aile d'oiseau. Entre ses lèvres larges et lisses luisait le bord blanc d'une dent, étrangement dur par rapport à la chair souple qui l'abritait.

Roger se tint sans bouger, fasciné par toute cette beauté. À ses yeux, Husband n'était plus un homme trapu d'âge mûr aux traits indistincts. Ce qu'il voyait était d'une singularité émouvante, une chose unique et merveilleuse, irremplaçable.

Il lui vint à l'esprit qu'il avait eu la même révélation en contemplant pour la première fois son fils nouveau-né, s'émerveillant de la perfection de chaque orteil menu, de la courbe de ses joues, du dessin ciselé de ses oreilles, du rayonnement de sa peau neuve, tous ces détails étant des signes de son innocence. Là, devant lui, il admirait la même création, moins neuve, sans doute plus tout à fait candide, mais si merveilleuse.

Roger baissa les yeux et vit ses propres mains tenant toujours celles, plus petites, d'Husband. Il fut impressionné par la joliesse de ses propres doigts, des os courbes de ses poignets et de ses articulations, du charme renversant d'une fine cicatrice à la base de son pouce.

Dans un profond soupir, Husband vida ses poumons et retira ses mains. Roger se sentit un instant désorienté, puis la paix de la pièce retomba sur lui, et à la contemplation de la beauté succéda un calme profond.

— Merci, l'ami Roger, dit doucement Husband. Je n'espérais pas recevoir une telle grâce, mais elle est bienvenue.

Roger hocha la tête, incapable de parler. Il observa Husband décrocher son manteau et l'enfiler, ses traits exprimant à présent une détermination tranquille. Sans plus hésiter, le quaker souleva le verrou et ouvrit la porte.

Les hommes au-dehors reculèrent d'un pas, la surprise sur leur visage cédant rapidement la place à la tension et à l'irritation. Husband n'écouta pas leurs questions et leurs exhortations et marcha lentement vers un cheval attaché à un arbre, derrière la cabane. Ce ne fut qu'une fois en selle qu'il se retourna enfin vers ses compagnons.

— Rentrez chez vous ! lança-t-il d'une voix forte. Nous devons quitter cet endroit. Chacun doit retrouver son foyer !

Il y eut un moment de silence stupéfait, puis une explosion de cris indignés.

— Quel foyer ? cria un jeune homme avec une barbe rousse. Facile à dire pour toi ! Moi, je n'en ai plus !

Husband resta imperturbable.

— Rentrez chez vous ! répéta-t-il. Tout ce que nous parviendrons à faire ici, c'est semer la violence !

— Parfaitement, c'est bien ce qu'on a l'intention de faire ! tonna l'un des plus costauds.

Il agita son mousquet au-dessus de sa tête dans un chœur d'acclamations.

Roger avait suivi Husband, personne ne lui prêtant attention. Il se tenait légèrement à l'écart, observant le quaker qui tentait de s'éloigner, se tournant sur sa selle pour crier et gesticuler vers les hommes qui se bousculaient autour de sa monture. Un Régulateur le tira par la manche, l'obligeant à tirer sur ses rênes et à se pencher pour écouter un discours enflammé.

À la fin de ces paroles haineuses, il se redressa, secoua la tête et plaqua son chapeau sur son crâne.

— Je ne peux pas laisser le sang couler par ma faute. Si je reste parmi vous, mes amis, il y aura des morts ! Partez ! Il est encore temps ! Je vous en prie !

Il ne criait plus, mais le bruit autour de lui s'était tu juste assez longtemps pour qu'il se fasse entendre. Il se redressa, le visage défiguré par l'inquiétude, et aperçut Roger à l'ombre d'un cornouiller. La sérénité avait quitté son regard mais pas la détermination.

— Je m'en vais ! lança-t-il. Je vous en conjure, mes amis, faites de même !

Il fit tourner son cheval sur place, puis l'éperonna et partit au trot. Quelques hommes coururent derrière lui, mais ils s'arrêtèrent rapidement. Ils revinrent sur leurs pas, l'air perplexe et furieux, marmonnant en petits groupes et secouant la tête, la mine consternée.

Le brouhaha reprit le dessus, tout le monde parlant en même temps, discutant, insistant, niant l'évidence. Roger pivota sur ses talons et s'éloigna discrètement vers un taillis d'érables. Maintenant qu'Husband était parti, il lui paraissait plus sage de filer rapidement.

Mais une main se posa sur son épaule et le força à se retourner.

— D'où sors-tu, toi ? Qu'as-tu raconté à Hermon pour le faire déguerpir ?

Un type crasseux portant un vieux gilet en cuir se tenait devant lui, les poings serrés. Il semblait hors de lui et prêt à se défouler sur la première chose qui lui tomberait sous la main.

Roger répondit sur un ton qu'il espérait apaisant :

— Je lui ai dit que le gouverneur voulait éviter un bain de sang, dans la mesure du possible.

D'un air sceptique, un barbu aux cheveux bruns toisa sa tenue en toile grossière.

— C'est lui qui t'a envoyé ? Tu es venu proposer d'autres conditions que celles de Caldwell ?

— Non.

Encore sous l'effet de sa rencontre avec Husband, Roger se sentait protégé des courants de colère et d'hystérie latente qui tournoyaient autour de la cabane, mais ce sentiment de paix fondait à vue d'œil. Attirés par l'attroupement, d'autres Régulateurs vinrent rejoindre leurs deux acolytes.

— Non, répéta-t-il plus fort. Je suis venu mettre Husband en garde... vous mettre tous en garde. Le gouverneur veut...

Un chœur d'insultes l'interrompit, lui signifiant que les propositions de Tryon n'intéressaient personne. Roger balaya du regard le cercle de visages autour de lui, mais aucun n'exprimait la plus petite indulgence, encore moins de sympathie. Il haussa les épaules et recula d'un pas.

— Très bien, déclara-t-il avec le plus de détachement possible. M. Husband vous a donné son meilleur conseil, je ne peux qu'abonder dans son sens.

Il tenta de partir, mais deux mains s'abattirent sur ses épaules, l'obligeant à regarder de nouveau vers le rang des interrogateurs.

— Pas si vite, l'ami, dit l'homme au gilet en cuir. Tu as parlé avec Tryon, n'est-ce pas ?

— Non, admit Roger. J'ai été envoyé...

Il hésita. Devait-il utiliser le nom de Jamie Fraser ? Peut-être pas, cela pouvait autant l'aider que le desservir.

— ... Je suis venu demander à Hermon Husband de m'accompagner sur l'autre rive pour se rendre compte lui-même de la situation. Il a préféré se contenter de ma description. Vous avez vu comme moi quelle a été sa réaction.

Un petit homme aux favoris roux agita un poing pugnace sous son nez.

— C'est ce que « tu » dis ! À quel titre devrions-nous nous contenter de ta description ?

Il singea l'accent écossais de Roger, déclenchant une vague d'hilarité parmi ses compagnons.

Roger inspira profondément et s'efforça de garder son calme.

— Je ne peux pas vous obliger à me croire, monsieur. Mais pour ceux qui ont encore des oreilles, voici ce que j'ai à dire : les miliciens se tiennent prêts et bien armés. Je n'ai pas rencontré le gouverneur en personne, mais ses objectifs ont été clairement énoncés. Il ne tient pas à verser le sang, mais il est déterminé à prendre toutes les mesures qu'il estimera nécessaires pour disperser cette assemblée. Toutefois, si vous acceptez de rentrer pacifiquement chez vous, il est disposé à se montrer clément.

Un moment de silence suivit, rompu par un raclement de gorge. Un épais crachat strié de jus de tabac brun s'écrasa aux pieds de Roger.

— Voilà ce que j'en fait de la clémence du gouverneur ! déclara le cracheur.

— Et ça, c'est pour toi, connard ! rajouta un de ses compagnons.

Il projeta sa paume ouverte vers le visage de Roger qui l'esquiva de justesse, se recroquevilla et l'envoya basculer à la renverse d'un grand coup d'épaule. Puis il fléchit les genoux, poings serrés devant lui, prêt à parer d'autres attaques.

— Ne lui faites pas de mal ! lança l'homme au gilet en cuir. Il peut encore nous servir.

Il se tourna vers Roger, restant prudemment hors de portée de ses poings.

— Que tu aies vu ou non le visage de Tryon, peu importe, mais tu as sûrement vu ses troupes, n'est-ce pas ?

— En effet.

Le cœur de Roger battait rapidement et ses tempes palpitaient. Pourtant, étrangement, il n'avait pas peur. La foule autour de lui était hostile, mais pas sanguinaire... du moins, pas encore.

— De combien d'hommes Tryon dispose-t-il ?

L'homme l'observait avec attention, le regard brillant. Il valait mieux lui répondre sincèrement. Fort probablement, ils savaient déjà tous la vérité. Rien n'empêchait les Régulateurs de traverser l'Alamance et d'aller eux-mêmes évaluer la situation.

— D'un peu plus d'un millier.

Son interlocuteur ne montra pas la moindre surprise. Il était donc au courant.

— Mais ce sont des miliciens entraînés, précisa Roger.

Autour de lui, un certain nombre de Régulateurs s'étaient désintéressés de la discussion et avaient repris leurs exercices de lutte non loin.

— Ils ont des pièces d'artillerie, poursuivit Roger. Vous n'en avez aucune, pas vrai ?

Le visage de l'homme se referma comme un poing.

— Tu peux penser ce que tu veux, dit-il sèchement. Mais tu diras à Tryon que nous sommes deux fois plus nombreux. Entraînés ou pas, nous sommes bien armés, chaque homme possède un mousquet.

Il renversa la tête en arrière, plissant des yeux pour se protéger du soleil.

— Une heure, hein ? reprit-il plus doucement. Un peu moins, je crois.

Puis regardant de nouveau Roger dans les yeux, il poursuivit :

— Retourne de ton côté de la rivière et dis au gouverneur Tryon que nous sommes décidés à nous faire entendre et à obtenir réparation. S'il nous écoute et accepte nos revendications, fort bien. Autrement...

Il toucha la crosse de son pistolet accroché à sa ceinture et hocha la tête d'un air sinistre.

Roger observa la rangée de visages silencieux. Certains paraissaient indécis, mais la plupart étaient butés ou ouvertement provocants. Il tourna les talons sans un mot de plus et s'éloigna, le fantôme du révérend chuchotant dans les feuilles de printemps tandis qu'il passait sous les arbres :

« Bénis soient les pacificateurs, car ils seront considérés comme les enfants de Dieu. »

Il espérait que l'intention était également prise en compte.

25

Le manuel du médecin militaire, livre I

Article 28 : Le médecin tiendra un registre où il inscrira le nom de chaque sujet auquel il aura prodigué ses soins, celui de sa compagnie, le jour où il lui a été confié et celui où il a été renvoyé au front.

Devoirs et règlements du camp

Un courant d'air frais caressa ma joue, et malgré la chaleur de la journée, je frissonnai. J'eus soudain l'idée absurde que le bout d'une aile m'avait effleurée, comme si l'ange de la mort m'avait frôlée en silence, en route vers sa sinistre mission.

— Ne sois pas idiote, dis-je à voix haute.

Evan Lindsay m'entendit, tourna brièvement la tête vers moi, puis il reprit sa position. Comme la plupart des autres, il ne cessait de regarder vers l'est.

Les gens qui ne croient pas à la télépathie n'ont jamais mis le pied sur un champ de bataille ni servi dans une armée. Lorsque les troupes sont sur le pied de guerre, quelque chose d'impalpable circule d'un homme à l'autre. L'air lui-même semble animé de sentiments. Un mélange de peur et d'excitation danse sur la peau et s'enfonce dans la moelle épinière avec une insistance aussi pressante qu'une soudaine pulsion sexuelle.

Aucun messager n'était encore arrivé, mais il en viendrait un. Je le sentais moi aussi. Il était arrivé quelque chose, quelque part.

Tout le monde attendait, figé. Une puissante envie de bouger, de dissiper ce sortilège me possédait. Je fis volte-face, mes mains me démangeant, me réclamant d'agir, de faire quelque chose. L'eau que j'avais posée sur le feu avait bouilli et était recouverte d'un linge propre. J'ouvris le couvercle de mon coffre de médecine et me mis à ranger son contenu, même si je le savais déjà en ordre.

Je touchai un à un les flacons étincelants en lisant les étiquettes. La lecture ressemblait à une litanie apaisante. Atropine, belladone, laudanum, parégorique, huile de lavande, huile de genièvre, essence de pouliot, vesce des dames... et les bouteilles trapues et brunes d'alcool. Toujours de l'alcool. J'en avais apporté tout un tonneau qui se trouvait encore dans notre carriole.

Un mouvement attira mon regard. C'était Jamie. Le soleil faisait briller ses cheveux, tandis qu'il avançait lentement entre les arbres, se penchant ici et là pour glisser un mot à l'oreille de quelqu'un, pour toucher une épaule, tel un magicien insufflant la vie à des statues.

Je restai immobile, les mains enfoncées dans les plis de mon tablier. Je ne souhaitais pas le distraire mais mourais d'envie de capter son attention. Il se déplaçait nonchalamment, plaisantant, donnant des tapes dans le dos ici et là, mais son angoisse était palpable. Quand s'était-il trouvé dans une armée la dernière fois, attendant l'ordre de donner l'assaut ?

« À Culloden », pensai-je en sentant les poils se dresser sur mes avant-bras.

Un bruit de sabots et de branchages écrasés par le passage de chevaux retentit au loin. Tout le monde se retourna sur le qui-vive, le mousquet pointé en avant. Un murmure de surprise générale envahit le camp, lorsque le premier cavalier apparut, baissant sa chevelure rousse pour passer sous les branches basses des érables.

— Nom de Dieu ! lâcha Jamie assez fort pour être entendu jusque dans la clairière. Qu'est-ce qu'elle vient foutre ici ?

Les hommes qui la connaissaient se mirent à rire, leur hilarité faisant se fendiller la tension comme un caillou jeté sur une couche de glace. Les épaules de Jamie se détendirent, mais il alla à sa rencontre, le visage sinistre.

Le temps que Brianna se soit arrêtée devant lui et ait sauté de selle, je les avais rejoints.

— Qu'est-ce que... commençai-je.

Mais Jamie se tenait déjà nez à nez avec sa fille, sa main sur son bras, les yeux plissés et débitant à voix basse un torrent de paroles en gaélique.

— Je suis désolé, M'dame. Elle n'a rien voulu entendre et a insisté pour venir.

Un second cheval venait de sortir d'entre les arbres, monté par un jeune homme noir à la mine contrite. C'était Joshua, le palefrenier de Jocasta.

— Je n'ai pas pu l'en empêcher, pas plus que Mme Sherston. On a tout essayé.

— C'est ce que je vois.

Réagissant à ce que lui disait son père, Brianna avait les joues en feu, mais elle ne semblait pas disposée à remonter en selle et à repartir. Elle lui rétorqua en gaélique, un jargon incompréhensible pour moi, et Jamie fit un bond en arrière comme piqué par une guêpe. Après un bref hochement de tête, apparemment satisfaite de l'effet de sa déclaration, elle tourna les talons. En me voyant, un grand sourire illumina son visage.

— Maman !

Elle me serra dans ses bras. Sa robe sentait vaguement le savon frais, la cire d'abeille et la térébenthine. Je remarquai une petite traînée de bleu cobalt sous sa mâchoire.

— Bonjour, ma chérie. D'où arrives-tu ainsi ?

Je l'embrassai sur la joue et reculai d'un pas. Ravie de la voir malgré tout. Elle portait sa tenue de tous les jours, une robe en toile de lin grossier comme elle en portait à Fraser's Ridge, mais propre et repassée. Ses longs cheveux roux étaient tressés et un chapeau de paille pendait dans son dos.

— D'Hillsborough, répondit-elle. Au dîner, hier soir, un invité des Sherston nous a appris que la milice campait ici, alors je suis venue. J'ai apporté des provisions et des herbes du jardin. J'ai pensé que tu en aurais peut-être besoin.

Elle agita une main vers les sacoches accrochées à sa selle.

— Ah ! Ah oui, c'est gentil.

J'étais plutôt mal à l'aise, sentant la présence fulminante de Jamie quelque part derrière moi.

— Euh... surtout ne va pas croire que je ne suis pas heureuse de te voir, ma chérie, mais des combats risquent d'éclater d'un instant à l'autre et...

— Je sais.

Son visage se rembrunit insensiblement. Elle ajouta :

— Ne t'inquiète pas, maman. Je ne suis pas venue me battre, autrement j'aurais mis mes culottes.

J'entendis quelqu'un s'esclaffer dans mon dos, puis les frères Lindsay pouffer de rire. Elle baissa la tête pour cacher son sourire et je ne pus m'empêcher de sourire à mon tour.

— Je resterai avec toi, déclara-t-elle en parlant doucement. Je peux t'être utile s'il y a des blessés à soigner... après.

J'hésitai, mais indéniablement, si les hommes étaient amenés à se battre, il y aurait des victimes, et une paire de mains en plus serait toujours bienvenue. Brianna n'était pas infirmière, mais elle savait ce qu'étaient des microbes et des antiseptiques, une connaissance bien plus précieuse dans certains cas qu'une formation en anatomie et en physiologie.

Elle s'était redressée et examinait les hommes qui attendaient sous les érables, cherchant quelqu'un.

— Où est Roger ?

— Il va bien, répondis-je en espérant que c'était le cas. Jamie l'a envoyé de l'autre côté de la rivière ce matin avec un drapeau blanc pour ramener Hermon Husband et organiser une rencontre avec le gouverneur.

— Il est « là-bas » ?

Sa voix s'était étranglée involontairement. Elle s'éclaircit la gorge avant de poursuivre :

— Dans le camp ennemi ? Puisque je suppose que ce sont nos ennemis à présent.

Jamie s'avança à mes côtés, dévisageant sa fille d'un air agacé, mais paraissant résigné à sa présence.

— Il reviendra, dit-il. Ne t'inquiète pas. Personne ne lui fera de mal sous un drapeau blanc.

Brianna regarda au loin par-delà la rivière. Son visage s'était refermé, noué par l'angoisse.

— Tu penses qu'un drapeau blanc lui sera très utile une fois qu'ils auront commencé à se tirer dessus ?

La réponse à cette question – qu'elle connaissait déjà – était « probablement pas ». Jamie se tut. Il ne prit pas la peine non plus de lui dire qu'on n'en viendrait sans doute pas là. L'odeur de poudre noire et de transpiration rendait l'air, tendu par l'attente, presque aigre.

— Il reviendra, répéta Jamie sur un ton plus doux.

Il lui toucha la joue, repoussant en arrière une mèche libre.

— Je te le promets. Il ne lui arrivera rien.

Elle scruta son visage, l'air un peu moins inquiet, puis hocha la tête. Jamie se pencha, déposa un baiser sur son front, et se tourna pour parler à Rob Byrnes.

Brianna l'observa un moment, puis dénoua les lacets de son chapeau et vint s'asseoir sur un rocher à mes côtés. Ses mains tremblaient légèrement. Elle prit une grande inspiration et serra ses genoux contre sa poitrine pour se calmer.

Elle indiqua d'un signe de tête mon coffre de médecine.

— Je peux t'aider ? demanda-t-elle. Tu veux que j'aille te chercher quelque chose ?

— Non, j'ai tout ce qu'il me faut. Il ne reste plus qu'à attendre.

Puis j'ajoutai en grimaçant :

— C'est la partie la plus dure.

Elle émit un petit bruit d'assentiment et fit un effort visible pour se détendre. Plissant le front, elle examina mon matériel : le feu, l'eau bouillie, la table pliante, le grand coffret contenant mes instruments et mon sac plus petit renfermant mon matériel de premiers soins.

Du bout de sa botte, elle poussa le sac en toile.

— Qu'y a-t-il là-dedans ?

— De l'alcool et des bandages, un scalpel, des forceps, une scie d'amputation, des garrots. Dans la mesure du possible, ils amèneront les blessés ici, ou à l'un des autres médecins. Mais si je dois aller sur le champ de bataille soigner un homme trop mal en point pour être transporté, il me suffira d'attraper mon sac et de filer.

Je l'entendis déglutir. En levant les yeux vers elle, je remarquai les taches de rousseur qui se détachaient sur le bout de son nez. Puis son expression changea brusquement, passant, de manière comique, de sérieuse à répugnée. D'un air soupçonneux, elle huma l'air, son long nez s'agitant comme la trompe d'un fourmilier.

Je l'avais sentie aussi : la puanteur de fèces fraîches émanait du bosquet, juste derrière nous.

— C'est assez fréquent juste avant une bataille, lui chuchotai-je. Ça les prend aux tripes, les pauvres !

Elle se racla la gorge sans répondre, mais je vis son regard parcourir la clairière et se poser sur un homme, puis sur un autre. Je savais à quoi elle pensait. Comment était-ce possible ? Comment pouvait-on contempler la masse compacte et ordonnée d'un être humain, tel celui-ci, la tête penchée pour écouter les propos d'un ami, ou cet autre, les bras tendus pour saisir une gamelle, le visage tantôt souriant, tantôt

soucieux, les yeux brillants et les muscles bandés...
et penser à des organes perforés, aux peaux écorchées, aux os fracturés... à la mort ?

Impossible. L'effort d'imagination dépassait la capacité et les facultés de quiconque n'a jamais assisté à cette métamorphose obscène. Mais ceux qui l'avaient observée ne l'oubliaient jamais.

Je toussotai et me penchai en avant, espérant détourner notre attention à toutes les deux.

— Qu'as-tu raconté à ton père tout à l'heure ? demandai-je. En arrivant, tu lui as parlé en gaélique.

— Ah, ça !

Une faible rougeur amusée redonna provisoirement des couleurs à ses joues.

— Il a aboyé après moi, me demandant si je n'étais pas tombée sur la tête et si je voulais faire de mon fils un orphelin en risquant ma vie aux côtés de Roger. Je lui ai rétorqué que, si c'était si dangereux ici, de quel droit risquait-il de faire de moi une orpheline en t'entraînant à ses côtés ?

Je me mis à rire, le plus discrètement possible.

— Tu n'es pas vraiment en danger, n'est-ce pas ?

Balayant du regard le campement militaire, elle précisa :

— Je veux dire, ici ?

— Non, si les combats se rapprochent, nous nous déplacerons immédiatement. Mais je ne crois pas que...

Je fus interrompue par le bruit d'un cheval arrivant à fond de train. Je bondis, tout comme le reste des hommes. C'était l'un des deux aides de camp de Tryon, le visage poupin tout pâle d'excitation retenue.

— Tenez-vous prêts, déclara-t-il hors d'haleine en sautant de sa selle.

— On ne fait que ça depuis l'aube, bougonna Jamie. Que s'est-il encore passé ?

Apparemment, trois fois rien, mais ce rien avait son importance. Un prêtre du camp des Régulateurs était venu discuter avec le gouverneur.

— Un prêtre ? l'interrompit Jamie. Tu veux dire un quaker ?

L'aide lui lança un regard agacé, n'appréciant pas d'être interrompu.

— Non, ce n'est pas ce que j'ai voulu dire, monsieur. Comme chacun sait, les quakers n'ont pas de clergé. C'était un ministre du culte nommé Caldwell, le révérend David Caldwell.

Indépendamment de son affiliation religieuse, Tryon n'avait guère été ému par le plaidoyer de l'émissaire des Régulateurs. Il ne pouvait ni ne voulait traiter avec une bande de rebelles. S'ils acceptaient de se disperser, il promettait d'examiner leurs doléances présentées en bonne et due forme. Mais, avant toute chose, ils avaient une heure pour partir.

— Une heure, répéta Jamie, songeur.

Comme moi, pour la centième fois depuis le début de la matinée, il jeta un coup d'œil vers l'écran de saules derrière lequel Roger avait disparu pour accomplir sa mission.

— L'heure en question a commencé depuis combien de temps ? demanda-t-il.

— Environ trente minutes, répondit l'aide.

Soudain, il eut l'air encore plus jeune que son âge. Il déglutit et remit son chapeau.

— Je dois y aller, monsieur. Attendez le signal du canon. Bonne chance !

— Bonne chance à toi aussi, répondit Jamie.

Il toucha le bras du jeune homme en guise d'au revoir, puis donna une claque sur la croupe de son cheval, le faisant partir en trombe.

Comme si cela avait été un signal, une activité frénétique s'empara du camp, avant même que le cavalier n'eût disparu entre les arbres. Les fusils déjà armés et chargés furent vérifiés et revérifiés, les boucles de ceintures bouclées et rebouclées, les insignes lustrés, les chapeaux époussetés, les cocardes fixées, les bas remontés, les jarretières resserrées. Les gamelles déjà remplies furent secouées pour s'assurer que le contenu ne s'était pas évaporé au cours du dernier quart d'heure.

Cette fébrilité était contagieuse. Je me surpris à recompter les flacons dans mon coffre, murmurant les noms sur les étiquettes comme on égrène les perles d'un rosaire, leur sens se perdant dans la ferveur de la prière. « Romarin, atropine, lavande, huile de clou de girofle... »

Dans tout ce remue-ménage, Brianna se distinguait par son immobilisme. Seule sa jupe était parfois agitée par la brise. Elle restait assise sur son rocher, les yeux rivés sur les arbres au loin. Je l'entendis marmonner quelque chose et me tournai vers elle.

— Qu'est-ce que tu as dit ?

— Ce n'est pas dans les livres.

Elle ne détachait pas son regard de la forêt, ses mains jointes sur ses genoux, pressées l'une contre l'autre, comme si elle pouvait faire apparaître Roger par la seule force de sa volonté. Du menton, elle indiqua le pré, la végétation et les hommes autour de nous.

— Tout ça n'est pas dans les manuels d'histoire, dit-elle. J'avais lu des choses au sujet du massacre de Boston, « là-bas », en classe. Puis, je l'ai lu dans le journal, « ici ». Mais je n'ai jamais rien lu concernant ce qui est en train de se passer. Pas une ligne sur le gouverneur Tryon, sur une rébellion en Caroline du Nord ni un endroit appelé Alamance. Cela signifie qu'il ne se passera rien.

Elle parlait sur un ton enflammé, cherchant à se convaincre.

— S'il y avait eu une grande bataille ici, quelqu'un en aurait parlé, reprit-elle. Il existerait forcément une trace quelque part. Or il n'y a rien. Donc il n'arrivera rien. Rien !

— Je l'espère.

Sa conviction me rassura. Elle avait sans doute raison. De toute manière, ce ne pourrait être une grande bataille. Nous n'étions qu'à quatre ans du début de la guerre d'Indépendance. Des escarmouches bien moins importantes avaient été dûment répertoriées dans les annales.

Le « massacre de Boston » avait eu lieu un an plus tôt environ. C'était un combat de rue, des heurts entre une foule en colère et une section de soldats apeurés. Des insultes avaient fusé, quelques pierres avaient été lancées. Un coup de feu non autorisé, un mouvement de panique, et cinq morts. Un quotidien de Boston avait rapporté les événements en les amplifiant pour faire monter la sauce. J'avais lu l'article dans le boudoir de Jocasta. Une de ses amies lui en avait envoyé une copie.

Deux cents ans plus tard, les manuels scolaires avaient immortalisé et fait de ce bref incident le symbole du mécontentement croissant des colons. J'observai les hommes autour de nous. Si une vraie bataille devait se dérouler ici – un gouverneur royal écrasant une rébellion de colons –, elle aurait quand même mérité d'être rapportée dans les livres d'histoire !

Toutefois, tout cela n'était que théorique. J'étais douloureusement consciente du fait que ni la guerre ni l'histoire ne se souciaient vraiment de ce qui « aurait dû » se passer.

Jamie se tenait près de Gideon, qu'il avait attaché à un arbre. Il irait se battre avec ses hommes, à pied. Il décrocha ses pistolets de sa selle et mis des munitions supplémentaires dans la bourse accrochée à sa ceinture. Concentré sur les préparatifs, il gardait la tête penchée.

Je ressentis un besoin urgent de le toucher, de lui parler. Je tentais de me convaincre que Brianna avait raison, que tout finirait bien, qu'il n'y aurait sans doute même pas de coups de feu échangés... mais, malgré tout, trois mille hommes armés étaient rassemblés sur les berges de l'Alamance, tous prêts à s'entre-tuer.

J'abandonnai Brianna sur son rocher, les yeux fixés sur les bois, et me hâtai de le rejoindre.

— Jamie...

Je posai une main sur son bras. J'eus l'impression d'avoir touché un câble à haute tension. Son énergie vibrait sous la couche isolante de sa chair, prête à exploser en une décharge fulgurante. Il paraît que lâcher ce genre de filin est impossible, que la victime d'une électrocution y reste attachée, incapable de bouger et de se sauver, tandis que le courant lui grille le cerveau et le cœur.

Il baissa les yeux vers moi avec un petit sourire.

— *A nighean donn*. Tu es venue me souhaiter bonne chance ?

Je m'efforçai de lui renvoyer son sourire, même si le courant continuait à vibrer en moi, crispant les muscles de mon visage.

— Je ne pouvais pas te laisser partir sans dire... quelque chose. Je suppose que « bonne chance » fera l'affaire.

J'hésitai, les mots se bousculant dans le fond de ma gorge, soudain pressés de sortir et d'en dire beaucoup plus que je n'en avais le temps. Finalement, je ne formulai que l'essentiel :

— Jamie... je t'aime. Fais attention !

Il disait ne pas se souvenir de Culloden. Cette perte de mémoire concernait-elle aussi les quelques heures juste avant la bataille, au moment de nos adieux ? En regardant dans le fond de ses yeux, je compris qu'il ne se rappelait rien.

— « Bonne chance » fera l'affaire, répéta-t-il.

Sa main se posa et se resserra sur la mienne, elle aussi raidie par le courant. Il ajouta :

— « Je t'aime » est encore mieux.

Il leva les doigts et toucha mes cheveux, mon visage, fixant mes yeux comme pour capturer mon image à cet instant précis... juste au cas où cette vision de la femme aimée serait la dernière.

Enfin, ses doigts caressèrent mes lèvres, légers comme le frôlement d'une feuille morte qui tombe. Il esquissa un sourire et murmura :

— Le jour viendra peut-être où la vie nous séparera. Mais pas aujourd'hui.

Le son d'un clairon s'éleva entre les arbres, lointain mais perçant comme le chant d'un pivert. Je me tournai vers le bruit. Brianna resta immobile comme une statue sur son rocher, le regard toujours tourné vers le bois.

26

Le signal de l'assaut

Note : trois coups de canon indiqueront aux troupes de se ranger en ligne de bataille, cinq coups de canon donneront le signal de l'assaut.

Ordre de bataille, William Tryon

Roger sortit lentement du camp des Régulateurs, se retenant de toutes ses forces pour ne pas prendre ses jambes à son cou et se retourner. On lui lança quelques insultes et menaces à demi sérieuses, mais le temps qu'il ait rejoint la lisière du bois, la foule s'était déjà désintéressée de lui et avait repris ses débats houleux. Il faisait chaud pour un jour de mai, mais avec sa chemise trempée de sueur et collée sur le torse, il se serait cru en plein mois de juillet.

Une fois hors de vue, il s'arrêta. Il haletait et se sentait étourdi et un peu nauséeux, des effets secondaires de l'adrénaline. Au centre du cercle des visages hostiles, il n'avait rien senti. Rien. Mais à l'abri du danger, les muscles de ses jambes tremblaient et, d'avoir serré les poings, il avait des crampes dans les mains. Tout en fléchissant les doigts, il tenta de respirer plus lentement.

Finalement, cela avait ressemblé à la traversée de la Manche, de nuit, en temps de guerre.

Mais il s'en était sorti et il pouvait retourner auprès de sa femme et de son fils. Une étrange sensation s'empara de lui, son immense soulagement se teintant d'une douleur plus sourde, inattendue. Il pensait à son père, qui avait eu moins de chance.

Une faible brise tournait autour de lui, soulevant ses mèches moites sur son cou et lui apportant une fraîcheur bienvenue. Il avait tant transpiré que sa cravate trempée semblait sur le point de l'étrangler. Avec des gestes nerveux, il la dénoua et enleva sa veste, qu'il tint, les yeux fermés, au bout de ses mains, inspirant de grandes bouffées d'air jusqu'à ce que la sensation de nausée s'atténue.

Il invoqua sa dernière vision de Brianna, dans le chambranle de la porte, Jemmy dans ses bras. Il revit ses cils lourds de larmes et les yeux ronds et solennels du bébé. Il se souvint alors de son expérience dans la cabane avec Husband, une vision de beauté et de joie profonde apaisant son esprit et son âme. Il allait retrouver les siens. Plus rien d'autre n'avait d'importance.

Au bout d'un moment, il rouvrit les yeux et se remit en marche, sa veste à la main. Il commençait à se sentir mieux dans son corps, sinon dans sa tête.

Il ne ramenait pas Husband à Jamie, mais celui-ci n'aurait pas pu faire mieux. Il était possible que les insurgés – on ne pouvait parler d'armée, quoi qu'en pense Tryon – finissent effectivement par se désolidariser les uns des autres, se disperser et rentrer chez eux, privés du semblant de direction qu'Husband leur avait fourni. Il l'espérait. Mais peut-être qu'un autre homme s'élèverait de cette foule rageuse, un homme doué pour commander.

Soudain, il se souvint d'une phrase. L'homme à la barbe noire lui avait demandé : « Tu es venu proposer d'autres conditions que celles de Caldwell ? » Un peu plus tôt, alors qu'il priait avec Husband, à travers les martèlements contre la porte de la cabane, il avait vaguement entendu quelqu'un crier : « On n'a pas le temps pour ce genre de choses ! Caldwell vient de rentrer de chez le gouverneur... » Une autre voix anonyme avait ajouté avec des accents désespérés : « Une heure, Hermon ! Il nous a donné une heure, pas plus ! »

— Merde ! jura-t-il à voix haute.

David Caldwell, le pasteur presbytérien qui les avait mariés, Brianna et lui. Ce ne pouvait être que lui. Il avait dû aller parler au gouverneur au nom des Régulateurs... et essuyer une rebuffade, assortie d'un avertissement.

« Une heure, pas plus ! » Une heure pour se disperser, pour évacuer les lieux pacifiquement ? Ou une heure pour répondre à un ultimatum ?

Il leva les yeux vers le ciel. À vue de nez, il était midi passé. Il renfila sa veste et fourra sa cravate dans sa poche, à côté du drapeau blanc inutilisé. Quel que soit le sens de cette heure de grâce, il était temps de déguerpir.

La journée était belle et chaude, l'odeur de l'herbe fraîche et de la sève acide des jeunes feuilles emplissait l'air. L'urgence de la situation et le souvenir des Régulateurs bourdonnant autour de lui comme des frelons l'empêchaient d'apprécier les beautés de la nature, mais, tout en hâtant le pas vers la rivière, il

conservait quelques vestiges de la paix intérieure res-
sentie dans la cabane.

Cette sensation perdurait en lui, cachée mais accessible, comme un galet lisse dans sa poche. Il la tournait et la retournait dans sa tête. C'était si étrange : il
ne s'était « rien » passé à proprement parler. L'expérience avait été si ordinaire, loin de toute irréalité ou
de surnaturel. Pourtant, après avoir soudain vu le
monde sous cette lumière particulière, il ne pouvait
l'oublier. Parviendrait-il à l'expliquer à Brianna ?

Une branche basse frôlant son visage, il tendit un
bras pour l'écarter, surpris de sentir sous sa main la
surface lisse et fraîche des feuilles, l'étrange délicatesse de leurs contours, tranchantes comme des lames, mais fines comme du papier à cigarettes. Faible
rappel mais combien reconnaissable de cette splen-
deur pénétrante. Il se demanda alors si Claire la
voyait aussi. Percevait-elle la beauté des corps qu'elle
manipulait ? Était-ce ce qui faisait d'elle une guérisseuse ?

Husband l'avait vu, lui aussi. Il avait partagé cette
perception. Ses convictions de quaker en avaient été
renforcées, le contraignant à quitter les lieux, incapable de commettre un acte de violence ni de le cau-
tionner par sa présence.

Qu'en était-il de ses propres certitudes ? Il les sup-
posait inchangées. Il n'avait jamais eu l'intention de
faire du mal à qui que ce soit et cela n'était pas près
de changer.

Un petit papillon bleu voleta devant son genou,
sans aucun souci apparent. Malgré la belle journée
de printemps, toute illusion de tranquillité s'était évanouie. Alors qu'il sortait du taillis de saules et longeait
la rivière, les odeurs de transpiration, de crasse, de

peur et de colère qui avaient flotté dans le campement emplissaient encore ses narines, se mêlant aux parfums plus frais de l'eau claire et du trille blanc.

Et qu'en était-il des convictions de Jamie Fraser ? Roger se demandait souvent ce qu'il pensait réellement, pas seulement parce qu'il l'appréciait, mais aussi en tant qu'historien. Lui, il avait pris sa propre décision concernant le conflit. Il ne pouvait en son âme et conscience chercher à nuire à quiconque, même s'il était prêt à défendre sa vie si nécessaire. Mais Jamie ?

Il était presque sûr que ses sympathies, s'il en avait, allaient plutôt vers les Régulateurs. Fort probablement, son beau-père n'éprouvait aucune loyauté particulière à l'égard de la Couronne. Serment d'allégeance ou pas, aucun homme ayant survécu à Culloden et ses conséquences ne pouvait en ressortir avec l'idée de devoir fidélité au roi d'Angleterre, sans parler de quoi que ce soit de plus substantiel. Non, pas à la Couronne, mais à William Tryon, peut-être ?

Il ne pouvait non plus s'agir d'une loyauté sur un plan personnel, même s'il ressentait certainement une obligation. Tryon l'avait convoqué et il était venu. Compte tenu de la situation, il n'avait guère eu le choix. Mais maintenant qu'il était là, se battrait-il ?

Comment pourrait-il l'éviter ? Il avait le devoir de diriger ses hommes et, s'il devait y avoir une bataille, (Roger regarda en arrière de lui, comme si le nuage de colère au-dessus du camp des Régulateurs était devenu visible, formant un bouillonnement noir à la cime des arbres), oui, il se battrait, indépendamment de ses propres sentiments.

Roger tenta de s'imaginer pointant un mousquet vers un homme contre lequel il n'avait aucune raison d'en vouloir et appuyant sur la gâchette. Pire encore, se ruer sur un voisin, l'épée à la main. Fracasser le crâne de Kenny Lindsay, par exemple ? C'était inimaginable. Rien d'étonnant à ce que Jamie ait demandé à Husband de l'aider à arrêter le conflit avant qu'il n'éclate.

Toutefois, Claire lui avait raconté un jour que, jeune homme, Jamie avait été mercenaire en France. Il avait donc dû tuer des hommes contre lesquels il n'avait aucun grief. Comment...

Écartant une branche de saule, il entendit leurs voix avant de les voir. Des femmes travaillaient plus loin sur la berge. Certaines étaient accroupies dans l'eau, lavant, d'autres portaient le linge propre sur la rive pour le suspendre dans les arbres et l'étaler sur les buissons. Il les parcourut rapidement du regard jusqu'à ce que... était-ce possible ?

Il n'aurait su dire comment ni pourquoi il l'avait repérée, rien chez elle ne la distinguait des autres. Pourtant elle se détachait du groupe, comme bordée d'un trait d'encre noire sur un fond d'eau et de verdure.

Son cœur se mit à battre plus fort, ravivé par la joie. Elle était vivante.

— Morag, chuchota-t-il.

Il avait déjà franchi la lisière du bois de saules, quand il se demanda enfin ce qu'il était en train de faire et pourquoi. Mais il était trop tard, il se trouvait déjà à découvert et avançait vers elles.

Plusieurs femmes lui jetèrent un coup d'œil. Certaines se figèrent, sur leurs gardes. Elles étaient une bonne vingtaine et leurs hommes ne devaient pas être très loin. Pataugeant dans l'eau, elles l'observèrent en train d'approcher, vigilantes mais non alarmées.

418

Dans l'eau jusqu'aux genoux, ses jupes relevées et coincées sous sa ceinture, elle le regardait venir vers elle. Elle l'avait reconnu, il le sentait, mais elle ne le montrait pas.

Les autres femmes reculèrent, attentives. Elle resta droite, tenant un vêtement trempé entre ses mains, les libellules filant autour d'elle. Des mèches de cheveux châtains retombaient de son bonnet.

— Madame MacKenzie, dit-il. Je suis heureux de vous revoir.

Un sourire à peine perceptible s'afficha au coin de ses lèvres. Elle avait les yeux noisette, ce qu'il n'avait encore jamais remarqué.

— Monsieur MacKenzie, dit-elle avec un léger signe de tête.

Il réfléchissait fébrilement à ce qu'il devait faire. Tout d'abord, la prévenir, mais comment ? Pas devant toutes les autres femmes.

Il resta planté là un moment, ne sachant quelle stratégie adopter, puis, soudain inspiré, il se pencha, ramassa un paquet de linge dégoulinant qui trempait dans l'eau à côté d'elle et grimpa sur la berge. Morag le suivit précipitamment.

— Hé ! Où allez-vous comme ça ? Ce sont mes affaires !

Il transporta sa charge sous les arbres et la déposa lourdement sur un buisson, veillant toutefois à ne rien laisser tomber par terre. Morag marchait sur ses talons, le visage rouge d'indignation.

— Qu'est-ce qui vous prend, voleur ! Rendez-moi mes habits !

— Je ne suis pas en train de les voler, l'assura-t-il. Je voulais simplement vous parler seul à seule.

Elle lui lança un regard soupçonneux.

— Ah oui ? De quoi ?

Il lui sourit. Elle était toujours maigre, mais ses bras étaient bronzés et son petit visage respirait la santé. Elle était propre et avait perdu l'air maladif et fragile qu'elle avait eu à bord du *Gloriana*.

— Je voulais savoir si vous alliez bien, dit-il doucement. Et votre fils, Jemmy ?

Prononcer ce prénom le fit frissonner et, l'espace d'un instant, il revit Brianna sur le pas de la porte, son fils dans les bras, l'image se superposant au souvenir de Morag serrant son bébé dans la pénombre de la cale, prête à tuer ou à mourir pour le sauver.

— Ah.

Son air suspicieux s'atténua. Après tout, il était en droit de lui poser la question.

— Nous allons bien... tous les deux.

Elle ajouta avec un air entendu :

— Mon mari aussi.

— Je suis sincèrement ravi de l'entendre. Sincèrement. Je... j'ai pensé à vous de temps en temps... me demandant si... si tout s'était bien passé pour vous. Tout à l'heure, en vous apercevant, j'ai voulu m'en assurer, voilà tout.

— Ah, je vois. C'est très gentil à vous, monsieur MacKenzie.

Elle releva les yeux et le regarda enfin en face, reprenant :

— Je sais ce que vous avez fait pour nous. Je ne l'ai pas oublié. Je prie pour vous tous les soirs.

— Ah... merci.

Un étrange poids lui serra la poitrine. Il s'était parfois demandé si elle pensait à lui à l'occasion. Se souvenait-elle du baiser qu'il lui avait donné dans cette cale, cherchant une étincelle de sa chaleur pour se protéger du frémissement mortel de la solitude ? Il s'éclaircit la gorge pour dissiper la gêne que ce souvenir faisait naître en lui.

— Vous... habitez dans le coin ?

— Avant oui, mais à présent... peu importe.

Elle se tourna, reprenant son linge sur le buisson, secouant chaque pièce de vêtement avant de la plier.

— C'était très aimable à vous de vous inquiéter de notre sort, monsieur MacKenzie.

Apparemment, la conversation était close. Il s'essuya les mains sur ses culottes, ne voulant pas partir encore. Il devait lui dire... mais, maintenant qu'il l'avait retrouvée, il n'avait pas envie de se contenter d'une simple mise en garde et de filer. Il bouillonnait de curiosité, associée à un bizarre sentiment de parenté.

Peut-être pas si bizarre, après tout. Ce petit bout de femme était de sa famille, la seule personne de même sang qu'il ait rencontrée depuis la mort de ses propres parents. En même temps, tout en tendant la main vers elle et en touchant son coude, il était conscient de la singularité de la situation : elle était son ancêtre.

Elle se raidit et tenta de se dégager, mais il la retint par le bras. L'eau de la rivière avait glacé sa peau, mais il sentait son pouls battre sous ses doigts.

— Attendez, dit-il. Je vous en prie, juste un instant. Il faut que... que je vous dise quelque chose.

— Non, ce n'est pas nécessaire. Je préférerais que vous ne disiez rien.

Elle tira plus fort sur son bras et se libéra.

— Votre mari ? Où est-il ?

Comme elle ne résidait pas dans les parages, il était clair qu'elle et ses compagnes vivaient dans les campements d'où il venait. Ce n'était pas une prostituée, il en aurait mis sa main à couper. Cela voulait dire qu'elle avait suivi son mari, et donc que...

— Il est tout à côté !

Elle recula d'un pas, évaluant la distance qui la séparait du reste de son linge. Roger se tenant entre elle et le buisson, elle était obligée de le contourner pour récupérer ses jupons et ses bas.

Se rendant compte qu'il l'effrayait, il se retourna précipitamment et attrapa une poignée de vêtements au hasard.

— Je suis désolé. Votre linge... Tenez.

Il le lui fourra dans les bras et elle le rattrapa de justesse. Quelque chose tomba, une robe de bébé. Ils se penchèrent en même temps pour la ramasser, leurs crânes se percutant violemment.

— Oh ! Oh ! Doux Jésus Marie !

Morag se tenait la tête tout en serrant son linge trempé contre sa poitrine.

— Bon sang ! Ça va, Morag ? Heu, pardon, madame Mackenzie ? Je suis vraiment désolé !

Il lui toucha l'épaule, grimaçant de douleur, puis se baissa pour attraper la robe. Ensuite, il tenta vainement d'essuyer les traces de boue. Morag cligna des yeux larmoyants et se mit à rire en voyant son air consterné.

La collision avait permis de briser la tension. La jeune femme recula d'un pas, mais n'avait plus l'air menacée.

— Oui, ça va, répondit-elle.

Elle renifla, s'essuya les yeux puis palpa prudemment son front.

— Heureusement, j'ai la tête dure, comme le disait toujours ma mère. Et vous, vous n'avez pas trop mal ?

— Non, ça va.

Roger se massa le front à son tour, sentant brûler sous ses doigts la courbe de son arcade sourcilière, le reflet de celle de Morag. Mais, chez cette dernière, elle était plus petite et plus fine.

— Moi aussi, j'ai le crâne dur. C'est un trait de famille.

Il sourit, se sentant ridiculement heureux. Il lui tendit le vêtement souillé, s'excusant de nouveau, mais pas uniquement à cause du linge à relaver :

— Votre mari… si je vous demandais de ses nouvelles, c'est que… il fait partie des Régulateurs, n'est-ce pas ?

Elle le regarda d'un air surpris.

— Oui, bien sûr. Pas vous ?

Naturellement, sinon que ferait-il de ce côté-ci de l'Alamance ? Les troupes de Tryon étaient rassemblées en rangs ordonnés dans le pré de l'autre côté de la rivière. De ce côté-ci, les Régulateurs grouillaient dans tous les sens, sans chef ni direction, masse furieuse vibrant d'une violence prête à exploser n'importe comment.

— Non, je suis avec la milice.

Il agita une main vers le lointain, où l'on apercevait la fumée des feux de camp. Une lueur de méfiance apparut de nouveau dans les yeux de Morag, mais elle n'avait plus peur. Après tout, il était seul.

— C'est de cela dont je voulais vous parler. Je désirais vous mettre en garde, vous et votre mari. Cette fois, le gouverneur est sérieux. Il est venu avec des troupes organisées, des canons, beaucoup d'hommes, tous armés.

Il se pencha vers elle, lui tendant le reste des bas mouillés. Elle les prit d'une main, mais sans le quitter des yeux, attendant la suite.

— Il est résolu à étouffer la rébellion, par tous les moyens. En cas de résistance, il a donné à ses hommes l'ordre de tuer. Vous comprenez ? Vous devez le dire à votre mari, le convaincre de partir avant... avant qu'il arrive quelque chose.

Elle pâlit et posa instinctivement une main sur son ventre. Le linge ayant mouillé sa robe en mousseline, il remarqua le léger renflement qui lui avait échappé plus tôt, rond et lisse comme un melon sous le tissu humide. Il sentit la peur de Morag se répandre en lui, comme si les bas trempés étaient chargés d'électricité.

« Avant oui, mais à présent... », avait-elle dit lorsqu'il lui avait demandé s'ils habitaient dans les parages. Elle avait peut-être simplement voulu dire qu'ils avaient déménagé ailleurs, mais... il y avait de la layette dans son linge. Son fils était ici avec elle. Partir en guerre en emmenant femme et enfant signifiait qu'ils n'avaient aucun endroit où se mettre à l'abri.

L'angoisse de Morag était compréhensible. Désormais sans toit, si son mari était blessé ou tué, comment subviendrait-elle aux besoins de Jemmy et du nouveau bébé qui grandissait dans son ventre ? Elle n'avait personne, aucune famille vers laquelle se tourner.

Ou plutôt, elle en avait mais elle l'ignorait. Il s'empara fermement de sa main et l'attira à lui, envahi par le besoin de la protéger, elle et ses enfants. Il l'avait sauvée une fois, il pourrait la sauver de nouveau.

— Morag, écoutez-moi. S'il arrivait quelque chose, quoi que ce soit, venez me trouver... Si vous avez besoin d'aide, je prendrai soin de vous.

Elle ne tenta pas de se libérer, mais scruta son visage, l'air grave, une légère ride entre ses sourcils incurvés. Une envie irrésistible d'établir un lien physique entre eux le tenaillait, cette fois pour elle autant que pour lui. Il baissa la tête et, très doucement, l'embrassa.

Puis il rouvrit les yeux et, redressant la tête, aperçut par-dessus son épaule la mine incrédule de son aïeul de maintes générations.

— Lâchez ma femme immédiatement !

William Buccleigh MacKenzie surgit des buissons dans un fracas de branchages, l'allure résolument hostile. Il était presque aussi grand que Roger et plutôt baraqué, détails personnels peu importants dans la mesure où il avait également un couteau dans le fourreau accroché à sa ceinture, la main posée sur le manche. Son attitude n'avait rien d'ambiguë.

Roger résista à sa première impulsion qui était de dire « ce n'est pas ce que vous croyez ». De fait, ça ne l'était pas, mais il ne voyait pas d'autre explication plausible à formuler.

Sentant que tout geste brusque serait inopportun, il se redressa lentement en déclarant :

— Je n'ai pas voulu manquer de respect à votre femme. Toutes mes excuses.

— Ah oui ? Dans ce cas, qu'étiez-vous en train de faire au juste ?

Posant une main protectrice sur l'épaule de sa femme, il dévisagea Roger, l'œil assassin. Elle tressaillit, les doigts de son mari s'enfonçant dans sa chair. Roger aurait bien aimé lui faire lâcher prise, mais ce n'était pas le moment d'envenimer la situation.

— J'ai rencontré votre femme, et vous-même, à bord du *Gloriana*, il y a un an ou deux. Lorsque je l'ai aperçue ici, j'ai voulu m'enquérir de votre famille. C'est tout.

Morag toucha la main de son mari, qui desserra légèrement sa prise.

— Il ne voulait aucun mal, William. Il dit vrai. Tu ne te souviens pas de lui ? C'est l'homme qui nous a trouvés dans la cale où nous étions cachés, Jemmy et moi. Il nous apportait à manger et à boire.

— Vous m'aviez vous-même demandé de veiller sur eux, lui rappela Roger. Cette fameuse nuit de la bagarre, quand les marins se sont mis à balancer les malades par-dessus bord.

Les traits de MacKenzie se détendirent un peu.

— Ah oui. C'était vous ? Je n'ai pas vu votre visage dans le noir.

— Je n'ai pas vu le vôtre non plus.

Maintenant en pleine lumière, il ne pouvait s'empêcher de l'étudier avec intérêt, malgré la situation tendue.

Ainsi c'était là le fils – non reconnu – de Dougal MacKenzie, autrefois chef de guerre des MacKenzie de Leoch. Cela se voyait. Il avait bien les traits de la famille, en plus carrés, plus durs et plus blonds. En l'observant avec attention, Roger reconnaissait les hautes pommettes et le grand front dont Jamie avait hérité du côté de sa mère. De la même taille que les MacKenzie, il faisait plus d'un mètre quatre-vingts, ses yeux fixes arrivant au même niveau que ceux de Roger.

William Buccleigh se tourna brièvement en entendant un bruit dans les broussailles, et le soleil fit luire un éclat vert mousse dans son regard. Roger dut se retenir de fermer les yeux de crainte que MacKenzie ne remarque le même reflet dans les siens.

Mais, pour le moment, ce dernier avait d'autres soucis. Deux hommes émergèrent des buissons, las et crasseux d'avoir campé trop longtemps. L'un portait un mousquet, l'autre s'était armé d'une grosse branche qu'il tenait comme un gourdin.

— Qui c'est celui-là, Buck ? demanda l'homme au mousquet.

— C'est ce que je m'efforce de découvrir, répondit MacKenzie.

Il avait retrouvé son air mauvais. Il écarta sa femme d'un geste de la main.

— Retourne auprès des autres, Morag. Je m'occupe de lui.

Le regard paniqué de la jeune femme allait de son mari à Roger.

— Mais William... Puisque je te dis qu'il n'a rien fait !

— Parce que se frotter contre toi en public comme si tu étais une vulgaire traînée n'est rien !

Il lui lança un regard fulminant et elle devint cramoisie, se souvenant du baiser. Elle insista néanmoins :

— Mais... je... c'est que... il a été bon pour nous. Tu ne devrais pas...

— Je t'ai dit de t'en aller !

Elle ouvrit la bouche pour protester, mais se ravisa en voyant son mari avancer vers elle en serrant le poing. Sans réfléchir, Roger envoya un crochet dans la mâchoire de MacKenzie. Le craquement se répercuta jusque dans son coude.

William Buccleigh trébucha et tomba sur un genou, secouant la tête, étourdi. Le cri de surprise de Morag fut étouffé par les exclamations sidérées des deux autres hommes. Avant qu'il n'ait eu le temps de se retourner pour les confronter, Roger entendit un bruit derrière lui, discret mais assez fort pour lui glacer le sang, le claquement sec et froid d'un chien de fusil qu'on arme.

Il y eut un bref *pschhht* de poudre qui s'embrase, puis un *pffffoum* ! tandis que le coup partait dans un rugissement et un nuage de fumée noire. Tous bondirent en même temps. Toussant et à moitié hébété, Roger se retrouva entraîné dans un corps à corps confus avec l'un des hommes. Tout en s'efforçant de le repousser, il aperçut Morag agenouillée dans l'herbe, qui tamponnait le visage de son mari avec un linge humide. William la repoussa brutalement, se releva tant bien que mal et fonça sur Roger, les yeux exorbités de rage, le visage rouge de fureur.

Roger pivota sur ses talons, dérapant sur le tapis de feuilles, se libéra de la prise de son adversaire et courut vers les buissons. Il se jeta dans les broussailles, les brindilles et les branches le fouettant de toutes parts et cinglant son visage et ses bras. Un fracas de branchages, puis un halètement puissant retentirent derrière lui. Une main s'abattit soudain sur son épaule avec une poigne d'acier.

Il saisit les doigts et les tordit de toutes ses forces, jusqu'à entendre craquer les os et les articulations. Leur propriétaire poussa un cri et tira sur son bras. Roger en profita pour se lancer la tête la première dans une ouverture du taillis.

Il atterrit sur une épaule, se recroquevilla, roula sur le sol, écrasa un petit buisson, dévala une pente argileuse escarpée et dégringola dans la rivière en projetant de grandes gerbes d'eau.

Cherchant à prendre pied, il coula, remonta à la surface, toussa, cracha et barbota en tentant d'écarter les cheveux de devant sa figure, pour découvrir William MacKenzie qui se tenait sur la berge au-dessus de lui. Voyant son ennemi dans une position aussi désavantageuse, ce dernier prit son élan et sauta.

Une charge plus puissante qu'un boulet de canon s'écrasa contre la poitrine de Roger, le renvoyant sous l'eau. Des cris de femmes résonnèrent au loin. Il ne pouvait ni respirer ni voir. Il se débattait désespérément dans une masse tourbillonnante de vêtements, de membres, de vase, dérapant sur le lit de la rivière en cherchant à se redresser, les poumons sur le point d'exploser.

Enfin, sa tête creva la surface de l'eau. Il ouvrit et ferma la bouche comme une carpe, prenant de grandes inspirations. Il entendit le sifflement de l'air pénétrant dans ses poumons, puis dans ceux de MacKenzie. Celui-ci s'écarta et se releva à quelques mètres de lui, soufflant comme un moteur noyé, tandis que l'eau se déversait de ses vêtements. Roger se pencha en avant, gonflant la poitrine, les mains sur les cuisses et les bras tremblant sous l'effort. Lorsqu'il eut retrouvé son souffle, il se redressa et essuya les mèches mouillées plaquées sur son visage.

— Écoutez… commença-t-il en haletant. Je ne voulais…

Il n'en dit pas plus. MacKenzie, dans le même état que lui, avançait de nouveau vers lui, l'eau jusqu'à la taille. L'expression de son visage était étrange, déterminée. Ses yeux vert mousse très clairs le fixaient.

Roger se souvint tardivement d'un autre détail. Cet homme n'était pas uniquement le fils de Dougal Mac-Kenzie, mais aussi celui de Geillis Duncan, sorcière notoire.

Quelque part de l'autre côté des saules, il y eut une forte déflagration. Des nuées d'oiseaux effrayés s'élevèrent au-dessus des arbres. La bataille avait commencé.

27

Alamance

Le gouverneur dépêcha alors un de ses aides de camp, le capitaine Malcolm, avec le shérif du comté d'Orange pour lire aux rebelles sa lettre leur enjoignant de déposer les armes, de livrer leurs meneurs renégats, etc. Vers dix heures et demie, les deux émissaires revinrent annoncer que le shérif avait lu l'injonction quatre fois, devant diverses factions de rebelles, qui en avaient toutes rejeté les termes avec dédain, déclarant qu'elles n'avaient pas besoin de délai de réflexion et appelant à la bataille à cor et à cri.

William Tryon,
Journal de l'expédition contre les insurgés

— On fera gaffe à MacKenzie.

Jamie donna une tape sur l'épaule de Geordie Chisholm qui hocha la tête, ayant bien compris le message.

Ils étaient tous au courant. C'étaient de braves gars, ils ouvriraient l'œil. Ils finiraient certainement par tomber sur lui, alors qu'il rentrait au camp.

Il se le répéta pour la énième fois, sans parvenir à se rassurer. Nom de Dieu, qu'avait-il pu lui arriver ?

Il revint vers la tête de sa compagnie, écartant avec violence les broussailles devant lui, comme s'il leur en voulait. S'ils faisaient attention, ils repéreraient Roger à temps, avant de lui tirer dessus. Du moins, il essayait de s'en convaincre, sachant en tout état de cause que, dans le feu de l'action, chacun tirait sur tout ce qui bougeait. On avait rarement le temps d'étudier les traits de celui qui arrivait face à vous, surgissant soudain d'un nuage de fumée.

De toute manière, peu importait qui tirerait sur son gendre. Brianna et Claire le tiendraient personnellement responsable de la vie du jeune homme, à juste titre.

Par chance, il n'eut bientôt plus le temps de penser. Ils sortirent à découvert et ses hommes s'éparpillèrent, courant dans le pré, pliés en deux, zigzaguant entre les hautes herbes par groupe de trois et quatre, comme il le leur avait appris, un soldat aguerri par peloton. Quelque part derrière eux, le premier coup de canon ébranla le ciel ensoleillé.

Au même moment, il repéra les premiers Régulateurs, qui, tout comme eux, s'enfuyaient de l'autre côté du champ. Ils n'avaient pas encore aperçu les miliciens.

Avant qu'ils n'en aient eu le temps, il poussa son cri de guerre – *Casteal an* DUIN *!* – et chargea, le mousquet brandi haut au-dessus de sa tête pour indiquer à ses hommes de le suivre. Des rugissements et des hurlements fendirent l'air. Les Régulateurs, pris par surprise, s'arrêtèrent net en dérapant dans l'herbe, manipulant maladroitement leur fusil et se gênant les uns les autres.

— *Thugham ! Thugham !* Suivez-moi ! Suivez-moi !

Estimant qu'il était suffisamment près, il se laissa tomber sur un genou, mit en joue et tira juste à quelques centimètres du crâne des adversaires.

Derrière lui, il entendit ses hommes s'agenouiller en position de tir, le cliquetis des pierres à fusil, puis la détonation assourdissante de la salve.

Un ou deux Régulateurs s'accroupirent et ripostèrent. Les autres détalèrent vers un petit monticule couvert d'herbes pour se mettre à l'abri.

— *A draigha !* À gauche ! *Nach links !* Coupez-leur la route !

Sans s'en rendre compte, Jamie hurlait tout en courant.

Le petit groupe de Régulateurs se scinda. Quelques-uns bifurquèrent vers la rivière, les autres se regroupèrent comme un troupeau de moutons, galopant vers la butte.

Ils l'atteignirent et disparurent derrière la crête. Jamie rappela aussitôt ses hommes d'un sifflement si strident qu'il perça le vacarme croissant des canons. Sur la gauche, il entendait un crépitement de mousquets. Il partit dans cette direction, espérant que ses hommes le suivraient.

Ce fut une erreur. Le terrain était marécageux, rempli d'ornières fangeuses et de boue qui adhérait aux semelles. Il lança un nouveau cri et leur fit signe de rebrousser chemin. Mieux valait se retrancher plus haut et laisser l'ennemi venir vers eux et s'empêtrer dans ce bourbier.

La partie surélevée du pré était tapissée d'une broussaille dense mais sèche. Il brandit une main, les doigts écartés, indiquant aux hommes de s'éparpiller et de se mettre à couvert.

Un nuage de fumée rendue âcre par l'odeur de la poudre noire s'éleva des arbres voisins. Les détonations d'artillerie étaient devenues régulières. Les canonniers ayant trouvé leur rythme œuvraient comme un cœur géant qui palpitait au loin.

Jamie avança lentement vers l'ouest, le regard alerte. Par ici, la végétation était surtout constituée de taillis de sumacs et d'arbres de Judée, de ronces s'élevant jusqu'à sa taille et de groupes de pins plus haut que lui. La visibilité était mauvaise, mais il pourrait entendre quiconque approcher, longtemps avant de le voir ou d'être vu.

Il n'apercevait aucun de ses hommes. Il se tapit derrière un jeune plant de cornouiller et poussa un cri similaire à celui du colin à gorge blanche. Des signaux identiques s'élevèrent derrière lui. Aucun devant. Parfait, à présent, tout le monde savait plus ou moins où se trouvaient les autres. Il avança prudemment, se glissant entre les buissons. Il faisait plus frais à l'ombre des arbres, mais l'air était épais et la sueur lui coulait dans le cou et le dos.

Il entendit un bruit de pas et s'enfonça entre les branches d'une pruche, les aiguilles sombres se refermant sur lui. Seul son mousquet pointait dans une ouverture. Celui qui approchait se déplaçait rapidement. Il y eut un craquement de branches, un souffle laborieux, puis un jeune homme apparut, haletant. Il n'avait pas de fusil, mais la lame recourbée d'un couteau de cordonnier brillait dans sa main.

Le visage du garçon lui était familier. Jamie fouilla dans sa mémoire et parvint à mettre un nom dessus, avant que son doigt ne quitte la gâchette. Il appela d'une voix basse mais portante :

— Hugh ! Hugh Fowles !

Le jeune homme laissa échapper un petit cri de surprise et fit volte-face, écarquillant les yeux. Apercevant Jamie et son fusil entre les aiguilles du conifère, il se figea, comme un lapin terrorisé.

Puis, sa panique se mua en détermination. Il se rua vers Jamie en hurlant. Surpris, celui-ci eut à peine le temps de redresser son mousquet pour faire dévier la main qui tendait le couteau. La lame glissa le long du canon dans un crissement strident et rebondit contre la main de Jamie. Le jeune Fowles lança son bras en arrière pour tenter de le poignarder de nouveau, mais Jamie lui envoya un coup sec dans le genou, reculant au bon moment pour éviter le garçon. Ce dernier perdit l'équilibre et partit en avant, agitant vainement sa lame dans les airs.

Jamie lui assena un deuxième coup, et Hugh tomba, son couteau s'enfonçant dans la terre.

— Tu as bientôt fini ? s'énerva Jamie. Bon sang, petit, tu ne me reconnais donc pas ?

Il n'arrivait pas à comprendre si Fowles l'avait identifié, ni même s'il l'avait entendu. Livide et roulant des yeux affolés, le garçon battait des bras et des jambes, tentant à la fois de se redresser et de récupérer son couteau.

— Vas-tu...

Il n'acheva pas sa phrase, car le jeune homme abandonna son arme et se jeta sur lui dans un grognement bestial. Le poids de son assaillant fit chanceler Jamie en arrière, Hugh tentant de lui serrer le cou pour l'étrangler. Laissant tomber son mousquet, Jamie envoya un grand coup d'épaule bien senti dans le ventre du garçon, histoire de mettre un terme définitif à cette empoignade ridicule.

Hugh Fowles s'effondra et se recroquevilla sur le sol, se tortillant comme un mille-pattes blessé et effectuant une série de grimaces sans son. On aurait dit qu'il venait d'avaler son petit déjeuner de travers.

Jamie porta sa main droite à ses lèvres, suçant ses articulations à vif. Le couteau les avait écorchées, et son coup de poing n'avait rien arrangé. Sa main lui brûlait, et le sang dans sa bouche avait un goût de métal chauffé.

Il entendit d'autres pas de course. Il eut à peine le temps de ramasser son mousquet avant que les buissons ne s'écartent, révélant le beau-père de Fowles, Joe Hobson, pointant lui aussi un fusil devant lui.

Jamie, un genou à terre, le tenait en joue, son canon braqué sur sa poitrine.

— Ne bouge pas !

Hobson s'immobilisa, comme si un marionnettiste avait tiré toutes les ficelles. Son attention se porta sur son beau-fils, puis revint vers Jamie.

— Qu'est-ce que tu lui as fait ?

— Rien de définitif. Baisse ton arme, d'accord ?

Hobson ne remua pas. Il était noir de crasse et pas rasé depuis des lustres, mais ses yeux étaient vifs et alertes.

— Je ne te veux pas de mal, baisse ton arme, répéta Jamie.

Hobson garda le doigt sur la gâchette, mais une lueur de doute traversa son regard.

— Pas question de se constituer prisonnier !

— Tu l'es déjà, pauvre fou ! Ne t'inquiète pas, ils ne te feront rien, pas plus qu'au garçon. Vous serez tous deux plus en sécurité dans une prison qu'ici, crois-moi !

Cette déclaration fut ponctuée d'un sifflement sinistre qui fendit l'air au-dessus de lui, déchirant les feuilles. Jamie baissa la tête par réflexe, son ventre se nouant.

Hobson eut un sursaut de terreur, balayant l'air de son mousquet. Il tressaillit encore et ses yeux s'ouvrirent grands. Une tache rouge s'épanouit lentement sur sa chemise. Il baissa des yeux stupéfaits vers elle, la gueule de son fusil retombant comme une tige fanée. Il le lâcha, s'assit brutalement sur le sol, adossé à un tronc d'arbre, et mourut.

Toujours sur un genou, Jamie pivota sur place et vit Geordie Chisholm derrière lui, le visage noirci par la fumée de son arme, contemplant le cadavre d'Hobson avec l'air de se demander comment cela avait pu arriver.

Un nouveau coup de canon retentit. Un projectile fendit la végétation et atterrit non loin dans un bruit sourd. Jamie perçut le choc à travers la semelle de ses bottes. Il se jeta à plat ventre et rampa jusqu'à Hugh Fowles qui venait de se mettre à quatre pattes, pris de haut-le-cœur.

Il lui attrapa un bras sans prêter attention à la flaque de vomi et le tira sans ménagement.

— Viens, dépêche-toi !

Il se redressa, saisit le jeune homme par la taille et les épaules, et le traîna vers un coin plus abrité, tout en appelant son compagnon à la rescousse.

— Geordie ! Geordie ! Aide-moi !

Chisholm se précipita. À eux deux, ils parvinrent à faire tenir Fowles debout et à le tirer en le portant à moitié, courant et trébuchant.

Les branches sectionnées libéraient dans l'air une odeur âcre de sève fraîche. Il eut alors une vision du jardin de simples de Claire, de terre retournée sous ses coups de pelle, de champs creusés de sillons et de tombes, puis d'Hobson assis au soleil contre le tronc d'arbre, la surprise se reflétant encore dans ses yeux morts.

Fowles puait le vomi et la merde. Du moins, il espérait que c'était bien Fowles.

Lui-même avait une forte envie de rendre ses tripes. Il se mordit la langue, goûta de nouveau son sang et contracta ses abdominaux, ravalant sa bile.

Quelqu'un se dressa dans un buisson sur sa droite. Il tenait son arme dans sa main gauche. Il la leva par réflexe et tira. Il continua d'avancer entouré de son propre nuage de fumée, apercevant l'homme sur lequel il venait de tirer tourner les talons et prendre ses jambes à son cou.

Fowles tenait désormais sur ses jambes. Jamie le lâcha, laissant Geordie s'occuper de lui, et, mettant un genou à terre, chercha sa poudre et une nouvelle cartouche. Il ouvrit celle-ci d'un coup de dents, sentant la poudre se mêler à son sang. Puis il versa son contenu dans le réservoir, le bourra, remplit l'amorce, vérifia sa pierre, le tout en remarquant avec surprise que ses mains ne tremblaient pas. Au contraire, elles s'affairaient avec adresse, connaissant exactement leur rôle.

Il leva son canon et serra la mâchoire, à peine conscient de son geste. Des hommes approchaient, ils étaient trois. Il mit en joue le premier. Dans un dernier sursaut de conscience, il rectifia le tir et, le mousquet tressaillant entre ses doigts, visa non loin de la tête. Les Régulateurs s'arrêtèrent. Il baissa son arme, dégaina son coutelas et se rua sur eux en criant.

La voix rendue rauque à cause de la fumée, des mots jaillirent de sa gorge.

— Fuyez !

Il se vit comme s'il s'observait de loin et conclut qu'il réagissait exactement comme Hugh Fowles un peu plus tôt. Il avait alors trouvé son comportement stupide.

— Fuyez !

Les hommes détalèrent dans tous les sens comme des cailles apeurées. Tel un loup, il suivit aussitôt le plus lent, enjambant les accidents de terrain, une joie féroce animant ses jambes et s'épanouissant dans son ventre. Il aurait pu courir indéfiniment, le vent froid giflant sa peau et hurlant dans ses oreilles, le sol souple soulevant ses pieds. Il volait à la surface des herbes et des pierres.

Celui qu'il poursuivait l'entendit se rapprocher, jeta un coup d'œil en arrière et, avec un cri de terreur, percuta un arbre de plein fouet. Jamie se jeta sur sa proie, atterrissant sur son dos et sentant ses côtes craquer sous son genou. Il agrippa une poignée de cheveux gras et poisseux de transpiration, et tira en arrière. Il se retint de justesse d'ouvrir, d'un coup de coutelas, la gorge nue qui s'offrait à lui, tendue et vulnérable. Il imagina l'impact de la lame sur la peau, la chaleur du jet de sang. Il en avait envie.

Pantelant, il prit une grande inspiration.

Très lentement, il écarta sa lame de la veine palpitante. Le mouvement le laissa tremblant de frustration comme si, sur le point de déverser sa sève, on l'avait arraché du corps de sa femme.

— Tu es mon prisonnier, annonça-t-il.

L'homme le regarda sans comprendre. Il pleurait, les larmes creusant sur ses joues de longues traînées dans la crasse. Il essaya de parler, mais n'émit que des sanglots, incapable d'inspirer assez d'air avec sa tête penchée en arrière. Jamie se rendit alors compte qu'il s'était exprimé en gaélique. L'homme ne l'avait pas compris.

Il desserra lentement sa prise, s'obligeant à lâcher les cheveux de l'homme. Il chercha les mots en anglais, enfouis quelque part sous la soif de sang qui bouillonnait dans son crâne. Enfin, il parvint à articuler, reprenant son souffle presque entre chaque syllabe :

— Tu... es... mon... prisonnier.

— Oui ! Oui ! Je me rends ! Ne me tuez pas ! Je vous en supplie, ne me tuez pas !

L'homme se recroquevilla, sanglotant toujours, croisant les mains sur sa nuque et haussant les épaules sous ses oreilles, par crainte de se faire briser la nuque par un coup de dents de Jamie.

Celui-ci ressentait encore ce vague désir d'agression, mais le bourdonnement dans ses artères commençait à s'estomper, même s'il l'entendait toujours sous les battements de son cœur. Le vent ne chantait plus pour lui, mais suivait sa propre course, indifférent, dans les feuilles au-dessus de lui. Il y eut quelques détonations dans le lointain, mais la canonnade avait presque cessé.

La sueur dégoulinait de son menton et de ses sourcils. Sa chemise trempée empestait.

Il descendit lentement du dos de son prisonnier et s'agenouilla à ses côtés. Les muscles de ses cuisses tremblaient et brûlaient en raison de sa course. Soudain, il éprouva une irrépressible tendresse pour cet homme et tendit la main pour le toucher, élan suivi d'un sentiment d'horreur aussi imprévisible et qui s'évanouit presque aussitôt. Nauséeux, il ferma les yeux et déglutit, sa langue l'élançant là où il s'était mordu.

L'énergie que la terre lui avait prêtée quittait peu à peu son corps, s'écoulant de ses jambes et retournant vers le sol. Il donna une tape maladroite sur l'épaule du prisonnier, puis se releva péniblement, sentant brusquement tout le poids de sa fatigue.

— Lève-toi.

Ses mains tremblaient. Pour rengainer son coutelas, il dut s'y reprendre à trois reprises.

— *Ciamar a tha thu, Mac Dubh ?*

Ronnie Sinclair venait de se matérialiser à ses côtés, lui demandant s'il allait bien. Il hocha la tête et recula pendant que son compagnon aidait l'homme à se relever et lui faisait retourner sa veste. Les autres arrivaient, seuls ou par deux. Geordie, les Lindsay et Gallegher les rejoignirent et s'agglutinèrent autour de lui, comme de la limaille de fer attirée par un aimant.

Eux aussi avaient fait des prisonniers, six en tout, la tête basse, apeurés, ou simplement épuisés, portant leurs vestes côté doublure pour montrer leur statut. Fowles se trouvait parmi le groupe, blême et misérable.

L'esprit de Jamie s'était éclairci, même si son corps était encore mou et lourd. Henry Gallegher avait une grande écorchure sanglante en travers du front. Un des hommes de Brownsville – était-ce Lionel ? – tenait son bras dans un angle étrange : il était à coup sûr cassé. En dehors de cela, ils paraissaient tous indemnes. C'était déjà ça.

Avec un petit geste vers les prisonniers, il s'adressa en gaélique à Kenny Lindsay.

— Demande-leur s'ils ont vu MacKenzie.

Les tirs de mousquet s'étaient presque tous tus, à l'exception d'un coup ici et là. Tardivement effrayées, des colombes passèrent dans le ciel dans un vacarme d'ailes.

Personne n'avait vu Roger. Jamie hocha la tête et essuya sur sa manche la sueur de son visage.

— Il est peut-être déjà rentré sain et sauf, ou peut-être pas. De toute façon, ce qui est fait est fait. Vous vous êtes bien battus, les gars. Rentrons.

28

Un sacrifice nécessaire

Ce soir, les morts ont été enterrés avec les honneurs militaires, et trois renégats parmi les prisonniers ont été pendus devant les miliciens. Les hommes en ont éprouvé une grande satisfaction. Ce sacrifice était néces-saire afin d'apaiser les rumeurs au sein des troupes. Celles-ci estimaient que la justice publique devait s'exer-cer sur-le-champ envers certains insurgés pris lors de la bataille. À cause d'eux, elles ont bravé mille dangers et souffert la perte de nombreuses vies.

William Tryon,
Journal de l'expédition contre les insurgés

Roger tira de toutes ses forces sur la corde qui lui serrait les poignets, mais ne parvint qu'à enfoncer un peu plus le chanvre brut dans sa chair. Il sentait la brûlure de sa peau entaillée et une sensation humide qu'il devina être un suintement de sang. Ses doigts avaient doublé de volume et ressemblaient à des sau-cisses sur le point d'éclater.

Il gisait là où Buccleigh et ses amis l'avaient jeté, à l'ombre d'un tronc d'arbre couché, les mains et les jambes ligotées. Encore trempé de l'eau de la rivière, il aurait grelotté de froid s'il ne s'était pas autant débattu pour enlever ses liens. À la place, la sueur coulait dans son cou, ses joues étaient brûlantes et il avait l'impression que sa tête allait exploser à cause d'un excès de sang.

Ils lui avaient enfoncé son drapeau blanc si profondément dans la gorge qu'il étouffait, puis l'avaient bâillonné avec sa cravate. Ancêtre ou pas, William Buccleigh MacKenzie ne s'en sortirait pas comme ça !

On entendait encore des coups de feu qui ne ressemblaient plus à des salves, mais plutôt à un crépitement de *pop-corn* dans une poêle à frire. De temps à autre, dans l'air chargé de fumée de poudre noire, un objet fusait entre les arbres dans un sifflement et un déchirement terrifiants, emportant branches et feuillage sur son passage. Mitraille ? Boulets de canon ?

C'était bien un boulet qui s'était abattu sur la berge un peu plus tôt, s'enfouissant dans une explosion de boue et interrompant momentanément la bagarre. L'un des amis de Buccleigh avait poussé un cri et s'était mis à courir, pataugeant dans l'eau, pour se réfugier derrière les arbres. Mais l'autre était resté, le tiraillant, le cognant, indifférent aux coups de feu et aux cris, jusqu'à ce que, Buccleigh le rejoignant, ils parviennent à lui plonger la tête sous l'eau et à l'y maintenir. Roger sentait encore ses sinus brûler.

Il parvint à se redresser sur ses genoux, se tordant comme une chenille arpenteuse, mais il n'osa pas relever la tête par crainte de se faire tirer dessus. Plein de fureur, il n'avait pas vraiment eu peur, même quand il avait pris conscience des combats, partout autour de lui. Il n'avait pas non plus paniqué.

Il se frotta le visage contre l'écorce du tronc, essayant de coincer la bande de tissu autour de son crâne. Il y parvint. Le moignon d'une branche accrocha son bâillon et, d'un coup sec, il le fit glisser sous son menton. Puis, il coinça un bout du mouchoir au même endroit et recula la tête, le tissu mouillé sortant peu à peu de sa gorge comme un prestidigitateur déroulant une guirlande hors de son chapeau.

Par réaction, il perdit le souffle, et la bile lui remonta dans la gorge. Il inspira de grandes bouffées d'air, avide d'oxygène, et son estomac se calma un peu.

Parfait, il pouvait désormais respirer. Et après ? Les échanges de tir se poursuivaient autour de lui et il entendit des branches craquer sur sa gauche, plusieurs hommes fonçant droit devant eux à travers les buissons.

Quelqu'un arrivait sur lui au pas de course. Il plongea derrière le tronc, juste à temps pour éviter d'être aplati par un corps atterrissant en vol plané à côté de lui. Son nouveau compagnon se redressa à quatre pattes, se plaquant contre l'abri de fortune avant de se rendre compte de sa présence.

— Toi !

C'était Barbe-noire, l'homme qu'il avait vu dans le camp d'Husband. Il dévisagea Roger, la colère déformant peu à peu ses traits. Ce dernier pouvait la sentir, une odeur fétide et pénétrante de peur et de fureur.

Barbe-noire l'attrapa par le col et l'attira à quelques centimètres de son visage.

— Tout ça, c'est ta faute ! Ordure !

Avec ses mains et ses poings liés, Roger n'avait aucun moyen de se défendre. Il se débattit néanmoins, tentant de se libérer, puis il grogna :

— Lâchez-moi, pauvre idiot !

L'autre se rendit soudain compte que Roger était ligoté et, dans sa stupéfaction, le lâcha. Déséquilibré, celui-ci tomba sur le côté, se cognant douloureusement la tempe contre l'écorce du tronc. Barbe-noire roula des yeux incrédules, puis un sourire sardonique illumina son visage.

— Sacrebleu, on t'a capturé ! Tu parles d'un coup de bol ! Mais qui t'a saucissonné comme ça ?

Derrière lui, une voix grave à l'accent écossais annonça le retour de William Buccleigh MacKenzie.

— C'est moi ! Pourquoi dis-tu que c'est de sa faute ? Qu'est-ce qu'il a fait ?

— Ça !

Barbe-noire écarta les bras, indiquant le pré autour d'eux et les derniers sursauts de la bataille. L'artillerie s'était tue, et on n'entendait plus que quelques tirs de mousquet au loin.

— Ce bonimenteur est venu dans le camp ce matin, cherchant Hermon Husband. Puis il s'est enfermé avec lui pour discuter en privé. Je ne sais pas quelles sornettes il a pu lui raconter, mais, un peu plus tard, Husband est ressorti, est monté directement sur son cheval, nous a dit de rentrer chez nous et a filé !

Barbe-noire lança un regard torve à Roger et le gifla à toute volée.

— Qu'est-ce que tu lui as dit, tête de cul ?

Sans attendre sa réponse, il se tourna de nouveau vers Buccleigh dont le regard intéressé allait et venait vers le captif, creusant un profond sillon entre ses épais sourcils blonds. Barbe-noire continua à fulminer :

— Si Hermon ne nous avait pas lâchés, nous aurions peut-être pu leur tenir tête. Mais en détalant brusquement, il nous a coupé l'herbe sous le pied. Plus personne ne savait trop quoi faire. Puis, Tryon nous a ordonné de nous rendre, ce que nous n'étions pas prêts à faire, naturellement, mais nous n'étions pas non plus vraiment préparés pour nous battre...

Il s'interrompit, croisant le regard de Roger, se souvenant avec un certain malaise que celui-ci l'avait vu paniquer et prendre ses jambes à son cou.

Autour d'eux, le silence était retombé. Plus personne ne tirait. Roger comprit que la bataille était non seulement terminée, mais également perdue, ce qui signifiait que les miliciens n'allaient pas tarder à débarquer, quadrillant le terrain. La gifle l'avait fait larmoyer. Il cligna des yeux pour éclaircir sa vue, soutint le regard de Barbe-noire et, rassemblant toute l'autorité dont il pouvait faire preuve couché ainsi sur le sol, ficelé comme une dinde de Noël, rétorqua :

— J'ai dit à Husband ce que je vous ai raconté plus tard, à savoir que le gouverneur ne plaisantait pas et qu'il était résolu à écraser cette rébellion, ce que, apparemment, il a fait. Si vous tenez à votre peau, ce qui semble être le cas...

Avec un grognement de rage, Barbe-noire l'attrapa par les épaules et entreprit de lui fracasser le crâne contre le tronc d'arbre.

Roger se tortilla comme une anguille. Il se cambra de toutes ses forces, puis se propulsa en avant, donnant un coup de tête en plein dans le nez de son attaquant. Il sentit avec satisfaction craquer le cartilage et l'os, puis le jet de sang chaud contre son visage, avant de retomber sur un coude, hors d'haleine.

Même si le geste lui était venu naturellement, c'était la première fois qu'il donnait un « baiser de Glasgow ». Son front lui faisait mal, mais c'était sans importance. Il n'avait qu'une envie, que Buccleigh s'approche assez pour lui administrer le même traitement.

Ce dernier l'examina avec un mélange d'amusement et de respect méfiant.

— Je vois qu'on a affaire à un homme aux multiples talents ! Traître, voleur de femme, contorsionniste et beau parleur, tout ça en même temps !

Barbe-noire vomit, s'étranglant avec le sang de son nez cassé. Roger ne lui adressa pas un regard. À présent, sa vue était nette et il ne quittait plus Buccleigh des yeux. Il savait lequel des deux était le plus dangereux.

— Un homme qui a confiance en sa femme n'a pas peur qu'un autre la lui vole, déclara-t-il. Je suis sûr de ma femme et n'ai que faire de la tienne, *amadain*.

En dépit de sa peau bronzée, les joues de Buccleigh s'empourprèrent. Il conserva malgré tout son calme, affichant un léger sourire ironique.

— Parce que, en plus, tu es marié ? Ta pauvre femme ne doit pas être gâtée par la nature pour que tu viennes renifler sous les jupes de la mienne. À moins qu'elle ne t'ait jeté à la porte, parce que tu étais incapable de la satisfaire ?

La morsure de la corde autour de ses poignets rappela à Roger qu'il n'était pas en position pour se lancer dans une joute verbale. Il ravala non sans mal la réplique qui lui brûlait les lèvres. Elle donna un goût aigre au fond de sa gorge.

— À moins que vous ne teniez à faire de votre femme une veuve, il serait préférable de partir, vous ne croyez pas ?

D'un bref signe de tête, il indiqua l'autre côté du pré, où le court silence avait cédé la place à des éclats de voix.

— La bataille est terminée, vous avez perdu, ajouta-t-il. J'ignore s'ils comptent faire des prisonniers.

— Ils en ont déjà pris quelques-uns.

Buccleigh fronça les sourcils, indécis. Pourtant, Roger ne voyait pas beaucoup d'options. Il avait le choix entre le laisser partir, l'abandonner ligoté ou le tuer. Les deux premières lui convenaient. Quant à la troisième, si Buccleigh avait voulu l'abattre, il serait déjà mort.

— Vous devriez vous enfuir pendant qu'il est encore temps. Votre femme va s'inquiéter.

Mentionner Morag fut une erreur. Le visage de Buccleigh s'assombrit aussitôt, mais, avant qu'il n'ait pu dire quoi que ce soit, l'apparition de la dame en question l'interrompit. Elle était accompagnée de l'homme qui avait aidé son mari à ligoter Roger.

— Willie ! Oh, Willie ! Dieu soit loué, tu es sain et sauf ! Tu es blessé ?

Pâle et anxieuse, elle portait un bébé pendu à son cou comme un petit singe. Malgré son fardeau, elle toucha son mari avec une main pour s'assurer qu'il était vraiment indemne.

— Ne t'inquiète pas, Morag, je vais bien, marmonna Buccleigh.

Bien que visiblement gêné par la présence des autres, il posa sa main sur la sienne et déposa un baiser sur son front. Peu ému par ces retrouvailles et intrigué, le compagnon de Buccleigh frappa des petits coups dans le flanc de Roger du bout de sa botte.

— Alors, qu'est-ce qu'on va en faire, Buck ?

Celui-ci hésita. En apercevant Roger sur le sol, Morag poussa un cri étouffé et se plaqua une main sur la bouche.

— Willie ! s'écria-t-elle. Qu'as-tu fait ? Libère-le, pour l'amour de sainte Bride !

— Pas question. C'est un sale traître.

Buccleigh pinça les lèvres. De toute évidence, il aurait préféré que sa femme ne remarque pas le prisonnier.

— C'est faux, il ne peut pas l'être !

Serrant son fils contre elle, Morag se pencha sur Roger d'un air inquiet. Voyant l'état de ses mains, elle se tourna, indignée, vers son mari.

— Willie ! Comment peux-tu traiter cet homme ainsi après ce qu'il a fait pour nous ? Il a sauvé la vie de ta femme et de ton fils !

« Oh là là ! Morag, ce n'est peut-être pas la meilleure tactique », pensa Roger en voyant Buccleigh serrer le poing. Cet homme avait clairement un gros problème de jalousie, et se trouver dans le camp des vaincus n'allait rien arranger.

— Fiche le camp, Morag, répliqua Buccleigh moins galamment. Ce n'est pas un endroit pour toi et le petit. Emmène-le ailleurs.

Entre-temps, Barbe-noire s'était remis sur pied. Se dressant aux côtés de Buccleigh, il jeta un coup d'œil assassin à Roger tout en palpant son nez enflé.

— Si tu veux mon avis, tu ferais mieux de lui trancher la gorge, un point c'est tout.

Pour marquer ses propos, il envoya un coup de pied dans les côtes de Roger qui se recroquevilla comme une crevette. Morag poussa un cri outré et décocha un coup de pied dans le tibia de Barbe-noire.

— Laissez-le tranquille !

Pris par surprise, Barbe-noire poussa un hurlement et partit à cloche-pied en arrière. Le troisième compagnon sembla trouver cet échange très amusant, mais il ravala son hilarité devant le regard noir de Buccleigh.

Morag s'agenouilla en dégainant le petit couteau qu'elle portait à la ceinture et entreprit de sectionner les liens de Roger d'une seule main. Tout en appréciant son geste, celui-ci aurait préféré qu'elle ne tente pas de l'aider. Il n'était que trop évident que le démon de la jalousie avait pris possession de l'âme de William Buccleigh MacKenzie, dont les yeux sortaient de leurs orbites en dardant des éclairs d'émeraude.

Buccleigh saisit sa femme par le bras et la força à se relever. Le bébé, secoué, se mit à vagir.

— Va-t'en, Morag ! aboya Buccleigh. Va-t'en tout de suite !

— C'est ça, décampe ! ajouta Barbe-noire. On n'a pas besoin que tu viennes te foutre dans nos pattes avec tes airs de fouine !

— Qui t'a permis de parler à ma femme sur ce ton ?

Pivotant sur ses talons, Buccleigh envoya un crochet du droit en plein dans le ventre de Barbe-noire. Celui-ci tomba à la renverse en position assise, ahuri, ouvrant et fermant la bouche d'un air comique. Roger en eut presque pitié, le voyant pris entre deux MacKenzie. Décidément, ce n'était pas son jour.

L'autre ami de Buccleigh, qui avait observé la scène avec la fascination d'un spectateur suivant un match de tennis, profita de l'occasion pour se joindre à la conversation.

— Quoi que tu fasses, Buck, décide-toi.

Mal à l'aise, il montra la rivière du menton. On entendait des hommes venir de cette direction. Ce n'étaient pas des Régulateurs en fuite, les bruits paraissaient trop ordonnés et résolus. Des miliciens cherchant à faire des prisonniers ? Roger l'espérait.

Buccleigh hocha la tête, puis se tourna vers sa femme. Il la prit par les épaules, doucement cette fois.

— Pars, Morag. Mets-toi à l'abri.

Devant le ton implorant de son mari, son visage se radoucit. Elle regarda Roger qui essayait désespérément de lui transmettre un message télépathique, des pensées de plus en plus urgentes.

« Pars, je t'en prie, avant de me faire tuer ! »

Morag, déterminée, fit face à son mari.

— Je pars, mais tu dois me jurer que tu ne toucheras pas à un cheveu de cet homme !

Buccleigh tressaillit et ses poings se contractèrent, mais Morag ne bougea pas d'un pouce, petite et opiniâtre.

— Jure-le ! répéta-t-elle. Car, par sainte Bride, je ne partagerai pas ma couche avec un assassin !

Écartelé, Buccleigh jetait des regards hésitants à Barbe-noire, qui faisait la tête, et au troisième homme, qui se balançait d'un pied sur l'autre, comme s'il avait un besoin pressant. Les miliciens se rapprochaient. Il se tourna de nouveau vers sa femme.

— D'accord, Morag, bougonna-t-il. Allez, tu peux partir maintenant.

— Non.

Elle prit la main de son mari et l'attira vers son sein. Remis de sa frayeur, Jemmy s'était recroquevillé contre l'épaule de sa mère, suçant bruyamment son pouce. Morag plaça la main de son père sur son petit crâne.

— Jure sur la tête de ton fils que tu ne feras aucun mal à cet homme et que tu ne le feras pas tuer par un autre.

Roger applaudit mentalement ce geste, mais craignit qu'elle ne soit allée trop loin. Buccleigh se raidit et le sang lui monta de nouveau au visage. Au bout de quelques instants très tendus, il hocha néanmoins la tête, une fois.

— Je le jure.

Puis il ôta sa main. Les traits de Morag se détendirent. Sans un mot de plus, elle tourna les talons et s'éloigna d'un pas rapide, serrant le bébé contre elle.

Roger laissa échapper l'expiration qu'il avait retenue. Bon sang, quelle femme ! Il espérait du fond du cœur que rien ne leur arriverait, à elle et à son bébé. En revanche, si son crétin de mari décidait de tomber dans un puits de mine et de se briser le cou...

William Buccleigh le regardait d'un air méditatif, ne prêtant pas attention à l'agitation croissante de son ami qui jetait des coups d'œil nerveux vers la rivière. Des voix s'interpellant indiquaient que des hommes divisés en équipe ratissaient le coin.

— Allez, Buck ! On n'a plus de temps à perdre. Ils ont dit que Tryon avait l'intention de pendre des prisonniers pour l'exemple, et je ne tiens pas à en faire partie !

— Tiens donc, murmura Buccleigh.

Son regard vert était rivé sur celui de Roger qui crut, un instant, y lire quelque chose d'étrangement familier. Un frisson parcourut son échine. Mal à l'aise, il indiqua le troisième homme d'un geste de la tête et déclara :

— Il a raison. Partez. Je ne vous dénoncerai pas.

Buccleigh fronçait les sourcils en réfléchissant.

— Non, dit-il enfin. Je crois effectivement que tu ne dénonceras personne.

Il se pencha et ramassa sur le sol l'ancien drapeau blanc à présent souillé de terre et de salive, puis ordonna :

— Johnny, vas-y. Occupe-toi de Morag. Je vous rejoins plus tard.

— Mais, Buck...

— Pars ! Je ne risque rien.

Avec un léger sourire et toujours sans quitter Roger des yeux, il glissa une main dans sa bourse et en extirpa un petit bout de métal terne. Roger reconnut son insigne avec les lettres « FC » grossièrement ciselées sur sa surface noircie.

Faisant sauter le bouton dans le creux de sa main, Buccleigh se tourna vers Barbe-noire, qui commençait de nouveau à s'intéresser aux événements.

— Je viens d'avoir une petite idée concernant notre ami. Tu es toujours avec moi ?

Barbe-noire regarda Roger puis MacKenzie, et un sourire grandit lentement sous son nez rouge et bulbeux. Le malaise de Roger se mua brusquement en un mouvement de panique.

— À l'aide ! hurla-t-il. Ohé ! La milice ! Au secours !

Il roula sur le côté, se tortillant pour les éviter, mais Barbe-noire le saisit par les épaules et le plaqua au sol. Des appels puis un bruit de course retentirent de l'autre côté des arbres.

Buccleigh s'agenouilla devant Roger, lui saisit la mâchoire avec une poigne de fer, étouffant ses cris, puis pressa sur ses joues pour le forcer à ouvrir la bouche.

— Non, monsieur, je ne crois pas que tu parleras à qui que ce soit.

Amusé, il enfonça de nouveau le mouchoir sale dans la bouche de Roger et le fixa avec le lambeau de cravate.

Il se releva ensuite, l'insigne de la milice toujours à la main. Au même moment, les buissons s'écartèrent et il se tourna vers les arrivants en agitant le bras dans un salut jovial.

29

Après la bataille

> *À quatorze heures trente passées, l'ennemi est à présent totalement dispersé et l'armée quadrille un rayon de dix kilomètres autour du camp, avec l'ordre de ne pas perdre de temps et de revenir promptement au bord de l'Alamance. Des carrioles vides ont été réquisitionnées pour ramasser les morts et les blessés loyalistes, ainsi que plusieurs rebelles. Ces derniers, bien qu'ayant reconnu qu'ils n'auraient fait aucun quartier en cas de victoire, ont néanmoins été bien traités et, le cas échéant, soignés.*
>
> William Tryon,
> *Journal de l'expédition contre les insurgés*

Une balle de mousquet avait fracassé le coude de David Wingate. Ce n'était pas de chance. Deux centimètres plus haut, elle aurait brisé l'os, mais, dans ce cas, celui-ci se serait ressoudé proprement. Avec une incision semi-circulaire sur la bordure supérieure, j'avais ouvert l'articulation, extrait la balle aplatie et des éclats d'os, mais le cartilage était grièvement endommagé et le tendon du biceps sectionné. J'apercevais l'éclat argenté d'une de ses extrémités, profondément enfouie dans la chair rouge sombre du muscle.

Je me mordis la lèvre supérieure en réfléchissant. Si je laissais les choses en l'état, le bras serait définitivement – et fortement – handicapé. Si je parvenais à rattacher le tendon sectionné et à réaligner correctement les extrémités osseuses dans la capsule articulaire, le patient pourrait peut-être récupérer un peu de la mobilité de son bras.

Je jetai un œil vers le camp autour de moi. Il ressemblait à un service des urgences, jonché de corps, de matériel et de bandages sanglants. Heureusement, la plupart des corps remuaient encore, même si ce n'était que pour jurer ou gémir. Un homme était déjà mort quand ses amis l'avaient amené. Enveloppé dans une couverture, il gisait à l'ombre d'un arbre.

Jusque-là, la plupart des blessures que j'avais vues étaient bénignes, bien que deux hommes aient été traversés par des balles. Je ne pouvais rien pour eux, mis à part les garder au chaud et croiser les doigts. Brianna allait vérifier régulièrement s'ils ne présentaient pas de signes d'état de choc ou de fièvre, entre deux rondes au cours desquelles elle administrait de l'eau et du miel aux blessés ne souffrant que de plaies superficielles. Le principal était de la tenir occupée. De fait, elle ne restait pas en place, même si son visage me rappelait les volubilis sauvages qui poussaient dans les lianes derrière moi, blancs et plissés, se refermant en vrille pour se protéger des terreurs de la journée.

Juste après la bataille, j'avais dû amputer une jambe à l'un des hommes de la compagnie Mercer qui campait non loin de la nôtre et n'avait pas de chirurgien. Le rebond d'un éclat de mortier l'avait percuté et emporté son pied. Seule était restée la chair du bas de la jambe qui pendait en lambeaux à partir de l'os broyé. Quand le morceau de jambe coupée était tombé par terre avec un bruit sourd, juste aux pieds de Brianna, j'avais eu peur de la voir tourner de l'œil. Mais elle avait miraculeusement tenu le coup, soutenant le patient qui, lui, s'était vraiment évanoui (Dieu merci !) pendant que je cautérisais ses petits vaisseaux et bandais son moignon à toute allure.

Jamie avait de nouveau disparu. Il avait ramené ses hommes, m'avait serrée fort contre lui, embrassée une fois, fougueusement, puis il était reparti avec les Lindsay pour conduire les prisonniers chez le gouverneur et demander en chemin si quelqu'un avait des nouvelles de Roger.

En le voyant revenir, mon soulagement avait été immense, mais mes craintes pour Roger formaient une boule compacte sous mon plexus. Au moins, en travaillant, je pouvais penser à autre chose. Il était encore possible de croire au dicton « pas de nouvelles, bonnes nouvelles », mais plus pour longtemps. Je m'étais donc plongée avec ardeur dans les réalités immédiates du tri des blessés pour ne pas me laisser entraîner par mon imagination.

Rien d'autre ne paraissait urgent. Des hommes continuaient de rentrer au camp en clopinant, mais Brianna les accueillait les uns après les autres, le cœur dans les yeux. Si l'un d'eux avait besoin de moi, elle m'appellerait. Je me décidai donc. J'avais le temps. M. Wingate n'avait pas grand-chose à perdre, hormis encore un peu de souffrance, mais je me devais de lui demander d'abord s'il s'en sentait capable.

Il était livide et en nage, mais tenait encore assis. Il me signifia son autorisation d'un hochement de tête, et je lui tendis de nouveau la bouteille de whisky. Il la plaqua contre ses lèvres de sa main libre, comme s'il s'agissait d'un élixir de vie. J'appelai un autre homme à l'aide pour qu'il lui tienne le bras pendant que j'officiais et incisai rapidement la peau juste au-dessus de la courbe du coude dans un T inversé, exposant la partie inférieure du biceps et rendant l'endroit plus accessible. Du bout de mon forceps le plus long, je commençai à fouiller, parvenant à isoler le brin argenté et dur du tendon tranché, le tirant le plus bas possible jusqu'à trouver un endroit sain à percer avec une suture. Puis je m'attelai à la tâche délicate d'unir les deux parties sectionnées.

Mon attention totalement centrée sur mon travail, je perdis bientôt toute notion de l'environnement. J'étais vaguement consciente d'un bruit répétitif de gouttes s'écrasant sur le sol entre mes pieds, sans savoir s'il s'agissait de ma transpiration, de son sang ou des deux. J'aurais eu grand besoin des mains adroites d'une infirmière expérimentée à mes côtés, mais je devais me débrouiller seule. Heureusement, j'avais une bonne aiguille chirurgicale ainsi que de fines sutures en soie bouillies. Je fis des points petits et nets, un zigzag noir qui maintenait fermement les tissus glissants et suintants. Dans d'autres circonstances, pour ce genre d'opération j'aurais utilisé du boyau de chat, un fil organique qui se serait progressivement dissous et aurait été absorbé par le corps. Toutefois, les tendons cicatrisant lentement – dans le meilleur des cas – je ne pouvais courir ce risque. Les sutures en soie resteraient définitivement en place, et je priais pour qu'elles ne provoquent aucune complication.

Une fois le plus dur accompli, le temps reprit son cours normal. Je pus parler à David sur un ton rassurant, lui qui avait traversé l'épreuve comme un vrai gentleman. À l'annonce de la fin de l'intervention, il hocha la tête et esquissa vaillamment un petit sourire forcé, sans desserrer les dents, les joues striées de larmes. Alors que je lavais sa plaie avec de l'alcool dilué, il hurla – ils passaient tous par là, les malheureux, c'était inévitable –, puis il s'affaissa en tremblant pendant que je recousais la peau et bandais le membre.

Cela ne nécessitait aucune compétence particulière et permettait à mon esprit de vaquer tout en travaillant. Je pris peu à peu conscience de la présence d'un groupe d'hommes derrière moi. Ils discutaient de la récente bataille, ne tarissant pas d'éloges pour le gouverneur Tryon.

— Tu y étais ? Il a vraiment fait ce qu'on raconte ?

— Je veux bien être écorché vif et servi frit au petit déjeuner si je mens, répondit l'autre sur un ton sentencieux. Je te dis que je l'ai vu de mes propres yeux. Il s'est approché à moins de cent mètres de cette racaille et leur a tous ordonné de se rendre. Pendant une minute, les autres n'ont rien répondu. Ils se regardaient les uns les autres pour savoir qui allait parler, puis l'un d'eux a beuglé : « Va au diable ! Pas question de capituler maintenant ! » Alors, le gouverneur a fait une tête à faire fuir l'orage. Il s'est redressé sur sa selle, a levé son sabre et a crié : « Feu ! »

— Et vous avez fait feu ?

— Non, pas tout de suite, répondit, acerbe, une autre voix plus éduquée. Comment aurait-on pu ? Une prime de quarante shillings pour rejoindre la milice, c'est une chose, mais tirer de sang-froid sur des gens qu'on connaît en est une autre. De l'autre côté du champ, je pouvais voir le cousin de ma femme qui me faisait de grands sourires ! Je ne peux pas dire que

ma famille et moi apprécions particulièrement ce crétin, mais comment voulez-vous que je rentre à la maison en annonçant à ma Sally que j'ai farci de plomb
le cousin Millard ? !

— Tu aurais préféré que ce soit le cousin Millard
qui te troue ? demanda le premier en riant.

— Tu as raison. Mais on n'a pas attendu de voir si
on allait en arriver là. Constatant que les hommes
autour de lui hésitaient, le gouverneur est devenu
rouge comme un dindon. Il s'est levé dans ses étriers,
a agité son sabre haut au-dessus de sa tête et a voci-
féré : « Mais tirez, bon sang ! Tirez sur eux, ou sur
moi ! »

Le narrateur mit beaucoup d'enthousiasme dans sa
reconstitution, déclenchant un murmure d'admiration dans son auditoire.

— Ça, c'est un soldat ! s'exclama l'un d'eux.

Les autres émirent un brouhaha d'assentiments.

— On a donc tiré, reprit le narrateur avec une note
de résignation. Une fois parti, il n'y en a pas eu pour
longtemps. Heureusement pour lui, le cousin Millard
court vite. Ce petit saligaud s'en est sorti !

Cela provoqua de nouveaux rires et me fit sourire.
Je donnai une tape sur l'épaule de David. Il écoutait,
lui aussi, la conversation le distrayant de sa douleur.

— Pas si sûr, intervint un autre. Apparemment,
Tryon entend bien s'assurer une victoire durable,
cette fois. J'ai entendu dire qu'il a décidé de pendre
sur-le-champ les chefs des Régulateurs.

Je fis volte-face, le bandage encore à la main.

— Il a quoi ?

Le petit groupe sursauta, se tournant vers moi avec
surprise. L'un d'eux me salua en effleurant le bord de
son chapeau avant de déclarer :

— Oui, madame. C'est un type de la brigade de Lillington qui me l'a dit. Il était en route pour aller voir le spectacle.

— Tu parles d'un spectacle ! marmonna un autre en se signant.

— Ce serait dommage qu'il pende le quaker, dit un troisième d'un air sombre. Ce vieux Husband est une vraie terreur sur le papier, mais ce n'est pas un mauvais bougre. Pas plus que James Hunter ou Ninian Hamilton.

Un autre donna un coup à son voisin, lui glissant avec une grimace comique :

— Peut-être qu'il pendra le cousin Millard. Comme ça, tu seras débarrassé de lui et ta femme ne pourra s'en prendre qu'au gouverneur.

Cela déclencha un nouveau chœur de rires, mais l'humeur était moins joviale. Je repris mon travail, me concentrant de toutes mes forces pour chasser l'image de ce qui était en train de se passer sur le champ de bataille.

La guerre était déjà un fléau, même quand elle était un mal nécessaire. Mais la vengeance froide du vainqueur franchissait un pas de plus dans l'horreur. Pourtant, du point de vue de Tryon, elle était peut-être aussi indispensable. En termes de bataille, celle-ci, très rapide, avait fait relativement peu de victimes. Je n'avais vu qu'une vingtaine de blessés et un seul mort. Il y avait d'autres postes médicaux, bien sûr, mais, d'après les commentaires autour de moi, elle avait plus l'allure d'une mise en déroute que d'un bain de sang. Les miliciens étaient peu enclins à massacrer leurs concitoyens, cousins ou pas.

Cela signifiait aussi que la plupart des Régulateurs s'en étaient sortis indemnes. Le gouverneur estimait sans doute qu'un geste spectaculaire s'imposait, afin de sceller sa victoire, d'intimider les survivants et d'écraser une fois pour toutes la mèche de ce groupe dangereux qui brûlait depuis trop longtemps.

Un mouvement et un bruit de sabots me firent relever la tête. Près de moi, Brianna fit de même, le corps tendu comme un arc. C'était Jamie chevauchant avec Murdo Lindsay en croupe. Les deux hommes sautèrent à terre, puis Jamie confia Gideon à Murdo et vint vers moi.

À sa mine inquiète, je sus qu'il n'avait toujours pas de nouvelles de Roger. Il me dévisagea et n'eut pas besoin de poser de questions pour deviner que moi non plus. Ses épaules s'affaissèrent dans un moment de découragement, puis se redressèrent aussitôt.

— Je vais aller voir dans le pré, me dit-il à voix basse. J'ai déjà fait passer le message dans les différentes compagnies. S'il est amené quelque part, on nous le fera savoir.

— Je viens avec toi.

Brianna dénouait déjà son tablier taché, le roulant en boule.

Jamie la regarda, puis hocha la tête.

— Oui, bien sûr, dit-il. Donne-moi juste un moment. Je vais chercher Josh pour qu'il aide ta mère.

— Je prépare les chevaux.

Elle se déplaçait avec des mouvements rapides et saccadés, sans sa grâce athlétique habituelle. Elle fit tomber la bouteille d'eau, puis s'y reprit à plusieurs fois avant de parvenir à la récupérer. Je la lui ôtai avant qu'elle ne la lâche encore et serrai fort ses mains.

Elle leva les yeux vers moi, les lèvres tremblantes. Je pris cela pour une tentative de sourire.

— Il va bien, murmura-t-elle. On va le trouver.

— Oui, je sais.

Je desserrai mon étreinte et la regardai s'éloigner dans le pré, les mains crispées sur ses jupes qu'elle relevait pour marcher plus vite. La peur cachée derrière mon sternum se détacha et tomba dans mon ventre comme une pierre.

30

L'exécution des ordres

Roger se réveilla lentement avec une douleur lancinante dans tout le corps et la sensation d'une catastrophe imminente. Il n'avait aucune idée de là où il était, ni comment il y était arrivé, mais il entendait des voix, beaucoup de voix, certaines presque compréhensibles, d'autres chantant comme des harpies dans une cacophonie stridente. L'espace d'un instant, il crut qu'elles étaient dans sa tête. Il pouvait presque les voir, telles de petites formes brunes avec des ailes en cuir et des dents acérées qui carambolaient derrière ses paupières en déclenchant une multitude de minuscules explosions de lumière.

Sa boîte crânienne n'allait plus tarder à lâcher sous la pression. Il sentait une brûlure sur tout le haut de la tête. Il aurait voulu qu'on la lui ouvre, libérant le vacarme et vidant son crâne tel une coupe d'os brillant.

Il ouvrit les yeux sans s'en rendre compte et fixa la scène, droit devant lui, quelques minutes sans comprendre, pensant que ce spectacle faisait encore partie de son esprit confus. Des hommes grouillaient dans une mer de couleurs, des tourbillons de bleus, de rouges et de jaunes, parsemés de taches vertes et brunes.

Un défaut de sa vision le privait de perspective, et il voyait tout fragmenté : un groupe lointain de têtes flottait comme une grappe de ballons de baudruche velus, un bras semblait détaché de son corps et agitait un étendard rouge vif, plusieurs paires de jambes paraissaient plus proches... Était-il assis par terre ? En effet. Une mouche frôla son oreille et atterrit en bourdonnant sur sa lèvre supérieure. Par réflexe, il voulut la chasser, découvrant par là même qu'il était bien réveillé... et toujours attaché.

Ses mains étaient engourdies au-delà de toute sensation, mais la douleur se diffusait dans les muscles de ses bras et de ses épaules. Il secoua la tête pour s'éclaircir les idées, une grave erreur que ce geste. Une douleur aveuglante lui transperça le cerveau, lui faisant monter les larmes aux yeux.

Il inspira profondément, s'efforçant de se raccrocher à des bribes de réalité et de se ressaisir. « Concentre-toi et tiens bon », se répéta-t-il. Les voix chantantes s'étaient éloignées, seule une vague résonance persistait dans ses oreilles. En revanche, les autres continuaient à parler. Désormais, il savait qu'elles étaient réelles. Ici et là, il parvenait à capter un mot qui battait toujours des ailes et à l'immobiliser pour examiner son sens.

« Exemple ».

« Gouverneur ».

« Corde ».

« Pisse ».

« Régulateurs ».

« Ragoût ».

« Pied ».

« Pendre ».

« Hillsborough ».

« Eau ».

« Eau » : voilà un mot qu'il comprenait. Il en connaissait la représentation. Il en voulait. Désespérément. Sa gorge était sèche et sa bouche comme remplie de... de quelque chose. Il s'étrangla en essayant de remuer sa langue dans une vaine tentative inconsciente de déglutition.

« Gouverneur ». La répétition de ce mot, prononcé juste au-dessus de lui, le fit relever la tête. Il concentra sa vision flottante sur un visage. Mince, sombre, fronçant les sourcils.

— Tu en es sûr ? dit le visage.

« Sûr de quoi ? » se demanda vaguement Roger. Il n'était sûr de rien, hormis d'être dans de sales draps.

— Oui, monsieur, répondit une autre voix.

Un autre visage flotta près du premier. Celui-ci semblait familier, bordé d'une épaisse barbe noire.

— Je l'ai vu dans le camp d'Hermon Husband, il débattait avec lui. Vous n'avez qu'à interroger les autres prisonniers, ils vous le confirmeront.

La première tête acquiesça, puis se tourna vers une troisième, plus haute que les autres. Le regard de Roger monta d'un cran et il tressaillit en poussant une exclamation étouffée. Une paire d'yeux verts, baissés vers lui, l'examinaient froidement.

— Il s'appelle James MacQuiston, dirent ces derniers. Il vient de Hudgin's Ferry.

— Vous l'avez vu se battre ? demanda le premier homme.

Roger commençait à distinguer plus nettement celui-ci. C'était un soldat proche de la quarantaine, portant un uniforme. Quelque chose d'autre se détachait plus clairement... James MacQuiston. Ce nom ne lui était pas inconnu... Qui... ?

— Il a tué un homme de ma compagnie, dirent les yeux verts d'une voix soudain gonflée par la colère. Il l'a abattu froidement alors qu'il gisait blessé sur le sol...

Le gouverneur – car ce ne pouvait être que lui... le gouverneur Tryon ! – hocha la tête, l'air soucieux.

— Dans ce cas, mettez-le avec les deux autres. Cela nous en fait trois, cela devrait suffire pour le moment.

Des mains saisirent Roger sous les bras et le hissèrent debout. Elles le soutinrent un instant, puis le poussèrent en avant, le faisant trébucher. À moitié en marchant et à moitié soutenu par deux hommes en uniforme, il tenta de se retourner pour voir les yeux verts. Bon sang... comment s'appelait-il ? Mais les soldats le bousculèrent de nouveau, l'entraînant vers une colline surmontée d'un immense chêne blanc.

La butte était entourée d'une marée humaine qui s'écarta pour laisser passer Roger et son escorte. La sensation d'une catastrophe imminente était de retour, comme un fourmillement sous la surface de son cerveau.

MacQuiston ! Le nom s'afficha soudain clairement dans sa mémoire. James McQuiston était un des leaders mineurs de la Régulation, un agitateur de Hudgin's Ferry dont les discours enflammés chargés de menace et de dénonciation avaient été publiés dans la *Gazette*. Roger les avait lus.

Pourquoi les yeux verts l'avaient-ils... Buccleigh ! Il s'appelait Buccleigh. À son soulagement d'avoir retrouvé la mémoire succéda aussitôt un mouvement de panique en se rendant compte que Buccleigh l'avait fait passer pour un représentant de la rébellion. Mais pourquoi...

Il n'eut pas à s'interroger longtemps. Les dernières rangées de têtes s'écartèrent devant lui, et il vit les chevaux qui attendaient sous l'arbre, les nœuds pendant des branches au-dessus des selles vides.

Pendant que les condamnés étaient assis sur le dos des bêtes, ils tinrent celles-ci par le mors. Des feuilles touchèrent son visage, des branches se prirent dans ses cheveux et, instinctivement, il se tourna pour protéger ses yeux.

Au loin dans la clairière, à demi enfouie dans la foule, il aperçut la silhouette d'une femme, indistincte mais avec la forme reconnaissable d'un bébé dans ses bras. Cette vision lui envoya une décharge de révolte dans la poitrine et le ventre, le souvenir de Brianna et de Jemmy illuminant son esprit.

Il se jeta sur le côté, les reins cambrés, glissant de selle sans pouvoir avancer les mains pour parer sa chute. D'autres mains le rattrapèrent et le remirent d'aplomb, l'une le giflant à toute volée par la même occasion. Il secoua la tête pour dissiper le choc et, à travers sa vision brouillée, vit la madone brune fourrer son fardeau dans les bras d'un voisin, relever ses jupes et s'enfuir comme si elle avait le diable à ses trousses.

Quelque chose coulissa lourdement sur sa poitrine comme un serpent. Le chanvre brut piqua son cou et se resserra autour de sa gorge. Il se mit à hurler sous son bâillon.

Toute pensée le quitta et il se débattit furieusement, n'étant plus animé que par le désespoir et l'instinct de survie. Oubliant ses poignets sanglants et ses muscles douloureux, il serra tellement la monture entre ses cuisses que celle-ci fit une embardée pour protester. Jamais il n'aurait imaginé avoir autant de force pour tirer sur ses liens.

Plus bas dans la clairière, l'enfant privé de sa mère s'était mis à pleurer. Le silence s'était emparé de la foule, amplifiant encore les cris du bébé. Le soldat brun était assis sur son cheval, un bras levé, l'épée pointée vers le ciel. Il semblait dire quelque chose, mais Roger ne l'entendait pas sous le vacarme de son cœur battant jusque dans ses oreilles.

Les os de ses poignets se disloquèrent et une vague de chaleur fusa dans un de ses bras, tandis que le muscle se déchirait. L'épée s'abattit dans un reflet de métal. Ses fesses glissèrent par-dessus la croupe du cheval, entraînant ses jambes derrière elles. Puis il tomba en chute libre.

Il y eut une secousse brutale...

Il tournoya sur lui-même, essayant vainement d'inspirer de l'air, ses ongles déchirant la corde profondément enfoncée dans sa chair. Ses mains s'étaient libérées mais trop tard. Il ne les sentait plus, ne pouvait plus rien en faire. Futiles, insensibilisés et durs comme des bouts de bois, ses doigts dérapaient sur les brins de chanvre torsadés.

Il se balança, donnant des coups de pied, et entendit le brouhaha lointain de la foule. Il se cabra et gesticula, ses pieds pédalant dans le vide, ses mains grattant son cou. Sa poitrine se comprima, ses reins se cambrèrent au maximum. Sa vue s'était obscurcie, de petits éclairs explosant dans les coins de ses yeux. Il s'adressa à Dieu, mais aucune demande de grâce n'émana du fond de lui, uniquement un puissant « Non ! » qui se répercuta dans tous ses os.

Puis cette impulsion obstinée le quitta brusquement. Il sentit son corps se relâcher et s'étirer, plus bas, toujours plus bas vers la terre. Un courant d'air froid l'enveloppa et son corps se vida, répandant une chaleur apaisante entre ses jambes. Une lumière vive brilla derrière ses paupières et il n'entendit plus rien d'autre que l'explosion de son cœur et les cris lointains d'un bébé abandonné.

31

Une urgence désespérée

Jamie et Brianna étaient pratiquement prêts à partir. Bien que noirs de poudre et épuisés, plusieurs hommes se proposèrent pour participer aux recherches. Brianna se mordit la lèvre et les remercia d'un signe de tête. Je savais qu'elle leur était reconnaissante, mais un grand groupe se déplaçait plus lentement et, en plus, elle ne voulait pas attendre qu'ils aient nettoyé leurs armes, rempli leurs gamelles et récupéré leurs chaussures.

Au début, Joshua avait appréhendé son nouvel emploi en tant qu'assistant du chirurgien, mais, après tout, il était garçon d'écurie et donc habitué à soigner les chevaux. La seule différence, lui expliquai-je en lui arrachant un sourire, était que les humains pouvaient dire là où ils avaient mal.

Je venais de faire une brève pause pour me laver les mains avant de recoudre un cuir chevelu entaillé, lorsque j'entendis des éclats de voix à la lisière du pré derrière moi. Comme moi, Jamie tourna la tête et retraversa la clairière à grands pas.

— Que se passe-t-il ? demandai-je.

J'aperçus une jeune femme en piteux état qui arrivait vers nous au petit trot. Elle était menue et boitait drôlement – elle devait avoir perdu un soulier, mais elle courait, soutenue d'un côté par Murdo Lindsay qui, tout en l'aidant, poussait de grandes exclamations.

— Fraser, haleta-t-elle. Fraser !

Elle lâcha Murdo et se fraya un chemin entre les hommes stupéfaits, son regard balayant les visages. Sa chevelure châtain était emmêlée et pleine de feuilles, ses joues et son front striés d'écorchures sanglantes.

— James... Fraser... Je dois... Êtes-vous... ?

Elle ânonnait, à bout de souffle. Le visage rouge cramoisi, elle semblait sur le point de succomber à une apoplexie d'un instant à l'autre.

Jamie s'avança et la prit par le bras.

— Je suis Jamie Fraser. C'est moi que vous cherchez ?

Elle hocha la tête, mais ne parvenait pas à articuler. Je versai rapidement une tasse d'eau et la lui tendis, mais elle la refusa en secouant violemment la tête, agitant avec vigueur un bras vers la rivière, ouvrant grand la bouche comme une carpe hors de l'eau.

— Rog... er, parvint-elle à prononcer. Roger MacKen... zie.

Avant que la dernière syllabe ne soit sortie de sa bouche, Brianna était devant elle.

— Où est-il ?

Elle attrapa le bras de la jeune femme, autant pour la soutenir que pour l'enjoindre à parler.

— Pen... dre. Ils sont... ils sont... en train de le pendre ! Gouver... neur !

Brianna la lâcha et courut vers les chevaux. Jamie l'avait devancée et, concentré, dénouait les brides avec la même dextérité que je lui avais vue avant le début d'un combat. Sans un mot, il se pencha, les mains en coupe. Brianna y mit le pied et sauta en selle, éperonnant sa monture sans attendre que Jamie n'ait rejoint la sienne. Toutefois, Gideon rattrapa la jument en quelques foulées et les deux chevaux disparurent sous les saules, comme engloutis par les arbres.

Je marmonnai entre mes dents, sans même savoir s'il s'agissait d'un juron ou d'une prière. Je flanquai mon aiguille et mon fil dans les mains de Joshua sidéré, pris au vol mon sac de premiers soins et courus vers mon propre cheval, abandonnant la jeune femme aux cheveux châtains, effondrée dans l'herbe et qui crachait ses poumons.

Je les rejoignis rapidement. Ne sachant pas précisément où Tryon tenait son tribunal militaire improvisé, nous perdîmes un temps précieux, nous arrêtant plusieurs fois, Jamie penché sur l'encolure de son cheval pour demander sa route. Les indications étaient souvent floues et contradictoires. Brianna était ramassée sur sa selle, vibrante comme une flèche prête à fendre l'air mais ne trouvant pas sa cible.

Je me préparais à tout, y compris au pire. Je n'avais aucune idée du genre de tribunal installé par Tryon ni de combien de temps s'écoulerait entre la sentence et son exécution. Probablement pas longtemps. Je connaissais cet homme depuis assez longtemps pour savoir qu'il réfléchissait avant d'agir, mais qu'une fois sa décision arrêtée, il agissait promptement. En outre, il était conscient que, une fois prises ce genre de mesures, il valait mieux ne pas laisser traîner.

Quant à pourquoi Roger se trouvait là… je ne pouvais l'imaginer. Seulement espérer que cette femme se soit trompée et l'ait confondu avec un autre. Néanmoins, j'en doutais, tout comme Brianna qui talonnait son cheval sur une partie bourbeuse du terrain avec une urgence telle qu'elle était décidée à sauter à terre et à traîner l'animal si nécessaire.

L'après-midi touchait à sa fin. Des nuages de moucherons nous enveloppaient, mais Jamie ne prenait même plus la peine de les chasser. Ses épaules étaient droites comme de la pierre, prêtes à assumer le fardeau de sa responsabilité. Cette vision autant que ma propre angoisse me disaient que Roger était probablement déjà mort.

Cette idée me creusait le cerveau comme une pioche. Chaque fois que je regardais le visage blême de Brianna, j'imaginais le petit Jemmy orphelin, j'entendais l'écho de la voix douce et grave de Roger, riant au loin et chantant dans mon cœur. Je n'essayai pas de repousser ces pensées, sachant que cela ne servirait à rien. En outre, je ne craquerais pas avant d'avoir vu le corps.

Même dans ce cas, je ne me laisserais pas aller. Brianna aurait besoin de moi. Jamie se tiendrait à ses côtés, solide comme un roc, agissant comme il le fallait, mais, plus tard, lui aussi aurait besoin de moi. Personne ne pourrait lui ôter sa culpabilité, mais je pourrais au moins lui servir de confesseur et intercéder en sa faveur auprès de sa fille. Mon propre deuil devrait attendre.

Le terrain se dégagea, s'aplatissant à la lisière d'un grand pré. Jamie éperonna Gideon qui partit au galop, les autres chevaux lui emboîtant le pas. Nos ombres volaient telles des chauves-souris au-dessus de l'herbe, le bruit de nos sabots étouffés par les cris des nombreuses personnes rassemblées.

À l'autre extrémité du pré, un monticule était couronné d'un grand chêne blanc, ses feuilles de printemps étincelantes dans le soleil couchant. Mon cheval fit une embardée pour éviter un groupe d'hommes et je les aperçus : trois petites silhouettes pendant comme des marionnettes brisées dans l'ombre profonde de l'arbre. La pioche s'abattit une dernière fois, et mon cœur vola en éclats.

Trop tard.

C'était une exécution bâclée. Ne disposant pas de troupes officielles, Tryon n'avait pas pu faire appel à un bourreau professionnel et compétent. Les trois condamnés avaient été juchés en selle, des nœuds lancés sur les branches au-dessus d'eux, et, à un signal, on avait fait détaler les chevaux, laissant les trois hommes se balancer au bout de leur corde.

Un seul avait eu la chance de mourir sur le coup d'une nuque brisée. Cela se voyait à l'angle droit de sa tête, à la mollesse de ses membres ligotés. Ce n'était pas Roger.

Les autres avaient été étranglés, lentement. Leurs corps étaient tordus, retenus par leurs liens dans les postures finales de leur lutte. À mon arrivée, un seul avait été détaché. Il passa devant moi dans les bras de son frère. Les traits des trois hommes étaient pareillement déformés par l'agonie. Les orteils de Roger traînaient dans la poussière. Il était plus grand que les autres. Ses mains s'étant détachées, il était parvenu à glisser les doigts de l'une d'elles sous le nœud. Ils étaient presque noirs, toute circulation coupée. Je ne pus me résoudre à regarder tout de suite son visage. Au lieu de cela, je me tournai vers celui de Brianna, livide et totalement immobile, chaque os et chaque muscle pétrifié. Celui de Jamie était identique, mais tandis que le regard de Brianna était vidé par le choc, le sien brûlait, ses yeux n'étant plus que deux trous noirs de charbon. Il se tint un instant paralysé devant Roger, puis il se signa et dit brièvement quelque chose en gaélique. Il dégaina son coutelas et déclara à sa fille :

— Je le tiens. Coupe la corde.

Il lui tendit le couteau sans lui jeter un seul coup d'œil, puis, avançant d'un pas, il prit le corps par la taille, le soulevant légèrement pour soulager la tension de la corde.

Roger gémit. Jamie se figea, l'enlaçant toujours, et me lança un regard atterré. Le son était à peine perceptible. Seul l'air choqué de Jamie me convainquit que je l'avais vraiment entendu. Mais c'était vrai, Brianna l'avait aussi entendu. Elle bondit sur la corde, la sciant dans un silence fébrile. Pendant ce temps, figée par la stupeur, je me mis à réfléchir, le plus vite possible.

Peut-être n'était-ce que le bruit de l'air résiduel chassé du corps par la pression des bras de Jamie ? Mais non, je le voyais au visage de ce dernier.

Je m'élançai à mon tour, en tendant les bras. Alors que le corps de Roger s'effondrait, je rattrapai sa tête et la tins entre mes mains pour la stabiliser, pendant que Jamie le couchait sur le sol. Il était froid, mais ferme. Normal puisqu'il était encore vivant, mais je m'étais attendu au contact flasque de la chair morte, et le choc de sentir la vie sous mes mains fut considérable.

Le souffle coupé comme après un coup de poing dans le ventre, je parvins à articuler :

— Une planche… Une porte, quelque chose de plat et dur pour l'allonger. Il ne faut pas bouger sa tête. Il a peut-être le cou cassé.

Jamie déglutit, puis acquiesça et s'éloigna, marchant d'abord d'un pas raide, puis de plus en plus rapide, se faufilant entre les groupes de parents endeuillés et de spectateurs curieux. Nous commencions à présent à attirer l'attention.

Brianna tenait toujours le coutelas de son père. En voyant les gens s'agglutiner, elle passa devant moi, le regard brillant d'une lueur noire, prête à transpercer quiconque aurait l'audace de s'approcher de trop près.

Je n'avais pas le temps de me laisser distraire. La respiration de Roger était imperceptible. Sa poitrine ne se soulevait pas, aucun sursaut ou mouvement n'agitait ses narines ou le coin de ses lèvres. Je palpai vainement son poignet libre à la recherche du pouls. Il était inutile d'essayer dans la masse de tissus enflés de son cou. Je finis par le trouver ; il battait faiblement juste sous le sternum.

Le nœud était profondément enfoncé dans la chair. Je pris mon canif dans ma poche. La corde était neuve, le chanvre rêche. Les fibres étaient velues, tachées de sang séché. Je notai ces détails dans un coin reculé de mon cerveau pendant que mes mains s'affairaient. Les cordes neuves se détendent. Un vrai bourreau utilise ses propres cordes, préalablement étirées et huilées, déjà testées pour faciliter leur emploi. Le chanvre brut me mordait les doigts, s'enfonçant douloureusement sous mes ongles, tandis que je le grattais, le piquais et le lacérais.

Le dernier brin céda enfin, et je l'écartai d'un coup de lame. Je n'osai pas renverser la tête de Roger en arrière. Si ses vertèbres cervicales étaient fracturées, je risquais de le laisser handicapé ou de le tuer. Je saisis sa mâchoire et tentai d'enfoncer mes doigts dans sa bouche pour ôter le mucus et les autres matières. Peine perdue, sa langue avait enflé. Elle ne pendait pas à l'extérieur, mais elle me barrait la route. Heureusement, l'air prenait moins de place que des doigts. Je lui pinçai les narines, inspirai plusieurs fois le plus profondément possible, puis collai ma bouche contre la sienne et soufflai.

Si j'avais osé regarder son visage pendant qu'il pendait à sa branche, je me serais tout de suite rendu compte qu'il n'était pas mort. Ses traits étaient affaissés par la perte de connaissance, ses paupières et ses lèvres étaient bleues, mais son visage n'était pas noirci par le sang congestionné. Ses yeux étaient fermés et non saillants hors de leurs orbites. Ses entrailles s'étaient vidées, mais sa moelle épinière n'était pas sectionnée. Il ne s'était pas étranglé... pas encore.

Toutefois, il était sur le point de mourir étouffé sous mes yeux. Sa poitrine ne bougeait toujours pas. Je pris une nouvelle inspiration et soufflai, une main sur son sein. Rien. Je soufflai encore. Toujours rien. Encore. Un petit mouvement, insuffisant. L'air fuyant à la commissure de mes lèvres. Encore. Autant souffler contre une pierre. Encore.

Des bruits confus de voix résonnèrent au-dessus de ma tête. Brianna criait. Puis Jamie apparut à mes côtés.

— Voici ta planche, annonça-t-il calmement. Que pouvons-nous faire ?

Je repris mon souffle et m'essuyai la bouche.

— Prends-le par les jambes. Brianna, toi, prends-le sous les épaules. Ne le soulevez pas avant que je vous le dise.

Nous le déplaçâmes rapidement, mes mains soutenant sa tête comme le Saint-Graal. Un attroupement s'était formé autour de nous, mais je n'avais pas le temps d'écouter ni de voir. Je n'avais d'yeux que pour ma mission.

Je déchirai mon jupon, le roulai en boule et l'utilisai pour soutenir son cou. Je n'avais pas senti de craquement ou de friction dans ses vertèbres quand nous l'avions bougé, mais je devais mettre toutes les chances de mon côté. Par opiniâtreté ou pur miracle, il était encore en vie. Mais il était resté pendu par le cou pendant près d'une heure, et le gonflement des tissus dans sa gorge allait bientôt achever ce que la corde n'avait pas réussi à terminer.

J'ignorais si je disposais de quelques minutes ou d'une heure, mais l'intervention était inévitable et il n'y avait qu'une chose à faire. Il ne passait plus que quelques molécules d'air à la fois entre les muqueuses écrasées et gorgées de fluides. Bientôt, les voies respiratoires seraient complètement obstruées. Puisque l'air ne pouvait plus parvenir dans les poumons par le nez et la gorge, il fallait lui ouvrir un autre chemin.

Je me tournai à la recherche de Jamie, mais trouvai Brianna agenouillée à mes côtés. Un vacarme confus derrière nous m'indiqua que Jamie s'occupait de notre public.

Une trachéotomie ? C'était rapide et ne nécessitait pas de grandes compétences, mais maintenir le passage ouvert était délicat. En outre, cela ne suffirait peut-être pas à dégager l'obstruction. Une main sur le sternum de Roger, je sentais le battement lointain de son cœur sous mes doigts. Il tiendrait peut-être le coup...

Je m'éclaircis la gorge et déclarai à Brianna d'une voix que j'espérais calme :

— Bien ! Je vais avoir besoin d'un peu d'aide.

— D'accord, qu'est-ce que je fais ?

Dieu soit loué, « elle » paraissait calme.

En théorie, rien de bien compliqué : maintenir la tête de Roger bien en arrière et l'empêcher de bouger pendant que je lui tranchais la gorge. Naturellement, l'hyperextension du cou risquait de sectionner la moelle épinière ou de la comprimer de manière irréversible. Mais Brianna n'avait pas besoin de s'en inquiéter... ni même de le savoir.

Elle s'agenouilla près de sa tête et fit ce que je lui demandais. Le médiastin au niveau de la trachée forma une bosse bien visible, tandis que s'étiraient l'aponévrose et la peau qui le recouvraient.

Encadrés par de gros vaisseaux, les anneaux cartilagineux se dessinèrent clairement. Du moins, j'espérais que c'étaient bien eux. Sinon, je risquais de sectionner la carotide ou la jugulaire interne et de vider Roger de son sang sous nos yeux.

La seule vertu d'une urgence désespérée est d'autoriser le sauveteur à tenter ce qu'il n'oserait jamais faire de sang-froid.

En extirpant ma petite bouteille d'alcool de ma poche, je manquai de la laisser tomber. Mais le temps d'en verser le contenu sur mes doigts, de nettoyer le scalpel puis le cou de Roger, la transe du chirurgien m'avait envahie et mes mains ne tremblaient plus.

Les doigts sur sa gorge, je fermai les yeux un instant pour sentir le battement faible de l'artère et la masse légèrement plus molle de la thyroïde. Je remontai... oui, elle coulissait bien. Je massai l'isthme de la glande, la faisant glisser hors de ma route, et, de l'autre main, enfonçai ma lame dans le quatrième cartilage trachéal.

Celui-ci était en forme de « U », et l'œsophage en arrière était mou et vulnérable. Je ne devais pas pénétrer trop loin. La peau et le fascia fibreux cédèrent, puis je rencontrai une faible résistance suivie d'un petit éclatement, et ma lame sombra. Il y eut un soudain gargouillis et une sorte de chuintement humide, le son de l'air aspiré à travers le sang. La poitrine de Roger se souleva. Je le sentis et me rendis compte à cet instant que j'avais toujours les yeux fermés.

32

Tout va bien

L'obscurité l'enveloppait, totale et réconfortante. Il perçut un vague mouvement hors de ce cocon chaleureux, une présence importune et douloureuse, et il se retrancha dans son abri de ténèbres. Celui-ci fondait autour de lui, exposant des parties de son corps à la lumière crue.

Il ouvrit les yeux. Il n'aurait su dire ce qu'il regardait et dut faire un effort pour comprendre. Sa tête l'élançait, tout comme une dizaine d'autres points plus petits, chacun formant de minuscules explosions de douleur, comme si des aiguilles plantées dans son corps le clouaient sur une planche tel un papillon. S'il parvenait à les arracher, il pourrait peut-être s'envoler...

Il referma les yeux, cherchant le réconfort de la nuit. Le vague souvenir d'un effort surhumain des muscles de sa cage thoracique qui se déchiraient pour aspirer de l'air refaisait surface. Il y avait aussi de l'eau, quelque part dans sa mémoire, qui remplissait son nez, faisait gonfler ses vêtements... Était-il en train de se noyer ? Cette idée déclencha dans son esprit une étincelle d'alarme. On disait que la mort par noyade n'était pas si désagréable, elle ressemblait à l'endormissement. Était-il en train de couler à pic, sombrant dans une facilité traîtresse et finale, attiré vers les profondeurs par l'envoûtante obscurité ?

Il sursauta, battit des bras, essayant d'inverser le mouvement et de remonter à la surface. La douleur transperça sa poitrine et brûla sa gorge. Il voulut tousser et n'y parvint pas. Il tenta d'inspirer de l'air et n'en trouva pas. Il heurta une surface solide...

Quelque chose le saisit, le tint fermement. Un visage apparut au-dessus du sien, une peau floue, une masse indistincte de cheveux roux. Brianna ? Le nom flotta dans son esprit comme un ballon de baudruche vivement coloré. Puis sa vue se fit plus nette, révélant des traits plus durs plus farouches. Jamie. Ce prénom resta lui aussi en suspens dans sa tête, étrangement rassurant.

Une pression, de la chaleur... une main serrait son bras, une autre, plus ferme, était posée sur son épaule. Il cligna des yeux, sa vue s'améliorant peu à peu. L'air ne circulait ni dans sa bouche ni dans son nez. Sa gorge était fermée, sa poitrine en feu. Pourtant, il respirait. Les muscles minuscules entre ses côtes se contractaient douloureusement. Il ne s'était donc pas noyé. Cela faisait trop mal.

— Tu es vivant, dit Jamie.

Des yeux bleus regardaient dans les siens, intenses, si près qu'il sentait un souffle sur son visage.

— Tu es vivant. Sain et sauf. Tout va bien.

Il examina ces mots avec détachement, les tournant et les retournant comme une poignée de cailloux, les soupesant dans le creux de sa paume.

« Tu es vivant. Sain et sauf. Tout va bien. »

Une vague sensation de confort l'envahit. Apparemment, il n'avait pas besoin d'en savoir plus pour le moment. Le reste pouvait attendre. L'obscurité grandit de nouveau, aussi accueillante qu'un canapé profond et douillet. Il s'y enfonça avec volupté, entendant toujours les mots résonner à ses oreilles telles des notes pincées sur les cordes d'une harpe.

« Tu es vivant. Sain et sauf. Tout va bien. »

33

Rien qu'une étincelle

— Madame Claire ?

Robin McGillivray se tenait sur le seuil de la tente, se tortillant d'un pied sur l'autre, sa tignasse brune et frisée dressée sur sa tête comme un goupillon. On aurait dit un raton laveur traqué. Il s'était essuyé les yeux, mais le reste de son visage était encore noir de crasse et de fumée de poudre.

Claire se leva aussitôt.

— J'arrive.

Avant que Brianna n'ait eu le temps de réagir, elle avait déjà attrapé son sac de premiers soins et se dirigeait vers la porte.

— Maman !

Brianna avait à peine haussé la voix, mais ce murmure était chargé d'une telle angoisse que Claire pivota sur place, comme assise sur un tourne-disque. Ses yeux d'ambre s'arrêtèrent un instant sur le visage de sa fille, glissèrent vers Roger puis revinrent vers Brianna.

— Surveille sa respiration, dit-elle. Veille à ce que le tube ne s'obstrue pas. S'il est assez conscient pour avaler, donne-lui un peu d'hydromel. Et touche-le. Il ne peut pas tourner la tête pour te voir, mais il a besoin de savoir que tu es là.

— Mais…

Brianna s'interrompit, la gorge trop sèche pour parler. Elle avait envie de pleurer. « Ne t'en va pas ! Je ne sais pas comment le garder en vie ! Je ne sais pas quoi faire ! »

— Ils ont besoin de moi, dit très doucement Claire.

Se tournant dans un bruissement de jupe, elle rejoignit Robin qui s'impatientait et disparut dans le crépuscule.

— Et moi pas ?

Les lèvres de Brianna avaient remué, mais elle n'aurait su dire si elle avait parlé à voix haute ou non. Peu importait. Sa mère était partie.

Un peu étourdie, elle se rendit compte qu'elle avait retenu son souffle. Elle expira lentement, puis inspira. La peur était un serpent venimeux, s'enroulant autour de son cou et rampant à l'intérieur de son esprit, prêt à planter ses crocs dans son cœur. Elle prit encore plusieurs inspirations en serrant les dents, puis, mentalement, saisit par la tête le reptile qui se débattit avec frénésie, le jeta dans un panier et referma le couvercle d'un coup sec. Pas question de se laisser dominer par la panique !

Sa mère n'aurait pas quitté le chevet de Roger si celui-ci avait couru un danger immédiat, ni si elle avait encore pu l'aider médicalement. Et elle, que pouvait-elle faire pour lui ? Elle respira encore à fond, faisant craquer les baleines de son corset.

« Touche-le. Parle-lui. Fais-lui savoir que tu es à ses côtés. » Tels étaient les mots de Claire, énoncés sur un ton insistant mais plutôt distrait, pendant qu'elle achevait sa trachéotomie improvisée, les mains couvertes de sang.

Brianna se tourna vers Roger, cherchant vainement une partie indemne de son corps qu'elle pourrait effleurer. Ses mains violacées, aux doigts broyés presque noirs, ressemblaient à des gants de caoutchouc gonflés. La trace de la corde dans la chair de ses poignets était tellement profonde qu'elle avait l'impression écœurante de distinguer le blanc de ses os. Ses mains avaient l'air fausses, accessoires de pacotille pour un mauvais film d'horreur.

Mais, même grotesques, elles étaient en meilleur état que son visage. Celui-ci était bouffi et tuméfié, et comme posé sur une horrible collerette de sangsues fixées sous sa mâchoire. Toutefois, sa déformation était plus subtile. Il ressemblait à un étranger maléfique se faisant passer pour Roger.

Ses mains étaient, elles aussi, lourdement décorées de sangsues. Il devait avoir sur lui tous les spécimens de la région. Claire avait demandé à Joshua de supplier les autres médecins de lui donner les leurs, puis envoyé les deux fils Findlay patauger le long des berges de la rivière en chercher d'autres.

« Surveille sa respiration. » Ça, elle pouvait le faire. Elle s'assit, le plus discrètement possible, craignant sans trop savoir pourquoi de le réveiller. Avec douceur, elle posa une main sur son cœur, et soulagée de le trouver chaud, elle soupira. En sentant le souffle de Brianna sur son visage, Roger se tendit, puis se décontracta de nouveau.

Sa respiration était si superficielle qu'elle ôta sa main, de peur que le poids de celle-ci empêche la poitrine de se soulever. Au moins, il respirait. Elle entendait le faible sifflement de l'air qui passait dans la canule, dans la gorge. Claire avait réquisitionné la pipe que M. Caswell avait fait venir d'Angleterre. Impitoyable, elle avait cassé son tuyau et l'avait rapidement rincé dans l'alcool. Il était encore taché de goudron de tabac, mais semblait bien fonctionner.

Deux doigts de la main droite de Roger étaient cassés. Tous ses ongles étaient en sang, déchirés ou arrachés. Elle sentit sa gorge se nouer en pensant à la violence avec laquelle il s'était débattu pour survivre. Son état était très précaire. Elle avait l'impression que le moindre contact risquait de le faire sursauter, alors qu'il se tenait sur un fil invisible entre la vie et la mort. Pourtant, elle comprenait le sens des paroles de sa mère : ce même contact pouvait le retenir, l'empêcher de trébucher et de tomber dans le vide, de se perdre dans les ténèbres.

Finalement, elle posa la main sur sa cuisse et la serra, rassurée par la fermeté du long muscle rond sous la couverture qui lui recouvrait les jambes. Il émit un petit bruit. L'espace d'un instant surréaliste, elle se demanda si elle ne devait pas lui tenir le sexe.

— Au moins, il saurait que je suis là, murmura-t-elle.

Elle ravala une envie hystérique de rire. Il dut l'entendre, car il remua faiblement sa jambe. Elle se pencha en avant et demanda doucement :

— Tu peux m'entendre ? Je suis là, Roger. C'est moi, Brianna. Ne t'inquiète pas, tu n'es pas tout seul.

Sa propre voix lui parut étrange, trop forte, raide et empruntée.

— *Bi socair, mo chridhe. Bi samnach, tha mi seo.*

En gaélique, cela sonnait mieux, le côté formel de la langue érigeant une barrière entre elle et l'intensité des émotions qui risquaient de la submerger si elle les libérait. L'amour, la peur et la colère tourbillonnaient en elle, formant un mélange si explosif que ses mains en tremblaient.

Soudain, elle prit conscience que ses seins étaient turgescents, douloureusement pleins. Au cours des dernières heures, elle n'avait pas eu le temps d'y penser, et encore moins de soulager la pression. Ses mamelons la brûlaient. Elle serra les dents en sentant un petit écoulement de lait tacher son corselet et se mêler à sa sueur. Elle eut une envie subite de serrer Roger dans ses bras, de lui donner la tétée, de le bercer contre sa poitrine en laissant la vie s'écouler de son corps vers le sien.

« Touche-le. » Elle en oubliait de le faire. Elle caressa son bras, le massant doucement, espérant oublier son inconfort.

Roger sentit une main sur lui. Il entrouvrit un œil, et elle crut lire, dans ses profondeurs, une vague étincelle, un signe de reconnaissance.

— Tu ressembles à une version masculine de la Méduse.

Cette image lui était venue à l'esprit en premier. Un sourcil brun sursauta.

— C'est à cause des sangsues, expliqua-t-elle.

Elle toucha l'une de celles qui pendaient à son cou, et elle se contracta mollement, déjà à moitié gorgée.

— … Ça te fait une barbe de serpents. Tu les sens ? Elles font mal ?

Il remua ses lèvres, formant péniblement un « non » inaudible. Elle se souvint trop tard des recommandations de sa mère.

— N'essaie pas de le faire parler.

Elle regarda vers le lit voisin, mal à l'aise, mais le blessé couché avait les yeux fermés. Elle lui tourna le dos, se pencha et embrassa furtivement Roger, l'effleurant à peine du bout des lèvres. Il remua la bouche. Elle crut deviner une tentative de sourire.

Elle avait envie de hurler. « Qu'est-ce qui s'est passé ? Qu'est-ce que tu as foutu ? » Mais il ne pouvait répondre.

Puis, d'un coup, la fureur l'envahit. Consciente des allées et venues des gens autour d'eux, elle se retint de crier, mais elle se pencha plus près et lui agrippa l'épaule, un des rares endroits relativement intacts, lui sifflant à l'oreille :

— Comment as-tu pu te mettre dans un état pareil ?

Ses yeux roulèrent lentement vers elle. Il fit une grimace qu'elle n'arrivait pas à déchiffrer, puis l'épaule sous sa main se mit à vibrer. Pendant quelques secondes, elle le dévisagea totalement perplexe, avant de se rendre compte qu'il riait. Il riait !

La canule dans sa gorge se mit à trembler, émettant un sifflement rauque qui acheva de la mettre hors d'elle. Elle se leva, pressant les mains contre ses seins douloureux.

— Je reviens tout de suite, annonça-t-elle. Tu n'as pas intérêt à bouger de là, salaud !

34

Du petit bois et des braises chaudes

Gerald Forbes était un avocat prospère, ce qui, en temps normal, sautait aux yeux. Même dans sa tenue de combat et le visage maculé de traînées noires, il conservait un air solide et sûr de lui, apparence très utile pour un capitaine de milice. Même à présent, bien que visiblement mal à l'aise sur le seuil de notre tente en train de tordre entre ses mains le bord de son chapeau, il gardait une certaine prestance.

Je crus d'abord que c'était de la gêne, celle, habituelle, des gens face à la maladie, ou de l'embarras devant l'accident de Roger. Mais il y avait autre chose. D'un signe de tête, il salua à peine Brianna assise au chevet de son mari, déclarant hâtivement :

— Je suis sincèrement désolé de ce qui vous arrive, madame.

Puis il se tourna vers Jamie.

— Monsieur Fraser, puis-je vous parler un instant ? Madame Fraser, cela vous concerne aussi.

Je lançai un regard vers Jamie. Il me fit un signe de tête et je me levai, saisissant par réflexe mon sac de premiers soins.

D'emblée, je compris que je ne pourrais pas faire grand-chose. Isaiah Morton était couché sur le flanc sous la tente de Forbes, livide et en nage. Il respirait encore mais lentement, émettant un horrible gargouillement qui me rappela le bruit de la gorge de Roger quand je l'avais transpercée. Il était inconscient, ce qui valait mieux pour lui. Après l'avoir rapidement examiné, je me rassis sur mes talons, en essuyant mon visage trempé de transpiration avec mon tablier. Le temps ne s'était pas beaucoup rafraîchi avec la tombée du jour et dans la tente fermée régnait une chaleur étouffante.

— Une balle lui a transpercé un poumon, déclarai-je.

Les deux hommes hochèrent la tête, le sachant déjà.

— On lui a tiré dans le dos, dit Jamie sur un ton sinistre.

Il jeta un coup d'œil vers Forbes, qui acquiesça sans quitter le blessé des yeux.

— Non, répondit-il à une question que personne n'avait posée. Ce n'était pas un lâche. Le terrain était dégagé. Nous avancions tous en rang ordonné. Notre compagnie fermait la marche.

— Pas de Régulateurs derrière vous ? Pas de tireur embusqué ?

Forbes fit non de la tête avant que Jamie ait fini de poser sa question.

— Nous avons pourchassé une poignée de Régulateurs jusqu'à la rivière, mais nous n'avons pas été plus loin. Nous les avons laissés filer.

Forbes tenait toujours son chapeau, enroulant et déroulant machinalement son bord.

— Je n'étais pas là pour faire un massacre.

Silencieux, Jamie hocha la tête.

Je m'éclaircis la gorge et refermai doucement sur le dos de Morton les vestiges sanglants de sa chemise.

— En fait, il a reçu deux balles, précisai-je.

La seconde avait tout juste éraflé le haut de son bras, mais je distinguais clairement la direction du sillon creusé au passage.

Jamie ferma brièvement les yeux, puis les rouvrit.

— Les Brown, déclara-t-il sur un ton résigné.

Gerald Forbes sursauta.

— Brown ? C'est le nom qu'il a prononcé.

— Il a parlé ?

Jamie s'accroupit près du blessé, fronçant les sourcils. Il m'interrogea du regard, mais je lui fis signe que non. Je tenais le poignet d'Isaiah Morton et sentais son pouls hésiter et trébucher. Il ne parlerait probablement plus.

Forbes se baissa à côté de Jamie, déposant enfin son chapeau malmené.

— Il a demandé à vous voir, Fraser. Puis, il a dit : « Prévenez Alicia. Alicia Brown. » Il l'a répété plusieurs fois avant de...

Il n'acheva pas sa phrase, faisant un geste vers Morton. Dans ses paupières entrouvertes, on pouvait voir une ligne blanche, ses yeux révulsés par l'agonie.

Jamie lâcha une obscénité en gaélique entre ses dents.

— Tu crois vraiment que ce sont eux ? demandai-je doucement.

Résistant, le pouls entre mes doigts fit une embardée.

Il hocha la tête, les yeux baissés sur Morton.

— Je n'aurais jamais dû les laisser s'enfuir, dit-il dans un soupir.

Je compris qu'il voulait parler de Morton et d'Alicia Brown.

— Tu n'aurais pas pu les en empêcher.

Je tendis ma main libre vers lui, mais, tenant toujours Morton, je ne pus l'atteindre.

Gerald Forbes me dévisageait, perplexe.

— M. Morton s'est enfui avec la fille d'un certain Brown, expliquai-je. La famille de la demoiselle n'a pas beaucoup apprécié.

— Ah, je vois.

Forbes regarda de nouveau Morton, faisant claquer sa langue dans un mélange de reproche et de compassion.

— Ces Brown... reprit-il, savez-vous à quelle compagnie ils appartiennent ?

— À la mienne, répondit Jamie. Du moins, ils en faisaient partie. Je ne les ai pas vus depuis la fin de la bataille.

Se tournant vers moi, il demanda :

— On peut faire quelque chose pour lui, *Sassenach* ?

Je fis non de la tête sans pour autant lâcher son poignet. Le rythme erratique de son cœur ne s'était pas amélioré, mais son état n'avait pas empiré non plus.

— J'ai cru un instant qu'il nous avait déjà quittés, mais il est toujours de ce monde. La balle n'a pas dû perforer de gros vaisseaux. Mais même ainsi...

Jamie poussa un profond soupir.

— Tu veux bien rester avec lui, jusqu'à ce que... ?

— Oui, bien sûr. Mais il faudrait que tu retournes dans notre tente pour t'assurer que tout se passe bien là-bas. Je veux dire, si Roger... viens me chercher.

Il acquiesça et sortit. Gerald Forbes se rapprocha et posa une main hésitante sur l'épaule de Morton.

— Je veillerai à ce que sa femme reçoive une aide. S'il revient à lui un moment, vous le lui direz ?

— Oui, bien sûr.

Comme ma réponse s'était fait hésitante, il releva la tête vers moi, surpris.

— C'est que... euh... il a deux femmes, expliquai-je. Il était déjà marié quand il s'est enfui avec Alicia Brown. D'où les problèmes avec la famille.

Ce fut au tour de Forbes de marquer un temps d'arrêt. Il cligna des yeux puis déclara :

— Je vois. La... euh... première Mme Morton, vous ne connaîtriez pas son nom, par hasard ?

— Non, je crains que...

— Jessie.

Il avait à peine murmuré ce mot, mais il résonna comme un coup de canon.

— Quoi ?

J'avais dû, malgré moi, resserrer ma main sur son bras, car Morton grimaça. Il était toujours aussi livide, mais ses yeux étaient ouverts, embrumés par la douleur mais lucides.

— Jessie, murmura-t-il de nouveau. Je... ze... bel Hatfield. De l'eau ?

— Quoi ? Oh oui, pardon !

Je lâchai son poignet et saisis la cruche derrière moi. Il était prêt à boire à grande gorgée, mais je lui laissai seulement tremper ses lèvres.

— Jezebel Hatfield et Alicia Brown, répéta lentement Forbes. C'est bien ça ? Où habitent-elles ?

Morton inspira, toussa, puis s'arrêta, envahi de douleur. Il attendit un moment avant de poursuivre.

— Jessie, à Granite Falls. Alicia, à Greensboro.

Il respirait par à-coups, marquant des pauses entre chaque mot. Toutefois, je n'entendais pas de gargouillement sanglant dans sa gorge, et il ne saignait ni de la bouche ni du nez. En revanche, la plaie dans son dos émettait un bruit de succion. Prise d'une soudaine inspiration, je le fis légèrement basculer en avant et écartai de nouveau les lambeaux de sa chemise.

— Monsieur Forbes. Vous n'auriez pas une feuille de papier ?

— Mais… euh… si… c'est-à-dire que…

Il avait machinalement glissé une main dans la poche intérieure de sa veste et en avait extirpé une feuille de papier pliée. Je la lui pris des mains, la dépliai, versai de l'eau dessus et l'étalai sur le petit trou, sous l'omoplate de Morton. L'encre mélangée au sang coula en fines rigoles sur sa peau laiteuse, mais le bruit cessa aussitôt.

Tenant le papier en place d'une main, j'écoutai les battements de son cœur. Ils étaient toujours faibles mais plus réguliers… oui, indubitablement plus réguliers.

— Ça alors !

Je me penchai sur le côté pour le dévisager.

— Vous n'allez pas mourir maintenant, n'est-ce pas ?

La transpiration dégoulinait sur son visage et faisait adhérer sa chemise sur sa poitrine. Sa respiration était toujours saccadée mais plus profonde. Il esquissa un vague sourire.

— Non, m'dame, haleta-t-il. Alicia. Le bébé… dans un mois. J'lui ai dit… je serai là.

Je soulevai un coin de la couverture et essuyai la sueur sur son front.

— On fera tout notre possible pour que vous y soyez, l'assurai-je.

Je me tournai vers l'avocat qui avait suivi l'opération la bouche entrouverte.

— Monsieur Forbes, je pense qu'il serait préférable de conduire M. Morton sous ma tente. Pouvez-vous trouver deux hommes pour le transporter ?

Il referma brusquement les mâchoires.

— Oh ! Oui, bien sûr, madame Fraser. J'y vais de ce pas.

Toutefois, il ne bougea pas tout de suite. Il posa ses yeux sur la feuille de papier plaquée sur le dos du malade. Je ne pus lire que quelques mots distincts entre mes doigts, mais ils suffirent à me prouver la méprise de Jamie lorsqu'il traitait Forbes de sodomite. La lettre commençait par : *Ma Valencia chérie*. Je ne connaissais qu'une seule Valencia dans la région de Cross Creek, ou même dans toute la colonie de la Caroline du Nord. La femme de Farquard Campbell.

— Je suis vraiment désolée pour votre courrier.

Tout en regardant Forbes dans les yeux, je frottai discrètement le papier avec ma paume, fondant irrémédiablement tout le texte en une grande tache d'encre et de sang.

— Je crains qu'elle ne soit totalement illisible.

Il prit une grande inspiration et remit son chapeau sur sa tête.

— Ce n'est rien, madame Fraser. Cela n'a aucune importance. Je cours chercher de l'aide.

La tombée du jour nous débarrassa non seulement de la chaleur, mais aussi des mouches. Attirées par la sueur, le sang et le fumier, elles avaient envahi le campement, mordant, piquant, rampant et bourdonnant jusqu'à nous rendre fous. Même après leur départ, je continuai à me gifler les bras et le cou, croyant toujours sentir le chatouillement de leurs pattes.

Goûtant à cette paix retrouvée, je jetai un coup d'œil sur mon petit royaume. Constatant que tout le monde respirait avec une étourdissante variété d'effets sonores, je sortis de la tente pour prendre une bouffée d'air frais.

La respiration est une activité trop sous-évaluée. Je restai là un moment, les yeux fermés, appréciant les mouvements fluides de ma cage thoracique qui se dilatait et se contractait, la douce inspiration, l'influx purificateur. Après avoir passé les dernières heures à empêcher l'air d'entrer dans la poitrine d'Isaiah Morton et à le faire rentrer dans celle de Roger, c'était un privilège que je chérissais. Ni l'un ni l'autre ne pourraient respirer sans douleur pendant un certain temps, mais tous deux étaient vivants.

Ils étaient mes derniers patients. Les autres blessés graves avaient été récupérés par les médecins de leur propre compagnie ou conduits sous la tente du gouverneur pour y être soignés par son médecin privé. Ceux qui souffraient de blessures légères étaient retournés auprès de leurs camarades pour exhiber fièrement leurs plaies ou soigner leurs bobos à grand renfort de bière.

Je perçus des roulements de tambours au loin et tendis l'oreille. La musique suivit une cadence solennelle puis s'arrêta brusquement. Pendant un court silence, tout mouvement parut suspendu, puis la détonation d'un canon se fit entendre.

Les frères Lindsay, qui se trouvaient non loin, allongés sur le sol près de leur feu, avaient tous deux redressé la tête.

— Qu'est-ce que c'est ? leur demandai-je. Que se passe-t-il ?

— Ils enterrent les morts, madame Fraser, me lança Evan. Ne vous inquiétez pas.

Je les remerciai d'un geste et m'éloignai en direction de la rivière. Les grenouilles chantaient, faisant contrepoint aux honneurs militaires pour les hommes morts sur le champ de bataille. Je me demandais si – au cas où les familles ne réclamaient pas les corps – les deux Régulateurs pendus seraient enterrés au même endroit, ou si on leur réserverait une sépulture à part, moins honorable. Tryon n'était pas homme à abandonner un ennemi aux mouches.

À présent, il devait avoir été mis au courant. Allait-il venir s'excuser ? Mais quel genre d'excuses pouvait-il présenter ? Roger ne devait la vie qu'au hasard et à une corde neuve.

Et encore... il n'était pas vraiment tiré d'affaire.

En posant une main sur Isaiah Morton, je sentais la brûlure de la balle logée dans son poumon, mais également celle, plus intense et féroce, de sa volonté de vivre en dépit de tout. Lorsque je touchais Roger, cette brûlure n'était qu'une mince étincelle. J'écoutais son souffle chuintant, et mon esprit ne voyait qu'un morceau de bois calciné, avec une minuscule braise qui se consumait encore, mais qui menaçait de s'éteindre d'un instant à l'autre.

« Du petit bois », pensai-je soudain. On en jetait dans le feu sur le point de s'éteindre. On soufflait aussi sur les charbons, mais encore fallait-il qu'il y ait des braises, une matière qui permette à la flamme de prendre, de se nourrir et de grandir.

Un couinement de roues m'extirpa de ma contemplation d'un groupe de roseaux et me fit redresser la tête. C'était une charrette tirée par un seul cheval.

— Madame Fraser ? C'est bien vous ?

Il me fallut un moment pour reconnaître la voix.

— Monsieur MacLennan ? m'exclamai-je.

Il s'arrêta à ma hauteur et effleura le bord de son chapeau. Dans la pénombre, son visage était flou et austère.

Je m'approchai et baissai la voix, bien qu'il n'y ait personne dans les parages pour nous entendre.

— Que faites-vous ici ?

— Je suis venu chercher Joe.

D'un geste de la tête, il indiqua l'arrière de la charrette. J'aurais dû m'y attendre. J'avais vu la mort et la destruction toute la journée et ne connaissais que vaguement Joe Hobson. Toutefois, j'ignorais qu'il avait été tué, et les poils de mes avant-bras se hérissèrent.

Sans dire un mot, je contournai la voiture. Celle-ci sursauta et vibra, tandis qu'Abel tirait sur le frein et sautait me rejoindre.

Le corps n'était pas enveloppé dans un linceul, mais quelqu'un avait étalé un grand mouchoir plus ou moins propre sur son visage. Trois énormes mouches y étaient posées, immobiles et repues. Je les chassai du dos de la main, même si cela ne faisait plus une grande différence. Elles s'envolèrent en bourdonnant, pour aller se poser un peu plus loin, hors de ma portée.

— Vous avez participé aux combats ? demandai-je à Abel MacLennan sans le regarder.

Il devait être dans le camp des Régulateurs, mais il ne sentait pas la poudre.

— Non, dit-il par-dessus mon épaule. Je ne voulais pas me battre. Je suis venu avec Joe Hobson, M. Hamilton et les autres, mais quand j'ai compris qu'il y aurait une bataille, j'ai préféré repartir. J'ai marché jusqu'au moulin de l'autre côté de la ville. Puis, le soleil s'est couché et je n'avais toujours pas de nouvelles de Joe... Alors, je suis revenu.

Nous parlions tous deux doucement comme par crainte de déranger le sommeil du mort.

— Qu'allez-vous faire maintenant ? Vous voulez de l'aide pour l'enterrer ? Mon mari...

— Oh non ! Je vous remercie, madame Fraser, ne vous inquiétez pas pour moi, m'interrompit-il. Je le ramène chez lui. En revanche, si vous aviez un peu d'eau, ou à manger, pour le voyage...

— Bien sûr. Ne bougez pas. Je vais vous chercher ça.

Je me hâtai vers notre tente, pensant en chemin à la route entre Alamance et Drunkard's Spring. Cela représentait quatre, cinq, six jours ? Sous un soleil torride, sans parler des mouches. Toutefois, j'avais appris à reconnaître le ton d'un Écossais décidé. Il était inutile de discuter.

Je pris juste le temps de vérifier l'état de mes deux malades. Ils respiraient. Bruyamment, douloureusement, mais distinctement. J'avais remplacé le papier mouillé sur le dos de Morton par un carré de lin huilé dont le pourtour enduit d'un peu de miel adhérait parfaitement. Il n'y avait aucune fuite. Parfait.

Brianna était toujours assise au chevet de Roger. Elle avait trouvé un peigne en bois et, patiente, lui démêlait les cheveux, ôtant avec délicatesse les nœuds et les brindilles, lissant ses boucles lentement. Elle fredonnait *Frère Jacques*. Le corselet de sa robe était taché d'auréoles au niveau des seins. Elle était déjà sortie une ou deux fois dans la journée pour soulager la pression de la lactation, mais, apparemment, il était encore temps. Rien qu'à la voir, ma propre poitrine me faisait mal.

Elle releva la tête et croisa mon regard. D'un geste bref, je touchai mon sein et lui indiquai la porte, en haussant les sourcils. Elle hocha la tête et esquissa un sourire qui se voulait rassurant, mais je voyais bien la tristesse dans son regard. Elle avait dû se rendre compte que si Roger avait des chances de survivre, il ne chanterait ni même ne parlerait peut-être plus jamais.

Le nœud dans ma gorge m'empêcha de prononcer la moindre parole. Je me contentai de lui sourire à mon tour et ressortis avec mon paquet sous le bras.

Soudain, une silhouette se dressa dans le noir devant moi et je manquai de la percuter. Je m'arrêtai net, serrant mes provisions.

— Pardon, madame Fraser. Je croyais que vous m'aviez vu.

C'était le gouverneur. Il fit un pas de côté, pénétrant dans le halo diffusé par les lanternes de la tente.

Il était seul et semblait épuisé. La chair de son visage était affaissée et creusée de rides. Il sentait l'alcool. Son Conseil de guerre et ses officiers miliciens avaient dû fêter la victoire. Toutefois, son regard était direct et son pas assuré. Il fit un signe de tête vers notre tente.

— Votre gendre... Il est...

— Vivant, répondit une voix grave derrière lui.

Il fit volte-face avec une exclamation étouffée.

Une ombre remua et prit forme. Jamie sortit lentement de la nuit. Il était resté assis sous un grand noyer, invisible dans le noir. Depuis combien de temps était-il là ?

— Monsieur Fraser.

Désarçonné, le gouverneur serra les dents et les poings pour se ressaisir. Pour regarder Jamie en face, il était obligé de renverser la tête en arrière, et je devinais son mécontentement. Jamie le remarqua aussi, mais, apparemment, s'en souciait comme d'une guigne. Il se tenait tout près de Tryon, le surplombant, avec une expression qui en aurait énervé plus d'un.

Ce devait être le cas de Tryon, mais il redressa le menton, résolu à formuler ce qu'il était venu dire.

— Je viens vous présenter mes excuses pour ce qui est arrivé à votre gendre. Ce fut une erreur très regrettable.

— Très regrettable, répéta Jamie sur un ton caustique. Auriez-vous l'obligeance de nous expliquer, monsieur, comment cette... erreur... a pu se produire ?

Il fit un pas en avant, et Tryon recula automatiquement d'un pas. La chaleur monta dans les joues du gouverneur et sa mâchoire se durcit.

— Il y a eu une confusion, dit-il entre ses dents. Il a été identifié à tort comme l'un des meneurs de la Régulation déclarés hors la loi.

— Par qui ? demanda Jamie.

— Je ne sais pas. Par plusieurs personnes. Je n'avais aucune raison de douter de leur identification.

— Je vois. Mais Roger MacKenzie n'a-t-il rien dit pour sa défense ? N'a-t-il pas révélé son identité ?

Tryon se mordit brièvement la lèvre supérieure avant de répondre :

— Euh... non.

— Forcément, il était ligoté et bâillonné ! explosai-je. Vous ne l'avez même pas laissé parler, vous... vous...

La lanterne suspendue à l'entrée de notre tente faisait briller le gorgerin du gouverneur, un croissant de métal argenté qui lui protégeait le cou. La main de Jamie se leva lentement – si lentement que Tryon ne sentit pas le danger venir – et se referma autour de sa gorge, juste au-dessus de la pièce métallique.

— Laisse-nous, Claire.

Son ton n'avait rien de menaçant, il était plutôt étrangement détaché. La lueur de panique qui traversa le regard de Tryon céda aussitôt la place à la fureur. Il recula précipitamment d'un autre pas.

— Comment osez-vous porter la main sur moi, monsieur !

— Vous avez bien osé poser les vôtres sur mon fils.

Jamie ne comptait pas vraiment faire du mal au gouverneur, mais, d'un autre côté, son geste n'était pas qu'une simple intimidation. Du moins je le supposai. La rage froide brûlait en lui, comme de la glace dans ses yeux. Tryon la voyait aussi.

— Puisque je vous dis que c'était une erreur ! Je suis venu la réparer dans la mesure de mes moyens.

— Une erreur ? Peuh ! C'est tout ce que représente pour vous la mort d'un innocent ? Vous êtes prêt à tuer et à mutiler pour satisfaire votre gloire. Peu vous importe de semer la destruction sur votre passage pourvu que cela grossisse la liste de vos exploits. Que pensera-t-on en Angleterre en lisant les dépêches, monsieur ? Y avouerez-vous que vous avez braqué vos canons sur vos propres citoyens alors qu'ils n'étaient armés que de couteaux et de bâtons ? Ou vous contenterez-vous de dire que vous avez maté la rébellion et préservé l'ordre ? Reconnaîtrez-vous que, dans votre soif de vengeance aveugle, vous avez pendu un innocent ? Direz-vous que vous avez commis une « erreur » ? Ou uniquement que vous avez puni le mal et rendu la justice au nom de Sa Majesté ?

Les muscles des mâchoires de Tryon saillaient, ses membres tremblaient, mais il parvint à conserver son sang-froid. Il inspira profondément par le nez avant de parler.

— Monsieur Fraser, je vais vous confier une information que peu de gens connaissent, car elle n'a pas encore été rendue publique.

Jamie ne répondit pas, mais arqua un sourcil. Son regard était froid et sombre.

— J'ai été nommé gouverneur de la colonie de New York. La lettre officielle est arrivée, il y a un peu plus d'un mois. Je partirai avant juillet pour prendre mes nouvelles fonctions. Josiah Martin me remplacera ici en Caroline. Donc, comme vous le voyez, je n'avais aucun enjeu personnel dans cette affaire et n'avais aucun besoin de glorifier mes exploits, comme vous le dites.

Une froideur semblable à celle de Jamie avait pris la place de sa peur initiale. Il s'éclaircit la gorge avant de poursuivre :

— Je n'ai agi que par sens du devoir. Je n'ai pas voulu laisser à mon successeur une colonie dans un état de désordre et de rébellion, même si j'étais en droit de le faire.

Il prit une grande inspiration, s'efforçant de desserrer les poings.

— Vous avez l'expérience de la guerre et du devoir, monsieur Fraser. Soyez honnête, vous savez comme moi que, dans un cas comme dans l'autre, les erreurs arrivent, et plus souvent qu'on ne le croit. C'est inévitable.

Les deux hommes restèrent en silence face à face, les yeux dans les yeux, sans sourciller.

Mon attention fut soudain détournée par le son lointain d'un bébé qui pleurait. Je tournai la tête juste à temps pour voir Brianna surgir de la tente en soulevant ses jupes.

— Jemmy ! déclara-t-elle. C'est Jemmy !

Des voix se rapprochaient depuis l'autre bout du camp, précédant l'apparition de la silhouette ronde et froufroutante de Pénélope Sherston, l'air apeuré mais déterminé, flanquée de deux esclaves : un homme portant deux gros paniers et une femme serrant un paquet qui gigotait dans ses bras et émettait un vacarme infernal.

Brianna fonça droit sur le colis telle l'aiguille d'une boussole vers le nord magnétique. Le raffut se tut dès que Jemmy fut extirpé de ses couvertures, les cheveux hérissés sur son crâne, ses petits pieds pédalant dans le vide de soulagement et de joie. La mère et l'enfant disparurent rapidement dans les ombres sous les arbres. Une certaine confusion s'ensuivit. Mme Sherston expliquait de manière décousue au petit attroupement autour d'elle qu'elle avait été tout simplement trop bouleversée par les informations concernant la bataille, que c'était trop affreux, qu'elle avait craint que... mais qu'ensuite l'esclave de Mme Rutherford était venu lui annoncer que tout allait bien... alors elle avait pensé que peut-être... et

donc… et l'enfant qui ne cessait pas de pleurer…
alors…

Gênés dans leur confrontation, Jamie et le gouverneur s'étaient retirés dans l'obscurité. Je les distinguais encore, deux ombres raides, l'une grande, l'autre plus petite, se tenant face à face, les torses bombés. Toutefois, l'entretien ne menaçait plus de dégénérer en violence. J'apercevais la tête de Jamie penchée à peine vers celle de Tryon, qui écoutait.

— … j'ai apporté quelques provisions, me disait Pénélope Sherston. Du pain frais, du beurre, un peu de confiture de myrtilles, du poulet froid…

— Les provisions ! m'exclamai-je, me souvenant soudain du paquet sous mon bras. Je vous demande pardon !

Je lui adressai un grand sourire et filai, l'abandonnant la bouche grande ouverte devant la tente.

Abel MacLennan se trouvait toujours là où je l'avais laissé, attendant patiemment sous les étoiles. D'un geste, il écarta mes excuses, me remerciant pour la nourriture et la jarre de bière.

— Y a-t-il quelque chose d'autre que… ?

Je m'interrompis. Que pouvais-je faire d'autre pour lui ?

Pourtant, il y en avait bien une.

— Le jeune Hugh Fowles… dit-il en calant la marchandise sous son siège. On m'a dit qu'il avait été fait prisonnier. Votre mari… ne pourrait-il pas placer un petit mot pour lui ? Comme il l'a fait pour moi ?

— Je suppose que si. Je le lui demanderai.

Tout était calme autour de nous, assez loin du camp pour que le bruit des conversations ne porte pas au-dessus du croassement des grenouilles, du chant des criquets et du gargouillis de l'eau. Impulsivement, je lui demandai :

— Monsieur MacLennan, où irez-vous ? Je veux dire, après avoir raccompagné Joe Hobson chez lui ?

Il ôta son chapeau et gratta son crâne chauve, non pas pour exprimer sa perplexité, mais plutôt pour se préparer à formuler une pensée mûrement réfléchie.

— Je ne pense aller nulle part. Il y a des femmes là-bas à Drunkard's Spring. Et des enfants. Avec Joe mort et Hugh prisonnier, elles vont se retrouver toutes seules. Je resterai les aider.

Il me salua d'un signe de tête et remit son chapeau. Je lui pris la main et la serrai, ce qui le surprit. Puis il grimpa sur sa charrette et fit claquer sa langue. Tandis que le cheval se mettait en branle, il agita la main en signe d'au revoir et je lui répondis, prenant soudain conscience de ce qui avait changé chez lui.

Sa voix était toujours remplie de chagrin et le deuil faisait encore ployer ses épaules. Pourtant, il accomplissait sa mission en se tenant le dos droit, la lueur des étoiles se reflétant sur son chapeau poussiéreux. Son regard était décidé, et son pas également. Si Joe Hobson nous avait quittés pour le royaume des morts, Abel MacLennan, lui, avait réintégré celui des vivants.

Le temps que je revienne à la tente, tout semblait être rentré dans l'ordre. Le gouverneur ainsi que Mme Sherston et ses esclaves étaient partis. Isaiah Morton dormait, gémissant de temps en temps mais sans fièvre. Roger était immobile, tel un gisant de marbre, le visage et les mains tuméfiés. Le vague chuintement de sa respiration ponctuait la chanson que Brianna fredonnait tout en berçant Jemmy.

Le visage du bébé était détendu, sa bouche rose entrouverte dans l'abandon total du sommeil. Je tendis les bras et, après un moment de surprise, Brianna me le confia. Très doucement, je déposai le petit corps inerte et mou sur la poitrine de Roger. Brianna eut un mouvement de réflexe pour attraper son fils et l'empêcher de glisser, mais le bras de Roger se souleva, raide et lent, et se replia autour du corps de l'enfant. « Du petit bois », pensai-je avec satisfaction.

Jamie était dehors, assis adossé au noyer. Après m'être assurée que tout allait bien à l'intérieur, je sortis le rejoindre dans l'obscurité. Il ouvrit les bras sans un mot et je me réfugiai entre eux.

Nous restâmes enlacés dans le noir, écoutant le crépitement des feux de camp et le chant des grillons.

Respirant.

Camp de la Grande Alamance
Vendredi 17 mai 1771
Parole-Granville
Countersign-Oxford

C'est avec la plus profonde gratitude que le gouverneur adresse ses sincères remerciements aux officiers et aux soldats de l'armée pour le soutien généreux et valeureux qu'ils lui ont apporté dans la bataille de l'Alamance. À l'aide de leur bravoure et de leur droiture ainsi qu'avec la grâce de notre Seigneur tout-puissant, nous avons eu raison de l'obstination et de l'aveuglement des rebelles. Son Excellence s'associe à la douleur des loyalistes pour les braves tombés et blessés sur le champ de bataille et, conscient que l'avenir de la Constitution dépendait de l'issue de cette bataille et des ser-

vices importants rendus au roi et à la patrie, considère ces pertes humaines (qui affligent aujourd'hui leurs parents et leurs proches) comme un monument à la gloire et à l'honneur de ces héros et de leurs familles.

Les morts seront enterrés ce soir à dix-sept heures. Le service funéraire, précédé d'un tir d'artillerie, sera célébré avec les honneurs militaires. Après la cérémonie, des prières et une action de grâce seront dites pour la victoire éclatante que la divine providence a bien voulu accorder à l'armée.

Composition Nord Compo
Achevé d'imprimer en France (La Flèche)
par CPI Brodard et Taupin
le 20 décembre 2008. 50691
Dépôt légal décembre 2008. EAN 9782290342107
1ᵉʳ dépôt légal dans la collection : avril 2005

Éditions J'ai lu
87, quai Panhard-et-Levassor, 75013 Paris
Diffusion France et étranger : Flammarion